異世界に
転生したけど
トラブル体質なので
心配です
5
小鳥遊渉
Takanashi Ayumu
illust. 結城リカ

登場人物紹介

ベス
アルフレッドの飼い犬。白くてフワフワ。妙に身体能力が高い。
アルフレッド
異世界転生した少年。魔法も武術も知識もチート級で、やることなすことトラブルの元に。

ベビ
双子の龍の女の子。語尾は「なノ」
チビ
双子の龍の男の子。語尾は「ダォ」
女神様
転生させたアルフレッドのことをこっそり見守っている。
サーシャ
アルフレッドのかわいい妹。

1　カイル兄さん勧誘

いつも面倒事に巻き込まれてばかりのトラブル体質な俺、アルフレッド。

最近は自分が住んでるメダリオン王国だけじゃなく、魔法大国アスラダやグラン帝国で起きた問題まで解決するハメになっている。

アスラダの軍隊を壊滅させるほど強い『岩風竜《がんぷうりゅう》』を討伐したり、グラン帝国で発生した流行《はや》り病から人々を救ったりと、あちこち忙しく飛びまわっている。

本当は家族とまったり過ごすのが夢なのに、なんでかいつもこうなっちゃうんだよな～。

□　□　□

マルベリー公爵の街の南西にレイモンという町があり、特産のすっぱくて黄色いレイモンという果物が有名だ。この町の規模はあまり大きくないため、騎士団はアットホームであった。

アルフレッドの兄で十四歳のカイル・ハイルーンは見習い騎士として、朝から先輩騎士と領地を見まわる業務をしていた。先輩騎士と一緒に行動することで仕事を体で覚えるのだ。

カイルは体を鍛えるため、自主的に土を十キロほど袋に詰めて背負っている。

先輩騎士は軽装をしており、体の大きさも違うため、カイルは遅れまいと必死についていく。

一時間ほど経った時、一人の騎士がカイルに声をかけた。

「カイル・ハイルーン、お前に小さなお客が来ているぞ」

騎士が微笑《ほほえ》む。

この二年の間、手紙すら届かなかったので誰だろうと首を傾《かし》げるカイル。

「休憩してよし。土袋は置いていけよ」

一緒に見まわりをしていた騎士が笑いながら言った。

「ありがとうございます。少し休憩させてもらいます」

カイルは背負っていた土袋をその場にドサッと下ろすと、通行の邪魔にならないように端に移動させた。


待っていた騎士について歩いた先には、アルフレッドがいた。

アルフレッドは今まで見たこともない奇抜な格好をしているため、カイルは頭のてっぺんから足の先まで舐《な》めるように見た。

ちなみにこれは風魔法で空を飛ぶためのウイングスーツという服で、ムササビみたいな格好である。

「変わった格好をしており、お前の弟だと言っているが、間違いないか？」

騎士は不審者でも見るような視線をアルフレッドに向けながら言った。

「アルフレッド・ハイルーン、弟で間違いないです！」と、カイル。

「そうか！　では三十分休憩してよし。しかし、今、王都ではこんな変わった格好が流行っているのか？　どこで売っているんだ？　後で聞いて教えてくれ！」

「分かりました。聞いておきます。休憩のご配慮、ありがとうございます！」

カイルは先輩騎士にかしこまって言うと、先輩騎士は怪しむような視線をもう一度、アルフレッドに送ってから歩き去った。

「アルフレッド、誰と一緒に来たんだ？　こんなに遠くまでよく来れたな？」

「カイル兄さん、久しぶりですね。ガルトレイク第三騎士団長からここにカイル兄さんがいると教えてもらったので、王都の帰りに来たんですよ」

アルフレッドはニコニコしながら元気に言った。

カイルはアルフレッドの周辺を、何かを探すように見まわした。

「一人で来たのか？」

「はい」

「そうか、遠いところ会いに来てくれてありがとう。みんな元気にしているか？」

　カイルは家族のことが気になっていた。アルフレッドの顔を見れて安心し、嬉しそうに聞いた。

「ええ。お父様もお母様も、サーシャも元気ですよ。ところでカイル兄さんにお父様から手紙は届くのですか？」

「いや、この二年間で一度も届いてないぞ。本当にうちの親はどうなっているのかな？　他の同期は最低でも半年に一度は手紙が届いているんだがな」

　カイルはそう言いながら苦笑いする。

「やっぱり！　それなら、この二年の間の出来事は何も知らないんですよね？」

　カイルの顔は、一瞬で不安そうな表情に変わった。

「もしかして、また村をゴブリンが襲ったのか？　誰も怪我していなければいいけど」

「あれから襲われてはいませんよ。襲われないようにゴブリン迷宮の討伐も定期的にやってますからね」

　アルフレッドが誇らしげに言うと、カイルの不安そうな表情が和らいだ。

「そうか！　じゃあ、グラン帝国が攻めてくるという噂を聞いていたんだが、その話か？　誰かが撃退したらしいんだが、マルベリー公爵軍ではないみたいなんだ。アルフレッドは何か聞いていないか？」

「あれですか？　いろいろと……公《おおやけ》にできないんですよね」

アルフレッドは考えながら言葉を選ぶように言った。

「その言い方からすると知っているんだな？　誰にも言わないから内緒で教えてくれよ！」

カイルは身を乗り出すようにすると、興味深々な様子だ。

「どうしようかな……本当に誰にも言わない？　それならいいけど、絶対ですよ！」

アルフレッドは少し悩むそぶりをしていたが、小声で念を押す。

カイルは周りを見まわすと、アルフレッドの両手を握り、小声で言う。

「約束する、絶対に誰にも言わないから」

カイルはアルフレッドの目を見つめるように訴《うった》えかけており、必死さが窺《うかが》える。

「う～ん……僕ですね」

アルフレッドは少しはにかみながら言った。

「はぁ!?　アルフレッド、大丈夫か？　お前、前に頭を強く打った後遺症が出たんだな……だからそんな変な服を……」

「やだなー、カイル兄さん。そんな目で見ないでよ！　この服がそんなにおかしいですか？　僕はもう、大丈夫ですよ」

カイルはどこまでも明るいアルフレッドを心配そうに見ていたが、ハッと思い出したように言う。

「ところでアルフレッド、お前、こんなに遠くまで何しに来たんだ⁉」

「ほら、手紙届いてないでしょ。カイル兄さんの近況が分からず、お母様が心配していたんですよ……それと、カイル兄さんの就職先の斡旋《あっせん》がメインの用件ですね」

カイルは驚いている。父親が村で辺境騎士を続ける間は騎士になろうにも枠がないため、カイルは就職先をどこにするべきか悩んでいたからだ。

「はぁ⁉　就職先の斡旋だって⁉　どこへ？　誰が雇ってくれると言っているんだ？」

カイルは興奮気味に、アルフレッドの腕を掴んだまま前後に揺さぶる。

「カイル兄さんはうちの村の騎士になりたかったんですよね？」

「ああ、だけど、村の騎士の枠は一人だけだから、父上が引退するまで無理だろ？」

カイルの両手から力が抜け、少しがっかりしている。

「カイル兄さん？　今、村の騎士は五人なんですよ！」

「なんだと⁉　いつから。え？　どうなっているの？」

カイルの顔は、あんな小さな村に騎士が五人も必要ないだろと言いたげで、困惑している。

「今度、騎士と文官も増やす予定なのでカイル兄さんを勧誘しに来たんですよ。雇《やと》い主《ぬし》は僕ですよ！」

「はぁ⁉　お前が雇い主？　何言ってんだ⁉　やっぱり頭、大丈夫じゃないだろ！」

カイルは思っていたことが口から出て、しまったという表情をしている。

「ですよね。簡単には信じられませんよね？　カイル兄さん、申し遅れましたが自己紹介をしますよ」

アルフレッドが少し硬い表情で言った。

「自己紹介って、今更、何言ってんだよ……かなり重症だな」

カイルは残念な人を見るような目をしており、最後はぼそりと呟《つぶや》くように言った。

アルフレッドは気にする様子もなく、姿勢を正すと自信ありげにしている。

「陛下より伯爵に陞爵《しょうしゃく》されたんです。以後、お見知りおきください。なんてね」

アルフレッドが真面目な表情を崩すと、ペロリと舌を出して引っ込めた。

「……何⁉　え！　え！　え～！　いつの間にそんなことになっているの⁉」

カイルは飛び出すのではないかというほど大きく目を見開いて驚いている。

「去年、グラン帝国を撃退して男爵に叙爵《じょしゃく》されたんですが、いろいろあって今年、伯爵に陞爵されたんですよ」

「待ってくれ。伯爵に陞爵されたことは聞こえたが、夢のような話で頭が理解しようとしてくれない」

カイルは両手で頭を抱えており、困惑していた。

アルフレッドはカイルが落ち着くのを待つ。

「とにかく、カイル兄さんが卒業したら僕が雇うってことでいいですか？　あ、給料は身内だからって贔屓《ひいき》とかはないですよ。あと、先の話になるんですけど、クロード兄さんも雇うことになってます」

「クロードも？　アルフレッドが言っていることを信じていいのか⁉」

「はい。カイル兄さん、できれば騎士学校は優秀な成績で卒業してください。給料を少し上乗せできますよ」

「そこそこ成績はいいから期待していていいぞ」

カイルは落ち着きを取り戻し、笑顔を見せるようになった。

「あの、カイル兄さん？　村の名前なんですが覚えていますか？」

「お前、いくらなんでもひどくないかそれ？　ロプト村だろ、忘れるわけないじゃないか！」

「ですよね。残念ですがロプト村はもうありません！」

アルフレッドが楽しそうに言う。

「え！　どういうこと？」

カイルが驚き、アルフレッドはニコニコと楽しそうだ。

「今はハイルーン村という名前に変更されており、近いうちに町になる予定ですね。人口も千人を超えているはずですよ」

　さらにカイルが驚き、アルフレッドはそれを楽しんでいる。

「俺がいない二年の間でそんなことになっているの？　なのに状況を知らせる手紙が届かないのって、そういういじめ的なやつ？　帰ったら父上に聞かなきゃな！」

「家も場所が変わっているので間違えないでね。村に入ったら川沿いに進んで橋を渡ったら、左に折れて川沿いを進むとハイルーン邸ですよ」

「川を渡る？　村に橋なんてあったっけ？　まったく想像できないんだけど⁉」

　またもや、カイルの顔は困惑気味だ。

　アルフレッドは悪戯《いたずら》が成功したときのように上機嫌《じょうきげん》だ。

「村がかなり大きくなっているので、楽しみに帰ってきてくださいね。あっ、そろそろ戻った方がいいですか？」

「そうだな、休憩が終わる……おっと、忘れるところだった。その服が王都で流行っているか聞いてくれって先輩に言われたんだけど？」

「僕以外には着てる人は見たことないですね。これ、空を飛ぶための服ですから！」

「……空を飛ぶための服⁉」

カイルは理解できないのか不思議そうな顔をしている。

「もう帰るので実演しますよ。では卒業したらうちの村に就職ということでお願いしましたからね」

アルフレッドが右手を差し出すとカイルはその手を両手で掴み、握手を交わした。

「よろしくお願いします、伯爵様……で、いいのかな？」

「こちらこそお願いしますね」

カイルもアルフレッドも笑いながら手を離した。

「それじゃあ飛びますね。みんなにはカイル兄さんが元気だったことは伝えておきますから、怪我をしないで無事卒業してね」

「ああ、元気で頑張っていたと伝えてくれ！」

ゴウゴウと風が吹き出しアルフレッドが飛び上がった。

そして少し離れた場所に降りると、荷物を運搬するアイテムであるカーゴウイングを持って、ものすごいスピードで飛び去った。

「俺は夢でも見ていたのだろうか？　訓練のしすぎで俺の頭がおかしくなっていたかな？　頭はひどくは打っていないんだけど、何度か木剣《ぼっけん》が当たったからな。あれが悪かったかな？」

カイルはアルフレッドの飛び去った空を眺めながら、心の声が漏れ出ていた。

「……なんだか、どっと疲れが出てきたぞ」

「いや、カイル。お前の頭はおかしくなっていないぞ。俺もお前の弟が飛んでいくのを見たからな。あれは空を飛ぶための服なんだな。しかし、お前の弟はとんでもない化け物だな。あれ、相当な魔法師だぞ。空飛ぶ魔法を使えるのは絵本で見た賢者アールス・ハインド様くらいしか知らん」

カイルが声のした方を振り返ると、先輩騎士がいた。

アルフレッドが怪しすぎて、先輩騎士はこっそりと隠れて様子を窺っていたのだった。

□□□

俺――アルフレッドは、ハイルーン村に戻ってきた。

俺たちは、飼い犬のベスを先頭にして歩いている。

ベスの背中には龍《りゅう》の赤ちゃんのチビを抱いた、妹のサーシャが跨《またが》っている。

俺は『猫車《ねこぐるま》』という愛称が定着した、一輪車の荷車を押しながら最後尾を歩く。

猫車に龍涎香《りゅうぜんこう》と、羅針盤《らしんばん》の試作品を積み、マシュー商会本店に向かっているんだ。

俺の服につけた腹ポケットからは、チビの双子であるベビが顔を出して外をキョロキョロと眺めている。

《ママ、どこに行くノ？》

念話で話しかけてくるベビ。ベビは俺をママ呼びしてくるんだよね。

ベビがワクワクしているのも、念話だと一緒に伝わってくる。まだ生まれたばかりで慣れていないから、感情も念話で一緒に送ってしまうんじゃないかな。

楽しいときはいいけど、負の感情まで送ってこられるのは嫌なんだけどね。

でも、ベビやチビが何を考えていて、どんな気持ちでいるか分かるだけいいって、考えるしかないよね。

《お隣のマシュー商会に行くんだよ。マシューさんは大丈夫だろうけど、他の人は驚くかもしれないからおとなしくしていてね。それと、絶対に火は吹いちゃだめだからね。チビも火はダメだよ、お店が燃えちゃうから》と、念話で伝える。

《分かったなノ》

《分かったダォ》

ベビとチビがワクワクした気持ち入りの念話を送ってくる。

《ベビ、楽しみなノ！　チビも楽しみだよね？》

《楽しみ楽しみ！　ねー、ベスママも楽しみダォ？》

《楽しみだよ！　おとなしくしているんだよ》

チビにママ呼びされているベスは、完全に大人の対応をしている。

《みんなの念話が届くんだが、相手を絞って念話ってできないの？》

《無理なノ》

《無理ダォ》

《この距離では無理ですね》

尋ねてみたけど、俺を念話の対象外にするのは無理らしい。距離的な何かがあるのだろう。

念話が使えないサーシャは俺たちが念話していることに気が付かない。そのまま、マシュー商会に到着した。

俺は店に足を踏み入れると、店員に声をかける。

「店主のマシューさんはいらっしゃいますか？」

「はーい。ただいま、少々お待ち……」

店の奥から若い店員が顔を覗かせたが、チビの姿に驚いたようで、くるりと反転するとそのまま奥に引き返してしまった。

すぐに店の奥からバタバタと足音がして、先ほどの若い店員と共にマシューさんが現れた。

「アルフレッド様、よく、お越しくださいました。サーシャ様まで一緒とは珍しいですね」

　マシューさんの目が、サーシャの抱きかかえるチビと、俺のお腹のポケットから顔を出すベビを交互に行き来している。

　それでも平静を装えるマシューさんは流石《さすが》だな。

「マシューおじちゃん、こんにちはなの」

　サーシャがペコリとお辞儀した。俺はちゃんと挨拶のできたサーシャの頭をいい子いい子しながら言う。

「そうですね。いつもは僕一人ですからね」

「アルフレッド様らしいお連れ様と申しましょうか。サーシャ様が抱かれているのは、龍の赤ちゃんですよね？　うちの店員が驚いてちゃんと応対できず、誠に申し訳ありませんでした」

　流石はマシューさん。驚かないだけではなく、不快にならないように気配りをしながらも、チビとベビをチラチラと観察し続けている。

　マシューさんの後ろで隠れるようにいる若い店員はなんともすまなそうな表情のまま微動だにしない。

　やっぱり龍とか苦手なんだろうか？

　いや、普通は伝説の龍に出会うなんてないからな。驚くのも無理ないか。

「そうです、龍の赤ちゃんです。実は僕が理由があってママ龍さんから預かっていて、サーシャが抱いている龍を仮ですがチビと呼んでいます。サーシャと仲よしですがベスにもベッタリなんですよ」

「それはまた貴重な体験をされているのですね。そろそろ、ご用件をお伺いさせていただきましょうかね」

マシューさんが仕事モードに切り替わった。

「国王陛下から、マシューさんに伝言を頼まれたんですよ」

「え？　国王陛下からでございますか？」

「はい。ポートという港町で討伐した海竜《かいりゅう》の体内から出てきた龍涎香をもらったんですけど、国王陛下に報告したら龍涎香で香水を作るなら分けてほしい、とマシューさんに伝えるように言われたんですよ」

俺がそう言うと、マシューさんの顔が嬉しそうになる。

「国王陛下がですか？　それは光栄でございますな」

国王陛下がマシューさんに伝えるようにと言ったことが嬉しくてたまらないみたいだ。

「しかし、海竜の龍涎香ですか。それはまた貴重なものを手に入れられましたな！　品質と重さや大きさにもよりますが、相当に高額になるでしょうね。香水で有名なのはショネルの五十番ですが、お聞きになられたことがありますか？」

「はい、直接は知りませんでしたが、国王陛下から聞かされました」

「流石は国王陛下ですね。では、その龍涎香を見せてくださいますか？」

「これになります」

俺は猫車に積んできた龍涎香を、マシューさんの前に置いた。

「これは……すごい大きさでございますな。まだ熟成具合が足りていないようにも見受けられますが、上物で間違いないでしょう」

マシューさんがメチャクチャ上機嫌で褒《ほ》めまくっている。

「しかし……熟成前の龍涎香を見つけたなんて聞いたことがございません。これだけの大きさになると海竜も相当の大きさだったのでしょうな。これは貴重なものでございますよ」

「これで香水が作れるんですね！」

俺が自分で作ろうかとも考えたが、自重することに決めた。

「この龍涎香の件はマシューさんに一任しますから、香水が完成したら国王陛下に献上してくださいね！」

「そう言っていただけると助かります」

変なスイッチが入ったようでマシューさんがウキウキだ。

「交渉次第ではハイルーン印の香水ブランドを立ち上げられそうです！　これはまた、楽しくなってきましたよ！」

　こうして龍涎香の引き渡しはスムーズに終わった。

「確かにお預かりしました。ところで一緒に積んであるこれはなんでしょうか？　気になって仕方ないのですが」

　マシューさんは猫車に積んである羅針盤を見つけると、あちこちから覗き込むようにして見ている。

　透明なガラスも使われているし、この異世界では見かけない機械的な構造をしているから気になるのだろう。

「これは羅針盤といって、船に取りつけて使うものなんですが、一定の方向を指し示してくれるんですよ。場所によっては正常に動かないなどの条件があるはずなんですが、まだ試せていないのでデータ不足なんですよね」

　説明しながら、指で押したり揺らしたりして実演してみたが、ちゃんと羅針盤の磁針は水平を保ち、同じ方向を指し示している。

「揺らしても一定の方向を示すんですか!?　これはすごい！　私も触ってみてもかまいませんか？」

　マシューさんが別人二十八号になってしまった。

　龍涎香を見た時とは興奮の仕方が違いすぎる。

「いいですよ。落とすと壊れるので注意してくださいね。ガラスを叩くのも割れるからダメですよ」

「もちろんです！」

マシューさんは羅針盤を手に持つと傾けたり回したりしている。その後、少し持ち上げて羅針盤を下から見ていたが、大切そうに両手で抱え直した。

両手で抱えたまま、店の中をあっちに行ったりこっちに行ったりと動きまわる。

小さくジャンプしたりかがんだりしている。

きっとマシューさんは一隻の船になりきって、荒れ狂う海を航海しているつもりなんじゃないだろうか。

なんて楽しそうなんだろう、まるで子供がおもちゃで遊んでいるようだ。

おっと、マシューさんと目が合ってしまった。照れくさそうにしている。

「これは本当にすごいものですよ。アルフレッド様が説明された通り、針が同じ方向を指し示していました。船に取りつけると航海が格段に楽になりますな」

マシューさんは羅針盤を慎重に猫車に戻すと、駆け足で店の奥に入り、すぐに契約書とペンを持って戻ってきた。この契約書はいつもの、マシュー商会で独占販売をする契約を結ぶためのものっぽいな。

「アルフレッド様。いつものように、こことここにサインをお願いします」

　マシューさんの息が上がっている。

　羅針盤は結構重いからな、あれだけ動きまわれば息も上がるのも分かる。

　自分でやらなくても店員さんにやらせればよかったのに、まあ、マシューさんが楽しそうだからいいか。

　そんなことを考えながら契約書二枚にサインを済ませた。

「書きました。さっきはマシューさんが嵐に遭《あ》った一隻の船のように見えましたよ」

　俺は契約書を手渡しながら言った。

「いやー、お恥ずかしい。アルフレッド様が言われる通り、嵐に遭遇した船になったつもりで動きまわってみたんです。私の演技も捨てたものではないですな。何せ、生き物ではなく船になれるのですから」

　恥ずかしいのかマシューさんの顔がパアッと赤みを帯びる。

「それに、この道具は売れますよ！　また儲かってしまいますな！」

　マシューさんから熱気が伝わってくるようだ。過労で倒れなければいいけど。サーシャも退屈しているから早めに引き上げよう。

「サーシャがいい子にしていてくれたから、好きなものを買ってあげるよ。でも高いものはダメだからね」

「わーい！　クッキーと、新しい絵本が欲しいの！」

サーシャがチビを抱いたまま、ベスの背中で体を上下に大きく揺さぶる。ベスがサーシャを見上げており、やめてほしがっているのが手に取るように分かる。

店員から新しい絵本はなかなかないと言われ、サーシャがしゅんとなってしまった。

「サーシャ様！　絵本はなかなか新しいものは作られないのですよ！　次の絵本が発売されるといいのですが、こればかりはなんともなりませんから。私も楽しみにしているのですよ。ここはアルフレッド様にお頼みするしかありませんな！」

マシューさんが無茶ぶりしてきたぞ。

絵本は伝説を元に作られることが多いらしいけど、俺は勇者のように龍を倒してエリクサーを手に入れたりしないから、絵本は作られたりしないよ。

「マシューおじちゃんも絵本が好きなの⁉」

サーシャが仲間を見つけ、元気を取り戻している。

「それはもう！　大好きです。大魔導士様が魔法大国アスラダで岩風竜を倒す絵本が一番のお気に入りです」

ちなみに岩風竜っていうのは、恐竜みたいな竜のこと。

「サーシャも大魔導士様の絵本は好きなの！」

　二人の年は離れているのに意気投合している。なんか変な方向に話が進んだら困るから、早く退散した方がよさそうだ。

「サーシャ、マシューさんは忙しいからこれ以上邪魔しちゃだめだよ。プリンを作ってあげるから帰ろう」

「わーい、サーシャ、プリン大好きなの！」

　サーシャがそう言って喜ぶ。

《プリンダォ》

《プリンなノ》

《プリン、あれは美味《おい》しいですね》

　チビ、ベビだけでなく、ベスからも嬉しい気持ち入りの念話が届いた。

　俺たちは、クッキーと砂糖、大量の卵を購入するとマシュー商会を後にした。

　自宅に帰るとお父様とお母様の執務室に向かった。

　国王陛下から教えてもらった、邪神教の狂信者が聖者の一人を暗殺し、未だに犯人が捕まっていないという事件を報告した。

ちなみに邪神教っていうのは、邪神を崇《あが》めてこの世に混乱をもたらそうとしているテロ組織だ。

お母様の叔父さんであるマキシム・ガルトレイク第三騎士団長が捜査しているが、十分に注意するようにと言われたことも伝えておいた。

グラン帝国との貿易が活発に行われるようになっており、この村を出入りする人数が増え、一目で怪しい人を見分けることは難しくなった。

何かしらの対策を講じる必要があるが、まずは、見まわりの回数を増やすなどできることから始めるしかない。

お母様は何度も命を狙われたことがあるそうで、お父様に助けられたのだとのろけられた。

それでお母様がお父様を好きになったんだな。お父様もお母様の身を守るためとはいえ、騎士団を辞め、駆け落ち同然でこの村に移住するなんて、二人とも行動力が半端ない。

この屋敷は高い壁でぐるりと囲われており、正面の出入口には門番もいる。

なので邪神教が攻撃してきても大丈夫だろうとお父様は言っているが、邪神教の狂信者が相手となるとどうなんだろうか？

以前の屋敷とは比べるまでもないほど安全にはなったけど、絶対なんてありえないよね。

だから、「邪神教の狂信者は何をするか分からないから十分に気を付けてください」とだけ、言っておいたんだ。

さて、邪神教の話は伝えたので、ポートの港町に魚をもらいに行ってこよう。

陛下やお爺様たちだけじゃなくて、家族にも新鮮な海の魚を食べてもらいたいんだ。


ということで、ウイングスーツを着て飛び、港町ポートに移動。

仕事斡旋ギルドに頼んでおいた魚十キロを受け取りに行く。

着いたら、お金はもらえないと言うから、マシュー商会で売ってるハイルーン印のスイーツを渡したら、「王都のスイーツがポートで食べれるなんて」と、メチャクチャ喜んでくれたんだ。買ってきてよかったよ。

物々交換になるけど、これなら喜んで受け取ってくれるからね。

あんなに屈強な海の男たちが、甘いものには目がないんだよね。嬉しそうにスイーツを頬張る顔を見ると、なんかほっこりとしたな。

十キロの魚を頼んでいたんだけど、海竜を退治してくれたお礼だと言って、いっぱい魚を入れてくれた。どんな魚を入れてくれたのかは、帰って袋を開けてからのお楽しみだ。

どんな魚料理にしようかな。といっても、油で揚げるか焼くかしかできないんだけどね。

ワサビはあるから刺身もいいんだけど、醤油《しょうゆ》がないんだよね。

それにアニサキスが怖いから、今回は刺身はやめておこうかな。他国を探せば、醤油や味噌《みそ》はあるかもしれない。

でも大豆《だいず》は確保しているから、ラノベのテンプレである醤油と味噌は、俺の手で作りたいね。

突然だけど、アルフレッドの三時間クッキングの時間となりました。某料理番組のように三分で調理できればいいんだけど、そんな便利な魔法はないんだよね。

本日はなかなか手に入らない新鮮な海の魚を使った料理です。先ほど、空輸されたばかりのとれたてピチピチのお魚だよ。

見た目が鯛《たい》のような魚が入っていたので、一品目の料理は塩釜《しおがま》焼きに決めた。

魔法で水を作り、鯛みたいな魚を洗い、軽く鱗《うろこ》を取って内臓もきれいに取り除いた。

卵白と塩を混ぜて、映えを狙って魚の形に固めるよ。

後は石窯《いしがま》オーブンに入れて焼くだけ、上手に焼ければいいんだけど。

卵白とか作り方が違っている可能性もあるけど、大きな失敗はしないんじゃないかな。

塩は高いから、塩釜焼きはけっこう贅沢《ぜいたく》な一品になるんだよね。

前世の貧乏性が染みついていて、塩釜焼きに使った塩は捨てれそうにない。

でも、魚のエキスが染み込んだ塩になっていそうだよね。料理に使えるだろうか？

二品目はヒラメ？　カレイ？　みたいな平べったい魚だ。

塩コショウして片栗粉と小麦粉をつけ、オリーブオイルで焼くよ。

舌ビラメのムニエルが有名だけど、フライパンに入りきらないから半分に切って焼いた。

大きなヒラメ？　のムニエルが完成した。

刺身なら間違いなく美味しいはずなんだけど……ギブミー醤油！

三品目は天ぷらにしよう。キスみたいな小魚が入っていればよかったんだけど、どれも大きな魚ばかりなんだよね。

その中にカツオっぽい魚が入っていた。炙《あぶ》ってたたきにしてみよう。

ポン酢醤油が欲しいな。レイモンならあるからポン酢醤油に似た調味料を作ってみるか？

カツオは傷《いた》むのが早いから、火で炙る『カツオのたたき』が考えられたとテレビの旅番組か何かで漁師さんがしゃべっているのを聞いたことがある。

麦わらに火をつけて炙ったら、カツオっぽい魚のたたき、四品目の完成だ。

ショウガとワサビとお酢とレイモンはあるからこの料理に合う調味料を作るぞ！

そう思っていろいろな割合を試してみたが……なんか違う。やっぱり醤油が恋しいな！

そうこうしてるうちに、そろそろ塩釜焼きも完成している頃だ。

マシューさんや騎士や文官のみんなも招待するつもりだから、デザートのプリンも作っておいたからね。

みんなには普通の大きさのプリンだけど、サーシャとチビ、ベビ、ベスのプリンは特別に大きな容器で作ったんだ。きっと、喜んでくれるんじゃないかな。

そろそろ、みんなを呼びに行こうかな、『魚づくし料理』を喜んでくれるといいんだけど。

マシューさんを招待しようとお店に行ったら、以前マシューさんの護衛をしていた、ダニエルさんたちがいたんだよ。

会うのはいつぶりだろうか？

「ダニエルさん、久しぶりですね？　みなさん元気そうでよかったです！」

「アルフレッド、久しぶりだな。マシューの旦那《だんな》が王都に行くって連絡があったから護衛のために来たんだ」

「時間があるなら『魚づくし料理』を一緒に食べませんか？　いっぱい作ったので招待しますよ」

「大勢で突然の参加とか気が引けるんだが」

ダニエルさんがメンバーの顔を見ながら言った。

遠慮をするなんて予想外だな。即答で参加すると言うと思っていたんだけど、気配りのできる人たちだったんだな。

「『魚づくし料理』は今朝、ポート港で水揚げされたばかりの新鮮な魚を使っているんですけど、本当に食べなくていいんですか？」

「今朝ポート港で取れた海の魚だって!!　ぜひ参加させてくれ！」

ダニエルさんだけでなくメンバー全員が駆け寄ってきて、ダニエルさんからは、がっしりと両手を掴まれてしまった。

さっきまでの反応はなんだったんだ？　きっと、海から離れているから燻製《くんせい》か塩漬けだと決めつけていたんだろうな。

護衛をやっていると乾燥肉が定番だから新鮮な魚なんて滅多に口にできない。

海の新鮮な魚なんて、ダニエルさんのホームタウンである王都でも食べれないから、飛びついてくるのも分かる気がする。


そんなわけでしばらくして、ダニエルさんがマシューさんと一緒に食べに来てくれた。

当初の計画よりも人数が増えたので、裏の訓練場で食べることにしよう。

地下のシェルターも考えたんだけど、せっかくのいい天気なんだから日光浴しながら食べたいよね。

だから、今回は庭で立食形式にした。

各テーブルから少しずつ、魚料理を取りながら次のテーブルに移動してもらうことにしたんだ。

学食とかでよくあるセルフバイキングみたいな感じだね。

最初に注意事項として、大量に取らないように言っておいたんだよ。兵士はみんなよく食べるから、言っておかないと均等に渡らない可能性もあるからね。

みんな立って食べている。料理をワンプレートに取り分けれるお皿を作ったんだけど、思っていた以上に好評なようだ。

ハイルーン村のまとめ役である十人組のみんなはいつも手伝ってくれるんだけど、今日は騎士や文官まで料理を運ぶ手伝いをしてくれている。みんな気遣いできるから助かるんだよな。

でもまあ、領主である俺が率先して働いていたら、みんなやるしかないか。

騎士はお父様を入れて五人、文官が三人、十人組を含めて兵士は三十人くらい、それに料理人や侍女たちにも参加してもらっている。後は、マシューさんとダニエルさんたちが五人だな。

うちはお父様お母様と、サーシャとベスにチビとベビが参加している。かなり人数が増えたな。

でも、魚は全員に行き渡ったみたい。

大きなヒラメみたいな魚のムニエルは、白身がプリプリで味もしっかりしていて美味しいと高評価だ。

そろそろ、塩釜焼きの塩を割ろうかな。

塩で魚の形にしたんだけど、ちゃんと映えているだろうか？

木槌《きづち》で塩を砕くところが受けると思っていたんだけど、予想と違うぞ。

「あの石は食べれるんだろうか？」とか「あの石を食べるのか？」と聞こえてくる。

みんな魚の塩釜焼きは見たことないみたいだな。

みんな塩の塊《かたまり》が石に見えているようで興味津々なので、早速、木槌で塩を砕くことにする。

俺が木槌を持つと「石を割って食べさせるつもりだろうか？」とか「本当に料理なのか？」とか、口々に言っているのが聞こえてくる。

そう言いながら、みんなは周りに集まってきた。

普通は魚料理で使わない木槌を持っているのが不思議なんだろうな。

ボコボコ、バンバン、ドカドカ。

思った以上に頑丈だ。土魔法で固めたのがよくなかったかもしれないな。中の魚が無事か心配になってきたぞ。

あ、やっとヒビが入った。

中の魚は大丈夫だろうか？　圧縮されて潰れていないことを祈ろう。

木槌で砕こうとすると時間がかかりすぎるな。木槌で叩いて割っているように見せて、土魔法で砕くことにしよう。無詠唱で魔法が使えてよかったよ。

というか、火の通りが少し怪しいかも。ガチガチに固めすぎて熱の通りがよくなかったのかもしれない。

刺身で食べれそうなほど新鮮だから大丈夫だとは思うけど、魔法で加熱しておこう。お腹壊すと大変だからね。

しばらくして、いい感じに鯛みたいな魚が焼けた。取り分けよう。

ちゃんと塩味はついているかな？　味見してみよう。

乳白色の身がプリップリで塩味もいい感じで美味しいじゃないか。

これは美味《うま》い。白いご飯が欲しくなるな。それとやっぱりお醤油が欲しい。

前世で食べた鯛の塩焼きと変わらないレベルにある美味しさだ。

しかし、感想が聞こえてこないな。こんなに美味しいのに、俺の味覚と違うのかな？

調味料セットとか他の料理は好評だったから、そんなことはないか。

「アルフレッド様？　これはなんという料理なのでしょうか？」

マシューさんが話しかけてきた。

「知らない魚の塩釜焼きですね」

「こんな魚料理は初めて見ました。失礼なことを言いますが、石を食べさせられるのかと不安だったんです。石ではなくて塩だったんですね。見るのも食べたのも初めてでございます」

マシューさんが嬉しそうにしている。

「ちょっと魔法で塩を固めすぎて、砕くのが大変だったんですよ」

マシューさんが先ほどの塩釜焼きで割った欠片《かけら》を手に持ち、口に運んだ。しょっぱそうに顔を少ししかめる。

その大きさの塩を食べればそんな顔になるのも分かる。

「塩を魔法で固められたんですね、石というか岩にしか見えませんでしたから。木槌で割るというパフォーマンスが面白い。これは絶対に受けますよ」

「魚は美味しかったですか？」

「美味しいの一言です。味つけは塩だけなのですよね？　信じられないほど身がプリプリしていて、なんといっても塩味が抜群にいい。魚の旨味が閉じ込められている。それに岩を木槌で砕く斬新な演出も面白い。国王様にもお見せになったのでしょうか？」

マシューさんがべた褒めだ。

「今日初めて作ったので、ここにいるみんなが初めて食べた人になりますね」

「なんと！　私たちが初めてですか？　これは自慢してしまいそうです。でも国王様に話すと拗《す》ねられそうだから、ポロッと言わないように気を付けないといけませんね」

「マシューさん！　国王陛下に会われても絶対に黙っておいてくださいよ」

「そうしましょう。お互いのために黙っておくのがいいですね」

俺とマシューさんはがっしりと握手を交わした。

天ぷらは塩釜焼きで使った塩の塊を砕いて、塩をつけて食べてもらう。塩は高価だから捨てるのはもったいないからね。

苦手な人はお好みで調味料セットを使ってもらうように説明したが、みんな、塩で食べている。口に合ったようで安心した。

兵士やダニエルさんたちが何やら怪しい行動をし始めた。

あれ？　バラバラになった塩の塊を布に包んで懐《ふところ》に収めているじゃないか。

塩は貴重だし、魚の味がついているから携行用の調味料にちょうどいいんだろうな。

天ぷらも美味しい。骨はちゃんと取り除いており、魚スティックみたいな形状にしている。

自画自賛だけど火加減も絶妙で美味しい。この微妙な焦げ具合もいいアクセントになっている。

レイモンを搾《しぼ》ってみるか。ナイフでレイモンをカットしてギュッと！

痛！　目に飛んできた。なかなかこのレイモンは活きがいいやつだ。

これも美味しいぞ！　塩窯焼きの鯛みたいなやつにも、搾ってみればいいんじゃないかな。

天ぷらでお腹が膨れてきた。俺的には今回の魚料理は満足の行く出来栄えになっている。

でも、なんといっても魚が新鮮だったからだけどね。きっと誰が料理しても美味しかったんじゃないかな。

「魚の天ぷら、早い者勝ちだよ！」

待っていましたと言わんばかりに、兵士とダニエルさんたちが走ってきて、すぐに売り切れになってしまった。

サーシャがプリンを見つけたようで、みんなにデザートはプリンがあると言ってまわったみたいだ。

みんな、プリンを食べる気満々な様子で、『プリン』『プリン』と話し声が聞こえてくる。

今になってダニエルさんたち分のプリンが二つ足りないことに気が付いた。もっと余分に作っておくんだったな。

二人だけ食べれないとか揉めごとになりそうだからな。サーシャたちのジャンボプリンから二人分を捻出するか……

念話でチビとベビとベスにジャンボプリンから取っていいか聞いたら、あからさまに不機嫌な気持ちが伝わってきた。

誰も分けてくれそうにないな。サーシャは一番のプリン好きだし。

もし、分けてくれたとしても機嫌を損ねそうだ。

これはジャンボプリンから取るなんて選択肢は存在していない。俺のプリンを渡すとして、あと一個どうするかな？　お母様に明日二つ渡すからという提案をして頼んでみよう。

結果はばっちり、お母様は二つ返事でＯＫしてくれた。

これでダニエルさんたちにも食べてもらえるな。

お母様は「私は食べなくてもいいですよ」と言ってくれるかなとかすかな期待をしていたんだけど、「明日、プリン二つね」とニッコリと微笑みながら言われてしまったよ。

結局要求してくるんだな。

あちこちからプリンが美味しいと感想が聞こえてくる。

みんな、甘いデザートは好きなんだな。

あと、カラメルの売れ行きがいい。

苦いのが苦手な人がいたらと思って自由にかけるようにしたんだけど、みんな、かけて食べている。

なんか列ができ始めたが、ダニエルさん、何回目を並んでいるんですか？

というか器にプリンが入っていないんだけど。

カラメルだけを食べてますよね。

そうですか、この苦甘いのが美味しいですか。そんなに喜んでもらえるなんて誘ってよかったです。

あれ、サーシャの姿が見えないな？

《ベス？　サーシャはどこにいるの？》と、念話で聞いてみる。

《テーブルの近くにいますよ》

おかしいな、見えないんだけど……

少し姿勢を低くしてみたら、テーブルの下に隠れるようにしているサーシャを見つけた。

「サーシャ、プリンは美味しい？」

手に持っているジャンボプリンは手つかずのままだった。なんで食べていないんだろう？

「アルお兄様のプリンがないから、サーシャのプリンを少し分けてあげるのです」

え!?　プリン大好きサーシャがプリンを分けてくれるなんて、マイエンジェルはなんて嬉しいことを言ってくれるんだ！

「サーシャ、ありがとう！」

サーシャが器にプリンの半分を取り分けてくれた。俺はスプーンでプリンを口に運ぶ。

そんな悲しそうな目でプリンを見つめられるとお兄ちゃん、ぷるんぷるんのプリンが喉《のど》に詰まりそうなんだけど。

視線が痛いし、悲しそうに見つめるサーシャに耐えれないので、半分返そう。

「サーシャ、プリンを戻そうか？」

「戻してくれるの？」

サーシャが嬉しそうに言う。

もらった半分を戻したが、まだ、悲しそうな目で見つめてくる。

分かったよ、残りを全部返すからその悲しそうな表情をやめて笑ってくれよ。

というかサーシャ、よく俺にプリンを分ける気になったな。

結局、一口食べれただけで、ほとんどサーシャの元に、プリンは戻っていった。

それでも嬉しい。なんたってプリン大好き幼女のサーシャが自分のプリンを分けてくれたんだからね。

《チビちゃん、ベビちゃん、ベス、あなたたちはちゃんと食べたかな？》と、念話でチビ、ベビ、ベスに尋ねる。

《ちゃんと食べたダォ。魚もプリンも大好きダォ》

《お魚もプリンも美味しかったノ》

《アルフレッド様が作られる料理はどれも美味しいですよ》

《喜んでもらえて作った甲斐があったよ。また作ってあげるからね》

チビ、ベビ、ベスがよほど嬉しかったのか、俺の足にじゃれついてきた。

こうして、食事会が終わった。

「新鮮な魚料理は美味しかった」と口々にお礼の言葉をもらうことができた。俺はこの一言が聞きたいがためにやっているのかもしれないな。

後片付けは参加者が手伝ってくれたので、短時間で終わらせることができた。

普通なら食器洗いが一番大変なんだけど、俺の場合は土魔法で穴を掘り、食器を投げ込んで元の土に戻し、ブルースライムに浄化を手伝ってもらったら終わりだからね。

後はテーブルと椅子を同じように土に戻してお開きだよ。

片付くのは早い代わりに準備に時間と労力が必要なんだけどね。

最後に地面を土魔法で平らにしてカチカチに固めたら元通りだ。

食事の後で、ダニエルさん、仲間の護衛のオスカーさん、ヘンリーさんと話が弾《はず》んだんだけど、ダニエルさんたちは愚痴《ぐち》をこぼし始めたんだ。

マシューさんの護衛の仕事はそこまで頻繁にないから、もらった報酬だけでは食べていくのは無理らしい。マシューさんの護衛がないときは他の仕事をして収入を得ているんだって。

ということは、空いた時間で仕事をしてお金が稼げればいいんだよね？

なら、この村で働く気があるなら問題は解決するな。

「ダニエルさん、マシューさんの護衛以外の空き時間なんだけど、村の警護とゴブリンの定期的な駆除をやる気がある？　土地とか家なら格安で貸せるんだけど」

「それは本当か!?　実は護衛の仕事はキツイから、どこかで見切りをつけて安定した仕事に就きたいと考えていたんだ。ほら、仲間が亡くなっただろ。残された家族を見てしまうと嫌でも考えるようになるって」

俺がマシューさんたちを助けた時に仲間の一人が亡くなっていたんだよな。あの時から引退を考え始めていたなんて知らなかったよ。

「家族で移住するなら、奥さんたちには農業法人の仕事を斡旋できるけど。どうですか？」

「それは願ったり叶ったりだ。王都に帰ったら家族に話すから、返事は待ってくれるか？」

ダニエルさんは俺の提案に乗り気なようだ。ゴブリンと戦える大人が増えるとありがたい。それに奥さんも一緒なら、農業法人の働き手も増えるしね。

「いくらでも待ちますよ。家族と前向きに検討してください。いい返事を待っていますよ」

「アルフレッド、俺も移住していいか？」

オスカーさんがメチャクチャ乗り気だ。

「ええ、前向きに検討してください」

「よかった。この村は治安がいいから家族が安全に暮らせそうだからな。それにお店もこんなにあるし、品ぞろえもよくて、なんといっても王都より安いのがいい！」

マシューさんはこの村で儲ける気はないと公言しているけど、本当に王都よりも安くなっていたんだな。輸送コストもかかるはずだから、これじゃあ本当に儲けなんてなさそうだ。

「「あのー……」」

ヘンリーさんたちも一緒に、移住を希望すると言いだした。

他の護衛のみんなに影響されたのかもしれないが、身元がちゃんとしていて、誠実な護衛だと分かっているんだから俺としても嬉しい。

村の人口は直近で千二百人は超えていると聞いているが、家族で移住してくれれば、二十人近く住民が増えることになる。

村と町では大きな違いがあるんだ。住民が二千人を超えると町に昇格され、仕事斡旋ギルドが作られることになる。そうなると、さらなる発展が期待できるんだ。

仕事斡旋ギルドがあるとないとでは住民の数も人の動きも大きな違いが出るんだよ。

護衛は危険と隣り合わせ、家を留守にすることが多いから仕事中も家族のことが心配になるそうだ。結婚するまでは自由気ままでいいが家族ができるとそうもいかないと教えてくれた。

でも、うちなら単身赴任なんてないよ。村から出る長期出張なんてほぼないんじゃないかな。あるとすれば、護衛任務で王都に行くことがあるかもしれない。

思っていたよりダニエルさんたちと話し込んでしまい、彼らはマシューさんの店に戻る時間になったからと、移住のことを話ながら笑顔で帰っていった。

王都のダニエルさんたちの家族は、移住の話にどんな反応をするかな？

2　王都へ向かう護衛たち

ダニエルたち五人は、マシューの乗った馬車の護衛として王都に向かっている。

馬車の前方をダニエルとオスカーが馬を並走させ、馬車にはマシューと職員が二人乗っている。

その後方にはヘンリーたち三人の護衛が、馬に乗って走っている。

ダニエルとオスカーは辺りを注意しながら雑談を交わす。

「あんな辺境の村で新鮮な海の魚が食べれるなんて思わなかったな」

「アルフレッドは料理もできるんだな、あんなに美味しい魚料理は初めて食べた。あのままダニエルが断っていたら後悔するところだったぞ！」

「確かに、干物や塩漬けの魚は苦手だから遠慮したんだが、新鮮な海の魚なんて王都でも食べれないからな。しかし、馬車で二週間近くかかる村でなんであんなに新鮮な海の魚が出せるんだろうか？」

「「謎だな！」」

ダニエルとオスカーはちらりと向き合い、うんうんと頷《うなず》くと前方に視線を戻した。

時を同じくして、ヘンリーたち三人も昨日食べた魚料理について盛り上がっていた。

「ヘンリーさん、アルフレッド君って何者なんですか？　あんなに美味しい海の魚料理をタダで食べさせてくれるなんて」

「一緒に護衛していて本当によかった。このパーティーに誘ってくれたヘンリーさんに感謝しなきゃ！」

二人は馬をヘンリーの横に寄せると並走しながら言った。

「俺も詳しくは知らないが、あの年齢でお貴族様だからな。たしか昨年、グラン帝国軍をたった一人で撃退して、叙爵されたらしいぞ。その後もなんやかんやと忙しいみたいだぞ」

「若く見えるけど、エルフか何かのハーフなんですかね？　耳は尖《とが》っていなかったように見えたんですけど」

「人間だと思うがどうでもいいだろう、やめておけ！　詮索しない方が長生きできるぞ」

「確かに……木槌で白い岩を割るからどうなるかと思っていたら、あれが塩だなんて。美味しそうだからもらってきたんですよ。ほら」

若い護衛の男——カーターは、騎乗しているのだが、握っていた手綱《たづな》を放す。そして肩から斜めにかけていた袋から布に包まれた塩の塊を出し、ペロリと舐めた。

「しょっぱい！　でも、美味しいかも！」

また布に包むと塩を懐に戻し、ペロリと口の周りを舐めた。

「なんだ、お前も持って帰ったんだな」

ヘンリーともう一人の護衛の男――ラックも肩からかけた袋をポンポンと叩いてゲラゲラと笑った。

「魚を炙るとか、あれは見ていて楽しかった。火魔法を魚を焼くのに使うなんて」

袋を叩いて同意した護衛が言った。

火魔法は戦闘に使うため、いざという時のために温存しておくのが普通だ。料理に火魔法を使う魔法師にお目にかかることなどない。

「それにしてもあの魚料理は美味かった！　移住したら、また、食べれるかな？」

「それは分からんが、アルフレッドに雇ってもらえるならあるんじゃないか？　今回も兵士が食べていたじゃないか！」

「俺も兵士で雇ってもらえないですかね？」

カーターが真剣な表情で言った。

「何？　お前、さっき俺に感謝すると言ったばかりで、パーティーを辞める気なのか？」

カーターは青くなり、しどろもどろになり始めた。

「やだな～、年を取ったらのことですよ」

カーターは額《ひたい》に冷や汗を浮かべながらその場を取り繕うために必死だ。

その様子をニヤニヤとヘンリーとラックは楽しそうに見ていた。

「そうかそうか、頑張ってくれよ。俺も次に村に行ったら、兵士の募集がないか聞くからな！」

大笑いしながらヘンリーが言う。

カーターは、ヘンリーも同じ考えだと知り、頭をポリポリと掻いた手で、額の汗を拭った。

「嫌だな〜、ヘンリーさん」

カーターは照れ笑いを浮かべる。

「ヘンリーさん、俺にも口利きしてください！」

「俺にも！」

ラックとカーターの二人は、馬同士がぶつかりそうな距離まで近づいてヘンリーに言った。

「お、おう！　俺も挨拶程度の間柄だから、期待せずに待っていてくれ……」

ヘンリーはなんとも頼りなく右手で胸を叩いた。

そんなヘンリーの姿でも、頼もしそうに二人は見つめている。

「お前ら近いって、馬がぶつかりそうだ！　危ないから離れろって！」

ヘンリーの両側を走っていた二人の馬が少し離れると、定位置であるヘンリーの後方に下がっていった。

「俺もうちに帰ったら母ちゃんに本気で移住の話をしなきゃな」

ヘンリーがボソリと呟くように言うと、馬車から遅れかけていた馬のスピードを上げた。


こうしてダニエルたち護衛は予定の日数で王都のマシュー商会に到着した。

ダニエルたちは数日後に、ハイルーン村に引き返す時の集合場所としてマシュー商会を訪れることを確認すると、各々《おのおの》の家へと向かう。

「母ちゃん、今帰ったぞ！」

「お帰り、早かったわね！　無事に帰ってくれてありがとう」

ダニエルが帰ってくると妻がいつものように出迎えてくれた。

肩からかけていた袋を妻が受け取った。すると袋の中から布に包まれた石のようなものが現れた。

「あんた、何これ？　こんなもの拾ってきてどうするの？」

部屋に入って服を脱ごうとしていたダニエルは振り返る。

「ああ、マシューの旦那が移住した村でもらってきたんだ。それは塩だぜ、舐めてみな」

言われるがままに塊を舐めてみた。

「しょっぱい、本当に塩だ。汚いから石を拾ってきたのかと思ったんだけど、料理に使えばいいね！」

普段、お土産《みやげ》の習慣のないダニエルが初めて持ってきた塩の塊は妻に喜ばれた。

「なあ、母ちゃん、前話した移住なんだが、マシューの旦那の住んでる村に行かないか？」

ラフな服装に着替えたダニエルが言った。

「あんた、仕事が確保できないって言っていたじゃないか？　どうにかなったんだね？」

「ああ、家族で来るなら、お前の仕事もあるって。格安で土地と家も貸してくれて、なんたってマシュー商会の品物が王都より安いんだ」

「あんた、さっさと準備しな！」

急に妻はそう言うと服を紐《ひも》で縛《しば》り始めた。

「何を？」

「決まっているじゃないか、移住するんだよ。どうせ行くんだろ？　マシューの旦那を護衛してその村に」

ダニエルはあっけにとられていたが、今脱いだばかりの服に着替え直すと、荷馬車の手配に飛び出していった。

ダニエルは荷馬車の値段交渉をし、帰ってくると妻が荷物をどんどん積み込んでいた。

「家の中のものがないが、出発までどうやって暮らすんだ？」

「串焼きでも買って食べればいいだろ？　一日や二日死にやしないよ。布団はまだ積んでないしね」

「そうだ。死んだ護衛仲間のリオンとリーグの家族に挨拶に行こう。あいつらが死んでからも会いに行っていたが、ハイルーン村に移住して急に行かなくなったら心配させてしまう。俺たちが移住すると伝えてやろう」

「そうだね、行って挨拶してきな。どっちか荷物を見ていないと盗《と》られたら困るだろ」

　ダニエルは途中の店でクッキーを買い込むと、リオンとリーグの家族の住む家へと向かった。


　五分ほど小走りに行くと家が見えてきた。

「おーい、リオンのかみさんいるか？　マシューの旦那の護衛が終わったから会いにきたぞ。元気にしていたか？　ほら、クッキーが土産だ」

「いつもすまないね。気を遣わせて」

　現れたリオンの妻――ヒルダの顔には疲れが見てとれた。

「いいさ。気にするな。ところで突然なんだが、マシューの旦那が移住した村に俺たちも移住することに決めたんだ。今日は別れを言っておこうと思ってな」

「え！　どこか遠くに行っちゃうのかい？　寂しいじゃないか！　奥さんと子供も一緒にかい？」

「ああ、俺たち五人家族全員が移住を決めた」

「なんてこと⁉　そんなに住みやすいのかいその村は？」

「ああ、安全だし、マシュー商会の商品もなぜか安いんだ。それに風呂があるんだぜ」

「物価が安くて、お風呂もあるのかい？　あたしたちも連れてってくれないかね。あんたたちが移住すると決めたってことは仕事はあるんだろ？」

「……本気なのか？」

「本気だね！」

「分かった。マシューの旦那に相談してやる」

「頼むよ。こうしちゃいられない。リーグのところにも言いに行かなきゃ。あの子も仕事探すって言ってたからね。うちとリーグの家族も行くよ。やっと運が向いてきたかもしれないね。ダニエル頼んだよ！」

「はぁ～？　あんた、他所《よそ》の家の移住を勝手に決めちゃダメだろ！」

「何言ってんだい！　あたしたち二人は姉妹みたいなもんだ。だから一緒なんだよ！」

「なんだよ！　その無茶苦茶な考え方は！　まあいいや。リーグの家族にも挨拶しようと思ったけど任せる！　俺はマシューの旦那に相談に行くからな！」


ダニエルは急いでマシュー商会に行き、ことの次第を説明した。

するとマシューは、「農業法人の仕事ならいくらでもあるし、住居も貸せるから心配はいらない」と即答した。

ダニエルが戻ってみると、ヒルダもリーグのかみさんも荷作りを始めていた。

マシューに確認したところ、予想より早く仕事が片付きそうなので、二日後に村に帰ると言っている。ダニエルも急いで荷馬車の手配を始めた。

マシューが荷馬車のお金を出してくれると言い、みんなでお礼に行った。

二日後、馬車七台での移動となった。完全にキャラバン状態だ。

ただ馬車といってもダニエルたちの乗るのは一番安い荷馬車だった。

マルベリー領を過ぎたあたりから、馬車や人が増えてきた。この先にはアルフレッドの村があり、さらにその先にはグラン帝国がある。

馬車だが、ガタガタと揺れるのが一般的なのだが、マシューの馬車だけはほとんど揺れない特別な乗り心地をしていた。

そのうち馬車の車列の前方に、ハイルーン村の砦のように堅牢な門が見えてきたのだった。

3　ハイルーン村遠征訓練

レオンハルト第一騎士団長は戦闘狂の筋トレマニアである。公休日にもかかわらず、騎士団の訓練施設でハードな筋トレに汗を流していた。

他にも第一騎士団の騎士たちが半ば強制的に付き合わされている。

そこへ突然、国王のメダリオン三世が現れた。

「レオンよ、お前たち第一騎士団だが、公休であるにもかかわらず、こうして筋トレに励んでおる。もっと鍛えたいのではないか？」

国王陛下はニヤリとしながら親しげに話しかけた。

レオンハルト第一騎士団長は少し困惑した表情になりながらも、両腕に力こぶを作るとボディービルダーのようにポージングを決めた。

「国王陛下、ご覧ください。この私の筋肉美を！　我が第一騎士団の騎士はみな、美しく鍛えております！」

レオンハルト第一騎士団長が、騎士たちにお前らもポージングしろと目で訴えかけると、騎士たちは戸惑いながらもいろいろなポージングをする。

「そんなことは分かっておる。だがな、レオンよ。き・た・え・た・い・の・で・あ・ろ・う……と、国王であるワシが聞いておるのだぞ！　この意味が分かるな？」

国王陛下はレオンハルト第一騎士団長に近づくと言う。その言葉には明らかな強制力があった。

「そ、そうですね。私は鍛えるのは大好きです！　もっと鍛えましょう⁉」

レオンハルト第一騎士団長は、国王陛下の顔色を窺うようにして言った。

その周りでは騎士たちが聞き耳を立てながら、なりゆきを見守っている。

「そうかそうか、もっと鍛えたいのだな。ではワシから第一騎士団に楽しい訓練をプレゼントしてやろう！」

国王陛下がニコニコしながら楽しそうに言った。

「新しいトレーニング器具か何かを、もらえるのですか？」

レオンハルト第一騎士団長が身を乗り出して言うと、騎士たちはげんなりした表情になった。

「お前たちは王都から離れることもなく、行軍訓練ができておらんだろう？　そこで、ハイルーン村まで行ってくるといいぞ！　命令書にて指示しておくから楽しみにしておけ！」

それだけ言うと、ウキウキとした様子でメダリオン三世は帰っていった。

残されたレオンハルト第一騎士団長と騎士たちは、耳を疑っていた。

王都を守ることが業務の第一騎士団を、辺境の村に行軍させるということは、グラン帝国がまた攻め込んでこようとしているのかという話になり、戦々恐々とする。

だが、それぞれすぐに「こうしてはいられない、準備しなければ」と帰っていった。

□□□

数日後、ハイルーン村に向かう街道を第一騎士団の半分にあたる二百人の騎士と共に、レオンハルト第一騎士団長が行軍していた。

この隊列には魔法師団の百五十人もの魔法師が交ざっている。この人数は魔法師団の四分の三に当たる。ここまで大規模な遠征など初めてのことであった。

この大規模な行軍により、行き交う馬車や人は、慌てて道の両端に逃げるように移動すると、何事が起きたのだろうと興味深そうに見守っている。

命令書には『ハイルーン村から海まで、荷馬車が通行できる道を整備せよ』と、だけ書かれていた。

指示された内容はどう見ても行軍訓練ではなく、土木工事だ。

メダリオン王国では岩塩が採取できず、国外からの輸入に頼ってきた。

その後、グラン帝国の侵攻という危機に直面し、塩の確保という長年の課題が再度、クローズアップされることとなったのだ。

アルフレッドが、そこへ見計らったように、製塩のために王家直轄地の貸与をしてほしいと申し出た。そのためには塩を運べるよう、ハイルーン村と海を繋《つな》ぐ道を作る必要がある。

利害関係の一致したメダリオン三世は、これ幸いと行軍訓練という名の、慣例を無視した土木工事を決定したのだ。

第一騎士団は体力自慢が揃っているが、森を切り開いて道を作った者など誰一人いなかった。

計画によると道路を作る場所は、マルベリー公爵領のオーク迷宮が近く、オークとの戦闘も考慮に入れておく必要がある。

オーク迷宮には訓練のために挑んだことのある者が多くいるが、訓練中に赤いオークに出会うと死人が出ることもあった。そのため、警戒は怠《おこた》らないようにしなければならない。

過去にはグラン帝国との戦争を想定して、第三騎士団がロプト村まで行軍訓練を実施していたこともあるが、戦火から年月が経つといつの間にか途絶えていた。

往復するだけで十二日もかかり、大勢の移動となれば、かなりの費用が必要となるからだ。

行軍中は野営が基本であり、食事の準備が大変だ。それに硬いパンや干し肉がメインのため、喉が渇くし美味しくない。この食事が長期間続くなど、誰も考えたくもない。

第一騎士団の荷馬車には、数ヶ月分の干し肉とパン、他にも斧《おの》とスコップなどが大量に積み込まれており、どう考えても長期間の訓練になることが明らかであった。

レオンハルト第一騎士団長は、国王陛下の無茶振りに困惑したが、自国の海水から塩を作り、その塩を運ぶための道を作るという目的を出発前に聞いていた。

有事の際に長期間にわたり塩を止められでもすると、死活問題になってしまう。これを解決するための提案をしたのが、まだ少年のアルフレッドだ。

レオンハルト第一騎士団長は、以前のことになるが、アルフレッドを少年だと舐めていたために剣を使った訓練で打ち負かされるという、苦い思いをしていた。

そんなこともあってか、すんなりと任務を受け入れることができている。

慣例を無視した土木工事ではあるが、塩の重要性を十分に認識しており、喜んで協力することにした。

森を切り開いて道を作るには斧を使う。

斧は見習い騎士の頃に使い方を訓練することになっているが、レオンハルトは、騎士団長という立場になってからは日常で使うことはなかった。

「久しぶりの斧に、私の筋肉も喜んでいるぞ！」

レオンハルト第一騎士団長は、斧を持ちポージングすると、「フン！　フン！」と声を上げつつ筋肉をピクピクと動かしている。

「何がフンだ！　それよりもその自慢の筋肉を使って、大木の一本でも切り倒してみせんか！　一日も早く終わらせて、まずい飯とおさらばせねばの」

魔法師団長のマジク・セルフィシュが言った。

「セルフィシュ爺さん、そう言うあんたも、自慢の魔法で海までパパッと道を作ってくれてもいいんだぜ！」

しかし、セルフィシュ魔法師団長は、レオンハルト第一騎士団長の言葉が聞こえていないかのように素知らぬ顔をし、明後日の方向を見ている。

そうこうして森を進んでいくうちに、第一騎士団と魔法師団の前にハイルーン村の堅牢な柵が現れたのだ。

安堵の声の他に、その異様なほど頑丈そうな柵に対し、驚きの声が混ざる。

「これが噂のハイルーン村か？　以前来た時のロプト村の面影はどこにもないではないか！」

セルフィシュ魔法師団長は、アルフレッドが王都に行くきっかけを作っていた。ゴブリンのスタンピードが起きた際の報告書に違和感を覚え、ここに来たのだ。

その時にアルフレッドの魔法の才能に心躍らせ、王都の魔法師学校に半ば強制的に推薦した。

ほんの数年前の出来事なのだが、村は町といってもいいほどの大きさにまで広がっており、王都よりも機能的に整備されていることが一目で分かった。

村の周囲は堅牢な作りの柵で囲まれており、深い堀まで張り巡らされていた。

村に出入りする門には、城にあるような跳ね橋がある。

道だが、注意深く観察すると、凹凸がなく土魔法でガチガチに固められていることが分かる。

魔法師であれば、これを魔法の巻物――スクロールを使い作ったとするなら、いったいいくらの費用がかかるのかと考えずにはいられない出来ばえだった。

村には水路が張り巡らされており、いくつもの水車小屋が作られており、ガタン、ゴットンと音が聞こえてくる。水量の少ない場所では、風車がカラカラと音を立てて水を汲み上げていた。

「聞いてはおったが、噂以上だな。村の入り口に『ようこそハイルーン村へ』と垂れ幕がかかっているが、笑わしてくれる。何が村だ、これでは巨大な砦か城塞都市のようではないか！　アルフレッドのやつめ、まだまだ、ワシを楽しませてくれるのう！」

セルフィシュ魔法師団長は、誰に聞かせるでもなく、顎《あご》ヒゲを擦りながらニコニコとしている。

しかし、その目は獲物を狙うように鋭く光っていた。

レオンハルト第一騎士団長とセルフィシュ魔法師団長は、領主であるアルフレッドに挨拶に向かった。

屋敷は川の向こうにあり、堅牢な土の塀《へい》に囲まれている。正門には門番がおり、用件を伝えるとすぐに取りつぐために屋敷に向かった。

門を潜ると、メダリオン城のように美しく整備された庭園があった。

そこに、門番がアルフレッドと共にやってきた。

アルフレッドのお腹がポッコリと膨れており、レオンハルト第一騎士団長とセルフィシュ魔法師団長は気になって仕方がない。

アルフレッドは少し驚いた表情をして言う。

「第一騎士団長、魔法師団長、お久しぶりです。こんな遠くまで来られるなんて何があったんですか？」

「もしかして、国王陛下から何も連絡は届いていないのか？」

レオンハルト第一騎士団長はなんとも言えない表情で言った。

「きっと、国王陛下は僕を驚かせようとしたんじゃないですか」

そう言いつつもアルフレッドは、たいして驚いた様子もない。

レオンハルト第一騎士団長は今回の経緯を話して聞かせた後、尋ねる。

「ところでアルフレッド、三百五十人ほどいるのだが、どこかにいい野営地はないか？」

「野営じゃないといけないんですか？」

「三百五十人が寝泊まりできさえすれば問題ないが、急に言われても泊まる場所など準備できんだろう？」

レオンハルト第一騎士団長が少し困惑気味に言った。

「訓練場なら三百五十人の収容はできるんだけど、地面をカチカチに固めているからペグが刺さらないんです。地下シェルターなら雨風も防げるし、テントの設営と撤収の手間が省けるからどうですか？」

「アルフレッドの提案は願ったり叶ったりだが、雨風も防げて三百五十人も寝泊まりできる場所があるのか？」

「そうですね……六千人収容できるように作ったから余裕で入れますね。案内するので見てから決めてください！」

アルフレッドは二人を引き連れて門から出る。

「道に置かれると邪魔なので裏の訓練場に馬車を移動してくれませんか？」

「すまん、すぐに移動させよう！　おい、馬車を移動させろ。他の者も全員ついてこい！」

荷馬車と共に三百五十人がゾロゾロと歩いていく。

屋敷よりも少し高い塀が現れ、分厚い門を抜けて中に入る。

中は頑丈な塀に囲われた、だだっ広い訓練場になっていた。

隣の屋敷と連絡橋で繋がっており、何やら奇妙な階段が見える。

「地下なんで薄暗いんですけど、階段を下るとシェルターになっています。荷馬車はその辺に置いてくださいね」

「ああ、感謝する」

「硬いパンと干し肉ばかりは体に悪い。夕食に美味いものを食べさせてくれるんだろうな！」

セルフィシュ魔法師団長が突然言う。

「突然、三百五十人分の食事と言われても、お肉を焼くくらいしかできませんよ」

「肉を焼いてくれるのか？　美味いのを頼むぞ！」

セルフィシュ魔法師団長が、自慢の顎ヒゲを触りながら満足そうに言った。

「では、シェルターの案内より先に、猪肉《いのししにく》を焼きましょう。準備するから待っていてください」

アルフレッドはそう言うと階段を上り見えなくなった。

しばらくすると大きな猪肉を担いで階段から下りてきた。

アルフレッドの腹がモゾモゾと動いている。

「ベビ、出てきちゃだめだから」

アルフレッドがお腹のポケットを擦りながらベビに言い聞かせると、ポッコリと膨れていたお腹は動かなくなった。

アルフレッドはその後も、何度も猪肉を地上に運び出している。

それに気が付いた騎士の数名が肉運びに名乗りを上げたが、すでに運び終わった後だった。

□　□　□

俺――アルフレッドは、大きな猪肉に棒を突き刺し、グルグルと回転させながら焼いている。

次の猪肉も焼く準備に取りかかる。まるでマンガ肉のようだ。

一度でいいからやってみたかったんだよ。

三百五十人もいるから、肉を焼きながら削《そ》ぐことにした。チマチマ焼いてなんかいられないし、切るのも手間と時間がかかるからね。

火が通らない可能性もあるから、魔法と併用して肉の中まで温度を上げておこう。食中毒は怖いし、毒を盛ったとか変な噂を立てられると困るからね。

塩コショウを振りかけながら焼いているので、お好みで調味料セットを使ってもらうつもりでいる。

グルグル回る肉だが、風魔法で切り込みを大量に入れたら、マンガ肉というよりケバブに見た目が近くなった。

マンガで描かれていたのとはだいぶ違っているが、いいことにしよう。誰がなんと言おうと、これが俺の異世界マンガ肉だ!!

ジュウジュウとお肉の焼ける音といい匂いがしており、これが食欲をそそるんだよね。

さっきから三百五十人もの人が、ガヤガヤとお肉の話をしている。ハッキリ言ってうるさい。

「みなさん！　猪のお肉が焼けてきましたよ！　削ぎ落として取り分けるから、各自の器を持って順番に並んで！」

おかしいな？　なぜか距離を取って近づいてこようとしない。

みんなの視線の先を追って下を見たら、ベビが俺のポケットから顔を覗かせていたんだ。

《ベビ、見てたんだ》

《ずっと見ていたノ。さっき、ヒゲのお爺ちゃんがベビを睨《にら》んできたノ！》

《あらま。きっと魔法師団長だな》

《ちょっと怖かったノ。あれ以上睨まれたら、ボウッてやっていたノ！》

ベビから怖がっている気持ちが伝わってくる。

《ベビ、あのお爺ちゃんにボウッてやっちゃダメだよ。ママも火傷《やけど》するから絶対に火を吹いちゃダメだからね》

《分かったなノ》
見つかってしまったようなので、誤解されないようにベビを紹介したほうがいいだろうな。
そうだ！　火が吹きたいなら、ストレス発散も兼ねて、別のものにボウッってやってもらうことにしよう。
直接肉に吹きつけなければ衛生面も大丈夫だろう。
《ベビ、出てきて。猪のお肉に当たらないように火を吹いてみてくれるかな？》
《わーい。ベビ、ボウッってやっていいノ？》
ベビがもそもそと服の腹ポケットから出てきた。抱きかかえて地面に下ろしてやる。
周りがさらに騒がしくなっているが気にしたら負けだ。
《ベビ、真っ黒こげになるからお肉にはボウッってやらないでよ》
《任せてなノ》
ベビは指示した通りに、棒に刺した猪肉の下の空間に向けてボウーーーと炎を吹きかける。
うまいうまい、まるで小さな火炎放射器のようだ。
《チビ、どこにいるノ？　ベビのいるとこに来れば火をボウッってやれるノ！》
《ベスママ、チビもやりたいだォ！》
《サーシャ様が背中の上でお昼寝中だから今は無理》

《乗っけたまま行けばいいダォ！》

ベビがチビに念話したせいで、チビがワガママを言い、ベスが困っている。相変わらず、念話が全部俺にも流れ込んでくるんだよね。

他にもいっぱい聞こえており、チビのご機嫌斜めな感情まで届いてくる。

ベビは猪肉の下の空間にボウーーー、ボウーーーと炎を吹きまくっている。

「見ての通りお肉を焼く手伝いのできるいい子で、ベビです。お肉を受け取りに近くに来て！　食べないならこの子たちに食べさせるよ！」

そうみんなに説明しつつ、周りの人たちに呼びかける。

器を手に持った行列ができ始めた。先頭は第一騎士団長で、まじまじとベビを見ている。

「さっき、そいつが腹から出た時は、寄生でもされたのかと心配したが、どう見ても龍だよな？」

「はい。ママ龍さんから預かったんですよ。そのうちママ龍さんが、魔大陸から迎えに来てくれることになっているんです」

《ベビちゃん第一騎士団長にご挨拶して》と、念話で伝える。

「ガオガオ」

ベビが挨拶している間に、猪肉を削ぎ落として器に入れて手渡す。

これを、あと三百五十回も繰り返さないといけないのか……先は長いな。

「アルフレッド、お前、次から次へとよくもそんなにトラブルを抱え込めるな！」
第一騎士団長が同情するように言った。
《ママ、ベビもお肉が食べたいノ！》
《先にみんなに食べてもらうから、もう少しだけボウッて手伝ってくれる？》
《分かったなノ》
ベビがまたボウーーー、ボウーーーと炎を吹く。
猪肉がほとんど骨だけになると新しい猪肉をセットし直す。それからまた、ベビにお願いし、ボウーーーと炎を吹いてもらう。これをひたすら繰り返している。
魔法師団長の順番になった。鋭い目つきでベビを睨みつけるように観察している。
するとベビがポケットの中に戻ってきた。
《ベビ、このお爺ちゃん嫌いなノ、これ以上睨まれたらボウッてやっちゃいそうなノ》
《確かに目つきが怖いね。ポケットの中でじっとしていて、お肉渡してあっちに行ってもらうから》
《じっとしておくノ》
魔法師団長が何か言いたそうにしていたが、猪肉を削ぎ落として渡す。
すると、魔力量測定会で会ったことのある魔法師二人がすまなそうな顔で、魔法師団長の両脇に腕を通す。

「待て、お前たち。ワシはアルフレッドにだな……モゴモゴ……」

右側の魔法師が、猪肉を魔法師団長の口にねじ込み、連行していった。

俺はその後も、焼いて削ぎ落としてをひたすら繰り返し、やっと最後の一人に渡す。
俺の腕はパンパンになっている。
流石に三百五十人分はやりとげた感が半端ない。疲れたと自覚できるほど働いたな。
《ベス、チビ、一緒に猪肉を食べよう！》
《少し待ってください。サーシャ様が起きそうなので、起きたら行きます》
《チビも行くダォ！》
十分ほどすると、連絡通路にベスが現れた。その背中にはチビを抱いたサーシャが乗っており、眠そうに手で目をこすっている。
ベスは背中に乗せたまま、階段をゆっくりと斜めに歩いて下りてきた。斜めに下りないと背中のサーシャを落としてしまうからだろう。
まずはベビに切り分けて、皿に入れてやる。すると腹のポケットから出てきてガツガツと食べ始めた。周りの騎士たちの視線をほしいままにしている。

サーシャは寝ぼけていたが、だんだんと覚醒してきた。

「アルお兄様、おはようなの。いい匂い、サーシャもお肉が食べたいの」

「おはようという時間じゃないけど、よく来たね。よく噛んで食べてね」

猪肉を削ぎ落とし、さらにサーシャが食べやすくカットしてから皿にこんもりと入れ、テーブルに置いた。

「わ～い、美味しそうなお肉なの！」

サーシャを抱き上げて椅子に座らせてやる。

後はベスとチビのお肉を準備してやる。てんこ盛りの猪肉の載ったお皿を目の前に置いた。

これでやっと肉焼き係から解放された。

サーシャも、チビとベビも、美味しいと言って食べている。ベビは食べ終わったようだ。

《ママ、ベビがんばってボウッてやったからもっと食べたいノ！》

《よく働いてくれたからね、お腹が空いたんだね》

俺は地上に運んだ最後の猪肉を火にかけるとグルグル回し始めた。すると、ベビとチビがボウーーー、ボウーーーと炎を吹いてくる。

チビが加わると火力が強すぎるな。やめさせるのもかわいそうだから、焦がさないよう猪肉を回す速度を上げるしかないな。

俺は猪肉をグルグルと回しながら、魔法で中に熱を伝えることも忘れない。

チマチマ切るのが面倒になり、大きく切り分けて、チビ、ベビ、ベスの皿に入れてやる。

猪肉一匹なんてチビ、ベビ、ベスがいればペロリとお腹に入ってしまうからな。

《大きくて美味しそうなの！》

《アルママ、美味しいダォ！》

《ベスはここに来られて幸せです！》

「ヒェッヒェッ。龍の炙った肉を食べたぞ。王都に帰ったら国王陛下に自慢せねばな！」

チビたちの念話の反応に満足してたら、魔法師団長の笑い声が聞こえて、ビクッとなってしまった。また、揉めごとを増やすようなことを考えていそうだ。

声のする方を見ると、顔見知りの魔法師たちが申し訳なさそうに、俺に謝る仕草をしていた。

俺やっぱり、魔法師団長は苦手だな。

「第一騎士団長、食事も終わったようですから案内しますので、今夜は地下シェルターを使ってくださいね」

「ありがとう。肉も美味かった。そうさせてもらおう、今日は夜の見張りも不要だからみんなぐっすりと眠ることができそうだ」

シェルターは六千人を収容できる面積で、魔《ま》蟻《あり》が襲ってきても余裕で耐えるように天井や周囲の壁を頑丈に固めているから、強度だけなら自信がある。

おっと、みんなをシェルターに案内したのはいいけど、前に運んできた魔蟻の脚が山積みに放置されたままになっているな。

みんないい大人だし、壁際に山積みにしてあるんだから、いちいち触るなとか言うまでもないよね。

薄暗いな、ランプを点けてあげないと。それまでプチファイヤーの魔法でも使っておこうかな。

俺が無詠唱で魔法を使えるって詠唱した方がいいよね。

「プチファイヤー、プチファイヤー、プチファイヤー、プチファイヤー。めんどいな、ゴニョゴニョでいいや」

俺の指先にプチファイヤーの小さな炎が十個浮かぶとバラバラに広がっていき、シェルター内を照らしだした。

「「「おーーー！」」」

「「「火の玉が……」」」

「「「なんだここは」」」

「地下にこんな……」

地下で一斉にしゃべると反響もしているから聞き取るのも大変だ。

壁にかけてあるオイルランプに、火を入れてまわる。

これで室内が見渡せるようになったので、プチファイヤーの魔法を解除する。

あれ～？　みんな階段を下りた辺りから、動いていないじゃないか。

そんなところで固まったままで何をやってるんだ。

第一騎士団長までキョロキョロとしていて、明らかに動きがぎこちない。

何もなさすぎて、期待していたのと違ったのかな？　まさか個室があるとか思っていたんじゃないだろうな？　それは期待のしすぎというものだよ。

がっかりさせちゃったかな？　貸してあげるんだから文句は受けつけないよ。

みんなのところに歩いていくと、第一騎士団長が近寄ってきた。

「アルフレッド、ここは何をするところなんだ？　地下にこんなに広い部屋など初めて見るぞ。こんなの地上でも見たことない、この太い柱の数は巨大な神殿のようではないか！」

第一騎士団長が興奮している。期待を裏切られたんじゃなくて驚いているみたいだな。

地下にこんな大きな部屋があるとは思わないだろうからな、だから何度も三百五十人だぞ、泊まれるのかと言っていたんだな。

「アルフレッド、これはお前が作ったのか？　どんな土魔法を使えばこんなことができるんじゃ。信じられんものを見ているようじゃ」

なんか調子が狂うんだけど。いつもの魔法師団長ならヒェッヒェッとか笑いながら言ってきそうなのに、真顔で聞いてきたんだけど、どういう風の吹きまわしだろうか？

「作ったのは僕ですよ」

魔法師団長から、疑うような、俺の苦手な眼差しを感じる。

でも、そんなことも言っていられないな。なんたってここシェルターに初めて泊まるお客さんになるんだから。

せっかくだから、利用した感想も聞かせてもらって、課題があるようなら今後に活かさないとね。

「明日、泊まった感想を聞かせてくださいね！」

ダメだ。みんなさっきまで一か所に固まっていたのに、柱を叩いてみたり壁や床を触ってみたりと、忙しそうにしている。

魔蟻の脚に気が付いた人たちがゾロゾロと集まり議論を始めた。危ないから崩さないでよ。

上位種の魔蟻の外骨格は地上の保管庫に厳重に保管してあるからみんなの目に触れることはないし、魔蟻の脚がたくさんあるだけなら知られてもトラブルにはならないよね？

ていうか、そろそろ俺の話を聞いてほしいんだけどな。

仕方ない、小さな爆裂魔法を行使して注目させよう。

威力を極限まで抑えて発動させると「パ～ン」と乾いた音が響き渡り、やっと俺の方を向いてくれた。

「みなさ～ん。ゆっくり休んでくださいね。僕はもう少し片付けがあるからこれで失礼するので、明日、泊まった感想を聞かせてくださいね！」

「アルフレッド、ありがとう。猪肉も美味しかった。それじゃあ、ここを使わせてもらう。おい、お前たち、馬車から荷物を持ってくるんだ！」

やっと第一騎士団長が応じてくれた。

騎士と魔法師たちが階段を駆け上がっていく。俺も後を追って階段を駆け上がる。

□　□　□

「騎士団長、ここはなんなんですかね？　天井も高いし、こんなに大きな地下室なんて初めて見ましたよ。あそこに積まれているのは魔蟻の脚ですよ。それもあんなにたくさん。あれ、いったい何本くらいあるんですかね？　処分に困ったというわけでもないでしょうし、なんのためにあそこに積んであるんでしょうか？」

第一騎士団の一人、ゲイツ隊長が第一騎士団長の傍《かたわ》らに来ると話しかけた。

「陛下の馬車の乗り心地がよくなったのは聞いていているか？」

「はい。聞いております」

「では、キャスペル殿下の足のことも分かるよな！」

「はい。義足ですよね？　あれですが、跳びはねたり早く走ったりできるんですよ。初めて殿下の剣術訓練の相手をした時には驚かされたんですよ！」

ゲイツ隊長は思い出し、目を輝かせている。

「あの義足だが、魔蟻迷宮から出たものらしいぞ。この魔蟻の脚、殿下の義足の色や光沢にそっくりだと思わないか？」

二人は大量に積まれた魔蟻の脚に視線が釘づけになっている。

「そうですね、殿下の義足の色と光沢がそっくりというか、まるっきり魔蟻の脚そのものじゃないですか！」

「ゲイツ、お前にもそう見えるんだな？　ところで、第三騎士団の数名が使っている魔蟻の防具や武器を見たことがあるか？」

「訓練場も離れているので目にする機会はないですね」

ゲイツ隊長が残念そうな表情になり言った。

「そうか、ないのか？　私はあるぞ。それもあそこにある魔蟻の脚とそっくりな色と光沢をしている。一度だけだがキャスペル殿下が紫の鎧《よろい》を着けてい……」

突然、第一騎士団長がハッとしたような表情をした。

「え、そこで止めないでください、気になるじゃないですか！　騎士団長、意地悪せずに続きを話してくださいよ」

「お前、魔蟻のスタンピードが起きた時は王都の居残り組だったよな！」

「そうですけど、王都の守りをするように命令があって、俺と騎士団長は一緒にいたじゃないですか！　ボケるにしても早すぎますって、騎士団長。しっかりしてくださいよ！」

　ゲイツ隊長が心配そうに第一騎士団長の顔を見ている。

「お前、魔蟻クイーンって聞いたことあるか？」

　第一騎士団長は構わず続ける。

「嫌だな～、騎士団長は。俺はさっきの続きが話してほしいのにスルーして、話題を変えちゃうんですか？　やめてくださいよ。魔蟻クイーンの名前だけなら聞いたことはありますよ！　聞いた話ですけど普通の魔蟻より倍くらい大きくて紫色なんでしょ？」

「そう、殿下の鎧は紫色だったんだ。もしかしたら、魔蟻クイーンの外骨格で作られているのかもな」

「それって貴重で高価なんでしょ？　俺も一度でいいから見たいんですけど、なんとかなりませんかね？」

　ゲイツ隊長の目は、騎士団長権限で見せてくださいよと言っているようだ。

「お前！　その様子じゃあ、私が何を言いたいか分かってないだろう？」

「何がですか？」

　ゲイツ隊長は困惑気味に言った。

「普通の魔蟻の脚でさえ、硬くて加工するのは大変なのに、紫色の魔蟻はさらに硬いらしいぞ！切りかかっても剣がはね返されるのに、どうやって鎧にしたか不思議に思わないか？」

「確かにそうですね？　遠まわしに言わないで俺にも分かるようにお願いしますよ！」

　ゲイツ隊長は懇願するような目で訴えかける。

「要するに私が言いたいのはだな。ここが我が国の魔蟻の武器や魔道具の秘密の工房で、対グラン帝国用の戦略拠点ではないかと言いたいんだ。私たちは今、メダリオン国の最重要施設に泊まろうとしているのかもしれないぞ。どうだ。楽しくなってきただろう？　この施設のことを外部に漏らすと首と胴体が離れてしまうかもしれないぞ。だから部下たちに箝口令《かんこうれい》を出しておけよ。いいな」

「は！」

　ゲイツ隊長は姿勢を正すと、慌てて走り去ってしまった。

　それを待っていたように魔法師団長が、第一騎士団長に声をかける。

「おい、坊主。珍しくワシと意見が合うではないか！　ヒェッヒェッヒェッ」

「爺さん、勘弁してくれ、私は四十二歳なんだぞ。坊主と呼ぶのはやめてくれ！」

第一騎士団長が不機嫌そうに言った。

「坊主、そう嫌うでないわ！　じゃがワシもまだまだじゃな！　あんな炎の魔法やこれほどの土魔法を見せられてはのう……王国一の魔法師など思い上がりもはなはだしいわ！　さて、ワシもちと本気で道を作るかのう！　見ておるがよいわ！　ヒェッヒェッヒェッ！」

魔法師団長はそれだけ言うと、魔法師たちが集まっている場所に戻っていった。

□□□

翌朝になり、全員が目を覚ました。昨晩は虫や魔物に悩まされることがないため、久しぶりに見張りも不要となり全員が熟睡することができた。シェルター内は快適そのものであった。

朝食にはアルフレッドが大量の砂糖多めの焼きたてクッキーを提供した。

大変好評で、行軍中の携行食に欲しいと騎士や魔法師は言い合っていたが、第一騎士団長も魔法師団長もアルフレッドに要望することはなかった。

ところが、道を作るため出発しようとしたところ、アルフレッドからさらに大量の魔力で出した水と、砂糖多めクッキーの提供があった。

これには全員が大喜びし、お礼を言った。

「お前たち、準備はいいか！　出発するぞ！」

第一騎士団長が号令をかけた。

「「「おう！」」」

騎士たちがこれに応じると、三百五十人の行軍が開始された。

4　護衛家族の移住

俺――アルフレッドの治めるハイルーン村に、ダニエルさんたち護衛と家族が、マシューさんを送ってくるのに同行して移住してきた。

これには流石に驚いたよ。だって、二週間ほど前だったかにちょっと相談に乗っただけだからね。

やっぱり、護衛の奥さんをするような女性は度胸が据わっているんだね。ここぞという時の瞬発力というか行動力が半端ない。

マシューさんの護衛をしている時、リザードマンに襲われて亡くなった護衛の家族まで一緒に来たって言うんだから、みんな、本当に面倒見がいいよね。俺はこういう人たちは好きだよ。

それにマシューさんが荷馬車の費用を負担していたんだ。マシューさんの、そういう面倒見のいいところも大好きなんだよ。

住居なんだけど、広さは王都の二倍で家賃は三分の一だから、ものすごく喜んでくれたよ。それに建てたばかりの新築だからね。

これでまた住民が増えて、町に認定されるのに一歩近づいたよ。

早く町になって仕事斡旋ギルドに来てもらいたいんだよね。そうすれば人も集まりやすくなって、やれることも増えるし、一気に発展させることができるからね。


しばらくして、住宅に荷物を運び終わってから、奥さんたちが挨拶に来たんだ。

それからマシューさんの案内で一緒に農業法人を見学に行ったんだよ。

気に入ってもらえたようで、引っ越し荷物の整理ができ次第働くって大張りきりだったからね。

「お給金もいいし、農産物が従業員価格で購入できるという特典があるのが助かるわ！」って、目を輝かせていた。あと、「マシュー商会で販売している品物が王都より安い！」って大はしゃぎだったからね。

「治安がいいのもありがたいんだけど、ハイルーンのハンバーグとかスイーツとかのお店がないのが残念ね、頑張ったご褒美《ほうび》に食べていたのよ」とも言ってたっけ。

きっと、マシューさんのことだから、心配しなくても人口が増えればオープンさせるんじゃないかな。

農業法人の働き手も確保できてよかったよ。野菜はもちろんだけど、ワインに加工食品にと引く手あまたで、嬉しい悲鳴だとマシューさんが言っていたからね。

特に最近は日持ちのする、チーズや肉に魚の燻製やハムなんかがよく売れているんだって。

他にも薬草やポーション、スライム液も問い合わせが増えているそうでマシューさんが倒れないか心配になる。前世の俺のように心臓発作とか起こさないといいんだけどな。

ちゃんと休養を取るように言っておいた方がいいだろうな。

言っただけだと「はいはい」とか言われてスルーされそうだから、一緒に温泉に入りに行ってのんびりしようかな。

偉そうに言っているけど俺も明らかにオーバーワークなのを自覚しているからね。

いい機会かもしれないよね、日程調整してみようかな。

移住者たちに、農業法人の見学の後に、村の案内もしてまわったんだけど、公衆浴場が最高だと子供たちも喜んでくれたんだよ。

だって、王都だとタライにお湯を入れて、絞った布で体を拭くだけだからね。

冬場は特に寒いから助かるって喜んでいたよ。

さっき聞いたら、人口が増えたから週に一回にしないと村人全員が入浴できないんだってさ。できた当初は週二回、入浴できていたのにな。

公衆衛生のためにも週二回は入浴してほしいから、浴場を増やさないといけないな。

隣接地にスペースはあるし、給排水のことも考えなくていい。あそこにもう一棟作ろう。

なんか、またオーバーワークになりそうだな。


あと、引っ越し祝いに、お昼は猪肉を焼いて食べてもらったんだ。普段、お肉を食べさせてもらえていないのかと心配になるほど、子供たちがお肉をバクバク食べて、パンパンになったお腹を見せに来てくれたんだよ。

やっぱり小さな子供って人懐っこくて、かわいくて面白いよね。

さっき焼いた猪肉で在庫が切れたから、猪を捕獲しないといけないんだけど、最近は村の周りの罠《わな》にはかかってくれなくなったんだよね。

きっと、猪もバカじゃないから学習したんだろうね。

そうだ、うちの兵士たちの訓練も兼ねて狩ってもらえば、一石二鳥じゃないか。お父様に提案して日程調整してもらおう。

ちなみに移住者は、ダニエルさんが五人家族、オスカーさんとヘンリーさんが四人家族。新メンバーのラックさんは、三人家族で奥さんが妊娠中らしい。

それなのに六日間も馬車で移動していた。心配になって気に留めるようにしていたんだけど、美味そうに元気にお肉を頬張っていたよ。

さっき聞いたら、マシューさんの揺れない馬車に乗せてもらえたんだと言っていた。

やっぱりマシューさんは気遣いができるよね。俺も揺れない馬車に改造したんだから役に立てたことになるのかな。

移住者で一番若いカーターさんは、独身。まだ結婚する気はないけど恋人は募集中なんだって言っている。

だけど、この村の女性はみんな結婚前提のお付き合いだって、誰かから聞いたことがあるから難しいかもしれないよね。

それに魔蟻のスタンピードの後で住民を受け入れたから、女性は子連れの割合が高めなんだよね。

適齢期のフリーの女性は少ないんじゃないかな。

未来のお嫁さん候補の小さな女の子ならたくさんいるんだけど、でも男の子も同じようにいるからそっちとくっつくだろうし、やっぱり無理そうだよね。

頑張ってねカーターさん。

みんな、お腹がいっぱいになると、引っ越しの片付けがあるからとお礼を言って帰っていった。

この村での生活に早く慣れてくれるといいんだけどな。

そうそう、村を案内する際に、マシューさんが開拓している場所も回ったんだけど、急ピッチで畑が広がっていたんだよ。

どんな作物が実るのか今から楽しみだよね。腐葉土《ふようど》とか入れたか後で確認しておこうかな。

鶏《にわとり》も順調に増えたって聞いているから、卵の数も増えているよね。

プリンやカステラも作りやすくなる。サーシャの喜ぶ顔が目に浮かぶようだ。

そうだ、開拓したての土では植えても育ちが悪いから、鶏糞《けいふん》も入れるように言っておこう。

鶏糞を入れたら土を寝かさないといけないし、農業って手間と時間がかかるんだよね。それだけじゃなく、天候にも左右されるんだから本当に大変だよ。

あと、ちょっと悲しい現実を聞かされたんだよ。

鶏のオスは、かわいそうなことに、若いうちにお肉になっているらしい。

俺は鶏に生まれなくてよかったよ。

ゴブリンのお肉が美味しければ、そっちを食べるから、鶏のオスももう少しは長生きできたと思うんだけど、お肉が緑色だし、なんたって臭いからして無理なんだ。

この話はやめよう、試しに食べようとした時のことを思い出してきた。全然美味しくなかったんだよね。

第一騎士団と魔法師団のためにもお肉を確保しておきたい。

そうなると猪だけでは足りないよね。

よし、久しぶりにマルベリー公爵領のオーク迷宮に行ってこよう。

そうだ、うちの兵士たちの訓練も兼ねれば一石二鳥だよね。怪我をされるのは嫌だから俺も一緒に行こうかな。

そんなわけで、今回のオーク迷宮遠征訓練なんだけど、俺ことハイルーン伯爵軍の戦力の半分を参加させることに決めた。

軍の半分といっても、内訳は騎士三名に、兵士十五名しかいないんだけどね。

残りの騎士と兵士には、ハイルーン村の警備をしながら、猪を狩ってもらうようにお父様にお願いしておいた。

それと、ダニエルさんが仕事がないと暮らせないって言うから、五人をオークの運搬をメインで雇ったんだ。

そのうち、兵士の増員が必要になればうちで雇ってあげようかな。

だけど、そうするとマシューさんの護衛がいなくなるか。それはダメだな。

そうだ、マシューさんの護衛のない日を、日雇いの契約にすればいいんだ。新しい二人のことはよく知らないから、雇うかどうかは今回の働きぶりで決めようかな。

ということで、普通のオークを二十頭狩ってきたよ。そのうち四頭は迷宮の使用料として、マルベリー公爵のお城にあげてきたよ。

公爵に捕まると話が長くなりそうだから、門番に渡して急いで城を後にしたんだけどね。

今回の遠征には若い兵士を優先して参加させたから、十人組のみんなは含まれていない。おかげで森に詳しい十人組が残ってくれるから猪の狩りは任せられる。

それにいつものことだけど頼りになるお父様とお母様に全て丸投げしてきたからね。

「オークは解体したものから地下シェルターの保管庫に運んでくれ！」

遠征の隊長を務めた騎士が指示をする。

元猟師の兵士もいるし、この村で育っているからか、オークを手際よく解体してくれる。本当に助かっているよ。

解体は十人組のみんなやダニエルさんたちまで参加してくれたから、短時間で終わらせることができたんだよ。

護衛をしているとオークの解体もできるようになるんだね。

「討伐することもあるから、その時は解体して食料にするんだ」と、ダニエルさんが教えてくれた。

保管庫の中には、留守の間に猪肉が増えていた。

流石は森に詳しい十人組、猪の狩りはお手のものだな。今でも猟師の腕は鈍《なま》っていないようだ。

こうして狩りを終えて、村に着いた。

ちょうど、オーク肉を保管庫に運び終わって、一息ついているところに、第一騎士団と魔法師団がガヤガヤと森から帰ってきた。

オーク迷宮遠征に出かけていたから、一週間ぶりの再会なんだけど、顔に疲れの色が見えている。

やはり、森の木を相手にするのは、普段と勝手が違うから疲れが出ているのかな？　丸一日の肉体労働はきついからね。

ん!?　あの兵士、虫に刺されたのかな？

こっちの兵士もだ。あちこち腫《は》れ上がっているじゃないか。

森の中で大変な目に遭っていそうだな、すぐに消毒してピンクポーションを塗った方がよさそうだぞ。

魔蜂《まばち》に刺されたなら、命の危険があるから別の毒虫の類《たぐい》だろう。森にはいろんな毒虫もいるから、作業していると気が付けないこともあるんだよね。

早く治療しないといけないな。

有無を言わせず、身柄を確保すると、消毒をイメージして癒《いや》しの魔法を行使する。

ピンクポーションを布に含ませて、腫れたところにシップのように貼りつける。

顔の腫れは布を手で押さえてもらうしかないな。

毒には効果が低いが癒しの魔法も行使しておこう。毒を排除しないと腫れが引かないからな。

今度、ポイズンリムーバーっていう、注射器みたいな毒を吸い出す器具も作ろう。

消毒もしたけど、ピンクポーションの効果は抜群だな。みるみるうちに腫れが治っていく。この様子なら大丈夫そうだな。

治療した騎士にメチャクチャ感謝されたよ。痛くて痒《かゆ》かったらしい。

きっと毒のせいでアレルギー反応も出ていたんだろうな。アナフィラキシーショックとかにならなくてよかったよ。

あれになったら、どうしていいか分かんないからな。

毒虫に刺されないように、今後、対策を考えないといけないな。

そんなことを考えながら、あちこち刺された騎士の治療に取りかかる。

すると、近くで一息ついていた十人組が見よう見まねで治療を手伝ってくれる。毒の手当は早いほどいいから助かるよ。

こっちのは吸血ヒルだ。ウエー、気色悪いヒルが、血を吸ってパンパンに膨れている。

プチファイヤーで炙ってヒルを剥《は》がし、下に落としてから焼いた。

傷口はつまんで癒しの魔法で塞《ふさ》ぎ、あとは虫刺されと同じように処置して終了。

これは心がやられるやつだわ。

今から交代で風呂に入ってもらい、明日は休日にさせた方がよさそうだぞ。第一騎士団長に提案しておこう。

そう思って第一騎士団のところに行ったら、そっちも虫にやられていた。

予想以上に被害は大きかったな。なんの虫に刺されたんだ？　ダニかこれ？　マダニとか確か噛まれると死ぬこともあるんじゃなかったか？

第一騎士団長や魔法師団長も刺されて腫れ上がっていた。

治療すると、メチャクチャ感謝された。

ひたすら治療にあたり、消毒のために全員の身ぐるみを剥がさせてもらった。

着ていた衣服を急遽作成した土の穴に放り込んで、高温殺菌する。衣服をパタパタ振ると、いろいろな虫が死骸で出てくる。

こんな状態で夜を過ごしていたのか？　それは休まる時なんてないな。気の毒になってきた。

王都の軍隊だからって、森を舐めすぎだよ。なんの対策もしないで人の手が加わっていない森に入るなんて信じられないことをする。

みんな虫の死骸を見てガヤガヤと言い合っている。裸で歩きまわっていないで早く風呂に行ってよ。

だけど、村の公衆浴場までマッパで移動はまずいか？　三百五十人が、一度には入れないしね。

仕方ないのでさっきの穴を土魔法で広げて、火魔法を行使してから、燃えカスを掃除する。

もう一度火で消毒して魔力で出した水をダバダバ入れ、火魔法で加熱すれば即席の大浴槽の完成だ。

魔力の含まれたお湯に浸かれば体の疲れが改善するんじゃないかな。


その後、明日はお休みに決まった。

衣服も洗濯して水魔法で脱水まで済ませて、風と火魔法の温風で乾燥させた。

三百五十人分の衣類を洗濯し終わったら、魔法師たちから呆れられた。

まあ、そうだろうね。土、火、水、風の四大属性魔法で洗濯するという、魔法師は絶対やらないような魔力の無駄遣いをしたからね。

それに賢者様しか使えないと言われている、火と風の複合魔法まで見せたんだ。

また、働きすぎちゃったな。明日は俺も休もう。

そうだ、明日はマシューさんを拉致して、家族で温泉に行こう。王都から帰って一週間だから、マシューさんはどこにも出かけてはいないでしょ。

その後、俺が三百五十人分の衣類をまとめて消毒と洗濯したために、どれが誰の衣類か分からなくなったようで、所有者を特定するのに苦労していた。

みんな、自分の衣類と分かるように印をつけると言っている。

ごめん、流石にあの状況でそんなことまで気が回らなかったよ。

□□□

翌日、十人組の一人、ローグさんから第一騎士団長に、森での毒虫対策を説明してもらった。

長袖、長ズボン、皮の手袋を着用し、帽子とスカーフなども使用し、できるだけ肌を露出させない。足首と手首は衣服の口を紐で縛り、虫が中に入ってこないようにする。

虫除けと刺された時のためにブルーポーションとピンクポーションを携行する。

他にも、吸血ヒル対策などについても、十人組からレクチャーしてもらった。

これで被害はかなり減らせるんじゃないかな。

森に詳しい十人組から何人か同行させた方がいいかもしれないな。第一騎士団長に提案しておこう。

その後で、ダニエルさんたち家族みんなに村を案内していたら、以前から考えてはいたんだけど、子供たちのためにやりたいことが頭に浮かんでいたんだ。

ベビは卵から孵《かえ》ってそれほど経過していないんだけど、成長も早くて賢いから、俺の話すことを理解しており、会話が成立する。

どれくらい成長しているのかも気になっているから、俺の考えていることを話してみよう。

どんな答えが戻ってくるか楽しみだな！

《ねえベビ、村の子供が増えてきたから、簡単な読み書きと計算ができるようにしてやりたいんだよ。できるようになれば仕事の選択肢も増えるからね。あと、最低限のマナーも覚えさせたいんだよね。いい考えだと思わない？》

見下ろして腹ポケットのベビを見ると、微妙な顔をしている。

分かってくれたかな？　何か反応してほしいんだけど。

《ベビ、ママの言ってること分かんないノ》

《そうか、分かんないか……一通り説明するから、分かんなかったことは後で聞いてね》

《分かったなノ》

《文字や計算ができるようになると、いろんな仕事を選べるようになるんだよ。分かるかな？》

《文字とか計算とかが分かんないノ》
龍は読み書きや計算はしないから、俺の話が難しかったんだね。
《そ、そうだね……ほら、マシューおじちゃんのお店の上に看板があるんだけど、あそこに文字が書かれている。だからマシューおじちゃんのお店だって分かるんだ。売っている品物も文字で分かるように書いてあるし、いくらとか計算できるとお店で働くこともできるんだよ》
《ベビが働くノ？》
真面目に聞いてくれているのが分かるけど、ベビに話して聞かせようと考えた俺が間違っていた。まだ、ベビには難しかったみたいだ。
《ベビ、降参する！　もう少し人間の言葉を覚えたら、詳しく教えてあげるよ》
《分かったなノ》
《ベビはいい子だね》
ポケットから頭を出しているベビを撫でてやると、気持ちよさそうに目を閉じてされるがままになっている。
《ママに褒められたノ！》
なんていい表情をしてくれるんだ。
理解させるにはまだまだかかりそうだけど、結果的にこの表情を見れたので、俺は満足している。

そんなことを考えながら、屋敷に戻ってきた。

おや、ベビの反応がないぞ。

ポケットの中を覗いて見るとスヤスヤと眠っていた。

さっきまで褒められたって嬉しそうにしていたのに、俺の話が面白くなさすぎて子守歌代わりになっちゃったかもな？


その後、マシューさんを無事に拉致することに成功し、お父様、お母様、サーシャ、ベス、チビ、ベビも一緒に、四属性魔法を駆使して作った『なんちゃって温泉』に来ている。

マシュー商会の従業員のみんなもマシューさんの体を心配していたようで、喜んで俺の計画に協力してくれたんだよ。

『なんちゃって温泉』を作った場所は、ハイルーン村から少し離れた森の中で、景色のいい川のほとり。

イメージするなら、山奥の秘湯かな。

ここまで歩くと時間がかかるから、カーゴウイングに俺と一緒に同乗してもらい、運んだんだ。

積載重量の関係で一度に一人しか運べないから、何度も往復したんだけど、カーゴウイングなら片道十分ほどで到着できるからね。

サーシャが特にカーゴウイングにはしゃいでいたんだけど、空を飛べたってみんなも喜んでくれたんだ。

だけど、マシューさんのはリップサービスだったんじゃないかな。だって、顔がヒクヒクしていたからね。休んでもらおうとしたんだけど、逆に悪いことしちゃったな。

それでも、温泉とオークステーキに満足していて、こっちは本心から喜んでいたように見えた。

もしかしたら、お父様とワインを飲んで上機嫌だっただけかもしれないんだけどね。

実はお父様も少しビビッていたんじゃないかと思っているんだよ。だって、降りるときなんて明らかに腰が引けて動きがおかしかったからね。

息子に情けない姿を見せまいと、やせ我慢していたんじゃないかな。

そういえば移動について、チビとベビには自分で飛んでもらったんだけど、ベスの移動速度がどう考えてもおかしいんだよね。

あいつ、足にリニアモーターでもついているのか。時速五百キロとかで走れるんじゃないかな。でなければ空を飛んでいる可能性が高い。

とにかく、マシューさんには、ゆっくりと『なんちゃって温泉』に浸かってもらった。料理も出して、猪を焼いた肉とあっさり味の野菜多め肉スープを食べてもらった。

なので、十分に英気を養ってもらえたと思うんだよね。

それと、チビとベビ、ベスには専用の浴槽を作ってやったんだけど、のぼせるんじゃないかと心配になるほど長く浸かっていた。

あんなにお風呂好きだなんて知らなかったよ。また連れてきてやらないといけないな。

でも、よくよく考えたらチビとベビは、自分たちで炎を吐けば、お湯を沸かせるんじゃないのか？

それなら距離も近いんだから、ベスとチビとベビで浸かりにくればいい気もするな。きっと俺が言わなくてもやりそうだよね。

あっ！　ベスのモフモフな毛を乾かせないから無理か！

チビとベビの火で乾かしてもらったら、ベスの真っ白な体毛があちこち焦げたイメージしか湧いてこないな。

そういえば俺自身も、のんびりと休息を取るという目的があったんだが……結果から言うと、十分に休めたかどうかは微妙なんだよね。

土魔法で浴槽を三つと男女の目隠し用の衝立《ついたて》を作り、水魔法で水を注いで、火魔法で沸かした。

それにみんなを運びもしたからな。

今回のことで、一つ気付けたことがあるんだ。

どうやら俺の体には『社畜魂』が染みついていて転生してからも『休む』なんてできないみた

いだ。
もしかすると何かの呪いとかの類かもしれないぞ。まあ、これは冗談だけどね。
でも、家族やマシューさんと大自然の中でゆっくりとした時間を過ごせたから、最高の気分転換になったのは間違いないよ。
どこかに本当の温泉がないか探してみるのもいいな。
見つけたら、別荘を作るのもいいよね。なんか考えただけでワクワクしてきた。心のやりたいリストに追加しておこう。
自分で言うのもなんだけど、こうやってやることを作り出しては働いてしまうんだよな。
《ベス、帰るから毛を乾かすぞ、お前を乾かすのは結構時間かかるから、みんなより早めに出てこいよ》
《分かりました。あと三十分だけ浸かっていてもいいですか？》
《三十分だけだからな》
《ベスママ、いいって、よかったダォ！》
《ママは優しいノ》
《三十分経ったらもう一回、お願いすればいいダォ》
《そうかな？》

《お前ら、念話は俺にも届いているのを忘れているんじゃないか？》

《《あっ！》》

三十分後に約束通りに上がってきたベスを、火と風の混合魔法で乾かしてやると、ベスの体が三倍くらいの大きさに見えた。

最高の触り心地だな。誰がなんと言おうと、モフモフは正義だよな。

俺は来るときと同様に、全員を村に送り届け、楽しい一日を終えた。

5　キャスペル殿下からの催促状

翌日、隣町から兵士が馬を飛ばして手紙を届けに来たんだよ。

何か問題があったのかと身構えたんだけど、キャスペル殿下からの手紙だったんだ。

手紙ではあるんだけど、どう見てもキャスペル殿下からの催促状なんだよね。

簡潔に説明すると、『いつまで待たせるつもりだ。今すぐに来い。革鎧にする魔《ま》狼《ろう》を狩るために、魔狼迷宮に行くぞ！』って、書かれていたんだよ。

ということで、『子供を教育しようプロジェクト（仮）』なんだけど殿下の用件を済ませてから

じゃないと安心して進めることができそうにない。
放置すれば、乗り込んで来そうな内容の手紙だったからね。
さて、キャスペル殿下のところへ向かうか。
でも流石にベビも大きくなり、ポケットに入れて連れていくのは厳しくなってきたんだよね。
ダメ元で、ベビに残るようにお願いしてみよう。
《ベビ、ママは大切な用事があるから、チビとベスとサーシャと留守番してく……》
《イヤーーーァ！　ベビはママと行くノーーー》
《やめてーーー、頭の中が痛い！》
念話は耳を塞いでも聞こえるから防ぎようがない。
これはもしかすると精神攻撃？
これは置いていったら、帰ってから大変なのが見に浮かぶな。仕方ない。
《ポケットに入れなかったら、連れていけないからね》
《ノーーーォ、でも仕方ないノ。分かったなノ》
ふぅ！　やっとベビが念話による嫌がらせをやめてくれた。
《じゃあベビ、ポケットに収まるか入ってみて》
ベビが嬉しそうに足元に寄ってきた。

両手で抱き上げ服のお腹にあるポケットに入れる。
ギリギリだけどなんとか収まってしまったな。仕方ない、連れていくか。
ベビは大きくなったが、ポケットの中での重さは見た目ほどは増えたように感じていないんだ。
きっと、魔法か何かで体重を軽減させているんじゃないかな。
《ベス、キャスペル殿下に呼び出されたから、魔狼迷宮に行かないといけないんだ。その間、家族とチビを頼むからな。襲っては来ないと思うけど、邪神教の狂信者には注意してくれよ》
《お任せください。お土産待っていますので、気を付けていってきてください！》
《ベスが土産を要求するようになるとはな。それで何が欲しいんだ！》
《お肉もプリンも美味しかったし、この前のお魚も美味しかったですね！》
《美味しい食べものだな！》
ベスの頭の中は最近食べた料理で埋めつくされているようだ。
俺的には魚づくし料理は満喫したから、また今度にしたいな。
特産品を売っていたら買って帰ってやるか。
《チビもベスの言うことをよく聞いておとなしくしているんだぞ！》
《おとなしくしているダォ。ベビ、帰ったらお話聞かせてダォ！》と、チビ。
《いっ～ぱい聞かせてあげるノ！》と、ベビ。

念のためベビのトイレを済ませてから、俺はウイングスーツで王城に向けて飛び立った。

手紙には、キャスペル殿下たちと一緒に馬車で魔狼迷宮に向かうようにと書いてあったんだ。

だから、馬車で移動するならと普段着るような服に、ベビを入れるためのポケットをチクチク縫いつけて向かった。

急いで作ったから、ちょっと作り込みが甘いところもあるんだけど、ポケットの大きさはウイングスーツよりは大きめにしてある。

これなら、ベビも少しは楽に入っていられるんじゃないかな。

護衛の騎士は馬での移動になるんだろうけど、黒色の馬車は、前回の討伐依頼の後に、魔蟻の脚のリーフ式スプリングとショックアブソーバーを取りつけてある。だから乗り心地に関しては快適に移動できるはずだよ。

今回迷宮に行く目的なんだけど、キャスペル殿下の皮鎧を作れる大きさの魔狼を仕留めることなんだ。

できるだけ皮にダメージが少なくなるように討伐する必要はあるけど、俺が村で倒した大きさの魔狼なら、一匹討伐するだけでいいはずだ。

誰から聞いたか忘れたんだけど、魔狼は一匹だけならC級扱いの魔物で、群れになるとB級扱いになるんじゃなかったかな。

同行する騎士や魔法師の顔ぶれは変わっていないだろうから、連携はばっちりのはずだよね。

オーガはB級だし、ミーノータウロスなんてA級の魔物なんだから、以前の迷宮での戦いの経験を活かせば、魔狼一匹なら俺抜きで討伐できるんじゃないかな。

俺が以前、倒した魔狼と同じくらいの強さなら、魔法師と騎士の連携があれば、倒しきれるんじゃないかと思っているんだ。

もしかすると、最初の攻撃で倒してしまい、キャスペル殿下の出番がないかもしれないな。

もし、そうなってしまったら、殿下はいったいどんな反応をするのかな？

魔狼の毛皮が手に入って喜ぶのか、それとも戦闘に加われなくて残念がるのかな？　ちょっとだけ見てみたい気もする。

飛んでいたら、俺の視界に王都の街並みとメダリオン城が見えてきた。

ベビも慣れてきたからか、俺が体を起こして着陸態勢に入るとちゃんとポケットの中に隠れてくれるようになっている。

久しぶりに王城のテラスに降下を始める。

ゆっくりとテラスに降りるために、重さを相殺《そうさい》するだけの風魔法を発動させると、周囲にはゴーゴーという音と共に風が吹き荒れる。

以前はそこまで感じたことはなかったんだが、窓ガラスがガタガタと音を立てて震えている。破壊しそうで気が気でない。

なんとか無事に着地でき、ホッと胸を撫で下ろした。

俺もベビも成長したから、以前より強く風魔法を使わないと安全に着陸できないんだよね。

手紙をくれたからだろう、ちゃんと鍵も開いていた。

勝手に室内に入り、着替えるために俺専用の倉庫に向かう。

《ベビ、着替えるからポケットから出てよ》

《はーいなノ》

普段のベビは聞き分けのいい子なんだよな。

お腹のポケットからモゾモゾと出てきたベビを、両手で抱えると倉庫の床に下ろした。

ベビは床にちょこんと座り、辺りをキョロキョロ見ている。

ウイングスーツはあちこち紐で結んであるから、着るのも脱ぐのも大変なんだよ。

前世なら耐久性の高いファスナーがあるから、もっと簡単に着替ることができたんだろうけど、ないものねだりをしても仕方がないよね。

一人だと時間がかかる。やっと着替え終わったよ。

丁寧に折りたたんで袋に収納する。

《お待たせ、ベビ。こっちのポケットに移動して、顔は出さないでよ》

《はーいなノ》

俺の足元にちょこんと座って待っているベビを、両手で抱えてポケットに入れた。

そういえば、アルテミシア様にベビを見せていなかったな。ベビを見せたら驚かしてしまうだろうか？

以前は月に一回、アルテミシア様に会いに来れていたんだけど、領地のことやキャスペル殿下の件で、忙しくなり足が遠のいている。

前回もベビたちの件で、会いに来る予定をキャンセルしているんだよね。アルテミシア様が機嫌を損ねていないことを祈るしかない。

アルテミシア様のご機嫌を先に聞いておきたいので、キャスペル殿下の部屋に向かう。

「キャスペル殿下、アルフレッドが来ました！」

ドアをノックしながら声をかけた。

「アルフレッド、お前、遅すぎるぞ！」

室内からいきなり、キャスペル殿下の大きな声が聞こえてきた。

怒っているな……そういえば、キャスペル殿下を待たせていたんだった。

アルテミシア様の部屋に先に向かい、キャスペル殿下の機嫌を聞いた方がよかったのかもしれないな。

俺はドアを開き部屋に入る。

「手紙をくれるのかと待っていたが一向に……アル、お前のお腹どうなっているんだ？」

キャスペル殿下の視線が俺のお腹に釘づけになっている。

ぽっこりと膨らんだお腹だからな、そりゃあ気になるよね。

ベビは顔を出していないが、たまにモゾモゾと動いている。

「キャスペル殿下！　これが来れなかった理由なんです」

俺はお腹を指さしながら言いきった。

「アル、それは誰との子なんだ。お前ってなんでもできる奴だとは思っていたが、子供まで産めるのか？」

キャスペル殿下がおかしなことを言いだした。

「嫌だな〜、僕は男ですよ。産めるわけないでしょ。ベビーシッターをやらされているんですよ」

《ベビ、出てきてキャスペル殿下に挨拶してね》

念話するとベビがもそもそと顔を出し、いつものように「ガオガオ」と言い始めた。

「キャスペル殿下、通訳します。ベビです。よろしくお願いします。と言ってます」

《ベビ、よく挨拶できました。いい子いい子》

俺はベビの頭を撫でてやるとベビは嬉しそうにしている。

《エヘヘ、ママに褒められたノ》

ベビはそれだけ言うと満足そうにポケットに入った。

俺は視線をキャスペル殿下に戻したが、キャスペル殿下は目がこぼれ落ちてしまいそうなほど驚いていた。

「アルよ。それが龍なのか？」

驚いていたキャスペル殿下が落ち着きを取り戻しつつある。

この反応からすると国王陛下から、ベビのことは聞かされていたんだろうな。

「龍ですね」

「アルが実は龍の化身だったのかと驚いてしまったぞ。お前が龍の化身でないのならいい。龍は人化できると聞いたことがあったのだ。それなら、今までのアルの強さにも納得できるしな」

「だから、あんなに驚いていたんだ……僕が龍の化身ですか？　それは面白いですね！」

「お前、やっぱり龍の化身なのか⁉」

「嫌だな～、キャスペル殿下は。僕はどこにでもいる普通の人間の八歳児ですよ！」

キャスペル殿下が何か言いたそうだが、このまま押しきることにしよう。

「さあ、魔狼迷宮へレッツゴーでしょうか⁉」

「アル！　そろそろ、キャスペル兄上と呼んでくれてもいいのではないか！」

「そうでしたね。つい、今までの癖でキャスペル殿下と呼んじゃいました。キャスペル兄上！」

俺はできるだけかわいく言ってみたが、反応はどうだろうか？

キャスペル殿下がメチャクチャいい笑顔になった。弟ができて嬉しいのかな？

でも、自分で『キャスペル兄上と言うように』って言っておいて、ちょっと照れくさそうにも見えるんだよね。なんかかわいい。

「我が弟アルよ、魔狼迷宮へ行こう！」

キャスペル殿下がメチャクチャ張りきっている。

じゃあ、サクッと魔狼を討伐しちゃいましょう。

「準備は整っているぞ。アルが改造してくれた黒い馬車だが、あれに乗れば二度と今までの馬車には乗れない。あれは揺れなくていい馬車だ！」

気に入ってもらえてよかった。改造した甲斐があったよ。

国王陛下の豪華な馬車は先に改造済みだったんだけど、キャスペル殿下は知らなかったのかな？

キャスペル殿下は目立つのはあまり好きではないと言っていたから、いつもお忍び用の黒い馬車を利用していたんだろうな。

今から出発したのでは、途中の街道で野営になってしまうため、今日は王城に泊まり、明日の朝に出発することに決まった。

「アルテミシアが寂しがっていたから、この後、会いに行った方がいいぞ！　アルが会いに行き、龍を見れば機嫌も直るのではないか」

　アルテミシア様の様子を聞いておこうと思っていたんだが、先に言われてしまった。

　キャスペル殿下の言い方からすると、アルテミシア様はご機嫌斜めなのだろう。

　アドバイス通りに、ベビを見せてアルテミシア様の機嫌を取らないといけないな。

　それでも、俺とベビだけでは危険な気がする。

　キャスペル殿下、一緒に行ってくれないかな？

「キャスペル兄上、一緒に行ってほしいです！」

　俺はできるだけかわいく言うと、キャスペル殿下の右手を握ってみた。一緒に行ってくれるまで、この手を放す気はないですよ。

「仕方のない奴だな。かわいい弟が頼むなら行かないわけにはいかないな！」

　キャスペル殿下が嬉しそうにしてくれる。『キャスペル兄上』って魔法の言葉みたいだ。

　キャスペル殿下の手を引っ張るように歩いて、アルテミシア様の部屋にやってきた。

　どうやら、キャスペル殿下は、ベビを見たアルテミシア様の反応が気になっているようだ。

ドアの前から話しかける。

「アルテミシア様、アルフレッドです。なかなか来れなくてごめんなさい！」

先に謝ったもん勝ちだよね。

「あら！　アルフレッド様。少しお待ちになって」

女性に会いに来るのに、前触れなしに訪問したのはまずかったかもしれない。

急がされたからお土産が準備できてないし、アルテミシア様が拗ねていないか心配なんだよね。

機嫌を取らないと……

「どうぞ、お待たせしました。お入りになって」

アルテミシア様の声はいつもと変わらない？　かな？　正直判断がつかない。

あれ？　普段なら中からドアを開けてくれるんだけど……開かない。

部屋に入る前から雲行きが怪しくなってきたな。やっぱり、機嫌を損ねていそうだよね。

俺はドアノブを回して、アルテミシア様の部屋に入る。

もちろん、キャスペル殿下の手をぎゅっと握って逃がさない。

アルテミシア様と目が合った。ちょっと嬉しそうな目をした？　かな？

これは拗ねているな！　キャスペル殿下についてきてもらって正解だったな。

あれ!?　キャスペル殿下をチラッと見て不機嫌になったぞ。

「アルテミシア、お前の大好きなアルを連れてきてやったぞ！」

キャスペル殿下が先手を打つように言い、ニコニコというかニヤニヤしている。

絶対、この状況を楽しんでいるとしか思えないな。

「お兄様がアルフレッド様を連れてこられたのですか？」

アルテミシア様の言葉に棘《とげ》があるように感じるんだが、呼び出されてきたのは本当だから、キャスペル殿下の言ってることは間違ってはいないかな。

それにちょっと顔も怖いような。

キャスペル殿下が俺に合図でもするように握っている手に力を込めてきた。

キャスペル殿下はアルテミシア様の機嫌が悪くなったのを察知したみたいだ。

「アル、早く自己紹介をさせてくれ！」

キャスペル殿下が握っていた力を緩める。逃げようとしていませんよね。

アルテミシア様は一瞬、キョトンとしていたが、俺のお腹が膨らんでいることに、やっと気が付いたようだ。

視線が俺のお腹から離れず、じっと観察し続けている。

「ベビに自己紹介させるので驚かないでくださいね」

《ベビ、この国のお姫様でアルテミシア様です。出てきてご挨拶して》

ベビがモゾモゾするとひょっこりと顔を出し、「ガオガオ」と言いだした。

「アルテミシア様、通訳します。ベビです。よろしくお願いします。あと、アルテミシア様が綺麗だと言ってます」

アルテミシア様がビックリして、少しだけ動かなくなったが、その後でゆっくりと確かめるように近付いてくる。

アルテミシア様は龍が怖くないみたいだな。にやけているようにさえ見える。

「アルフレッド様。その子は絵本に出てくる龍ですよね。触ってもいいかその子に聞いてもらえますか？」

不機嫌に見えた顔は嘘のように楽しそうで、例えるなら、かわいい子犬や子猫を見つけた子供のようだ。

そういえば、アルテミシア様も絵本が大好きで、サーシャと絵本の話で盛り上がっていたな。

《綺麗なお姉ちゃんが、ベビをいい子いい子したいんだって》

《ベビ、いい子いい子してほしいノ》

「アルテミシア様、ベビが触ってもいいそうです。いい子いい子と言いながら撫でてやってください」

「まあ、嬉しい！」

アルテミシア様は跳び上がるように喜び、満面の笑みを浮かべている。

右手をベビの頭に近づけて、少し躊躇《ちゅうちょ》していたが、優しくベビの頭を「いい子いい子」と言いながら撫で始めた。

アルテミシア様の笑顔はなんて美しいのだろうか？

それに、ベビ効果は絶大だったな。機嫌が直ってよかった。

キャスペル殿下は自分の役目は終えたとでも言いたげな表情で、小さく手を振ると静かに部屋から出ていった。

俺も手を振り返し、心の中で『助かりました殿下、この借りは魔狼の討伐で役に立って返します。ありがとうキャスペル兄さん』と言っておいた。

ベビはアルテミシア様に撫でられて気持ちよさそうに目をつむり、されるがままになっている。

女性は爬《は》虫類《ちゅうるい》とか苦手な人が多い印象だったんだけど、アルテミシア様はベビのことがかわいくて仕方がないようだ。

「アルフレッド様。アルテミシアがベビちゃんを抱っこしたいと伝えてください！」

抱っこすることはアルテミシア様の中では確定事項になったようで、表現がさっきのように『撫でていいか聞く』のではなく『伝える』になっている。

《ベビ、アルテミシア様がベビを抱っこしたいそうです》

《え～、ちょっと考えるノ》
どうやら俺以外の人間に抱き上げられるのが好きではないみたいだ。
《ベビ、ちょっとだけ抱っこさせてあげれる？》
子離れの訓練にもなるから、俺からもベビにお願いしてみた。
《少しだけならいいノ。でも、すぐにママのところに戻りたいノ》
《ありがとう、ベビ、アルテミシア様にそのまま伝えるからね》
そう念話した後、アルテミシア様に言う。
「アルテミシア様、抱っこは少しだけならいいそうです」
アルテミシア様が最高の笑顔でポケットの中のベビを抱き上げ、ハグする。
「ありがとうベビちゃん。アルテミシアはあなたのお姉ちゃんになりたいの」
アルテミシア様はベビをハグしながら、頬をすりすりしている。
ベビの皮膚は硬いが大丈夫だろうか？
ベビはすぐに帰りたいと言っていたのに、未だに頭を撫でられ続けている。俺以外にベビを預けられる人が爆誕したかもしれない。
《時間なノ、ママのところに帰りたいノ》
と思ったら、ベビは自分で時間を決めて抱っこを我慢していたんだな。まったく気が付かなかったよ。

「アルテミシア様、ベビが帰りたいと言っています」

アルテミシア様は名残惜しそうにしながらも、ベビを俺に手渡してきた。

「ベビちゃんありがとう。物語の龍を抱っこできるなんて夢みたい。本当に感謝するわ！」

よほど嬉しかったのか、アルテミシア様は嬉し涙まで流している。

「よかったですね。アルテミシア様！」

《アルテミシア様もこんなに喜んでくれているし、ベビのおかげで助かったよ》

《えへへ、ベビ、ママのお願いだから頑張ったノ！》

夕食の後でアルテミシア様のために、久しぶりに花火を打ち上げて喜んでもらった。

急遽、ご機嫌取りのために打ち上げたんだけど、打ち上げた後になって驚いた人が出ていないか心配になったんだ。

しかし、アルテミシア様のご機嫌取りのことしか頭になくて、町の人たちの配慮に欠けてしまったよ。

ところで、キャスペル殿下のことで、少し気がかりなことがあるんだ。

伝説の龍に触れるチャンスなのに、ベビを触ろうとしてこないんだよな。

もしかすると、爬虫類系が苦手な可能性があるんじゃないかな。

魔狼迷宮には、殿下と同じ馬車で向かうように言われているんだけど、何日もベビと一緒で大丈夫なのか心配になるよ。

6　魔狼迷宮

翌日になり、早朝に魔狼迷宮に向けてメダリオン城を出発した。

国王陛下、王妃、アルテミシア様が揃って見送りしてくれたんだ。

「キャスペルのことを頼む」と、国王陛下と王妃から何度も言われたんだよ。

我が子が片足義足な上に、一度命を失いかけていれば、親なら心配するのも無理はないよね。

黒い馬車には俺、ベビ、キャスペル殿下、それと魔法師が二人。護衛の騎士三人はそれぞれ馬に跨り、馬車の前後を走っている。

改良の済んだ黒い馬車は、揺れが軽減されており、魔法師たちのウケもいい。

他愛のない世間話に花を咲かせてはいるが、キャスペル殿下も魔法師もベビのことが気になって仕方がないようだ。

最初の一時間は何事もなかったんだが、だんだんとキャスペル殿下の顔色が怪しくなってきている。

まさかだけど、馬車に酔ったのかな？　以前と比べれば絶対に乗り心地はよくなっているんだけどな。

魔法師の二人もキャスペル殿下を気遣い始めた。

早めに休憩した方がよくないか？

魔法師も同じように考えていたみたいで、外の騎士に休憩するように声をかけた。

通行の邪魔にならない場所を探して停車させた。外に出るとキャスペル殿下が深呼吸のような大きな息をした。

俺の心配は当たっていたようで、キャスペル殿下は爬虫類が苦手なことを護衛の騎士から聞くことができた。まだ幼い頃に国王陛下の狩りについていって、運悪く蛇に噛まれたらしい。

何歳の出来事かはわからなかったが、トラウマになるほどの噛まれ方をしたんだろうな。

噛まれるというか呑み込まれる可能性まであったらしい。

こっちの生物はどれも大きいから、毒蛇でないのが不幸中の幸いだと話していたからね。

魔狼迷宮はベルン公爵領にあり、馬車なら片道八日もかかるんだ。

それなのに、たったの一時間一緒にいただけで体調不良になるんだから、とてもじゃないけど、あと七日以上も耐えれるとは思えない。

「キャスペル殿下、大丈夫ですか？」

心配になり、声をかけながら癒しの魔法を行使しておく。

キャスペル殿下は青白い顔で元気なくひらひらと手を振って応えた。

早くよくなるように祈っておこう。

俺に一緒に来るように言った手前、キャスペル殿下はベビをどっかにやれとは言いだせないでいるんじゃないかな。

それなら、俺から言えばいいだけだよね。

「ベビが森の中で遊びたいと言っているので別行動させてください。魔狼迷宮まで別行動するかもしれませんが、僕たちのことは気にせずに先に行ってください」

キャスペル殿下と護衛の二人は、俺が言っている意味を理解したようだった。

俺は急いでウイングスーツに着替えるとベビに移動してもらう。

そのまま馬車のドアを開け、空へと舞い上がる。

走行中の馬車から飛び上がったのはこれが初めてだけど、スパイ映画のワンシーンのようにかっこよく飛び立てたんじゃないかな。

国王陛下や王妃様にもお願いされたことだし、キャスペル殿下たちが魔物や盗賊に襲われないように偵察《ていさつ》しておこう。

まずは今日泊まる予定の場所まで飛んでみようかな。

魔狼迷宮は町や村から離れた場所にあるんだ。オーク迷宮のようにお肉を目当てで訪れる者がいないらしく、監視の兵士が常駐していないらしいんだよ。

だけど、魔狼が突然、町を襲ってきたらどうする気なんだろうか？

ベルン公爵領は対処できるだけの戦力に自信があるのかな？

そんなことを考えていたら、魔狼迷宮の上空まで飛んでしまっていたよ。

ついでにこの辺りも偵察しておこう。

不人気迷宮と言われるだけあって、魔狼迷宮の周りに人の姿は見えないな。

数を狙うならオーク迷宮に行くし、大金を狙うならミーノータウロス迷宮に行くのが一般的だからな。

あまり時間をかけすぎて、目を離した隙に殿下たちが襲われるといけないから、帰ろうかな。

やっぱり自由に空を飛べるっていいよね。

ベビからも楽しいという気持ちが流れ込んできているんだよ。

しばらく飛んで、殿下たちの乗った黒い馬車と護衛の騎士が見えてきた。

地上の護衛の騎士からも見えたようで、大きく手を振っている。俺も振り返しておこうかな。

殿下たちから離れずに行動するとなると、偵察だけでは暇が潰せないな。

この状況でもやれることは……そうだ！　ベビの飛行訓練をやろう。

前世でモーターハンググライダーに乗って、鴨《かも》の飛行訓練をしているテレビを見たことがあるんだ。

馬車の速度は遅いから、姿勢制御や速度制御を覚えさせながら、ベビと一緒に飛んでやればいい。

馬車から遅れても俺が運べばいいし、馬車の先まで偵察飛行し、追いついてくるのを待つのもいい。

ということで馬車がこれから向かう先を偵察した後で、地上に降下する。

ポケットからベビを出し、地面に下ろしてやる。

《ベビ、ポケットがパンパンでもうすぐ収まらなくなるから、自分で空を飛ぶ練習を始めようね！》

《分かったなノ》

ベビは俺を見上げたままの姿勢で座っていたが、器用に後ろ足二本で立ち上がった。

俺の姿を真似しているのだろうか？　と、思ったがどうやら違ったみたいだ。

魔法を発動させたようでベビの足が地面から離れ、体がフワフワと空中に浮き上がる。

《ベビ、体が浮かんでるね》

《えへへ、フワフワは得意なノ。でもママのように速くは飛べないノ》

ベビからもっと褒めてほしいと気持ちが伝わってきている。
《ベビ、すごいよ。どうやって浮かんでいるの？》
ベビが俺の質問に答えようと必死に考えているのも伝わってくる。
《考えたらフワッとできるノ。だけど、どうやってとかは説明できないノ》
俺も風魔法を発動させる方法を聞かれたら、答えることなんてできそうにない。ベビと同じように「やったらできた」と答えるだろう。
ママ龍さんも自然体で浮かんでいたから、そのうち、ベビも息をするように飛べるようになるんじゃないかな。
《飛行訓練を始めるよ。ゆっくり飛んでみるからついて飛んでね》
《ベビ、ママと一緒に飛ぶノ！》
ベビから、飛ぶぞ飛ぶぞと決意にも似た感情が届く。念話ってこういう時にはありがたいよね。
俺は風の魔法を多重発動させて、ホバリングにより地上五メートルに浮かび、姿勢を保ってみせる。
ベビがこの高さに上昇してくるのを待つばかりだ。
ベビが風の影響を受けてフラフラと揺れながら浮き上がってきた。
高いところから落下すると怪我をするかもしれないから、飛べる時間は把握しておきたい。

ゆっくりと街道の上空を旋回する。
十分経過、まだまだ大丈夫。
三十分経過。少し揺れているが、まだいけるかな？
一時間近く経つと不安定になってきた。初めてでこれだけ飛べるなんて……練習していたのかな？
俺が飛行している時に、フッとベビの重さが消えたように感じることが何度かあったんだよ。きっと、ベビが飛行の練習をしていたんじゃないかな。ベビを見ているとそんな気がしてきた。
俺が気付かなかっただけで、ベビは飛行訓練を始めていたんだ。褒めてあげないとね。
《ベビ、すごく上手に飛べているよ》
《えへへ。ベビ、ママに褒められたノ》
ベビは、一時間を過ぎたあたりから、だんだんと高度が下がりだし、ついに地上に降りてしまった。
でも、安全に着陸することが確認できただけでも収穫だ。
《ベビ、よく頑張ったね。自由に飛べるようになるのもきっと早いんじゃないかな》
《ベビ、頑張ったからお腹が空いたノ》
《癒しの魔法をかけて一休みしたら、兎《うさぎ》を狩ってお肉を焼こうね》

《はーいなノ。ベビ、お肉獲《と》るノ！》

俺とベビは肉が引き締まっている耳長兎と、少しふっくらとしているブチ耳兎を狩ることに成功した。

狩りの仕方も教えて早く自立してもらわないといけないからね。

ベビはまだ獲物を捕まえるのは上手ではなかったが、隠れた兎も見つけることができるみたいで、追い立てるのは上手だったよ。

飛行中に小さな火を吹いたり、風の魔法も使ったりしているように見えたからね。

もう少し速く飛べるようになれば、ベビも兎を狩れそうなんだけどな。

獲れた兎肉はキャスペル殿下たちにも分けてあげた。

殿下は、少し顔色がよくなっていたが、ベビにはポケットから出てこないように言っておいた。

□□□

ベビの飛行訓練を始めて六日が過ぎた。明日は目的地の魔狼迷宮に到着する。

野営時には合流するが、俺とベビはキャスペル殿下とは距離を取るように心がけている。

今晩も兎肉を焼いて食べているんだけど、なんと、今日の兎はベビが獲ってくれたんだよ。

といっても、巣穴に逃げ込んだ兎を捕まえたみたいなんだけどね。

兎の表面が焦げていたから、巣穴に炎を吹き込んで捕まえたんじゃないかな。

兎の巣穴は出入り口がいくつもあるんだ。だから炎を吹き込むとあちこちから、兎が飛び出てくることもある。

穴から煙だけが立ち上ることもあるんだけど、その時はその穴を塞いでまわればいい。

兎が逃げ込めないようにしてやれば捕まえられる確率が上がるからね。

ベビにやり方を教えてやったんだけど、上達するのが早いんだ。

運がよかったっていうのもあるんだろうけど、自分で獲物を狩れるようにもなってきたし、いよいよ親離れも近いんじゃないかな。

あとはママ龍さんが迎えに来て、俺との魔力のパスの繋がりが切れれば元の生活に戻れる。

帰ったら、チビの飛行訓練もしてやらないといけないな。

俺が留守中にベスが飛び方を教えてくれてたりしちゃったりして……そんなに都合のいい話はないか。

焚火《たきび》で兎肉を炙ると、いい匂いが辺りに漂っている。

でも流石にここ何日も同じだから飽きたな。

調味料セットの中濃ソースを、兎肉に塗りながら焼くことにした。

中濃ソースの焦げる匂いが漂い始めると、急にお腹がグルグルと動きだした。これにマヨネーズをかけて食べると美味しいんだよ。

照り焼きのような焼き色も食欲をそそる。

レタスとふっくらしたバンズがほしいな。

帰ったらテリヤキバーガーが作りたい、心のやることリストに書き留めておこう。

少し離れた場所に座って待っているキャスペル殿下たちにも匂いが届いたのだろう。今晩の食事について、ワイワイと楽しそうな話し声が聞こえてくる。

と思ったら突然、森の様子が一瞬で変わった。魔物が近づいているのかもしれない。

「森の様子が変です！　魔物が近づいている、戦闘態勢で警戒を！」

俺の声に焚火の周りでくつろいでいた騎士たちが慌てたように武器を手に取り、キャスペル殿下を守るように構えた。

どこにでも湧くゴブリンの可能性が高いけど、ここは魔狼迷宮まであと一日と近い。もしかすると魔狼かもしれないよね。

魔狼ならありがたいな、魔狼迷宮に行く必要がなくなり、二日も早く帰れるからね。

木々の揺れる音と共に、ドシドシと魔物の歩く音が聞こえ始めた。

この音からするとかなり大きな魔物のようだ。

音のする方に意識を集中していると、木々の切れ間から体高二メートル、体長三メートルはあろうかというビッグワイルドボアが現れた。

口元には大きな四本の牙《きば》が突き出ており、こちらの様子を窺っている。軽自動車の箱バンと同じくらいの大きさの猪だ。

こっちに突っ込んでくる気満々のようだな。

あの巨体で馬車に突っ込まれたらぐちゃぐちゃに壊れてしまうだろう。

きっと、焼き兎のソースの匂いに誘われてやってきたんじゃないかな。だって、辺りにいい匂いが立ち込めているからね。

俺の料理が原因で、馬車とかを壊されたら笑えないな。

見た目は猪なのに火が苦手じゃないのかよ。こっちに向かって突っ込んでくる。

ビッグワイルドボアの毛皮は傷がなければいい値で売れる。

被害の出る前に毛皮を傷つけないように倒してしまおう。

俺に向かって一直線に向かってくるなんて、両目を狙ってくださいと言っているようなものだ。

棒手裏剣十本を身体強化魔法で投擲《とうてき》し、風の魔法でブーストする。

ブスブス……ドシドシ……ドスン。

ビッグワイルドボアの巨体が、糸が切れた人形のように崩れ落ち、ピクピクと痙攣《けいれん》している。

馬車を守るため、過剰かなとは考えはしたものの、手持ちの棒手裏剣を全て投擲したんだ。

ビッグワイルドボアの顔を見たが二本でもよかったな。完全にオーバーキルだったよ。

地面に穴を掘って血抜きしておかないとな。今晩は木にぶら下げておこう。

大木の枝の近くに土魔法のグランドダウンにより穴を掘る。後ろ足にロープを結んで枝に吊るした。

予想はできたんだけど、ロープも枝も重さに耐えきれなかった。

仕方ないので土魔法でビッグワイルドボアをジャッキアップすると血抜きと内臓を処分した。

最初からこうするべきだったな。こっちのロープは化学繊維不使用だから、見た目よりも強度がないんだよな。

交代で夜の見張り番をしているんだけど、今夜は俺と騎士一人が担当だ。一緒に焚火を囲むように向かい合って座っている。

「これだけ綺麗なビッグワイルドボアの毛皮なんてお目にかかることなんてない！」

騎士はさっき倒したビッグワイルドボアの話を熱心に語ってくれる。

なんか自分が倒した勢いなんだよね。ここまで、大した戦闘もなかったから興奮しているんだろうな。

きっと、王都に帰ったら自分のパーティーが倒したとか自慢しそうだな。

気持ちは分からなくもないが、俺が倒したんだけどね。

明日の晩から王都までは、毎食、ビッグワイルドボアの焼肉で決まりだ。

ただ、量がありすぎて重いんだよね。馬車に全部を積めるとはとても思えない。

かといって、捨てるなんてもったいなさすぎるし、ビッグワイルドボアにも申し訳ない。

カーゴウイングを持参していれば、バラして空輸したんだけどな。

皮は巻いて、馬車に積み込んだ。

国王陛下に見せたら「欲しい」って言いそうな気がする。それほど傷がないからね。

兎を食べたばかりだけど、少しでも肉を食べて、軽くしないと運べそうにないぞ。

中濃ソースで焼くか？　そう思って切り分け、土魔法の串に突き刺し、焚火で炙る。

お肉が焦げないようにゆっくりと回しながら焼くよ。

中濃ソースをかけているから、焦げやすくなっているからね。

カットしても肉が大きい、中まで通っていないと怖いので魔法で中も加熱する。

何度も中濃ソースをつけては、焦がさないように回しながら焼いた。

かなりいい色に焼けてきたぞ。

お腹を壊すといけないから、しっかりと焼いておこう。

これくらい焼いたら大丈夫だろうな。

ちょっと、肉を削いで食べてみるか。ビッグワイルドボアは美味しいかな？
お、ビッグワイルドボアの中濃ソースはありだな。脂の乗りもよく美味しいぞ。
香ばしい風味や焦げもいいアクセントになっている。
《オレ様にも食わせてくれないか!?》
その時、知らない相手からの念話が頭の中に響き渡った。
《え！　今の念話は誰？　ベビじゃないよな？》
お腹のポケットを覗き込みながら念話した。
《ベビは何も言ってないノ！》
ベビはポケットの中から俺を見上げている。
《ベビは何か聞こえた？》
《ママの声がするノ！》
《ママの声か……》
《オレ様の声が聞こえないのか？　そのうまそうな匂いの肉を食わせてくれ！　ダメでも勝手に食うがな！》
俺は周りを見まわして、やっと声の主に気が付いた。いつの間にか、魔狼がいる。
しかも、この魔狼デカイぞ！

全長五メートルのトラックくらいはありそうだ。俺が以前倒した魔狼の二倍はあるんじゃないだろうか。

こんなに近くに来られるまで気付けないなんて……完全に油断した。

こいつは準備なしで戦ってはいけないヤバい奴だ！

こいつなら、さっきの無防備な俺をひと呑みにもできたはずだ。

《お肉を食べさせればいいんですか？》

《そう言っておるだろうが！》

絶対に怒らせてはいけない。なんだこのものすごい圧は。

棒手裏剣も使いきり、補充していない。完全にやらかしたぞ。

肉削ぎ用のナイフを握っているが、奴の方が速そうだ。

それにこのナイフでは毛皮に刺さるかすら怪しい。

顔に嫌な汗が出始めた。今やり合うのは、得策ではないな。

素直にこの肉を提供して帰ってもらえるなら、絶対にその方がいい。

俺たちが奴の腹に収まらないように、満腹にさせなきゃ！

それに、食べてもらえれば運ぶのも軽くなっていいじゃないか。

《分かりました、お肉はあげます。食べて気に入らないからとか言って、俺たちを食べないでよ！》

《そんな気はない。食べる気があるなら、声をかけずに食べておるわ！》
《ですよね。好きなだけ食べてよ。俺ではなくてこのビッグワイルドボアを！》
《分かっておる。早くよこせ！》
《どうぞ！》
俺は炙っていたビッグワイルドボアの焼き串を魔狼の前に差し出した。
巨大な魔狼は焼き串に鼻を近づけると、中濃ソースの焼けたいい匂いをクンクンと嗅《か》いでいる。
《先ほど、お前がかけていた黄色いのをここにかけてくれ！》
《黄色い？　マヨネーズですね》
こいつ、かなり前から俺たちのことを観察していたんだな。俺はマヨネーズ容器の蓋《ふた》を開ける。
《それだ！》
言われるがままにビッグワイルドボアの焼き串にマヨネーズをかけてやった。
ガブ、ベキ、ペッペ、ガブ、ベキ、ペッペ。
魔狼は串焼きを食べ、串焼きに使っていた、硬い土の串まで噛み砕いて吐き出した。
あんな牙で噛まれたらひとたまりもない。きっと、俺なんてひと噛みでサヨウナラだ！
ちなみに、焚火の向こうで騎士はガタガタ震えているし、五十メートルほど離れた場所にいるキャスペル殿下たちも完全に固まっている。

騎士の一人が魔蟻の弓を構えようとしているのが見える。その矢を射られると死人が増えるだけなんだけど。

やめて！　と、顔を左右に振ってやめるように合図した。

それにその矢で殺せるのは、俺だけなんじゃないかな。

きっと、魔狼にもベビにも刺さらないと思うんだけど。

すぐ近くに見えている魔狼の毛皮だが、毛一本一本がまるで針のように尖っていて硬そうだ。

一本だけでいいから、後学のためにもらえないかな？

俺が倒した魔狼とは大きさも毛も全てが別物なんだが、本当に魔狼なんだろうか？

しかし、いい食べっぷりだな。

どんどん焼いて満腹にさせないと、足りなければ俺たちもお腹に収められそうで怖い。

ひたすら焼いていくと、あれだけ大きかったビッグワイルドボアがほとんど残っていない。

《美味かった。長く生きているがこんなに美味しい肉は初めて食べたぞ。これがあのビッグワイルドボアだとはな！》

満足そうに口の周りをベロリと舐める魔狼。

満腹になったなら、早く帰ってほしい！

《それはよかったです！》

《人間には名前があるんだよな！　お前、名はなんと申すのだ？》

《名前ですか？　教えた途端にパクリとか嫌なんですが》

《また肉を食べさせてもらいたいのに、そんなことするはずないだろう！》

嬉しそうに尻尾《しっぽ》を振る巨大な魔狼が言った。

また食べさせてもらう、だって？　こいつ、明日も食べに来る気なのか？

こいつの胃袋を満足させるだけの肉は残っていないぞ。

雲に隠れていた満月が顔を出すと、巨大な魔狼の針のような毛が、怪しく銀色に輝き始めた。

なんて綺麗なんだろうか。目を奪われそうになってしまった！

とても倒せるとは思えない。俺だけなら飛んで逃げきる自信はあるが、殿下たちが魔狼の腹の中に収まってしまうな。

どうすればいいんだ？

名前を教えれば本当に帰ってくれるんだろうか？

《ママ、ピンチなノ!?》

ベビは小さくても龍なだけはあるな。この事態に動揺した様子もなく聞いてくる。

《ベビ、ママはすごくピンチです！　名前を教えろって》

《ベビ、このおじちゃんがこっちにいるって知っていたノ。怖くないから教えてもいいノ！》

そういえば王都に向かう途中で、ベビが魔狼迷宮の方向を気にしていたな。

この魔狼の存在に気が付いていたのかよ。そういうことは黙っていないで教えてほしいな。

銀色の魔狼がじっと見つめており、何か考えているようだ。

《その小さな龍はベビというのだな》と、魔狼。

俺とベビの念話が聞こえるのか？

《ママがベビって名付けてくれたノ》

俺の代わりにベビが言った。

魔狼がベビを見つめている。

魔狼はベビとも念話できるみたいだな。見つめると念話できるのかもしれない。

《そうか、ママにか。ベビのママはどこにいるのだ？》

ベビはポケットから顔を出し、魔狼に向かってガオガオと言い続けており、俺を見上げて《ママ》だと説明している。

すると、魔狼がニヤーッと笑みを浮かべた。俺を舐めまわすように見つめている。

《ベビは名を言ったぞ！　ママも名乗れ！》

よからぬことを考えているようにしか見えないんだけど大丈夫だろうか？

不安ではあるがベビを信じるしかなさそうだ。俺は魔狼を見上げ、心を決めた。

《アルフレッド・ハイルーンです》

《アルフレッド・ハイルーン、お前の魔力は覚えた！　オレ様も名乗るべきだが、生憎と名を持っておらん。そこでだ、オレ様にも名前を付けさせてやろう！》

さっきの笑みの理由はこれか。とんでもないことを言いだしたぞ。

《ベビ、ママはメチャクチャピンチです。ママ龍さんを呼べませんか》

ベビにもすがる思いだ。もしかしたら、我が子がピンチなら、ママ龍さんが魔大陸から助けに駆けつけてくれるかもしれない。

《ベビにはこのおじちゃんが怖くないって分かるノ！　だから、名前を付けてあげればいいノ！》

ベビからは恐怖心をまったく感じない。これではママ龍さんの登場は期待できそうにないな。

仕方ない、ベビを信じて従ってみるか。

《仮にベビと呼んでいるだけで、名前を付けたわけではないよ》

魔狼にいちおう断っておく。

《そうなのか？　まあいい、オレ様にかっこいい名を頼む！》

魔狼がやけに乗り気なんだが、俺が名付けて大丈夫だろうか？

《名付けセンスとかないんだけど、文句とか言わないでよ……名前の参考にしたいから、何か自己紹介とかある？》

《それもそうだな。オレ様は魔狼迷宮の主の魔狼王だ！》
《えっ！　魔狼迷宮の主の魔狼王!?》
魔狼は自慢げに俺を見下ろしており、なぜかベビは楽しそうにしている。
《そうだ！　オレ様のことを理解してくれたようで嬉しいぞ！》
俺の体中から嫌な汗が噴き出してきている。
ってことは、これから討伐に向かう魔狼迷宮の親玉じゃないか！
対応を間違えれば、ひと噛みされて終わってしまう。魔狼が気に入る名前を思いつけるだろうか？
《俺、本当に名付けのセンスないんだけど。ベビなんて、赤ちゃんだったからベビと呼んでいるんだよ》
《ベビだと、大きくなってもベビだな！　ひどいな！　オレ様は何百年も生きているから、かっこいい名を頼むぞ！》
うわー！　ハードルが一気に上がった。
魔狼の王でしょ……王といえば、キングしか思いつかない。
恐竜の王、ティラノサウルスはティラノサウルス・レックスとも言うんだったよな。確か、ラテン語でレックスは王という意味だ。

《レックスはどう？　異国の言葉で、王という意味なんだけど》
《気に入ったぞ。よし、オレ様は今からレックスと名乗ろう！　魔狼王レックス！　いいではないか！》
魔狼王がやけに嬉しそうな顔で尻尾を振っている。
だがその一振りの威力は、人間を殺しちゃいそうな勢いなんだけどね。
《よしこれで契約が完了したな！》
《え！　契約？　俺は契約なんてしてないよ！》
俺が魔力鑑定眼で見ると、新たな魔力のパスがレックスに繋がっていた。
パスが繋がれば居所も分かるし、ある程度離れていても念話できるようになる。
これが狙いだったんだな、やられた。
ベビが親離れすればパスが切れそうだなと喜んでいたのに、逆に増えるなんて……
この先どうなるんだろうか？　こんなところでも俺のトラブル体質が仕事をしてしまったようだ。
《オレ様との繋がりが見えるのか？　オレ様が見込んだだけはあるな、美味い飯を食わせるんだぞ！　その代わり、アルフレッドを守ってやる！　魔狼王のオレ様と契約できるんだぞ、もっと喜べ！　アルフレッドは契約したのだから、オレ様のことはレックスと呼べばいい！　特別に許してやろう》

いやいや、喜べないから。魔狼王と契約とか許してほしい。

《こんなところで暮らせないし、そんな大きな体で村に来られたらみんなを驚かせるから、契約を解除できないですか？》

《何、解除だと……大きな体がダメだというのか？》

そんなに怖い顔で言わないでよ。尻尾もシュンとなっている。

また、何か考えているな……思いついていそうだぞ。

そんな顔に見えるし、尻尾の勢いも戻っている。分かりやすいな。

《オレ様は小さくなれるぞ！》

魔狼王がそう言うと銀色に輝く大きな体がシュルシュルと縮み、ベスより少し小さくなった。

《へえ、小さくなれるんだ！》

《オレ様は魔狼王だからな！　だが、これ以上は小さくなれんぞ！》

どや顔の銀色狼がそこにいたが、魔力はダダ漏れで威圧も半端ないままだ。

《これで、問題はないな！》

大ありだが、さっき契約できないのは大きいからだと言ってしまったからな。

失敗だったが、今更ダメですとは言えそうにない。

仕方ない、村の戦力がアップしたと考えるしかなさそうだ。

だが、魔狼の毛皮をゲットするという、今回の討伐の目的については、達成できそうにないな。

魔狼の毛皮が欲しいなんて知られたら、激怒させそうだ。

《ところで、お前たちは何をしにこんなところまできたんだ？》

うわー、なんて説明すればいいんだ？

ずっと無言だったキャスペル殿下たちの顔色を窺ってみるが、未だにフリーズしている。

焚火の反対に座っていた騎士はまったく動かないんだが、失神しているんじゃないのか？

適当なことを説明するべきか、それとも嘘がバレた方が怖いから、本当のことを言った上で諦《あきら》める方がいいのか？

パスで繋がっているから迂闊なことは考えない方がいい気がする。

《目的ですか？　向こうの人に聞いてくるのでちょっと待ってください》

俺はベビにポケットから出ないようにお願いして、キャスペル殿下たちの焚火に向かう。

みんな心配そうな顔をしている。

「よく無事で戻れたな。なんなのだ、あの銀色のデカいやつは。あの威圧は命がいくつあっても足りそうにないぞ。お前がいつ食い殺されるかと、気が気ではなかったんだぞ」

キャスペル殿下が青い顔で心配してくれていた。というか、全員顔が青いな。

五十メートル離れたキャスペル殿下たちにも、魔狼王の威圧が届いていたんだな。みんな顔に冷や汗が流れている。

俺は状況を説明した。当然驚かれている。

協議の結果、正直に話すことで方針は決まった。

俺はレックスに伝えに行く。

《大変言いにくいのですが、魔狼迷宮に向かっていて、魔狼の毛皮が欲しいなーと思っていたんです。が、魔狼王を見て無理だと分かりました。引き返そうと思います。あと、エリクサーとか迷宮の奥にあるなら分けてもらえないですか？　なんてね……》

《正直な奴だ！　騙すようなら、この場で食ってやろうかと思っていたが、気に入ったぞ！》

魔狼王がやたら楽しそうなんだが。

食われなくて済んだみたいだな。正直に話してよかった。

この先には魔狼迷宮しかないから、嘘をついても、問い詰められたらすぐにボロが出ていただろうからな。

「ちょっと待っていろ！　お前はツイているぞ！　オレ様が魔狼迷宮までひとっ走りしてくる」

そう言うとレックスはムクムクと元の大きさに戻り、とんでもないスピードで走り去ってしまった。

それから、二時間ほど経過しただろうか、レックスが大きな魔狼を咥えて戻ってきた。

《魔狼の毛皮がほしいのであろう⁉　そやつは昨日、オレ様に反旗を翻したバカな奴のなれの果てだ！　とっくに息をしておらんから、好きにするがいい。それと、エリクサーなどという薬は知らんぞ！　これでお前の目的は済んだな！　もっとうまいものを食べにお前の住処《すみか》へ行くぞ！》

レックスはそう念話すると、口の周りを長い舌でペロリと舐めた。

これはもう、逃げれそうにないな。

レックスは大きな魔狼を咥えてキャスペル殿下たちの前まで歩いていくと、どさりと足元に落とした。

威厳を示すためなのか、鼻息がかかりそうなほどの距離まで顔を近づけ、キャスペル殿下たちを睨みつけている。

相当にキツイのだろう、みんなの顔には玉のような汗が流れ出している。

面白がっているだけのようだから、ひとまずは安心してよさそうだな。

でも、みんな、ロボットのように動きがぎこちない。俺を見るためこっちに首を動かすが、ギギギと音が聞こえてきそうなほどだ。

その目は俺に救いを求めているのが分かる。

目の前に落とされた魔狼に戸惑っているのだろう。

あの顔は、お前たちもこうなりたいかと脅《おど》されていると受け取っていいそうだな。

状況説明してあげないと、今にも倒れてしまいそうだ。

急いでレックスと、キャスペル殿下たちの間に割って入った。

「足元の魔狼ですが、好きにしていいと、魔狼王のレックスがプレゼントしてくれたんです。よかったですね、キャスペル殿下。目的達成ですよ。その代わり、美味しい食事を食べさせてほしいそうで……僕たちと一緒に行動すると言ってます」

俺の説明が終わるのを待っていたかのように「ウォーーーン」とレックスが吠え、空気がビリビリと震えた。

その途端、見えない重い何かが、体と精神を押さえつけるようにのしかかってきた。

すると、かろうじて耐えていたみんなは、その場に崩れ落ちるように座り込んでしまった。

よく見ると呼吸困難になっているじゃないか。

《魔狼王レックス、威圧するのをやめて！　このままではみんな息ができなくなってしまう》

《そうか？　舐められてはいかんと思ったんだが……》

レックスの押さえつけるような威圧がふっと消え去った。

みんなは不足した酸素を補うように大きく深呼吸をしている。

俺もみんなほどひどくはないまでも息苦しかったんだが、なぜだか、ベビだけは影響を受けていないんだ。

《レックスありがとう、呼吸が楽になったよ》

みんな、体とメンタルにダメージを受けていそうだから、焚火の側に寝かせて休ませたほうがいいな。

「息ができなくてもう少しで死ぬところだった。アルはよく立っていられたな？」

キャスペル殿下が言った。

「ベビは平気そうだったので、僕にもその恩恵があったのかな？　詳しいことは聞かれても分かんないですよ」

「そうなのか？」

キャスペル殿下たちの顔色はまだ悪いが、だいぶ赤みが戻ってきている。

「魔狼の毛皮も手に入れたので帰りましょう。あと、エリクサーがあるならもらえないかお願いしたんですが、ないそうです」

「そうか、魔狼迷宮にもエリクサーはないのか……」

キャスペル殿下は残念そうに俯《うつむ》いたが、「魔狼の皮は手に入った。帰るか！」と吹っきれたように言った。

キャスペル殿下はチラチラとレックスに視線を向けていたが、俺の耳元に顔を近づけてきた。

「魔狼王レックスは私たちと一緒に来ると言っているのか？」

「そうですね、美味しいものを食べさせろと言ってます。それに、前払いで魔狼を受け取ったから断れませんよ」

「あんなに大きな魔狼、災害級の魔物だぞ！　さっきの威圧を見ただろう!?　近づけば、屈強な騎士ですら息も満足にできなくなるんだぞ……人々の逃げ惑う姿が目に浮かぶようだ！　ここに来るなどと言いださなければ……連れていくなど絶対にできない！」

　キャスペル殿下は眉間《みけん》に深い皺《しわ》を作って険しい顔をしている。

「僕も連れては行きたくないんですけど、あれを倒せるイメージがまったくできないんですよね。それに、美味しいものを食べさせると約束しておいて、嘘をつくのも嫌ですし、うちの犬くらいには、小さくなってくれますから。ただ、魔力はダダ漏れのままなんですけどね」

「なんとかならないのか？　アルにここに残れとは言いづらいしな！」

　言いづらいだけで俺に残ってほしいと、考えてはいるんだな。

「嫌ですよ！　こんな森の中で魔狼の料理人をしながら暮らすなんて！」

「美味いものを食べさせたら帰ると思うか？」

　わざわざ、俺の住処に行くと言ってたんだから、間違いなく一緒に来る気満々なんだろうな。

「あ、でも『王都に行く』とは言ってないですよ」

「それは本当か!?」

キャスペル殿下の眉間の皺が消え、パアッと笑顔になった。

俺は、レックスは俺についてくるので、ハイルーン村に来るということや、レックスは料理に飽きるまで村に居座るつもりであることなどを話して聞かせた。

それに、悪いことばかりではない。美味しいものを食べさせている間は、守ってくれるとも言っている。この国最大の戦力になるだろう。

岩風竜や魔蟻クイーンなんて、魔狼王に比べたら雑魚に思える。ゴブリンなんて尻尾を振るだけで討伐しちゃいそうだからな。

ただ、飽きられた時にどうなるのか、という大きな問題も残っている。

俺の料理を食べたいと思ってくれるなら、生き残れるだろう。飽きたら、俺がお腹に収まるのだろうか……考えたくないな。

レックスの胃袋をがっちりと掴むか、それとも倒せるだけの力をつけるか、対策を考えないとな。

どうせ俺は契約により、どこに逃げても居場所は割れてしまうのだから。

念話もできるから、居留守とかもできそうにないしね。

キャスペル殿下がすまなそうな顔をしている。

「……なぁ、アル。魔狼王に言って、街道を通らずにお前の村に行くように言えないか？」

ハイルーン村に向かうとなれば、いくつもの町や村を通ることになるからな。

「森の中を通ってくれるようにお願いしてみます。直線距離なら王都に行くよりもハイルーン村に行く方が近いですしね」

「すまない！　アルにばかり大変な思いをさせてしまうが頼んだぞ！」

キャスペル殿下の眉間にまた皺が寄っている。

「そうと決まれば、別行動になるので、国王陛下への報告はお願いしますね！　これでフラムソードとの相性もばっちりの魔狼の皮鎧が作れますよ。よかったですね、キャスペル兄上！」

「そんなふうに言ってくれるな！　嬉しい気持がないと言えば嘘になるが、アルを犠牲にして手に入れたみたいで素直に喜べないんだ！」

言わなきゃよかった。キャスペル殿下が泣く一歩手前に見える。

きっと、原因を作ったとか、また自分を責めているんじゃないかな。

「では、ここからは別行動になりますから、気を付けて帰ってください。護衛できなくなるので途中の町で領主に護衛を頼んでくださいね」

「分かった。すまないが魔狼王の世話を頼んだぞ！」

「やってみます！　では、俺は先に行きますね。幸い月が綺麗に二つとも出ていて明るいですから、これなら空を安全に飛べそうですし、夜移動すれば、人目も避《さ》けられますからね」

「アルの言う通りだな」

レックスには村に着いた俺の魔力を目印に、森を走ってくれるようにお願いしたんだ。

実は魔狼迷宮からハイルーン村までは、森を通るなら直線距離だと百五十キロほどしか離れていないんだよ。

だから以前、村にはぐれの魔狼が現れたんじゃないかな。

ハイルーン村に向かって飛行しながら、レックスを倒せるか考えてみたんだけど、あの針のような硬い毛は棒手裏剣や剣では歯が立ちそうにないんだ。

レックスは知能も高いし、動きも素早い。

動きを封じることができればまだ可能性はあるんだけど、スナイパーライフルも避《よ》けられてしまうんじゃないかな。

現状では倒せるイメージはできなかったよ。

レックスが話の分かる魔物でよかった。今後も良好な関係を維持するのが一番だよね。

となれば胃袋を捕まえて離さないようにするしかないか。

魔狼迷宮に、見張りが置かれていない理由も分かった気がする。

きっと、報告は上がっていないだけで、かなりの被害が出て諦めたんじゃないかな。なんか、そんな気がするんだよね。

7　真夜中のバーベキュー

魔狼王レックスにも説明した通り、一足先にハイルーン村に帰ってきた。

この異世界には、ルナとルーナという二つの月がある。それがあまりにも綺麗だったので、月明かりを浴びながらゆっくりと夜間飛行を満喫したよ。

距離も百五十キロほどしかないため、程なくハイルーン村の上空に到達した。

七日ぶりに帰ってきたが、月明かりに照らされたハイルーン村も綺麗だ。

もう少し飛んでいたくなったから、村の上空を大きく一周してから屋敷の庭に着地した。

今日はルナとルーナが他の星を隠すかのように明るく美しい満月を見せてくれている。こんなに美しい月を見たのは初めてだな。

転生してからというもの、忙しく過ごしてきたが、今日はまるで夜を一人じめしているみたいだ。なんて贅沢な時間だろうか？

といってもベビも一緒だから、一人じめではないんだけどね。

こっちの生活は日が昇って沈むまで仕事して、夜も早いうちに就眠するから、こんなに夜遅くに外にいるのは、俺たちと村の見張りと、それに動物や魔物くらいなんじゃないかな。
レックスは、今どの辺りを進んでいるかな？

間違えて隣町に現れたら大変なことになってしまうんだが、ちゃんと俺の居場所を分かっているか心配になるな。

スピードは速いけど、あの大きさで人が管理していない森の中を走るとなると、夜明け前までに村に到着できるだろうか？　メチャクチャ不安になる。

何かあっても対応できるように起きていた方がよさそうだ。

間違ってレックスを攻撃しないように、朝一にお父様とお母様に報告しないといけないが、魔狼王がここで暮らすと言ったらどんな顔をするだろうか。絶対に驚くんだろうな。

それにキャスペル殿下が王都に帰って報告するから、国王陛下も間違いなく驚くだろうな。

レックスの存在は、国の存続にも関係するレベルだから、何か言ってきそうだよね。

レックスをこの村に住まわせるのは難しそうだし、どこかに住居を作ってやったほうがいいな。

チビの飛行と狩りの訓練も始めないといけないし、また忙しくなりそうだぞ。

家族とのんびり幸せに暮らすという、俺の目標がどんどん遠ざかっている気がしてならないんだけど。

そういえば、海までの道を作るって話があったけど、順調に進んでいるのかな？

害虫対策で難航してたけど、第一騎士団も魔法師団も虫に悩まされていないだろうか？

順調に森を切り開いているとしたら、森の中で野営になるよな。

大丈夫かな？　ダニとか悩まされて、寝れていないんじゃないかな？

オーク迷宮にも近くなるから、オークに出くわしているかもしれない。

あれだけ騎士と魔法師がいれば、討伐はできるだろうけど、オークの上位種が相手なら被害が出そうなんだよね。

あとは魔法師団長のワガママで、第一騎士団長の胃に穴が開いていないかも心配なんだよね。

胃潰瘍《いかいよう》はピンクポーションで治るだろうか？　試す機会がなかったからな。なんて冗談を言っている場合じゃないな。第一騎士団にも、魔狼王のことを伝えておいたほうがいいだろうな。

うちの村に帰ってくることになってるから出くわしでもしたら、大惨事になりかねない。

夜明け前にレックスが到着すると大変だから、夜遅いが報告しておいたほうがいい気もするな。

ゴブリン迷宮や以前魔狼が出た辺りはイバラも多いし、レックスがどれくらいで来れるか時間が読めないんだよね。

まずは、村を管理してもらっているお父様とお母様に一番最初に報告しよう。

そう思い、お父様とお母様の寝室に向かい、ノックして声をかける。

「夜遅く眠っているところ起こしてすみません。急ぎ説明したいことがあるのですが」

部屋の中でゴソゴソと音がする。起きたみたいだな。

「アルフレッドか？　入ってこい」

お父様の声は、まだ、起ききれていないように聞こえた。

ドアノブを回して部屋に入ると、ちょうど、お母様が魔法でランプに灯をつけるところだった。

久々にお母様の「プチファイヤー」の呪文を耳にした。

「聞いていたよりも帰るのが早かったわね？　魔狼迷宮から無事で帰ってきてくれてよかったわ」

お母様が優しく言った。

「実は、問題が発生しまして途中で帰ってきたんです。話すと長くなるんですが、魔狼王がうちの村に住むことになってしまいました」

お父様もお母様も頭の上に『？』マークが浮かんでいる。

「魔狼王がなんだって!?」

お父様がやっといつもの声で言った。

「魔狼王がこの村に住むんです」

「魔狼王だと!?　そんな名前、初めて聞くな！」

「魔狼迷宮の主です」

「それで、どういうことなのだ！」

俺はかいつまんで魔狼がこの村に来ることになった経緯を説明した。

お父様もお母様もビックリしていたが、理解はしてくれたようだ。

「事情は分かったが、いつ来るんだ」

「明日には来るんじゃないですかね。良好な関係を維持しないと村がなくなってしまいます」

お父様は少し考えていたが理解してくれ、見張りに伝えておくようにと言いだした。

キャスペル殿下が報告はしてくれると説明はしたんだけど、明日、明るくなったら国王陛下にも伝書鳩で報告の手紙を送るそうだ。

「しかし、魔狼迷宮の主がアルフレッドの作る料理を食べるために、この村に住みたいと言いだすとはな！」

「魔物でも、アルの作る美味しいものが食べたいのですね！」

お父様もお母様も驚いていた。

俺は寝室から出ると、自分の部屋のテラスから飛び上がった。

ちなみにベビはポケットの中でスヤスヤと寝息を立てている。

きっと、飛行訓練と狩りで疲れたんじゃないかな。

村の端にある見張り台に到着したんだけど、そこにはレックスの姿があった。

ゲッ、見張りが倒れて動いていない。

まさかこんなに早く来るなんて、事前説明が間に合わなかったよ。

いきなりまずい状況になったが、幸い見張りの二人は気絶しただけで息はしていた。

きっと、レックスが現れて驚いたか、威圧されたかなんだろう。

《レックス、着くのが早すぎない？》

《美味いものが早く食べたいなら、足取りも軽くなるというものだな。魔法をいっぱい使ったから腹が減ったな！》

風の魔法も使えるんだな。しかし、森をどうやってこんな短時間で走り抜けたんだろうか？

身体強化魔法で視力を高めて森を見たら、その答えが分かった。

森の木が大量に切り倒されていたんだ。きっと邪魔だから、レックスが風の魔法で切り倒しながら走ってきたんじゃないかな。

大木も、恐ろしいほど綺麗な切り口で倒されていた。

それから俺は地下シェルターの保管庫から肉を出して焼き、レックスに食べさせたんだ。

で、今日は訓練場で眠ってもらうことに決めた。

気絶した見張りの二人に癒しの魔法を行使する。

一人ずつ抱きかかえて風の魔法でホバリングにより地面に下ろし、屋敷まで運んでおこう。

寝息も安定していたから、しばらくすれば気が付くんじゃないかな。

で、見張りの二人だが、運んでいると意識を取り戻し、もう大丈夫だと言われたんだ。

大事を取って、誰か他の人に見張りを代わらせようとしたんだけど、断られてしまったよ。きっと、迷惑をかけたくなかったんじゃないかな。

そのまま、見張りに戻ると言うので、猪肉の串焼きを渡し、少し休憩するように言っておいたよ。

そしたら、すんなりと言うことを聞いてくれた。

村の人は特に俺が焼いた串焼きが大好きなんだよ。

食べると美味しいだけじゃなく、元気が湧いてくると褒めてくれるんだ。

リップサービスだと分かっていても、褒められると嬉しいんだよね。


さて、訓練場に戻って、レックスに引き続きお肉を焼いてやるかな。

地下シェルターの保管庫から今度はオーク肉を一匹分取り出してきた。

中濃ソースに魔蜂蜜《まはちみつ》を加えて混ぜたものを塗りながら焼く。

こうすると甘辛くて、前世の照り焼きソースに近いんだよ。

オーク肉をウインドスラッシュで切り分けると、土魔法で作った串に突き刺す。

お肉の表面に魔蜂蜜入りの中濃ソースを塗りながら、焦げないように回しながら焼くんだ。

お肉を焼く回数も増えそうだよね。毎回、作って壊しては手間がかかるから、訓練場の端にバーベキューコンロを常設しておくか。使わなくなったら元に戻せばいいよね。

さしあたっての問題はレックスに長く居座られると肉の確保が大変ってこと。それに、チビとベビも成長するからな……三匹も大飯食らいがいたら、財政を圧迫しそうだよね。

調味料の使用量も半端ないからな。マシューさんに増産をお願いしておこう。

三匹のために、毎回、オーク迷宮になんて行ってられないからな……

そうだ、お肉は自力で獲ってもらうように言ってみよう。チビとベビには狩りの訓練にもなるしね。

最初のうちは、俺が同伴するとして、大丈夫そうなら放置してもいいな。

チビとベビがレックスと仲よくなってくれれば、調味料だけの出費で済みそうだよね。なんか目途が立った気がする。

そんなことを考えながら、オーク肉に塩コショウして魔法の炎で炙り、中まで加熱する。

飽きないように、魔蜂蜜入り中濃ソースを塗りながら焼いた串焼きと二種類作ることにした。

肉汁が溢れ火に触れると、ジュージューと音を立てる。

オーク肉の焼けた匂いが立ち込めている。この匂いを嗅ぐと、食欲が湧いてくるんだよね〜。

真夜中に嗅いでいい匂いではないな、口の中に唾液が溢れてくる。

で、食べ始めるレックス。

レックスはほんの数時間前にも食べたばかりだというのに、食べっぷりがすごい。焼くのが間に合わなくなってきた。流石に目の前で待たれるのはプレッシャーになるな。さっきから生焼けでも食べそうな勢いなんだよね。

お腹の辺りがモゾモゾして、ポケットからベビが顔を出した。お肉の焼けた匂いに釣られて起きたみたいだな。

《チビ、お肉なノ》

ベビは、いきなりチビに念話をしている。

《ベスママ！　起きて！　お肉だォ！　早く！　ベビが呼んでるだォ！》

今度はチビがベスに念話している、ベスが寝ていてもお構いなしのようだ。しかし、相変わらず念話が俺にまでダダ漏れだな。

《アルフレッド様！　ちゃんと留守番してましたよ。私にもお肉をお願いします！》

ベスは寝起きがいいな、催促してきたぞ。

オーク一匹分のお肉では足りそうにないな。仕方ない、もう一匹出して焼いてやるか。

身体強化魔法を使い、地下の保管庫からオーク肉を運んでいるとベスとチビがやってきた。

《あれ？　その魔狼は……危なくないんですか？》

ベスがレックスのことをジーッと観察している。

《魔狼王のレックスだよ。少しの間、ここに住んで俺たちを守ってくれるから、仲よくしてくれよ》

俺はレックス、ベス、チビのことをそれぞれに紹介した。

誰からも敵視するような感情は流れ込んでこないので、なんとかうまくやってくれるんじゃないかな。

《魔狼王レックスだ。よろしくな！　ここは面白い、これなら当分退屈しなくて済みそうだ！　ベスにもレックスと呼ぶことを許そう！》

そうベスに言うレックス。

ちょっと心配していたんだけど、レックスがベスと仲よくなりそうなので安心したよ。こういう時に念話のダダ漏れは本当に助かるな。

《では私のこともベスと呼んでください。アルフレッド様に危害を加えるようなら覚悟はしておいてくださいね！》

《言うではないか！　オレ様はアルフレッドと契約も済ませているから、逆に守ってやるんだぞ！美味しい食いものの対価としてだがな》

「オークが焼けたから、みんな食べて！」

ベスとレックスの間に、ピリッとした空気が流れて焦ったが、俺がそう言ったら、いちおう事なきを得たようだ。

串が邪魔そうなので、レックス用に土を盛り上げてカチカチのお皿を作る。

焼けたオーク肉を串から外して入れてやる。

《アルフレッドは器用だな！　流石はオレ様が契約しただけのことはある。気に入ったぞ！》

レックスは大きな口でまるで飲みもののように、肉をひと呑みで平らげてしまった。

焼く者のことを考えて、もう少しは味わって食べてくれよ。

《美味いな。いくらでも食べれそうだぞ！》

《今日はいいけど、次からはお肉は自分で獲ってきてよ！》

《それくらいはしてやろう！》

レックスが自分で獲ってくることに同意してくれたから、お肉の確保は解決したな。

目の前ではベビとチビにベスが、仲よくガブガブとオーク肉を頬張っている。

チビとベビだけど並んで見ることがなかったが、ベビの方が少し大きくなっているな。

俺と一緒に行動したせいで、成長速度に違いが出たのかもしれないな。

それにしても、真夜中に大量のお肉を焼くという迷惑なことをやってしまっているな。

周りはマシュー商会を合わせて店舗兼住宅が十軒立ち並んでいるが、匂いと煙が流れていってなければいいんだけど。前世だったら、クレームが来るレベルの煙と匂いだからな。日中なら洗濯ものに匂いがついたとか言われそうだぞ。

あれ？　外が騒がしいな。もしかして本当にクレーム？　まさかな。

《様子を見てくるから食べていて、塀の外に顔を出さないでよ》と、念話でみんなに言う。

《そうしよう》

《出ないダォ》

《分かったナノ》

《見張っておきますね》

レックスって見た目と違って意外に素直だな。チビ、ベビ、ベスは魔蜂蜜を入れた中濃ソースで焼いたお肉に夢中なようで、俺の顔を見もせずに念話してきた。

この気配からすると第一騎士団だろうな、夜間に行軍なんて、何があったんだ？

訓練場の頑丈な扉を押し開けて、外の様子を見る。

そこには予想通り第一騎士団と魔法師団の姿があった。

が、いったい何があったんだ？　みんなボロボロじゃないか。

「まず、中に入って休んで。ちょうど今、お肉を焼いていたところだから」

騎士と魔法師がぞろぞろと訓練場の中に入っていく。

「うわー！」

「ぎゃー！」

悲鳴が聞こえて、訓練場の入口にいた人たちが立ち止まっている。

なんだなんだ？

中に入れない騎士たちに動揺の波が広がり、後ずさりしている。

あっ！　中にレックスがいることを説明し忘れた。これはやらかしてしまったな。みんな、気絶していなければいいけど。

慌てて中に入ると、レックスたちは我関せずといった表情で、美味しそうにオーク肉を頬張っていた。

しかし急に、レックスの冷めた視線が俺に突き刺さる。

《アルフレッド、オレ様がいることを言っていなかったんだろう。こいつらはかわいそうなものだな》

《ごめん、忘れてた》

《襲ってくるようなら叩き潰していたが、そうならなくてよかったな》

レックスは大人な対応をしてくれて、助かるよ。魔物でも長生きするとこんなに知的に振る舞えるんだな。

レックスを見た人の反応は様々で、その場に力なく座り込んだ者、ブルブル震える者、倒れている者もいる。

森の開拓ですでにボロボロ状態だったところに、俺の不注意でトドメを刺してしまったかもしれない。

倒れた者を確認してまわる。

息はあるが意識の飛んだ魔法師もいる。

癒しの魔法をかけてまわっているが、最後尾から入ってきた第一騎士団長と魔法師団長の視線は、俺を咎《とが》めているようで心が痛い。

俺は気絶していた者や座り込んでいた者に、癒しの魔法を行使しながら、レックスのことについて説明した。

すると「龍の次は魔狼迷宮の主である魔狼王と契約したのか、アルフレッドも大変だな」と、第一騎士団長に同情されてしまった。

魔法師団長には生気がなく、俺と第一騎士団長の話をボーッと聞いているだけだった。

きっと魔力を限界近くまで使ったんじゃないかな。魔力鑑定眼では魔力切れの寸前に見える。

元気のない魔法師団長なんて、炭酸の抜けたサイダーみたいで調子が狂うんだよね。急いで魔力ポーションを飲ませよう。

「手つかずの森を舐めていた。ここまでだとは思っていなかった。もらったポーションは使いきったが足りていない、癒しの魔法をかけてやってほしい」

そう言う第一騎士団長は疲れた顔をしていた。

多くの者が毒虫に噛まれたり刺されたりしており、怪我をした者もいた。

運悪く毒虫の巣のある木を切り倒してしまい、その後がひどい有様になったそうだ。

魔法師が火の魔法で焼いて虫を撃退したが、今度は木に引火してしまい、消火作業に水魔法を使ったそうだ。魔法師たちはそれだけで魔力切れを起こすという散々な一日になっていたんだな。

弱り目に祟《たた》り目という言葉があるが、まさにそれだったみたいだ。

草むらを進行して毒蛇に噛まれ、魔蜂の巣に気が付かなかったために襲われ、逃げる最中に沼に近づいて吸血ヒルにやられた。その夜にはゴブリンの集団に襲われ怪我人が出ていた。

夜も寝られていないため、疲れが抜けていない。聞いていてかわいそうになったよ。

今回の被害が拡大した原因なんだけど、道にするために細長く切り開いた場所に野営地を設営したことがよくなかったそうだ。

陣営が細長くなった一点を深夜にゴブリンの集団に襲われ、数で負け、怪我人を出していた。

見通しの利かない森の中、それも木々から数メートルと離れていない場所に野営するなんて油断のしすぎだよ。きっと精鋭の第一騎士団と魔法師団がいれば大丈夫だと思ったんだろうね。

しかし、十人組を同行させたはずなのに、なんでそんなことになってしまったんだろうか？

答えは森を舐めていたため、王都のエリートである第一騎士団と魔法師団がアドバイスに耳を貸さなかったからだった。

本来、貴族社会とはこんなものなんだろうね。あとで十人組のみんなに謝っておこう。

十人組のみんなは早々にアドバイスすることを諦めて、離れて見守っていたそうで、そのおかげで無事に帰ることができたみたいだ。

十人組を同行させれば大丈夫だと考えた俺が甘かったみたいだな。

同行させたことを、十人組に謝っていたら、第一騎士団長がやってきて謝罪してくれた。

これは普通では考えられないことなんだよ。一般市民に謝れるなんて、やっぱり第一騎士団長はいい人だよね。

魔法師団長は謝りには来なかったけど、かなり魔法で伐採に貢献していたと第一騎士団長が褒めていた。

きっと魔力切れで動けないんじゃないかな。

俺も経験しているんだけど、あれは本当に体が動かなくなるからきついんだよ。

またもや全員をマッパにひん剥《む》いて、魔力水のお湯に浸かってもらったよ。

脱いでもらった衣服には、毒虫がついていたから火と風の魔法で加熱しておいた。

洗濯なんだけど、みんな学習したみたいで、衣類に名前や印がつけてあった。今度は持ち主が分からなくなる心配はなさそうだよ。

俺は洗濯が終わったら、もっとオーク肉を焼いて、みんなの疲れた体に栄養補給してもらうつもりでいる。

一人一杯だけにはなるけど、ワインも振る舞ってあげようかな。


一時間後。みんな、お湯に浸かり、衣服を着替え、オーク肉の串を片手にワインを飲んで上機嫌になっている。かなり元気を取り戻したように見えるな。

明日になったら伐採状況と、道がどのくらい延びたのかを聞かせてもらおう。木材は家屋を建てるのに使いたい。

しかし、このペースで食べたら、お肉はすぐに食べ尽くしてしまいそうだな。

レックスに狩りに行くようにお願いしないと。

あと、魔法師団長に魔力ポーションを飲ませたんだけど、少しは元気になってくれたかな？　確認しに行ってみよう。

オークの焼き串とワインの入ったカップを持っている第一騎士団長と魔法師団長を見つけた。

他にも騎士や魔法師も数名が集まっており、難しい表情をしている。

漏れ聞こえている話の内容からすると反省会みたいなことをやっているようだ。

オーク肉の焼き串の皿を両手に持って近づいていくと、第一騎士団長に手招きされた。

横に座っていた騎士が少しずれて隙間を作ってくれたため、第一騎士団長の横に座ることになってしまった。

「アルフレッド、魔法師団が準備してきた三百本の魔法のスクロールを使いきったと報告を受けた。見ての通りの有様なので、王都へ戻ろうかと協議していたところだ」

「三百本も使ったんですか？」

買えば相当な金額が必要だが、魔法大国アスラダからもらったものなので、実際の出費は伴っていないそうだ。俺が岩風竜を倒した時にもらったやつだな。

今回の作業で三十五キロほど、森を切り開いたそうだ。それでもまだ、三百キロ以上伐採が残っているだろうと説明されたんだ。

それに、伐採を優先しているため、木は道になる予定地の両側に放置したままになっているそうだ。

これからも建物を作るから、運んで製材しないともったいないよね。

どうやら切り株もそのままになっているみたいだし、伐根《ばっこん》が一番大変な作業だから、まだまだ先の長い話になりそうだね。切り株もテーブルとか衝立とかにしたら、特産品にならないかな？

何もしなければ新しい草木が芽吹いて、また森に戻るだろうとも言われた。そうなると、伐採の済んだ土地だけでも伐根して固めておこうかな。

風魔法を連発すれば、一年もあれば海まで行けるかも……あ、でももっといい方法を思いついた。

さっき、大木が切り倒されて道のようになっているのを見たばかりじゃないか。レックスに伐採を頼めば、三百キロなんて一日あれば終わりそうな気がする。

後でレックスに頼んでみるかな。

突然、第一騎士団長が「明日、王都に戻るために出発する」と言うから「数日は静養してからじゃないと、行軍スピードに影響が出るんじゃないですか」と、言ってみた。

すると、第一騎士団長は少しだけ悩んでいたが、魔法師団長の様子を見るとすぐに俺の言葉を受け入れてくれたんだ。

しかし、ここまで第一騎士団長と魔法師団長が疲弊《ひへい》するとは思わなかったよ。やっぱり森を舐めてはいけないということだよね。

今後の方針が決まると、騎士と魔法師は、俺の持っていた皿のオーク肉の串を掴んで、礼を言って離れていった。

動こうとしない魔法師団長の様子を魔力鑑定眼で確認したんだけど、魔力の回復が遅いみたいだ。

魔力ポーションを飲んでもここまでしか回復していないなんて、本当に魔力枯渇の一歩手前だったんじゃないかな。

伐採を頑張ったところに毒虫の撃退、消火作業となれば、魔力枯渇を起こしてもおかしくないよね。

魔力が一定以下になると回復が遅れるって聞いたことがある。でなければ、一番魔力量の多かった魔法師団長の魔力回復がここまで遅いわけがない。

俺は魔力を溜める石、宝玉《ほうぎょく》に魔力の補充ができる。なら、魔力鑑定眼で確認しながら細心の注意を払って行えば、人間にも魔力の補充ができるんじゃないかな？

ある程度の魔力量を回復させることができれば、後は自然に増えるはずだ。

ただ、過補充しないようにしないと。バッテリーなら爆発しちゃうからな。

「魔法師団長、魔力ポーションを飲んでから体調はよくなりましたか？」

元気がないのは見て分かってはいるんだけど、あえて聞いてみた。

「ちょっと張りきりすぎて、このざまだ。魔力欠乏症だな。森が火事になり消火するのに水魔法で魔力を使いすぎてしまったわい。なんとか死なんで済んだが、ここまで魔力が少なくなると、元に戻るのはなかなか時間がかかりそうじゃわい」

魔法師団長が血の気の失せた顔で、力なく言った。

「僕、ちょっと試してみたいことがあるんだけど、協力してくれませんか？」

「なんじゃ、こんな老いぼれのワシにどうしろと言うのじゃ」

かなり警戒している。やっぱりいつもの魔法師団長らしくないな。

「上手くいけば魔力を補充できるかもしれないんですけど、実験に付き合ってもらえないですか？」

「何！　お前は宝玉と同じように、ワシに魔力を補充するというのか!?」

「実験ですって！　初めてやるから上手くいく保証はないけど、悪いことにはならないんじゃないかな」

魔法師団長が考え込んで、しばらくして言う。

「よ、よかろう。お前の手にかかって死ぬのもいいかのう！」

もしかして魔力の過補充で体が爆発する心配とかしていた？

魔法師団長を心配して残っていた魔法師の数人が、なんとも言えない表情で俺を見てくる。

「魔法師団長！　人聞きの悪いことを言わないでください！　僕が殺すみたいじゃないですか？　みんなが本気にしたらどうするんですか！」

「ヒエッヒエッ！」

この爺さん、まだ冗談を言う元気が残っていたみたいだな。

面倒な人だな、今の発言で魔法師がブルッと体を震わせているじゃないか。

本気にしないでよ、口封じに食べさせるとかしないから。

俺は魔法師団長の両手を握ると、宝玉に魔力を補充するよりも少量ずつを、慎重に流し込む。

魔力鑑定眼で見ると、順調に両手から魔法師団長の体の中に魔力が流れ込んでいる。

顔色や心臓の鼓動にも異常は現れていない。

血液ではないが拒絶反応とかあると怖いので、少しずつ、細心の注意をしながら流し込む。

二十分近く流し込むと二割は補充できたように見えている。

初めてなので、このくらいで少し様子を見た方がいいな。できるだけ自前の魔力で回復する方がいいはずだからね。

回復が上手くいかないようなら、もう一回補充することにしよう。

「魔力が自然に増えるならそのほうがいいから、このくらいでやめておきましょう、後は経過を観察します。実験なので後で感想を聞かせてくださいよ」

「わ、分かった。しかし、お前というやつは……いや。ここは素直にありがとうと言うべきじゃな。眩暈《めまい》もせんようになったし、だいぶ楽になった。お、魔力が増えておる！　なんなら前より増えるのが速いように感じるぞ！」

魔法師団長の顔色が改善しており、目にも力が戻っている。少し観察していたが順調に魔力の回復が始まっているので、このままで大丈夫なんじゃないかな。

「もう安心ですね」

一時間ほど経過すると、魔力欠乏症は脱したようで、魔法師団長はいつもの顔色を取り戻している。

「この回復力なら、ワシの魔力は前よりも増える可能性があるぞ！　これは楽しみじゃわい。また、魔力欠乏症で危なくなったらアルフレッドに魔力補充してもらえばよいからな！　ヒェッヒェッ！」

　元気になったらすぐにこれだからな。

「もう魔力補充なんかしませんよ！　無茶しないでください！」

「何をケチ臭いことを言っておる。減るもんでもあるまい。ケチケチせずに補充してくれればよかろう。魔力欠乏症から復活した魔法師は魔力量が増えると言われておるのじゃ。普通は死ぬ可能性があるから誰もやろうとはせんがな。大いに楽しみじゃわい！　ヒェッヒェッヒェッ！」

　魔法師団長が完全にいつもの元気を取り戻してしまった。魔力を補充しすぎたかもだな。

　元気な魔法師団長は俺、やっぱり苦手なんだよな！

　そうこうしてたら、夜が明けてきた。結局、いろいろやってたら、徹夜になってしまった。

だいぶ明るくなってきたな。もう少しで見張りの交代時間になる。

落ち着いている今のうちに、ウイングスーツでひとっ飛びして、レックスがこの村に来るまでに切り倒した森の様子も確認しておくか。

　俺が森を通るようにレックスに言ったことが原因で、他領に繋がる道が作られたようなものだからな。

キャスペル殿下の指示があったからではあるけど、トラブルは避けたい。だから、他領から言われる前に報告しておきたいんだよね。

きっと、伐採された木を買い取れば笑顔で喜んでくれるんじゃないかな。こんなに多くの木を運ぶのも大変だし、一度にはいらないだろうからね。

臨時収入が入れば何も言いはしないと思っているんだ。

トラブルになるようなら、キャスペル殿下に仲裁をお願いすればいいよね。


見張り台まで行くと引き継ぎの最中で、「お前夢でも見ていたのか?」と魔狼のことを信じてもらえないで揉めていた。

気絶した上に、引き継ぎでは信じてもらえないなんてかわいそうすぎる。

つい、二人の間に着地して、「本当のことです」と言ってしまったよ。

俺がそうだと言っても、またまた〜そんな冗談を、みたいに見てくるから、見張り台の少し先を見るように指さした。

木が伐採されているのも見えるんだけど、見張り台の五メートルほど先にレックスの大きな足跡がくっきりと残っていたからね。

二人とも、見張り台から身を乗り出すようにして確認していたけど、納得したみたいだ。

「さっきは疑ってすまなかったな」と謝っていたからね。

東の山に太陽が昇ってから、レックスが切り倒した場所を確認しに向かった。

森の中で、ほぼ木が一直線に切り倒されており、道のようになっていたよ。器用に枝まで切り落とされているのには驚かされた。きっと、走るのに邪魔になったんだろうね。魔狼迷宮の近くまで飛んでみたんだけど、約百五十キロもあるのに大木も雑木も綺麗に切り倒されていたんだよ。

威力に精度、どれを取っても、まともにやり合って勝てるイメージができない。

もしレックスをどうしても倒さなければならないとしたら、麻酔薬か毒を飲ませることになるんじゃないかな。ヤマタノオロチの討伐も、お酒に眠り薬を入れたとかだったよね。

まあ、理由もないしそんなことはやるつもりなんてないんだけど、もしかしたら……対策だけは考えておくべきだよね。

レックスに伐採を頼んだら、三百キロなんて本当に一日で終わらせるんじゃないかな。後は伐根しながら土魔法で固めればいいだけだ。

当初の予定よりもかなり早く海まで道が開通しそうだよね。

オークのステーキとハンバーグはまだ食べさせていないから、それを対価にしてお願いしてみよう！

森の中で絶対に食べることのできない甘味系もいいかもしれない、手札はまだまだあるよ。

もし、了承してもらえたら、めちゃくちゃ安価でラッキーだよ。魔法のスクロールは高いからね。

砂糖や調味料をドバドバ使ったとしても、魔法のスクロール十本分の金額に届かないだろうしね。

レックスが俺のお料理に飽きる前にやってもらわないといけないよね。

あと、切り倒された木も村に運んでもらえないか交渉してみようかな？

大木は製材して家の材料にしたいし、雑木も炭や燃料にできるからね。

しかし、便利な重機ならぬ、獣機を手に入れたな。なんてね。

だけど、流石に木の数が多すぎるな。

レックスが木を運んでくれなければ、マシューさんに頼むしかないか。

いつものように丸投げになりそうだな。

ところで、訓練場のレックスと、チビやベビは仲よくしているだろうか？

ここまで離れると念話が届かないみたいだ。いい機会だから、どれくらいの距離なら念話できるのか実験しておこうかな。

ハイルーン村に飛行しながら念話してみたんだけど、あと五十キロくらいの地点でベスが応えてくれた。

このくらいから念話が通じるんだね。

しばらくして、村の訓練場が見えてきた。

レックスとチビやベビは、すっかり仲よくなっていた。魔物同士で気が合うのかもしれない。

レックスから、腹が膨れたから寝ると念話が届いた。

訓練場で寝られたら騎士団の人たちが困る。だから、ベスの小屋で一緒に寝てくれないかとお願いしておいた。

小さくなったレックスなら一緒に寝れるよね。

地下シェルターも覗いてみたんだけど、よほど疲れが溜まっていたのか、夜明けなのにみんな眠っていた。

一週間ぶりに安心して寝れるとなれば、張りつめた気が緩むよね。

あ。お肉を早いとこ確保しないと、みんなの明日の食事が作れないぞ。

第一騎士団長がオークの集落がどうのとか言ってたよな。起きたら聞いてみようかな。

オークはすぐに増えるし、人を好んで襲う習性があるから、集落を見つけたら壊滅させることになっているんだよ。チビに飛行と狩りの訓練もしないといけないから連れていこうかな？

魔ダニ、魔蜂、毒蛇の対策が必要だな。

まあ、それでもベビとチビの鱗を貫通できるとは思っていないんだけどね。レックスの心配なんていらないだろうし。なら、俺さえ準備すればいいか。

長袖長ズボンにして、袖口を紐で縛って、ポーション多めに持参でいいな。

急に眠気が襲ってきた。そういえば、寝ずに働いていたな。これじゃあ前世のブラック社畜時代とやっていることに変わりないじゃないか。

眠気が強すぎて、着替えるのも面倒になってきた。ベスたちに交ざって、ひと眠りさせてもらおう。

レックスの毛は刺さりそうだけど、ベスの毛は柔らかくてふわふわで暖かいんだよね。

俺はベスの小屋にお邪魔して、チビとベビが寝ているベスの毛の中に潜り込んだ。

しばらくすると……グエ！

「ベス、今すぐに俺の上からどいてくれ、息ができない……」

ベスが寝返りしたのだろう、寝ていて脱力していた俺の上にのしかかってきた。

ベスは熟睡するといつもより体が大きくなるみたいだな。息ができない。

身体強化魔法で、押し潰されていた肺を広げる。

《え！　アルフレッド様、なんでそんなところにいるんですか？》

寝ぼけ眼のベスは、俺の顔を見下ろしながら念話するとペロペロ俺の顔を舐めてきた。

《寝ぼけていないで、下りてくれ》
《そ、そうですね。守るために遣わされたのに潰しましたとか笑えない。危ない危ない》
ベスがのそりと体を起こすと、俺にのしかかっていた重さは消え、体が自由になった。
ベスは俺を守るために遣わされたんだな。
誰に遣わされたのかを聞いても、いつものように『教えたら帰らされる』とか言うんだろうな。
ベスは俺が立ち上がると、元の場所にどっかりと体を下ろした。前足で器用にチビとベビを引き寄せ、モフモフな毛の中に引き入れた。
ベス、お前、チビたちのためにもう一回寝るのかよ。
それに、ベスにあれだけ動かされてもまったく目を覚まさないチビとベビって、きっと大物に育つんだろうな。
それにしても、チビとベビは魔大陸に帰っても俺のことを覚えているだろうか？
龍は千年とか生きるらしいから、子供の頃の記憶なんてすぐに忘れてしまうんだろうな。
《アルフレッド、食事なのか？　昨日とは違う美味しいヤツを食べさせてくれるんだろうな？》
近くで寝ていたレックスがむくりと頭を持ち上げ、急に話しかけてきた。
《残念ながら保管庫の中は空っぽなんだよね。レックスが食べたいお肉を獲ってきてよ》
《なんだ、昨日のオークは美味かったが、もうないのか？　他の肉はないのか？》

《猪肉も全部食べたからないよ》
《仕方ない、獲りに行ってくるか。近くにオークの群れがいればいいのだがな……》
《第一騎士団長がオークの集落の場所を知ってるはずだから聞いてくる。ちょっとここで待っていて》
地下シェルターに行き、オークの集落の場所を教えてもらった。
第一騎士団長は、集落の正確な場所は分からないが、襲われた場所からそんなに離れた場所ではないだろうと言っていた。
襲われた場所は、伐採が終わっている一番先とのことなのでメチャクチャ分かりやすい。
レックスに伝えると、すぐに行くと言いだした。
チビとベビを連れていってほしいんだけど、さっきベスが眠りだしたばかりだからな。次回にしたほうがいいか。
《ねえレックス、玉ねぎが食べれないとか、甘いものは苦手とかあるの？》
《玉ねぎがなんなのか分からん。が、そうだな、ゴブリンはあまり好きではないな。甘いものは魔蜂の蜜くらいしか思いつかんが嫌いではないぞ！　わざわざ巣に獲りに行こうとまでは思わんが、たまたま近くにあるなら食ってもいい》
俺も魔狼が玉ねぎを食べているイメージができないな。前世の知識がどのくらいこっちで使えるのかも分からないが、犬に玉ねぎは毒で食べさせると血が壊れるらしいからな。
レックスに食べさせて毒でしたとか嫌だし、ハンバーグはもう少し様子を見てからにするか。
料理は味もだけど匂いや色も大事だと、ゴブリンで嫌というほど思い知らされた。
臭いもキツイし、なんといっても緑色のお肉とか俺には絶対に無理だよ。そんなゴブリンを、いちおう食べれるレックスを尊敬する。
甘党ではないが、魔蜂蜜は食べれるということも分かったな。
《お願いなんだけど、レックスは木を切り倒すの得意だよね。海まで道を作りたいんだけど、やってくれない？　対価としてレックスの獲ってきたお肉で美味しい料理を作るから》
《何を食べさせてくれるんだ？　オレ様の食べたことのないものなのか？》
レックスが興味深そうにしている。
《オークステーキとデザートはプリンなんてどう？》
《聞いたことのないものばかりだが、美味いなら協力してやってもいいぞ！》
レックスはほんの少し考えるそぶりをしてから言った。きっと、さっきのは演技で、答えは最初から決まっていたんじゃないかな。
《お願い、すごく助かる。プリンの甘さはどうする？　魔蜂蜜よりも甘い方が好き？》
《甘いものは魔蜂蜜しか食ったことはないが嫌いではないぞ！》

魔蜂蜜は結構甘いんだけど、もしかしてレックスは、やっぱり甘党なのかな？
《レックス用に大きな器とプリンを作っておくから期待していてよ》
《オレ様を驚かせるほど美味しいものを食わせてくれ》
《頑張って作るよ。それと、切った木なんだけど運べる？》
《運ぶ？　できなくはないが面倒だな。それなりのものを食わせるなら考えてやらんでもないぞ》
え。交渉してきた。
《プリンを食べてから考えてよ》
《自信があるようだな。よし、食べてから考えてやろう》
《伐採については交渉成立でいい？》
《いいぞ、木を切り倒すなど造作もないからな。だが、運ぶのは面倒だ》
《交渉成立だからね。オーク獲ってきてよ。プリンを作っておくからね》
《任せておけ、すぐに行ってくる》
レックスはそう言うが早いか、風のように走り去ってしまった。

俺はというと、レックスとの契約を果たすため、ウイングスーツで飛び、マシュー商会にプリンと付け合わせの材料を買いに来たんだ。

店員は俺が商会に入るやいなや、マシューさんを呼びに行った。いつも思うんだけど、そんなに急がなくてもいいのにな。

店の奥から少し息を弾ませながらマシューさんがやってきた。

なんかちょっと、体形が丸くなってないか？　もしかして、プリンのせい？

「アルフレッド様、よくおいでくださいました……本日はどのようなご用件でしょうか？」

俺が忙しいのを分かっているからか、世間話もそこそこに対応してくれる。

「マシューさん。砂糖と牛乳に卵がたくさんいるんですが、ありますか？　大きなプリンを作らないといけなくて」

「プリンですか？　あれは美味しいですね。マシューも大好きです。もしよろしければ一緒に何個かお願いできますか？」

「いいですよ。その分の砂糖と卵に牛乳も売ってください」

「砂糖はございますが、朝早いですから農業法人から届いておりません。今はこれだけしかないですが届けさせます」

「このまま、直接行くからいいよ。急ぐからもう行くね」

マシューさんは昨日の残りであろう、籠《かご》に入った十個ほどの卵を渡してきた。

そのままベスの小屋から来たからウイングスーツのままだ。俺は籠を受け取りお腹のポケットに卵を移し、籠を返すと農業法人に飛んでいく。

運営はマシューさんに丸投げなので、農業法人に来たのは久しぶりなんだよな。

まだ、ここで働いている奥様たちが集まっていないのか、前回来た時よりも静かだ。

出荷などの作業を行う建物の前に着地すると、朝礼の真っ最中だった。

俺に気が付いた奥様方が挨拶してくる。卵と牛乳を買いに来たことを伝えると、籠を手に蜘蛛《くも》の子を散らしたように広い農場に散らばっていった。

うちの卵だが、鶏小屋はあるけど放し飼いなので、卵を見つけて回収する必要があるんだ。

しばらくすると、奥様方は籠にたくさんの卵を入れて、どっちの数が多いか言い合いながら戻ってきた。この短い時間でこんなに回収できるなんて、きっと鶏がどこに卵を産んでいるのか把握しているんだろうな。

牛乳は搾乳《さくにゅう》中なので集まり次第届けてくれると言われた。搾乳マシーンとかないから時間がかかるんだよね。

卵の数を書いてもらい、後でマシュー商会に連絡してもらうようにお願いしておいた。

奥様方に礼を言って屋敷に戻る。早く作り始めないとレックスの帰りに間に合わないといけないからね。

急いでウイングスーツから普段着に着替える。これで作業ができる。ベスの毛がついているから、後で毛を取り除いて洗わないといけないな。

土魔法で作った大きなボウルに大量の卵を割る。

卵を混ぜていたら、搾りたての牛乳が届いた。特急でお乳を搾ってくれたんだろうな。

念のため、不純物を取り除くように布で濾《こ》して、殺菌をイメージしながら魔法を行使した。

これって、低温殺菌になるよね。今度、飲む時もこれにしよう。

殻が入っていないか、不純物の確認も忘れてはいけない。

ちゃんと濾過《ろか》しておいたから、滑らかなプリンが出来上がるんじゃないかな。

ということで、混ぜ合わせて大きなカップに四個、中くらい一個、普通のカップに五十個ほどのプリンを作ることができたんだ。

大きいやつはバケツくらいあるから、お皿に出すと形が保てそうにない、そのまま食べることになりそうだな。

カラメルなんだけど、好みが分からないから、別にすることにしたよ。

後は水を張って魔法で加熱すれば完成だ。

大きさが違いすぎるので、加熱時間の調整が必要になるな。中が固まらないと嫌なので、魔法で中まで熱を加えておくよ。

プリンを作っていたら、前世で妹に作ってやった時の、美味しそうに食べてくれた顔を思い出した。

あれ、なんで涙が……慌てて布で拭く。

俺はいなくなってしまったが、両親の保険金は残してあるし、俺の生命保険の保険金も支払われるから、きっと大丈夫だよね。

幸せに暮らしていてくれるといいんだけどな……やだな、また涙が……

それから、完成したプリン十個をマシューさんに届けてきた。

後は、レックスがオークを獲って帰ってくるのを待つばかりだ。

ソースも合わせたし、付け合わせのフライドポテトと人参グラッセも作っておいたからね。

しばらくして、レックスが大きなオークを背中に乗せて、もう一匹を咥えて引きずるように帰ってきたんだ。

村の中で悲鳴が聞こえてきて慌てた。そういえば、村の人にまだ言ってなかった。

とにかく、オークについてはすぐに解体を十人組のみんなにお願いして、手伝ってもらったんだ。

さあ、オークステーキを焼くぞ。どんどんバーベキューコンロで炙っちゃうよ。

ひたすらお肉を焼いていたら、レックスがまたオークを二匹運んできたんだ。結局八匹も獲ってきたんだな。

《もっといたけど、これだけでやめておいた》と、レックスは得意げに、オークの集落の場所も教えてくれたよ。

流石にオークも今頃は逃げだしているんじゃないかな。

やっぱり、レックスは賢いよね。狩り尽くすと獲れなくなるから、ちゃんと残したんだろうね。

きっと、魔狼迷宮にいた頃から同じように狩りをしていたんじゃないかな。

その後、マシュー商会と農業法人にもオークステーキのおすそ分けをしてきた。

あと、第一騎士団と魔法師団は一緒に食べているんだけど、明日王都に発つと言っているから村で最後の食事になるかもしれないな。

レックスは満足そうにステーキにかぶりついていたが、今はバケツプリンに頭を突っ込んで食べている。この様子なら伐採した木も運んでくれるんじゃないかな。

一時間後。オークステーキとバケツプリンに満足してくれたようで、レックスはもちろん、ベスもチビ、ベビもご満悦な表情をしている。
《チビに見せてあげるノ！》
突然、ベビから念話が流れ込んできた。

ベビは飛べるようになったのを自慢したいみたいで、チビの上空を飛びまわり始めた。

その姿はまるで戦闘機かＵＦＯの不規則な飛行を見ているようだ。とても飛行機にはできないＶ字ターンも見せてくれる。

いつの間にこんなに自由に飛べるようになったんだ？　いつも一緒にいたはずなんだけどな。気付かなかったよ。

チビも、ベビに張り合うように空中に浮かび上がる。だが、飛行というにはスピードが遅く、フラフラしている。

《飛べるようになったから見せようと思っていたダォ！　そんなに飛べるなんてベビはズルいダォ》

チビも自慢する気でいたのだろう、しょんぼりしている。

《ベビが教えてあげるノ》

そう念話が漏れ聞こえてきた。ベビは急降下するとチビを抱きかかえて、急上昇を始めた。

《行くノ！》

戦闘機の曲芸飛行というか、ロデオフライトが目の前で繰り広げられている。

《次は右に曲がるノ！　上がるノ！　下がるノ！》

二人の念話が漏れてくる。

《ヒャーーーー！》

チビから恐怖心が伝わってくるんだが、いきなりあんな軌道で飛ぶのは許してやってほしい。
《グァーーー！》
俺が同じように急降下から急減速されて、そこから急上昇されたら、ブラックアウトするイメージしかできないんだけど。硬い鱗で覆われていない人間では、Gで押しつぶされて死んでもおかしくないよな。
《クゥーーー！》
時折、チビを抱えているベビの後ろ足が外れかけ、怪しい軌道を描くことさえある。そのたびにチビから、悲鳴にも似た念話が伝わってくる。チビは災難でしかないだろうな。
こうして見ると、ベビはチビよりも五十センチは大きくなっているな。
俺と一緒にいる方が魔力を多く吸収できるのか、成長に影響が出ているのかもしれない。
《クゥー》
ベビは飛行訓練の速度を緩める気はないようで、ロデオフライトが繰り返されている。
《ウヒャッー》
だんだんとチビが慣れてきているのだろう、恐怖心から楽しい気持ちに変わり始めていることが伝わってくる。
最初はスパルタ教官ベビの教え方を見て、チビに同情していたんだけど、もしかして、教えるの

が上手なのかもしれない。

まだ、ベビがチビを抱きかかえてはいるが、チビも自分で飛行コントロールを行い出したんじゃないのかな？　姿勢制御できていて、軌道が安定している。

《チビ、上手になってきたノ》

ベビはチビを抱えたまま、空高く飛んでいくと、なんとチビを離した。

逆バンジーからの紐なしバンジー。これって、大丈夫なのか？　自由落下というやつじゃないのか？

チビからは恐怖心は伝わってきていない。ってことは、制御できているのかな？

軌道は安定しているようだがそろそろ減速するか上昇しなければ、地上に激突してしまいそうだ。

《ヤッヒャー！》

俺がそう思ったのと同時くらいに、ベビがチビを抱っこすると、カーブを描いて水平飛行に移行し、また急上昇する。

やっぱりベビはスパルタ教官だな。

チビから助けてほしいと念話が届けば、いつでも助けに行こうと身構えていたが、チビも楽しんでいるようだ。

もう少し見守ってやるかな。

《やったダォ！　ベビ、もう一回行くダォ！》

《チビ上手、行くノ！》

何度目かの急降下で、ついにチビは自分で水平飛行への移行に成功すると、そのまま上昇していった。

上達するのが早いな。ベビは教えるのが上手なんだな。

チビとベビが並んで上昇し、急降下、時には錐揉《きりも》みのような飛び方になって慌てたが、明らかに楽しんでいるのが分かる。

《ヤヒャー！》

まるで曲芸飛行しているようだ。

楽しそうなチビとベビを見ていると、俺も一緒に飛んで編隊飛行をやりたくなったが、チビやベビのようなV字ターンなんて俺にはできないので思い直したよ。

《チビ、お前すごいな、それだけ飛べるようになったなら、オレ様が狩りを教えてやろう。ついてこい！》

レックスはそう言うと、訓練場の塀を軽々と飛び越えてしまった。

《レックスおじちゃん待ってダォ！》

《ベビも行くノ》

チビとベビがレックスの後を追って飛んでいってしまった。
《ベス、お前はサーシャを守ってやってくれ、俺は心配だからついていくからな》
《任せてください》
チビもベビも見えなくなっていたが、行き先は分かっているし、パスのおかげで居場所は分かる。
なので、ベスにそう伝えて俺も塀の外へ向かう。

しばらくして、やっとチビとベビに追いついた。

少し先を、体を大きくしたレックスが、ものすごいスピードで走っている。

どうやら風の魔法を使っているようだ。だからこんなスピードが出せるんだな。

《アルフレッドもついてきたのか？　ちょうどいい。知りたがっていたオークの集落に案内してやろう》

レックスから念話が届いた。

伐採された切り株の上空を飛行し続けていると、まだ手つかずの森が見えてきた。

《ついてこい》

レックスはスピードを緩めると、左の森の中に入っていった。その後をチビとベビが追って飛んでいった。

流石にオークも逃げだしているんじゃないかな。そんなことを考えながら後に続いた。

俺の予想は的中し、到着したオークの集落は、もぬけの殻になっていた。

きっと、今頃は必死に新しい住処を探して移動しているんじゃないかな。

《グヌヌヌ、どっちに逃げたんだ？》

レックスは集落をウロウロと歩きまわっては、唸《うな》り声をあげている。

レックスと、チビ、ベビなら追いつけるだろうけど、オークもバカではないようだ。

あからさまにオークの足跡も臭いも残っているが、行き先が分からないようにしているとしか思えない。

後で合流するのかまでは分からないが、バラバラに逃げているんじゃないだろうか？

チビとベビに狩り方を見せると言っていたレックスは、海に向かう足跡を追うことにしたみたいだ。

なんか《ついでに切り倒してやる》と言っている。

切り倒すって、木を？　海まではまだかなりの距離があるんだけど、どこまで伐採する気なんだろうか？

今、背中がゾクッとしたような。

《ママもベビが大きくなったら乗せて飛んであげるノ》
飛行に自信がついたようで、ベビがそう言って近づいてくると、ピタリと空中に静止した。
きっと、俺に上達した姿を見てほしいんだろうな。
《ベビ、すごく上手に飛べるようになったね。だけどママ、乗せてもらってV字ターンなんてされたら死んじゃうよ。絶対にしないと約束してくれるなら、乗せてもらおうかな？》
《大丈夫なノ！　チビも落とさなかったノ》
落とすかどうかではないんだけどな、Gって説明して分かってくれるだろうか？
俺がどう答えるか考えていると、ベビがグヌヌと唸っているレックスの方へ飛んでいった。
《ベビが大きくなったらレックスおじちゃんも乗せてあげるノ！　ロープで縛ってもらえばきっと大丈夫なノ！》
ベビの一言で、グヌヌと唸っていたレックスがビクッとした。
《ベビ！　う、嬉しいがオレ様はお前のようには飛んだことがない》
ベビは手当たり次第に、『乗せてあげる』と言ってまわるつもりなんだろうな。
しかし、レックスをビビらせるとか、ベビはなんて恐ろしい子なんだろうか。
《今は無理だけど、レックスおじちゃんを乗せれるくらい大きくなったらなノ。遠慮しなくていいノ》

ベビ、レックスは遠慮しているわけではないと思うな。

《オ、オレ様が生きていたら乗せてもらおう！　た、楽しみができたな！　アルフレッドも一緒にどうだ！》

レックスはどうしても俺を巻き込みたいみたいだな。

《もちろんママは一番に乗せてあげるノ。二番目にベスおじちゃんで、レックスおじちゃんは三番目なノ！》

《ベビありがとう、ママが元気だったらお願いしようかな？》

《任せてなノ！　ベビはいっぱい食べて早く大きくなるノ！》

長生きな龍のことだ、ベビが俺を乗せれるくらいの大きさに育つには、何十年もかかるかもしれない。

そうなると、人間の俺は歳を取ってしまい、一緒に飛ぶのは難しい可能性もなくはない。

ということで絶対に元気なはずのレックスに、ベビとの曲芸飛行は任せたいんだけどな。

ところで、ベビは今まで以上に俺から魔力を吸収する気のようだ。

魔力鑑定眼を発動させてみたが、心なしかベビとのパスが太くなっている気がするんだよね。

《そうか、オレ様は三番目なんだな。まだまだ先の話だな、よし、オレ様が風の刃の使い方を教えてやろう》

レックスが急に元気を取り戻し、やけに嬉しそうに見える。

ベビが成長するには何年もかかりそうだから、その間に魔狼迷宮に帰ればいいとか考えているんじゃないかな。美味しい料理を作り続けて、帰る気が起きないようにすればいいか。

レックスの見ている百メートルほど先の樹木がバタバタと倒れ始めた。

見えない鋭利な風の刃なんて、初見殺しの魔法だな。

細い木だけなら理解できるが、大木も抵抗なく切断されている。

なるほど、レックスが最短距離を進んでこれるわけだ。

それに、走りだしても勢いが変わらずに切り倒してしまう。レックスは最強の風使いだったんだな。

《レックスおじちゃん！　すごーい！　ベビもやるノ！》

《チビもやるダォ！》

ベビとチビも同じように風を操り出した。

威力はレックスほどではないが、風をコントロールしているのは分かる。

《小さくても龍だな！　風の使い方が上手いではないか！》

レックスが褒めている。親はなくても子は育つだな！

こんなところに、チビとベビの最適な魔法の教師がいるとは思ってもいなかったよ。必要になると適任者が現れるようになっているんだな。

まるで誰かが派遣しているのかと思えるほどのグッドタイミングじゃないか。

完全に親離れしてくれたみたいだし、レックスには感謝しないといけないな。

《ありがとうございます》と、思わず念話で独り言を言う。

《どういたしまして》

え！

《誰ですか？》

《どういたしまして》って、今のかわいい声の念話はいったい……!?

ベビやチビではないし、レックスは論外だしベスでもない。そういえば前にもこんなことがあったな。

《ありがとうございます》と、もう一度、念話してみたが、今度は何も聞こえてはこなかった。

チビもベビも聞こえなかったって言うし、気のせいだったんだろうか？

そんなことがありつつも、森の中を進む。

三匹の風の刃が乱舞すると、バタバタと木がなぎ倒される。このままだと、もしこの先にオークがいたら、バラバラになるんじゃないだろうか？

《持って帰るのも解体も大変になるから、オークがいたらできるだけ綺麗に狩ってよ！》
《オレ様は問題ないぞ！》
《分かったなノ！》
《できないダォ！》
ベビは風の刃の扱いも自信を持っているようだが、その自信が心配になるんだよな。
その点、チビの方が安心できるな。てっきりベビに張り合うと思っていたんだけど、俺の予想は外れたよ。
《ベビもチビも無理だと思ったら、レックスに任せてよ！　いい？》
《ベビは大丈夫なノ！》
《分かったダォ》
《レックス頼んだよ》
《オレ様に任せておけ、狩りを教えるのも得意だからな！》
俺の目の前では、信じられないほどのスピードで木々が切り倒されている。
しばらく見守っていると、一匹のオークが見えた。
と同時に、レックスが飛ぶように素早く、オークの行く手を阻むように着地した。
レックスがオークをひと睨みすると、オークはバタリと倒れてしまった。

何が起きたか見えなかった。
視力を強化して確認するとオークの首の辺りがザクッと切れていた。
《レックスおじちゃんひどーい、ベビが狩るノ！》
《すまん！　つい、体が動いてしまった》
レックス、教えるのが上手とかいう発言はどうなっているんだ。
《もう！　次はベビがやるノ！》
《お、おう！　アルフレッドはそのオークを見ていろ、ちょっと行ってくる》
《いいよ。ここで待っているから、チビとベビを頼んだよ》
《オレ様に任せておけ！》
三匹は木を倒しながらどんどんと進んでいき、見えなくなってしまった。
しかし、ベビとレックスはいつの間にこんなにフレンドリーになっていたんだ？

……遅い。三時間は経ったが、どこまで行ったんだ？
念話が届かないということはかなり離れているな。
結局、レックスたちが出かけて八時間は経った。
やることないから伐根しまくっていたんだけど、いくらなんでも遅すぎる。

待つ人の気持ちとか考えてくれよ。心配になるじゃないか。

《アルフレッド、待たせたな》

レックスから念話が届いた。

《遅いよ。待ちくたびれたから》

《喜べ、約束通りに海まで切り倒してやったぞ。オレ様は腹が減ったから、美味しい肉を食わせてくれ》

視力を強化すると、数キロ先で、レックスが背中にオークを乗せている姿を捉えた。

ベビとチビはその上空を自由に飛んでいる。

チビの飛行技術の上達は目を見張るものがあるな。

どうやら、たったの八時間で海まで伐採してきたらしい。

もう、生きた重機と呼んでもいいんじゃないかな。土木工事業でも始めれば、競争相手なんていないから、メチャクチャ儲かりそうだ。

《こんなに時間かかるなんて思わないし、ここで料理する気もないからなんにも持ってきていないよ。焼くだけしかできないけどどうする？》

《焼くだけだと⁉　なら、帰るに決まっている！》

レックスは俺が見守っていたオークを咥えると一目散にハイルーン村を目指し加速した。

オーク二匹を運んでいるとは思えない速度が出ている。何かの魔法を使っているんだろうな。

チビとベビが俺の上空で曲芸飛行を披露してくれている。

俺も飛び上がると俺の両横にチビとベビが並んで飛び始めた。

しばらくして、ハイルーン村の訓練場が見えてきた。

俺たちが着陸してから二時間ほどでレックスが到着した。速すぎる。

レックスの能力がヤバいレベルだということを改めて認識させられた一日だったよ。

《レックス、ケチャップソースと中濃ソースでステーキのソース作るけど、それでいい？》

《オレ様が食べたことのない美味しいのがいいぞ》

《好みの問題があるからな、ちょっとかけて口に合わないなら昨日のソースにすればいいね》

常設したバーベキューコンロでオーク肉を焼き、合わせたソースで食べてもらう。

《ケチャップソースは美味いな。甘みと酸味がなんとも言えん、どんどん焼いてくれ》

気に入ってくれたみたいだな。

レックスは、甘い味の方が好きだということがだんだん分かってきた。『胃袋ガッチリ掴んで放さない作戦』は順調に進んでいるんじゃないかな。

結局レックスはオーク一匹をペロリと平らげてしまった。残りの一匹のオークも、チビ、ベビ、ベスが加わり、ペロリと三匹のお腹に収まってしまったんだ。

俺はひたすらお肉を焼いただけで、味見した一切れだけしか食べられなかったよ。

第一騎士団と魔法師団の人たちも、匂いに釣られたんだろう。お呼びがかからないかと遠くから眺めていたけど、オーク二匹では足りなくて、食べさせてあげれなかったんだよ。

特に魔法師団長が、シェルターの階段に腰かけて、レックスたちが美味しそうに食べる姿を羨《うらや》ましそうに見ていた。

「なんじゃ、いつまで待っても、声がかからんではないか。肉がなくなってしまうぞ。アルフレッドのやつ、ワシに食わせないつもりでいるのか？」

今にも腰を上げて、突撃してきそうな勢いだ。

魔法師団長の両側には魔法師団の隊長の二人が座っており、その顔はまたかと言いたげで、少しピクピクと引きつっている。

「魔法師団長、あのオーク肉は魔狼が運んできたんですよ。見てなかったんですか？　二匹しかいないですから、わたしたちに食べさせるほどは獲れなかったんでしょう。何度もごちそうしてもらったでしょ、わがまま言わないでください」

魔法師団長の右側に座っている隊長が宥《なだ》めるように言うと、左側の隊長もコクコクと同意するように頷いた。

しかし、魔法師団長は不機嫌そうに隊長を睨んでいる。

「魔法師団長、干し肉を食べに戻りましょう。さあ、どうぞ」

二人の隊長は、魔法師団長の両脇に手を滑り込ませると拉致するように立たせて、クルリと向きを変えた。

魔法師団長は、無理に連行されそうになり不《ふ》貞《て》腐《くさ》れている。しかし、急に何か思いついたのか、なんとも言えない微笑みを浮かべた。

その後、二人に連れていかれそうになったんだけど、なんかゴチャゴチャと騒いでいるのが聞こえた。

ちょっと、俺の魔力の譲渡量が多くて元気になりすぎたのかな。

そう思って見ていると、魔法師団長が走ってこちらに向かってきていた。

俺、このお爺ちゃん苦手なんだよな。

「アルフレッドよ。ワシに龍を預ける気はないか？　二匹もいるんだから一匹いいであろう」

この爺さんは、急に何を言いだすんだ？　チビもベビも渡せるわけないだろう。

魔法師団の人たちはちゃんと管理していてくれないと困るんだけど。

そう思って二人の魔法師を見たが、膝をついてこっちを申し訳なさそうに見ていた。

いちおう、止めようとはしたのか？

さっきから、魔法師団長のチビとベビを見る目が怪しかったんだけど、まさか一匹連れ帰ろうなんて考えていたとはな。

俺だけでなく、チビとベビ、レックスまで怒っているのが伝わってくる。きっと、俺の気持ちが伝わってしまったんだろう。

魔法師団長の狙いはチビのようだな。伝説の龍に憧れとかでもあるのだろうか？

まさか、研究材料にしようとか考えていないだろうな？

「ママ龍さんから預かっているんですから、いいわけないでしょ！　そんなことしたらママ龍が怒って、国が滅んじゃいますよ」

「ワシが伝説の龍を育ててみたいんじゃ、悪いようにはせんぞ」

魔法師団長が暴走していて目が怖い。

魔法師団長はオークステーキを咥えていたチビの背中に手を伸ばす。

《触ってほしくないダォ！　アルママ、ボーッてやっていいダォ？》

《チビ、ボーッはやめて、すぐに黙らせるから》

俺は魔法師団長の首に手を触れて、一瞬だけ電流を流した。

バチッ！

静電気が発生したような音と共に一瞬青白く光を放った。すると魔法師団長の体はその場に崩れる。

俺は身体強化魔法を発動させると体を支えた。

「すまん、アルフレッド！　セルフィシュ爺さんが迷惑をかけてしまったようだな！」

やっと魔法師と第一騎士団長が駆けつけ、魔法師団長を回収した。

息はしているから問題はないはずだが、念のため、癒しの魔法を行使しておくかな。

魔力譲渡しすぎると面倒なことになると、身をもって知ることになってしまったな。

魔法師団長はすぐに意識を取り戻した。

第一騎士団長もいるので、チビベビとレックスには近づかないように言っておいた。

それから、海までの森の伐採をレックスとチビとベビがやってくれたと伝えると、狐につまれたような間抜けな表情をしていたな。

気持ちは分からなくもないかな。

だって、伐採にはあと二、三年はかかりそうだと報告を受けていたからね。

まさかその距離をほんの八時間で済ませて帰ってくるなんて、想像すらできないだろう。

魔法師団長のレックスやチビとベビを見る目は明らかに怯《おび》えの色が混ざっていた。

だけど、違う色も含まれている気がする……諦めていないんじゃないかな。

「なあ、アルフレッド、ダメかのう？」

甘えたような声で言ってきてもダメなものはダメだ。もう一回、電気ショックを受けないと懲りないのだろうか？

チビが火を吹いたら、失神するくらいでは済まないんだけどな。たぶん、綺麗にローストされてしまうだろう。

□　□　□

その後、俺は海までの道を整備して、塩を生成することに成功した。

今日は、国王陛下にその報告に来ている。

メダリオン王国は岩塩が採掘されないため、百パーセント輸入に頼っているんだ。

国王陛下は有事の際に塩を押さえられることを気にして、俺に何度も話していたからね。

やはり塩作りが気になっていたんだな。さっきまでとは雰囲気が違っている。

メダリオン王国内で塩が作れるようになれば、国王陛下の長年の課題が解決したことになる。

「こちらが試作品の天日干しの塩です」

俺は五百グラムほど入った天日干し塩の袋を、宝物を扱うように両手で持ち、国王陛下に渡した。

国王陛下は塩の袋を受け取ると、すぐに口を縛ってある紐を緩め、人差し指と親指で塩をつまんだ。

何度も人差し指と親指をすり合わせるようにした後、おもむろに口に運んで入れる。

しょっぱそうな顔をしたものの、満足そうに頷くと、幸せそうに微笑んで俺を見る。

「苦みもなく、旨味さえ感じる最高の塩だ。岩塩は黄色がかっていたり泥が入っていたりすることがあるが、これは真っ白だな。アルフレッド、よくやりとげてくれた」

国王陛下は泣きだすんじゃないかと思えるほど、感極まっているように見えた。

きっと、俺の知らない苦い経験をしていて、長い間悩んでいたんだろうな。

役に立てたようで、俺も嬉しくなってきた。

国王陛下は大事そうに塩の袋を第一騎士団長に手渡した。

第一騎士団長も国王陛下と同じように、人差し指と親指で塩をつまむと、ひとしきり確認してから口に運んだ。まるで国王陛下の動きを再現しているかのように何から何まで一緒だ。

第一騎士団長と共に来ていた騎士にも、塩の袋が回っていく。

みんな右に倣えではないが、同じような動作で味を確かめている。

前の人を真似ておけば失敗はないとでも思っているのだろうか？

そう思っているうちに、塩の袋がキャスペル殿下の手に渡った。

「しょっぱいな、真っ白な塩だ！　これもアルが魔法で作ったのか？」

「その試作品の塩は魔法を使って水分を蒸発させましたが、今作っている塩は、魔法を使っていません。最後は薪《まき》を使い、火で煮詰めて完成させるんです」

「魔法を使わなくてもできるのか、それはいい。しかし、次から次へとよく考えつくものだな」

キャスペル殿下は楽しそうに、塩の袋をアルテミシア様に手渡した。

ここにいる全員に同じことをやらせるつもりだろうか？

アルテミシア様は塩を取り出しはしたが、確認すると袋に戻していた。

塩で間違いないからそれが正解ですよ。

王妃様も、色が真っ白であることに驚いていた。

「このまま順調なら、定期的に作れます。村から海までの道が完成しても、馬車だと王都まで十一日もかかります。一度ポートの港に帆船で運べば、大量に運べますし、流通網もすでに確立しています」

「港がないだろう。馬車で運べばよいではないのか」

国王陛下は少し心配そうに言った。港を作るのが大変だと思っているんだろうな。

「実は二隻なら接岸できるように作ってしまいました」

この場にいた全員が驚いたというか、呆れた顔をした。

「お前というやつは、本当に……まあいい。さて、本題のお前の領地だが、広すぎては管理も大変だろうから、海岸の開発予定地と道から両側二キロの範囲をアルフレッドに引き渡そう。かなり細長い領地になるがしっかりと管理を頼んだぞ！　後は、早く町にせねばならんな！　伯爵領なのに村なのは、アルフレッドだけだからな！　マシューに言って急ピッチで整備と住宅や仕事斡旋ギルドの建築をさせておるからな」

「ありがとうございます。ご期待に沿えるよう努力いたします！」

「ところで、第一騎士団長とキャスペルから報告のあった魔狼王だが、大丈夫なのか？　災害級の魔物なのだろう？」

　国王陛下の顔が、真剣な表情に変わった。

「今の僕では討伐は無理そうなので、良好な関係を築けるように料理を頑張っています。美味しい食事を食べさせている間は僕を守ってくれると言っていますよ」

「お前でも討伐できないのであれば、この国に討伐できる者はおらんな！　良好な関係を保つよう頼んだぞ！」

　レックスを見たことのある第一騎士団長からも、しっかり頼んだぞと言われているからね。

「努力しています。ところで、報告とお願いがあるのですが」

「なんだ、言ってみろ！」

「いただいた土地から少し距離がある場所に、温泉が出ていて、温泉と別荘を作ったのですが、そこを利用してもいいでしょうか？」

「自由にしろ、領地として渡そう！」

「あの、大きくはないのですが湖がありまして、そこもほしいのですが！」

「管理を軽減してやろうとしたのだが、好きにしろ。そこも領地として渡そう！」

「あの！」

「なんだ！　まだあるのか？」

国王陛下がちょっとイラッとしたみたいだ。小出しにお願いしすぎたな。

「報告というか許可がいただきたいというかですね。グラン帝国から二ヶ月ごとに遊びに来いと手紙が届いておりまして。行ってこようかなと思っているのですが！」

「二ヶ月ごとだと、エンゲルベルトめ……！」

国王陛下は眉間に皺を寄せて嫌そうにした。

「グラン帝国にお前の領地があるのだからな、仕方あるまい。日帰りなら許可してやろう！　それと、日帰りなら今後も許可はしてやるから、いちいち言わなくていいぞ。しかしエンゲルベルトは、よほどアルフレッドに会いたいのであろうな！　以前の奴の噂からは想像もできん。そういえば、娘が生まれたと聞いたのだが、嫁にやると言ってはおるまいな！　まあ、今のは冗談だぞ！　まだ一歳にもならない娘を嫁にもらってくれとは流石に言わんだろうからな！　ガハハハッ！」

国王陛下の読みは残念ながら外れているな。

その一歳にもなっていない娘を嫁にくれると言われたからね。

断ったら妾《めかけ》でもいいとまで言われたんだけど、黙っておいた方がいいよね。

「かわいい赤ちゃんでした。でも、僕にはアルテミシア様がいるのでお嫁さんにはもらいませんよ。心配しないでください」

「まぁ、アルフレッド様ったら！」

アルテミシア様が真っ赤になって、俺の袖を引っ張った。

真っ赤になって照れているアルテミシア様はかわいいな。

「アルフレッドに嫁にやると言ったんだな！」

あれ？　俺はどこをミスったんだ？　嘘はつきたくないしどうしよう。

「黙っているということはそうなのだな。エンゲルベルトめ、信じられんことを言う奴だな。どうしてもお前と血の繋がりを作りたいようだな。あやつの考えそうなことだ！　まあ、ワシも似たようなことをやっておるのだがな！　ガハハハハ！」

そうなんだよな〜、強力な魔法の使える俺の血を取り込もうと、みんな同じことを考えているんだよね。

「ちゃんと断りました。お嫁さんはアルテミシア様だけです！」

「お前、ということは公妾《こうしょう》を持つつもりなのか？」

「なんでそうなるんですか⁉　持ちませんし必要ないです。その場合は国王陛下にお話が来るでしょうから、全部断っておいてください！」

国王陛下は難しそうな顔をしている。今日は喜んだり困ったりと、国王陛下は忙しいな。

「しかしだな。魔法が優秀な上にいろいろと政《まつりごと》もできるとなるとだな……このメダリオン王国にも公妾制度があるのだぞ！　お前が成人すれば優れた子孫を多く残すことを求められるだろう。『王家だけで独占するな』とあちこちから言われる気がしてならん……申し込みはあると考えておいた方がいいだろうな、ワシでは防ぎきれんぞ」

国王陛下に断ってもらおうと考えていたんだけど、そんな簡単な話ではないんだな。

「アルテミシアだけでと言われてますのに。もう！　お父様、やめてください！」

「すまなかった。アルテミシア、機嫌を直してくれ！」

せっかく機嫌が直っていたアルテミシア様が、またもやご機嫌斜めになってしまった。

これは国王陛下の配慮が欠けていたな、娘のいる場所でする話ではないよね。

うーん、俺まで居心地が悪いな。

国王陛下はオロオロしているし、王妃様とキャスペル殿下は様子を窺っている。

「そ、そうだ。アルフレッドに頼みたいことがあったのを忘れておった。ポート公爵から、海辺の開発のせいで海賊が出ているから討伐を手助けしてほしいと依頼があったのだ！　海賊どもの船の方がポート公爵の軍艦よりも速くて逃げられてしまうようだ！」

……国王陛下が無理やり話題を変えた。

けど、帆船で塩を運ぶ必要もあるし、海賊討伐には協力した方がいいよね。

「分かりました。国王陛下の依頼で協力するという立場でいいのですよね？」

「そうしてくれると助かる。我が王家の軍艦もあるが、第二騎士団とポート公爵と協力して海賊の討伐にあたってくれ。海竜が討伐されたからだろう、海賊たちが以前にも増して出没するようで困っていると報告が届いておる」

「王家の帆船は普段からは動かしているのでしょうか？」

「いや、ポートの港に係留していて普段は動かしていない。訓練のために二ヶ月の間に数回、動かすくらいだな」

え！　そんな頻度じゃ、帆船の船底に、貝とかフジツボとかが付着していて遅くなる原因になっていそうだな。

「王家の船ってスピードは速い方ですか？」

「大型艦だから速くはないな！　ポート公爵の船も大きさは同じようなものだぞ。強風が吹けば速度は出るが、そうでなければ鈍足の部類になるであろうな！　それに海賊の討伐であれば兵士も多く乗船するから船が重くなる。もっと船足は遅くなるであろうな」

「大型で重い上に水の抵抗も大きいから速くは走れない、強風時にだけはスピードが出る軍艦ですか」

「軍艦同士の戦いを想定して、多くの兵を乗せるために作られたからな。だが、アルフレッドが空から一方的に攻撃するなら、海の上に海賊の逃げ場などないぞ！　後で第二騎士団に案内しよう！」

俺なら簡単に海賊を捕まえられるとか考えているのだろう、第一騎士団長が笑いながら言った。

第二騎士団とポート公爵の軍は普段から合同訓練なども行っており、連携は取れているみたいだ。

第二騎士団の帆船は二隻とも大型の船で、ひと回り小さい海賊の船と比べるとスピードに劣るらしい。海賊船は他の船を襲うためと、軍艦から逃げるためにスピードが出るようになっているのだろう。

王家の軍艦は第二騎士団員が操船を担当しているんだって。

ポート公爵軍も二隻の大型船とひと回り小さな軍艦を二隻保有していて、ひと回り小さな軍艦でも海賊には追いつけないそうだ。

結局、国王陛下の策略にはまってキャスペル殿下の魔狼の皮鎧の話を聞けないまま、第二騎士団に連れていかれることになった。

第二騎士団長はクリス・ポートというそうだ。第一騎士団長と手合わせした時の審判をしてくれた方だな。

そういえば、騎士団長にしては細身の小柄だったな。金髪のベリーショートで声も高かったと記憶している。

名前までクリスだなんて女性と間違えそうだよね。

ポート公爵の大型帆船の一隻が海竜に沈められて、新たに建造中だと、第二騎士団長から訂正があったよ。

一隻不足しているし、海賊船を拿捕《だほ》して軍艦にしちゃえば、海賊討伐に使えるよね。

できるだけ壊さないようにしないといけないな。

8　ポート公爵家の事情

第二騎士団長は、代々ポート公爵家の男子が担っていた。

しかし、ポート公爵の男子は生まれてすぐに他界してしまった。

二年後に生まれたのは元気な双子の女の子。公爵夫人は出産で体調を崩してしまい、医者から次の子は無理だろうと言われた。

ポート公爵が代々務めてきた第二騎士団長の座を他家に譲ることを考え始めた時、妻エリーゼが公妾を取るように勧めた。

二人は話し合った末に、妻エリーゼの血縁者を公妾として迎えいれた。

公妾は正妻であるエリーゼが認めることで、妾とも重婚できる制度である。全員を同じように愛することも条件となっている。

ただ妾の子には相続権がないため、男子なら養子として迎えるのだ。

しかし、公妾が産んだのは女の子、次も女の子だった。

生まれた女の子は、元気でかわいい。いずれはどこかに嫁《とつ》ぐまで、温かく育てることにする。

次の子が生まれないため、妻エリーゼの勧めでもう一人血縁者を妾として迎えいれた。エリーゼの家との繋がりも重要であるため血縁者であることは譲れない。

しかし生まれてきたのは女の子、次も女の子だった。

ポート公爵は流石に心が折れかけていた。

そんな時だった。長女セシルと次女クリスの双子の十二歳が、あろうことか自慢の金髪を切り落とし、ベリーショートの男装姿で現れた。

二人は声を揃えて「「今日から男として生きていきます」」と宣言したのだ。

ポート公爵と妻は大変驚いた。

しかし、女性にとって大切な髪を切ったことで二人の覚悟も知った。

ポート公爵と妻は、二人の望むことを見守ろうと決めた。

次の日から剣術と戦術の勉強が始まった。

二人は女の子であるため、体が細く男と比べるとどうしても力が劣ってしまう。

しかし、そこら辺の男より努力していることはみんな分かっている。

家臣たちからも愛され、剣術や戦術を教えてもらい、上達していることは見ていて分かった。

双子は、剣術はどうしても苦手なので、剣を軽いものにするなど試行錯誤も行ったが、軽くすれば相手と剣の打ち合いになった時に負けてしまう。

身体強化魔法も使っているが相手も使うのだから差を埋めることはできない。むしろ、差が開いてしまうと言える。

二人は戦術を覚えることに力を注ぎ始め、みるみるうちに吸収していき、ついに誰もが認める戦術に特化した騎士となった。

騎士としては非力ではあるが、戦争は一人でするものではない。戦術を練るための頭脳として、活躍できる場を勝ち取ったのだ。

軍艦を指揮する第二騎士団長の職務には次女のクリスが就任した。

これはポート公爵家という出自のおかげという自覚はある。

それでもセシルとクリスの人一倍の努力なくしてはありえないことであった。

ポート公爵家の騎士団長には長女のセシルが就任した。皆に愛され助けられる形ではあるが上手くやっている。

9　ポート公爵家の双子

クリスは両親の辛そうな姿を見て育ってきた。

女性が当主になることが認められていないため、公爵家の存続のためには男子が必要なのだ。

公爵はそのうち男子が生まれるだろうと考えていたが、六人目の女の子が生まれてついに公爵の心が折れた。そして養子を取るという噂が聞こえ始めた。

六人目の女の子が生まれた時に、クリスはセシルと話し合う。

双子だからか互いの考えが手に取るように分かっていた。

その結果、男として振る舞うことを決めた。

そして覚悟を両親に示すため、二人は自慢の金髪ロングヘアーにはさみを入れ合った。

両親は驚いていたが、クリスとセシルの気持ちが痛いほど分かったようで、何も言わずに四人で抱きしめ合った。

クリスとセシルは第二騎士団長と公爵家の存続が決まれば、元の生活に戻りたいと考えていた。

剣術では力の強い男にはどうしても勝てないのだ。

弓は上達したが、矢の到達距離は屈強な男たちと同じようにはいかない。

もともと頭の回転の速いクリスとセシルは戦術を覚え、使いこなせるように努力し結果も出していた。

経験不足を補うため、過去の海戦の記録や海賊討伐の記録を読みあさった。

自分なりの解釈を加えては、クリスとセシルが敵と味方になり、机上での戦闘を繰り返し行った。

このような時はどのようにしなければいけないのか、なぜそのようにするのか。

必ず勝利しなければならない。それでも勝てないこともあるだろう。ならば生きて戻り、相手がどのような兵力でどんな戦い方をするのか情報を持ち帰らなければならない、そう教わった。

情報は重要なのだ。

弓矢の腕は上達したが、身体強化魔法を使っても男には勝てないと自覚した。

それを補うために風の魔法を習得。

海上では弓による遠距離攻撃が有効だ。

肉弾戦になる前に相手の戦力を削ぐことの重要性を、戦術の勉強で嫌というほど認識している。

ポート公爵家の六人姉妹はみんな仲がよく、その中でも双子のクリスとセシルは仕事も含めて特別な関係にあった。

戦術も一緒に習っており、双子ということもあり、相手が何を考えているか黙っていても分かっている。

軍艦による戦闘の際には、連携を取る必要があるので、これは大きな強みになった。

しかし、過去の戦術など通用しない海竜が現れた。

弓矢での討伐は困難。隊長からの提案により、大型の軍艦一隻に攻城兵器のバリスタを積み込み討伐に挑むことを認めた。

その結果、大型の軍艦一隻と多くの騎士たちを失うという散々な結果となった。

これだけの被害を出してさえ、海竜がどのような能力や強さであったか情報を持ち帰れなかった。

第二騎士団と連携して討伐するために、ポート公爵は王家に海竜の討伐援助要請を出すことに決めた。

これ以上の被害を出さないため、クリスとセシルは命がけの戦いに向かう決意をする。二人の連携戦術に賭けるつもりでいた。

ところがだ。国王陛下の命を受けたアルフレッド・ハイルーン伯爵が単独で討伐したと報告が届いたのだ。

アルフレッド・ハイルーン伯爵と言えば、第一騎士団長を一撃で失神させた八歳の男の子で、クリスやセシルよりも小さな体格をしていた。

仕事柄、クリスとセシルはポートの仕事斡旋ギルドのギルド長と話す機会は頻繁にあった。

ハイルーン伯爵と海竜の戦闘について、少しでも間違えればどうなっていたか分からない、命がけの戦いであったと聞くことができた。

今回の海竜は水魔法の防御まで行う特殊な個体であったため、大型の軍艦を失うような結果になったとのことだった。

海竜が襲う瞬間だけ水魔法の防御がなくなると見抜いたハイルーン伯爵は、自分を囮《おとり》にすると、襲われる瞬間を攻撃することで討伐したと聞かされた。

グラン帝国の侵略を未然に防ぎ、魔蟻のスタンピードや岩風竜から国を守ったのもハイルーン伯爵だ。

あの筋肉の塊、脳筋の第一騎士団長を一撃で倒し、海竜の魔法や討伐方法を瞬時に分析する頭脳。

自分を危険にさらしてでも討伐するその意思と実行力。

頭脳に魔法に剣術も優れている。

これほどの男が他にいるだろうかと、クリスやセシルは真剣に話し合った。

クリスとセシル、どちらかが男の子を産めば、ポート公爵家を存続させようと考えていた。

　アルフレッド・ハイルーン伯爵は八歳で、王家の姫君アルテミシア様と婚約している。

　だが、王家の一人じめはズルいのではないかと、思いはどんどん大きくなっていた。

　加えて、最近海辺が開発されて現れた海賊船を討伐できずに苛立ちが隠せなくなり、ポート公爵家はついに王家に援助を願い出た。

　軍艦の足が遅すぎて追いつくことができないからだ。

　これを解決できる男性が現れるならば、できる限りの礼を尽くす準備は済ませてある。

10　軍艦改造

「陛下の指示で海賊の討伐に協力することになったハイルーン伯爵だ。面識はあったから紹介はいらないよな？　第二騎士団長に後は任せたからな！　アルフレッド、また時間ができれば手合わせを頼むぞ！」

　第一騎士団長はそう言うと右手を何度か振って、忙しそうに去った。

　実はここに来る間に、第二騎士団長はポート公爵家の事情で男装していると説明をされたんだよ。

「ハイルーン伯爵、早速ですが海賊の討伐協議を始めても構いませんか？」

先ほどから第二騎士団長に、じーっと目を合わされており、変に意識している自分に気が付いた。目を逸らしたら負けのにらめっこ状態になっており、落ち着かない。

「お、お願いします。いくつか質問してもいいですか？」

「ええ、海賊が討伐できるなら喜んで！」

第二騎士団長が、俺と握手できそうなほどに距離を縮めてきた。近すぎるって。

アルテミシア様と俺の関係は知っているはずだから、きっと、子供好きなんだろうな。

そんなことより仕事しなきゃだな。

「軍艦は何年かに一度は陸に上げて、貝を取り除きはするんですか？」

「帆船は大きいから陸になんて上がりませんよ」

第二騎士団長から、そんなことも知らないのか、この子、本当に役に立つの……みたいな視線を感じた。

俺の被害妄想の可能性もあるんだけどね。

「船底に貝が付着すると、水の抵抗も増えるし、重くなるから船足が遅くなりますよね」

「そんなことは分かっているけど、あんなに重い帆船は陸に上げられないでしょう？　だから、ボートで手の届く範囲を取り除いて、残りは潜って取り除くしかないんです。簡単には剥がせないから、深い場所は手つかずのままです」

　第二騎士団長のキツイ視線が俺に刺さりまくっている。流石にキツくなってきた。

　そうか、マウントを取りにきたんだな。

　俺が子供でなおかつ男だから、負けるもんかという意志の表れなんじゃないのか？

　屈強な男たちの中に小柄な女性一人、普段からかなり無理していそうだもんな。

　ここは大人なところを見せてやろう、俺はこれくらいでは動じない、続けさせてもらうよ。

「一隻の乗船人数はどれくらいなのですか？」

「百五十から二百人ほどです」

「一人八十キロとしても一万二千から一万六千キロ、それをまかなう飲みものや食料に盾に弓に剣。相当な重量でしょうね」

「そ、そうなるわね」

　なんか驚いていないか？　すぐに計算したからかな？

　でも、第二騎士団長も計算が得意なんだろうな。

　他にも何か言いたそうにしているが、ためらっている。ほら、待ってあげるから言ってよ。

　せっかく、待ってあげたのに何も聞いてこないんだ。

　でも、第二騎士団長からの圧が少し下がった気がする、続けるか。

「軍艦にはどのような武器が積まれているのですか？」

「バリスタ二台と兵士による弓矢、槍、斧、乗り移ってからは剣か槍でしょうか。相手が小さな船ならば、ぶつけに行くこともあり、船首は丈夫に作られています」

横づけして乗り込んで制圧するのかと思っていたけど、体当たりもやるんだ。

後で船首も確認させてもらおう。

「船に乗る時に、鎧は着用するの？」

「帆船乗りは、皮鎧を着用します。海に落ちれば溺れるから、重いプレートアーマーは使いません。矢を防ぐために、木製の盾とヘルメットも装備します。陸上で戦う命令が出れば、他の騎士団と同じ装備になるでしょうね」

プレートアーマーは四十キロとか重いし、海では錆《さ》びるからな。

同じ騎士団でも帆船乗りの第二騎士団は特殊なんだな。騎士というよりは海兵になるんだろうな。

「海賊の帆船の特徴とかあるの？」

「私は今回の海賊船を見てはいません。ですが、海賊船のスピードが上がっていると感じていました」

第二騎士団長は、王都にいたから見ていなかったんだな。

今の話しぶりからすると新型の海賊船っぽいな。早く見てみたい。

「一度、軍艦を見たいのですが、いつポートの港に行きますか？」

「二日後に王都を出立して、三日間でポートの町に到着、公爵の城で会議の予定です。そこから一緒にポートの港町に向かい、海賊討伐の予定です。七日後の十五時にはポートの港に到着できるかと。軍艦にいるかポートの仕事斡旋ギルドにいると思います」

第二騎士団長は一枚の紙を取り出すと、読み上げるように予定を教えてくれた。

「では、七日後の十五時に会いに行きます。僕は王家の軍艦を使うようにと国王陛下に言われたので、その人員もお願いします」

「王家の軍艦を海賊討伐にと言われたのですか？　……では、第二騎士団全員で向かいます。王家の威信にも関わるので、海賊の討伐成果が出るまでは王都には帰還できないと考えてください！」

穴が開くんじゃないかと思えるほど、俺は第二騎士団長から鋭い視線で凝視されていたが、第二騎士団長は、さらに厳しい表情になっている。

これって国王陛下は、俺が第二騎士団長に敵視されるの、分かってやったとしか思えないな。

それだけ、俺は信用されているんだろうけど、分かっていたら王家の軍艦なんて借りなかったのに。

できるだけ壊さずに、拿捕しようとか考えていたけど、第二騎士団長のあんな顔を見せられると、手加減とかしている場合ではなくなってきたぞ。

国の威信に関わるとまで言われると、ソッコーで討伐するほうがいいな。

爆裂弾やスタングレネードも準備するか。

まだ七日あるし、棒手裏剣も大量に製作しておこうかな。

国王陛下から王家の軍艦を好きに使えと貸し与えられたが、海賊との戦闘で傷なんてつけられないよね。

王家の軍艦は、戦争になっても旗艦として近接戦闘には参加することなどない。お飾り的存在だ。

王家の軍艦が沈められでもしたら、士気が一気に下がってしまうからね。

国王陛下はそんな王家の軍艦を、海賊討伐に好きに使うようにと言った。

あの時の国王陛下の顔は、俺が改造することを期待しているように見えたんだ。

いろいろと聞き取りしたところ、やっぱり王家の軍艦は、多くの騎士が乗船しているにもかかわらず、戦闘に参加することはなく、最後尾か中央で守られていることが分かった。

つまり、王家の軍艦に損害が出ないようにすればいいのかな？

ということで、戦闘不参加のお飾り旗艦から、遠距離攻撃特化の軍艦に改造することに決めた。

まず、投石機二台とバリスタを四台搭載する。

投石機は火炎瓶を飛ばすことを想定している。

土魔法で作った器の中にグラッパのアルコールとランプの油を入れた火炎容器を作る。樽《たる》に詰めるより、着弾時に広範囲に燃え広がるからね。

それに破片による損害も与えることが期待できる。

帆を破るか燃やせば、相手を航行不能にできるからね。

足を止めることさえできれば、数の少ない海賊に勝ち目なんてない。

バリスタも弓の部分は、魔蟻の脚を重ねて作った強化型を採用してみたんだ。

ただ、まだ耐久性が不明なので二台は従来のまま手を加えてはいないよ。

次に軍艦の底に付着しているカキや貝、フジツボなどを除去しよう。付着していると船足の妨げになるからね。

もっと流線型にできるといいんだけど、そこまでやるなら新しく作った方が早いかな。

船のスピードに関係する要素は、いくつかある。

一つ目は推進力、帆船で言うと帆に受ける風の量になるんじゃないかな。帆の面積や枚数、角度なんかも関係するんじゃないかな。

マストも必要で大きな改造を施すと、船のバランスが崩れて横転すると危険だからね。

やっぱり新しく作った方が早い。

二つ目が、いかに水の抵抗を少なくするかだね。

船体の抵抗には大きく分けると三つの抵抗があるんだ。

造波抵抗、摩擦抵抗、粘性圧力抵抗（造渦抵抗）。

造波抵抗は船の先端で水を切る時に生まれる抵抗だよ。

これを軽減するために、バルバスバウと呼ばれる球体のような部分を船の先端の水面下につけてあげる。

もともと、バルバスバウは相手の船にぶつけるために考案されたものなんだ。

この軍艦の船首も丈夫に作ってはあったけど、球体にしてやると船が作る波と球体が作る波が打ち消しあって、造波抵抗を減らすことができるようになるんだ。

次が摩擦抵抗だ。カキやフジツボなどを除去し、土魔法でコーティングすることで摩擦抵抗を軽減し、強度も増すことができるんだ。

船体が重くなるデメリットもあるけど、接近戦はやらないんだから戦闘要員を減らせば解決できるよね。戦わないのに騎士を何百人も乗せるとか、なんて無駄で贅沢な使い方なんだろう。

軍艦の後部がフラットになっているから、粘性圧力抵抗（造渦抵抗）が大きくなるんだ。

舵《かじ》の形状も見直すことで、進行方向からの水の抵抗を受けにくくした。

もちろん後部も流線型にした方が造渦抵抗を軽減でき、船首に取りつけたバルバスバウの重量バランスを取るためにもちょうどいいからね。

今回の作業で一番苦労したのはドックの建造だったんだ。

もともとあった岩場を利用し、グランドダウンとグランドアップの魔法を駆使して作った。

月が二つ並ぶ時の大潮の時は干満の差が大きいのでその時を利用して、軍艦をドック内に入れたよ。

後は水魔法や風車で海水を排出すればいいだけだ。

時間はかかったけど、最後に土魔法でジャッキアップすれば船底が現れたからね。

余談だけど、ドック内に取り残された魚が獲れたから、俺の作った海塩を使って焼いてみたんだ。

みんな美味しいと食べてくれた。

船底のカキやフジツボをウインドスラッシュで除去して、土魔法で船首にバルバスバウを取りつけ、舵の形状変更と船尾を流線型に改修した。

最後に船底を土魔法コーティングして改造が終わった。

改造前より全長が五メートルは延びたな。

しかもこの作業だけで二週間もかかってしまったよ。

その間も、ポート公爵と第二騎士団の軍艦は海賊船の討伐に出ていたけど、成果は得られなかったと残念そうにしていたんだ。

でも、軍艦が多数海に出ていたおかげで海賊の被害報告はなかったから、海賊行為を防げたのは間違いないよね。

管理者である、第二騎士団長に引き渡して説明しておくかな。

そんなことを思っていると、ぞろぞろと、第二騎士団が港に上がってきた。

「第二騎士団長、王家の軍艦の改造が終わりました。説明しますので来てもらえますか」

「心待ちにしていました」

第二騎士団長は、嬉しそうに微笑んでいる。いつもより表情が優しい。

なんだ、こんな顔もできるんだな。

第二騎士団員がぞろぞろと、全員で甲板に上がってきた。

「百名で操船と遠距離攻撃は可能ですか？」

バリスタや投石機の周りに集まり話し合いが始まった。

「可能です。大きくなって重たくなったということですね？　早く走らせてみたいですね！」

第二騎士団長は声を弾ませて言う。

他の団員たちも早く走らせたいと言いたげな表情をしていた。

しかし、半分ほどに下船命令が出されると、かわいそうに思えるほどしょんぼりした表情で降りていった。きっと、走らせる時に乗ってみたかったんだろうね。

満潮になったので、ドックの擁壁をグランドダウンでゆっくり下げると、海水がドバドバと流れ込んでくる。

この時、気を付けないとドックに帆船をぶつけてしまう可能性があるんだよ。

満水になったことを確認して、船底のジャッキも海底に戻していく。

固定してあったロープを慎重に緩めながら、風魔法を使い、沖へと王家の軍艦を送り出す。

バランスは問題ないみたいだし、船底に水漏れも見つからない。

すぐに百名の騎士団員と共に試走させることになった。

どれくらいスピードが速くなっているか楽しみだよね。

護衛のために三隻の軍艦も一緒に出航している。そのうち一隻はポート公爵軍の軍艦だ。

甲板からこっちを見ている人が目立つ。きっと改造後の性能が気になっているんだろうね。

試走を始めると、先に出港していた護衛の帆船二隻に追いついた。

帆を緩めることで減速し、後ろの一隻の到着を待つみたいだ。

大型の軍艦は方向転換も停船も簡単にはできないから、距離を取って航行するのが普通だと聞いている。

だからだろう、各艦では手旗信号を使い、連絡を取り合っているようだ。

近くを航行すると風を奪ってしまい、速度に影響も出るからな。

重たい帆の上げ下げが大変だからだろう、船足を落とす代わりに前方の二隻が左右に離れて、ゆっくりと大きな円を描くように旋回している。

何度か旋回していると、もう一隻が追いついてきた。

また、手旗信号で連絡を取り合っている。

「前に二隻、後ろに一隻で走らせます。もう少し沖に出たらテストしましょう……」

そう第二騎士団長に言われる。

それから軍艦の位置取りや、テストについて説明があった。

やはり、王家の軍艦を護衛するフォーメーションを取るみたいだな。

旋回していた二隻が沖に向けて走りだし、二百メートル程遅れて、この帆船も後を追うように走り始めた。

後ろの帆船も二百メートルほど離れて走っている。

向かい風に変わった途端に船足が落ち始めた。

帆船は沖に向かうために何度も方向転換をしている。これではなかなか目的の場所に着けないな。

前の二隻と近づいてきた。

十分ほどで並ぶと、ついに追い抜いてしまった。

身体強化魔法で視力を強化し、他の船の様子を確認する。必死になって操船している姿が見える。

操船に携わっていない騎士たちは、こちらに熱い視線を向けている。

帆の大きさや枚数は変わらないが、やはりこの帆船の方が速い。

後ろの一隻とも離れてしまった。

大きなかけ声と共に、一枚の帆を巻き上げると減速し始めた。

手際のよさに感心させられる。

さらにもう一枚の帆も半分ほど巻き上げる。

どうやら、帆一枚分の差があるみたいだな。これって大きくないか？

大きく旋回していると、二隻が追いついてきた。

さらに待っていると遅れていた一隻が追いついた。

現在、この帆船は帆を一枚減らした状態で航行しているが、このまま他の帆船と走らせて、違いを確認すると説明があった。

マストの上に人が登り、構えていた手旗が振り下ろされた。

間隔は開いていたが横並びに近い上体から、一斉に沖に向かって舵を切った。

だんだんと速度が上がり始めると、じわりじわり他の帆船を離し始めた。

帆一枚以上の差があるみたいだな。どんどん差が開いていく。

こんなに違うものなのか？

マストの上で手旗信号を振って連絡していたが、また旋回を始めた。

ここで他の帆船を待つのだろう。かなり離れているんだけど、よく連絡ができるものだな。

やっと、最後の帆船がやってきた。

同じような大きさをしているが、見た目とは違って、帆船ごとにスピードに差があるみたいだ。

ここまで差がつく理由が気になる、やっぱり船底についた貝とかだろうか？

帰りも比べると説明があったが、帰路は追い風だから、もっと差が開くのではないだろうか。

また、四隻が一斉に出発かなと思ったんだけど、どうやら到着が遅い船から時間差で出発するみたいだ。

旋回していた艦が陸に向けて舵を切った。

もう五百メートルは離れたぞ。

また五百メートルほど離れると次の艦が転舵《てんだ》し、後を追いかけるように進む。

流石にこれだけ離されては、ポート港に帰るまでに追いつくのは難しいんじゃないかな。

王家の軍艦も陸に向かいだした。

が、いくらなんでもこのスピードでは、最初の艦を追いつくなんて無理だろう。

と、思ったその時、一斉に男たちが動きだし、瞬く間に減らしていた帆を張り終えてしまった。

ぐんと帆船のスピードが上がっていく。

どんどんと前を行く軍艦に追いついて抜き去ってしまった。

スピードを保ちつつ、次の艦に迫る。

この船、かなり速いぞ。最初の艦も射程距離に捕らえると、簡単に抜き去ってしまった。

男たちから歓声が湧きあがる。

抵抗の違いでここまでスピードに差が出るものなんだな。

船首に身を乗り出すようにしてバルバスバウの確認を行っていたら、後ろから服を掴まれておじさんに注意されてしまった。

落水すれば、普通は死んでしまうだろうからな。

第二騎士団長がおじさんを捕まえて何やら言うと、近寄ってこなくなった。

引き続き、側面や船尾の確認も行って回る。直進性や操舵性にも問題はないみたいだ。

今回の改造は大成功だぞ。これなら海賊船に追いつけるかもしれない。

そう考えていたら、第二騎士団長が部下の男を伴ってやってきた。

「まず、ハイルーン伯爵にお礼を申しあげます。ありがとうございました。人員を半分にすることで軽くなったとはいえ、こんなに速くなるなんて。これで海賊を捕まえる希望が出てきました」

そう言うと、第二騎士団長は右手を差し出し、握手を求めてきた。

俺が快く応じると部下の男二人からも礼を言われ、握手を求められた。

周りには百人の屈強な男がおり、熱い視線を感じている。

口々に「「ハイルーン伯爵ありがとうございます」」と礼を言われ続け、第二騎士団長が合図してやっと終わった。

「他の二隻も改造してもらえませんか？」

第二騎士団長の熱い眼差し。

両手をがっしりと掴まれており、離す気はないように見える。

「ドックも作ったことですし改造しますか」

まだ、道を作らないといけないんだがと考えたが、海賊被害を出さないことの方が優先順位は上だからね。

「本当ですか、助かります！　ところで、バリスタと投石機が積まれていますが、遠距離攻撃をするのですよね？」

「どうせ、王家の船は戦闘には加わらないのでしょ？　それなら遠距離から攻撃すればいいですよね」

もう一度、バリスタや投石機の説明、船底のカキや貝、フジツボなどを取り除く大切さを説明することになってしまった。

説明している間も、第二騎士団長は俺の目を見つめたままで、こっちが恥ずかしくなってしまった。

「あとですね。羅針盤も取りつけてみました。この羅針盤はいつも同じ方向を指し示しますので使ってみてください」

「いつも同じ方向をですか？」

ぞろぞろと、人が集まりだし、指で押したり角度を変えたりを繰り返している。帆船を旋回させ始めたが、その間も何人かがずーっと羅針盤を見ていた。

俺の話したことが間違いではないと認識してくれたみたいだ。

その後、第二騎士団長は、ポート港に帰り着くまでの間、何度も俺を見てきたんだよ。

あと二隻の改造も承諾したのに、まだ何か頼む気なんだろうか？　俺もやることがたくさんあるので、これ以上は許してほしい。

港に着いたら、タラップを大勢の男たちが登ってきている。

乗船人数を超えていないか？　ここで沈んだら笑えないぞ。

え、また最初から説明するんですか？　勘弁してください。

入れ代わり立ち代わり、他の帆船から見学者が乗船してきた。

甲板で投石機やバリスタについて説明していたところ、第二騎士団長と同じ顔と髪型で、こんがりと日焼けした綺麗な女性が息を切らしながら走ってきた。海の上に長時間いるとこんなに日焼けするんだな。

「初めましてハイルーン伯爵。私はポート公爵の長女、セシル・フォン・ポートと申します。ポート公爵騎士団の騎士団長を務めております。今回は海賊討伐にご協力いただけるとお聞きいたしました。ありがとうございます。早速ですが、王家の軍艦のようにうちの軍艦も改造してほしいのですが費用はいくらくらい必要になりますでしょうか？」

いくら早速といっても、ものには限度というものがあるよね。

しかし、俺の願いは連携の取れた双子により、もろくも崩れ去った。

二人とも小柄で美しいのだが、口を開くとどこまでも自分の欲望に忠実な女性だったよ。

11　海賊討伐

ポート姉妹と部下たちが協議を行っていたが、王家の軍艦の乗組員を変更して、もう一度、訓練に向かうと第二騎士団長から説明があった。

しかし、セシル騎士団長がこの艦に残って性能を確認したいと言い張って下りようとしない。

まるで駄々っ子だな。

結局、セシル騎士団長はこの船に残ることになってしまった。後ろに立っていた部下たちは申し訳なさそうに謝ると、一人を残して戻っていった。

この人の部下は苦労していそうだな。

一番鈍足の軍艦がポート公爵軍の帆船であることは、マストに掲げられた旗を見れば分かったけど、あの船が旗艦でセシル騎士団長が乗船していたことまでは知らなかったよ。

あの様子からするとかなり悔しかったんじゃないかな。でなければ、名乗ってすぐに軍艦の改造なんて普通は言いだしはしないはずだ。

今日のことはポート公爵に報告されるだろうから、きっと説教されるんじゃないかな。

国王陛下が知らないとか後で揉めると困るから、帰りにでも報告しておこう。

セシル騎士団長から、隠れるようにしながら考えていたら、俺の乗っている王家の帆船が動きだした。

他の三隻はすでに出港しているようで港に船影が確認できなかったよ。この帆船が最後みたいだ。

護衛のフォーメーションはどうしたんだとツッコみたい気持ちもあったが、あれだけのスピードの差を見せつけられれば分からなくもない。

男たちがかけ声とともにロープを引き絞り、帆を張っている。

乗組員は一糸乱れぬ動きだ。みんなよく訓練されてるんだろうな。

すぐにスピードが上がり加速していく。

やはりこの艦の速さは違うのだろう、セシル騎士団長が「この帆船の速さはズルい」と言って、第二騎士団長にちょっかいを出している。

緊張感に欠ける気もするが、本当に仲がいいんだな。

船首を風上に向けて旋回させ、艦の向きを変えた。舵の形状を変更したことを説明したから、試しているのだろう。旋回する回数がやたらと多い。

ここまで頻繁に旋回させることなんて流石にないみたいだな、男たちの息が上がってきた。

また、ポート姉妹が言い合っている。

巻き込まれないように二人から距離を取るため、船首に移動してきた。

見つからないようにバリスタの陰に隠れ、海を眺める。

海は広くて見ているだけでも気分がいいよね。

先に出港した帆船が見えてきたが、マストの上で旗が振られている。

何を連絡しているんだろう。

「海賊らしき帆船発見！　海賊らしき帆船発見！」

マストの上の見張りが大声で二度繰り返し叫ぶと、一気に男たちの様子が変わった。

「絶対に逃がすな。捕まえて今までのツケをまとめて払わせてやる！」

「もっと、出せ！」

クリス第二騎士団長もセシル騎士団長も気合が入っているな。まるで男のような口調になっている。

男の中に放り込まれるとこんな風になるんだ。うちのサーシャにポート姉妹を近づけてはいけないな。

もう一度、帆船は向きを変えると、まっすぐ進む。

きっと手旗信号で海賊船の位置が伝えられたんだろうな。

ポート姉妹が二人とも乗船しているからか、いきなり海賊船と遭遇するなんて持っているな。

この王家の船のマストの最上部には、メダリオン王家の旗が取りつけてあり、バタバタとはためいている。この旗は王族が乗っている時だけ上げるのだと説明された。

乗ってないじゃんと、言いかけて俺が養子であることに気が付いた。

俺って王家扱いなんだ。

風を味方につけたようで、強風が吹くとグンと船足が上がった。追い風でしか使えない特殊な帆を張ったらしい。

グングンスピードが上がり、先に航行していた味方の艦に追いつき追い越していく。

一まわり小さな真っ黒い帆船が見えてきた。

こっちに船首を向けていたが、急に反転して向きを変えた。

慌てて逃げようとしているとしか思えない怪しい動きだ。

まだ離れているが、近くに行けばこの船の、王家の旗が見えるだろう。

商船ならば逃げるような動きはしない。海賊でないにしても、怪しい帆船なのは間違いないな。

向こうの船も確かに速いが、こちらはそれを上まわるスピードが出ている。

人の姿は確認できる距離ではないが、向こうの船は、かなり取り乱しているのが伝わってくる。

グラン帝国の海域に入る前に追いつきたい。

うちの船も、すごい騒ぎになっている。

今まで逃げられてばかりだった海賊船に、もう少しで追いつけるのだから、その気持ちは分かる。

向こうの甲板の様子が見えるまで近くなってきた。

相手の船は必死で逃げまわっていたが、諦めて交戦するつもりのようだ。

絵に描いたような海賊が、弓矢や槍の準備をする姿が見えた。やっぱり海賊で間違いないな。

海賊船にもバリスタが搭載されているんだな。風下に位置した海賊船からでは、進行速度と相殺されて威力は出ないと思うんだけどな。

おっと、ここで旋回するのかよ。角度的にこの船の帆を狙っているみたいだ。

向こうが旋回により減速したため、こちらが横を通過する形になりそうだ。

こちらもバリスタの準備は終わっており、数も多い。

俺は手を出さないように言われているからな……どうしても停船させるのが難しいようなら、火炎容器を射出するしかないかな。

提案しようか考えていたら、船室に置かれていた火炎容器を男たちが運んできた。

バリスタの射手が海賊船の帆に狙いを定めている。すれ違う時の撃ち合いになりそうだ。

綺麗にしたばかりなのに傷をつけられるのは嫌だな。

それにバリスタの矢に当たりでもしたら怪我では済まないぞ……

手を出すなと言われてはいるが、無詠唱なら気が付かないだろう。バリスタの弦だけ切らせてもらおう。

船がすれ違う前に、ウインドスラッシュを十連射する。

同じタイミングで海賊船からバリスタの矢が飛んできた。

俺の打ち出したウインドスラッシュと矢が交差するとバラバラになり、甲板上に降り注いできた。

ヒヤッとしたのは俺だけではないみたいだな。

あちゃ～、バリスタの弦だけ切ればよかったんだけど、途中で邪魔が入ったから狙いが狂ってしまった。

ウインドスラッシュがあちこちに広がって結構広範囲に被害が出ている。

こちらのバリスタも射出され、海賊船の帆を破った。この矢も帆を破るために作った特別性だ。

ポート姉妹から手出しするなと言われてるし、バリスタの矢が当たって帆が破れたということでごまかせないかな。

後ろからひしひしと二人の視線を感じるが、振り向いてはいけない。俺はとぼけるぞ。

嫌な汗が出ているが、無詠唱で本当によかった。目を合わせないようにしよう。

追い打ちをかけるように火炎容器が射出されると、甲板に着弾。炎がボワッと上がった。

ちゃんと割れて火が着くことが確認できたな。

そして流石はアルコール度数が高いだけあるな。炎が一気に広がり、海賊が海に飛び込んでいる。

あれを吸い込むと肺が焼かれて、まともに息ができなくなるからな。

甲板にいた海賊の数が一気に減った。

帆船を寄せて騎士が乗り移るつもりのようだが、王家の軍艦で近接戦をする気なのか？

第二騎士団長の説明と違うじゃないか、何やってんだよ。

世話が焼けるな。乗り移る前に水魔法で消火するか。

あと、海賊船の帆は燃えると思っていたんだけど、予想に反して燃えなかったな。

あ、なるほど。事前に甲板や帆を濡らしていたのか。

こうして、乗り移った後で船内の捜索が行われ、隠れていた海賊も捕縛されたみたいだ。

海に飛び込んだ海賊も引き上げているが、民衆に知らしめるために助けるのだと教えてもらった。

海賊を捕まえたからだろう、船外の歓声がすごいことになっている。

ポート姉妹が俺の傍らまで来て何か言いたそうにしており、歓声が静まるのを待っているみたいだ。

嘘はつきたくないから、魔法を使ったかどうかなんて答える気はないけどね。

第二騎士団長が手を上げると、男たちの歓声がピタリと止まった。恐ろしいほど訓練されているな。

「海賊を捕まえることができました。ありがとうございます。みんなの喜ぶ姿が見れてこんなに嬉しいことはないです！」

セシル騎士団長が目に涙を浮かべながら言った。今まで悔しかったんだろうな。

「ハイルーン伯爵の協力、感謝しています。バリスタを打ち落としたのもあなたですよね？」

クリス第二騎士団長は気付いているみたいだが、俺は口を割る気はない。

右手を差し出してきたので、俺も右手を出してそれに応じた。が、左手を重ねるようにされて力強く握られた。

じっと俺の目を見つめてくる。恥ずかしいからやめてくれよ。

「そろそろ手を解放してもらえませんか」

「ごめんなさい、私としたことが握ったままでした」

やっと離してくれた。と、思ったらセシル騎士団長が両手で力強く握ってきた。

「軍艦の改造を忘れないでくださいね。この帆船を知ってしまったので、今のままではうちの帆船に乗れそうにありません。費用はちゃんとお支払いしますから、責任は取ってくださいね」

なんで顔が赤くなっているんだ。それと、なんの責任だよ。この人、危ない人みたいだな。

とにかく王家の軍艦の引き渡しも試験運転も無事に済んだので、俺の仕事は完了だな。

ポート姉妹に取っつかまり、公妾をどう思うかと聞かれたのには驚かされた。

近づかない人リストに追加しておこう。

ポート公爵のところは公妾がいるそうで、跡取りの男子がいないからと話し始められ困ってしまったよ。

なんで俺にこんな話をしてくるんだ。早くこの船から下りた方がよさそうだな。

よし、港に入る前にホバリングして抜け出せば、逃げきれるだろう。

新鮮な魚を買う時間くらいあるよね。カーゴウイングで来ているから、お爺様や国王陛下にも届けよう。報告もあるしね。

□ □ □

一週間ほどして国王陛下から第二騎士団の軍艦の改造依頼とポート公爵の軍艦の改造許可が届いた。

まだ伐根作業が忙しいからって、国王陛下に伝えておいたのに早すぎるって。

国王陛下は第二騎士団長に甘いって、第一騎士団長が言ってたからな～。きっと懇願されて、耐えきれなくなったんじゃないかな。

手紙の文面からそんな気がするんだよな～。

俺のところにもセシル騎士団長から、新造中のポート公爵の軍艦も改造してほしいと手紙が届いている。流石に毎日のように送ってくるのはやめてほしい。

大潮の時しかドックの出し入れもできないし、ひと月に二隻の改造が精一杯だろうな。

あと、新造船の進捗状況を確認したが、ほとんど完成していたんだ。

大きな変更はできないため、王家の軍艦と同じように改造しておいた。貝やフジツボを除去する必要がないだけでも楽だったよ。

船大工たちと仲よくなり、バルバスバウや舵の形状、流線型の船体について、説明しておいたんだ。

水の抵抗の話とか、水槽に水を張って板を使って説明したら、すぐに理解してくれた。これで、新造船の性能が格段に変わるんじゃないかな。

時間はかかるだろうけど、これなら、俺がやらなくてもできそうだよね。

だけど、土魔法で船体をコーティングするのだけは無理だからと、俺にお願いされた。

それくらいなら一日で終わらせられるな。

改造作業のスケジュールも決まった。第二騎士団とポート公爵軍の軍艦を一隻ずつ改造する。後は同じことの繰り返しになる。

ドックができたことで、船大工たちは貝やフジツボの除去も自分たちでチャレンジすると言っている。俺としては拘束時間が少なくなるから嬉しい申し出だ。

ところで、拿捕した海賊船が港に係留されたままなのが、もったいないよね。

ウインドスラッシュで壊したから修理が大変そうだからな。使わないならもらえないかな。今度国王陛下にお願いしてみよう。

あと、第二騎士団とポート公爵が連携して海賊討伐をするみたいだね。「まさか、王家の軍艦をメインで運用する日が来るなんて」って、第二騎士団長が苦笑いしていたよ。

討伐の成果は出ているそうで、魔蟻の脚で強化したバリスタや火炎容器の運用も上手くいっているみたいだね。

遠距離攻撃して、海賊船の足を止めてから、他の軍艦で乗り込むのだと教えてくれた。

それなら王家の軍艦に傷はつかない、安心したよ。

そんなこんなで、二隻の改造が完了した。

これで王家の軍艦はお役御免になるだろうね。

そういえば、海賊討伐は順調に成果が上がっており、特に火炎容器がいい働きをしてくれているとお礼の手紙が届いた。

複数の海賊船を相手にしても、遠距離から火炎容器を打ち込むと終わらせることができると書いてあったよ。ただ、火炎容器に使うアルコールは使いきったんだよね。

ガソリンみたいに燃える液体があればいいんだけど、アルコールは作るのが大変だし高くつく。

あと、今回の改造で、トイレが帆船の先端にあることに気が付いた。

小さな部屋だなとは思っていたけど、底板に穴が開いていて海が見えるんだ。なぜ先端にあるかなんだけど、帆船の一番風下になるからだったよ。

そこから直接海に……風上にあると大変なことになりそうだよね。

さて、お呼びの手紙が届いたから、土魔法のコーティングに出かけるとするか。

これだけなら一日で済むからいいよね。

その後、海賊船を四隻も拿捕したとお礼の手紙が届いた。

と思ったらなんだよ、改造してくれという追加の依頼もあるじゃないか。

海賊船をドックに入れて、貝を除去したら手紙をくれるように言っておくかな。

今回の海賊討伐の噂が広まっているようで、メダリオン王国の近海で海賊船を見かけることが少なくなったとポート姉妹が教えてくれた。

この二人だけど、大した内容でもないのに手紙を送ってくるし、以前にも増して俺との距離が近いんだよな〜。

うちの兄妹に会ってみたいって書いてあったけど、何を考えているんだ？　怖すぎるって。丁重にお断りしておこう。

で、最初に拿捕した海賊船なんだけど、ウインドスラッシュで壊れていたから廃棄するって聞こえてきたんだよ。

すぐに欲しいとお願いしたらもらえたんだ。

廃棄するにも大変な労力が必要になるから、渡りに船だったみたいだね。めちゃくちゃラッキーだったよ。

壊れているし、どうやってうちの船着き場に運ぶかなと考えていたら、ポート公爵軍の方たちが曳航《えいこう》して運んでくれたんだ。

仲よくしていてよかったよ。今度お礼にふわふわパンケーキでも届けよう。

ヨットと軍艦ではかなり大きさが違うけど、改造して俺一人で操船できるようにしたいんだ。

前世なら太平洋単独横断とかやってる人がいたからね……楽しくなってきたぞ。

舵は一人で切れる。問題は帆の上げ下げと、船底に溜まる水の排出だな。

風車や水車のノウハウを駆使すれば、ロープの巻き上げや水の排出もなんとかなりそうだよね。

まさかこんなところで、手押しポンプ、歯車、ウインチ、ベアリングなどの技術を活かすことになるとは思っていなかったな。ノウハウは蓄積してあるからやれそうだよね。

ハイルーン領の船着き場からそう遠くない場所に、ポート港と同じように土魔法を使ってドックを作った。

ドックに帆船を入れるために、二つの月が並ぶ大潮を待つ必要があるけどね。

ジャッキアップは重量があるから細心の注意を払って作業するよ。

終わったらドック内の海水を抜いて、貝やフジツボを取り除く。

バルバスバウを取りつけて、舵と船尾も作り変えてと、後は船体を土魔法でコーティングする。

マストも俺がウインドスラッシュで切っちゃったから、伐採した大木で作って交換しよう。風魔法で枝打ちと皮を剥ぐ。水魔法で脱水して乾燥させないとだな。

運ぶのと取りつけは、レックスとチビ、ベビに手伝ってもらう。生きた重機といってもいいからね、本当に助かる。建築業や土木業を始めればめちゃくちゃ儲かるんじゃないかな。

帆を張るための木も中をくり貫いて軽量化も図る。船の上部は軽い方が安定するし、帆の上げ下げも楽になるからね。

魔蟻の脚に交換できるところは換えてしまおう。

試しに身体強化魔法を使って帆を上げようとしたんだけど、やっぱり一人では動かなかったよ。

早くウインチを作らないとだな。

早速、試験的に手動式のウインチを取りつけてみた。

時間はかかるけど帆の上げ下げはできるようになったよ。

でも今のままでは時間がかかりすぎるんだ。動力を確保しないと一人で操船なんてできそうにない。

しかもロープをそのまま使ったら、ウインチが大型化しちゃったんだよ。

数も多いから甲板の上がウインチだらけで邪魔でしょうがない。強度のあるワイヤーがあればコンパクトになるんだけど、すぐには無理だろうな。

あとウインチのせいで、甲板上には塩を積む場所がほとんど確保できなかったんだよ。塩を運ぶための帆船なのに、かなり致命的な問題なんだよね。

でも船内には積む場所はあるから、いいことにしようかな。

といっても、積んだり下ろしたりが面倒なんだけどね。

無理すれば一人でも航行はできそうだけど、帆船の近くがまったく見えないままだ。

普通なら見張りがいるから問題ないけど、俺は一人だからね。

そこで操舵用の舵輪を船首にも設置してみた。

ここなら、前方の視界は良好だよ。舵輪は船尾の舵輪とロープや歯車を使って連動させてみたんだ。

羅針盤も三つ設置した。二つだと一つが誤作動した時にどちらが正しいのか分からないからね。

風がなくても走れる方法も考えないとだな。

俺には風魔法があるからそこまで急いではいないけどね。

試しに風魔法で試走させてみたけど、魔力の消耗が激しすぎるから緊急用以外では使わないだろうね。

もっと揺れが抑えられるといいんだけど、帆船という新しいおもちゃが手に入ったから当分は楽しめそうだな。

トローリングとかしたらカジキマグロとか釣れないかな？　家族みんなでクルージングもいい

よね。

12　その後のみんな

公爵令嬢スノウレット・フォン・マルベリーは、王都にあるマルベリー公爵別邸の自室でアルフレッド・ハイルーンのことを考えていた。

スノウレットは王都の魔法師学校の試験に向かう際に、オークの大群に襲われたところをアルフレッドに救われるという運命的な出会いをしている。

その魔法のすごさを目の当たりにし、一目で虜《とりこ》になっていたのだ。

スノウレットは、マルベリー公爵家のために嫁ぐのだと聞かされて育てられていた。だが、アルフレッドに出会い、婚約したいと告げるという、非常識な行動を取っている。

それほどまでに虜になっていたのだ。

そのことをマルベリー公爵に伝えると、最初はいい顔をされなかった。

だが、アルフレッドがいかにすごいかを熱く語ると、マルベリー公爵の許しが出た。魔法の使い手はどこも喉から手が出るほどに欲しいからだ。

しかし、ハイルーン家を屋敷に招待したところ、マルベリー公爵はスノウレットに、アルフレッドの正妻は難しいだろうと告げた。

メダリオン王家のアルテミシア姫が婚約を申し込んだと分かったからだ。

このメダリオン王国は一夫一妻制であり、婚約は王家の承諾が必要になっているので、当然、スノウレットに勝ち目などない。


ある日、マルベリー公爵は、スノウレットにアルフレッドの公妾になる気があるか尋ねた。

スノウレットに公妾という立場であっても、アルフレッドを望むのかと問うたのだ。

もともとこの公妾という制度は、正妻に世継ぎができないことを想定して作られている。

それ以外にも意味があり、本当に好きな一人だけを公妾にすることが認められている。正妻の許可は必要となるが形式的なものでしかない。

正妻は家同士の政略結婚がほとんどなので、好きな人と結婚できなかった場合の救済策のようなものだ。

マルベリー公爵の問いかけに、「それでもアルフレッドに嫁ぎたい」とスノウレットは答えた。

マルベリー公爵はその足で、メダリオン城に登城していった。

スノウレットは、ドキドキしながらマルベリー公爵の帰りを待っていた。

国王陛下との協議を終えたマルベリー公爵からの報告は、スノウレットの望むものではなかった。

アルフレッドが公妾を望んでいないことが判明した。

だが、マルベリー公爵家としては、とてもいい条件を得ることができた。アルフレッドとアルテミシアの間に子が生まれなければ、公妾になるという確約を得ることができたのだ。

またアルフレッドとアルテミシアの子が生まれたなら、その子とマルベリー公爵家の婚姻も勝ち取っていた。

どちらも叶わない可能性もあるが、その場合には、キャスペル王太子の子とマルベリー公爵家で生まれた子の婚姻という好条件を得ていた。

これらの条件はメダリオン王家とマルベリー公爵家が、より強固な関係となることを意味している。

マルベリー公爵は、これ以上の好条件などないと手放しで喜び、スノウレットを抱き上げて踊りだした。

だが、スノウレットの思いはマルベリー公爵のそれとは違う。

とにかくアルフレッドに嫁ぐことを確実にしたいのだ。

まずは、魔法師学校を首席で卒業できるように目標を立てている。悪くても三位以内は死守し、魔法師学校の臨時講師であるアルフレッドの目に留まると決めていた。

□□□

俺――アルフレッドから、みなさんに二つ大事な報告があるんだ。

一つ目は、次の四月の誕生日で俺は九歳になるんだけど、公爵に陞爵されることが正式に決まったと国王陛下に言われたんだ。

本当は十五歳の成人の時に公爵に陞爵するつもりだった。だが、エンゲルベルト皇帝が俺をグラン帝国の公爵にして領地まで与えたので、この国でも陞爵を急いだと、理由も教えてくれた。

別に張り合わなくてもいいと思うんだが、簡単な話ではないらしい。

公爵陞爵に至った、俺の功績なんだけど、海塩の製造、海竜討伐、海賊討伐に軍艦の改造に迷宮攻略にと十分すぎるほどあるから、誰も反対する人はいなかったみたいだ。

海までの道からグラン帝国の国境までの土地も褒美としてもらうことになっている。

人口は少ないけど、メダリオン国内でも領地がかなり広いんだ。人の手が入っていない森や山ばかりだけどね。ハイルーン村も人口が増えて町になることも確定している。

二つ目は、アルテミシア様と俺との婚約も同時に発表されるんだ。

スノウレット様は俺との婚約は諦めてくれたようなので、いい結婚相手が見つかることを祈っておくよ。

「マルベリー公爵家と揉めなくてよかったですね」と、国王陛下に言ったら、めちゃくちゃ渋い顔をされて、「マルベリー公爵と高度な駆け引きがあった」と、それだけ言うと詳しくは教えてはもらえなかった。

国王陛下の口調や様子からすると、スノウレット様はすんなりと諦めたわけではないんだろうね。どんな話し合いが行われたのか興味はあるけど、ヤブヘビになりそうだから聞かないよ。

□□□

そして五年後。俺はアルテミシア様と結婚して、三人子供が生まれた。長男のアールス、長女のエレイン、次男のアーサーだ。

「パパ！　アーサーが台座に固定してある剣を触って危険なので言い聞かせてください！」

長男のアールスが息を弾ませながら執務室に飛び込んできた。

「アールス、部屋に入る時はノックするように言っているだろ」

「ごめんなさい、でもアーサーが怪我したら大変でしょ！」

「そうだな。急いで行こう！」

「パパ、早く！」

アールスは服を掴んで引っ張る。

執務机の椅子から下りると俺の手をぎゅっと握り、宝物庫に向かって駆けだした。

「エレインはどうしているの？」

「アーサーを見張らせています！」

「そうか、アールスはしっかりと指示もできるから頼りになる。ありがとう！」

「えへへ……」

アールスは照れくさそうに俺の顔を見ると、すぐに向き直り、さらに歩くスピードを上げた。

長い廊下の突き当たりにある階段を下りると、少し湿っぽい空気に変わり、壁にかけられたランプの光がゆらゆらと地下通路を照らしている。

宝物庫の重たい扉が五十センチほど開かれていた。

アーサーはこの重たい扉を開けられるようになっていたんだな。

中を覗くと俺が手に入れた聖剣、エクスカリバーの柄を両手で握り、真っ赤な顔で必死に引き抜こうとしているアーサーがいた。

少し離れて長女のエレインが心配そうな表情で見守っていた。

防犯対策として、聖剣エクスカリバーの刃を土魔法で固め、地面に縫いつけているんだ。

エクスカリバーの刃がほんのりと光を帯びている。

俺の予想は間違っていなかったな。アーサーは勇者の力を授かっているようだ。

アーサーという名前は、前前世で俺の仲間だった元勇者の名前だ。

実は俺は、もともとこの世界で賢者アールス・ハインドとして生きていたんだ。それが転生して日本に生まれ、もう一度転生して今の俺、アルフレッドになったというわけ。

アーサーも幸せになってほしかったんだよ。だから俺の子に同じ名前を付けて幸せに育ててやろうと考えたんだ。

元勇者や元聖女が俺の子に転生するなんて、ものすごい確率になるだろう。

名前を付けるときには元勇者が転生しているとは考えていなかったんだけど、育つにつれて剣筋や体の動かしかたが元勇者であるアーサーにそっくりになってきたんだ。

だから、本当に転生しているんじゃないかと思い始めている。

長男の名前だが、賢者アールス・ハインドから名付けた。

長女にも、仲間だった聖女の名前、エレインを付けることにした。

千年前に仲のよかった、俺たち三人の姿を自分の子供に重ねてしまったんだよ。

三人に名前をつけるときには普通の子ではないという確信があったからね。

アルテミシアにはまだ詳しくは説明していないんだけど、魔力鑑定眼で見るとカイル兄さんやクロード兄さんの子より格段に魔力量が多かったんだ。

妊娠中に毎日癒しの魔法を行使していたのも原因かもしれないけど、きっと、俺を転生させてくれた女神様の干渉が大きく関係しているんじゃないかな。

俺の考えが合っているなら、それぞれに勇者、賢者、聖女の力を授けられている可能性が高いんだ。だって、女神様が直接干渉できるのは転生の際に勇者、賢者、聖女の力を授けることだったはずだからね。

長男のアールスは金髪でブルーの瞳をしている。

俺の生まれた頃に似ているとお母様は言っているな。

言葉を覚えるのも早く、計算もできるようになった。物覚えもいいし、もう少しで魔法も使えるんじゃないかな。まるで絵本に出てくる賢者のようだからね。

末っ子のアーサーは力が強く剣術の適性が高い。それに聖剣エクスカリバーが反応している。

これって勇者で間違いないよね。

アルテミシアに似た金髪で金色の瞳は、偶然なんだろうけど元勇者のアーサーの容姿にも合致するんだ。

そして紅一点の長女エレインは金髪で金色の瞳をしており、ほんわかした雰囲気だが、キツイところもあるんだ。

見た目のほんわかした雰囲気に騙されたらひどい目に遭うからね。そんなところもアルテミシアにそっくりなんだよ。

癒しの聖女と言われたお母様やサーシャに、癒しの魔法を習っており、かなり上達しているそうで小さな傷なら治癒させることもできるようになっているみたいだ。

残念なことに俺は、その瞬間を見たことはないんだけどね。

おっと、完全に話が逸れてしまったな。

「パパ、早くアーサーにやめるように言ってください！」

完全に自分の世界に入っていたな。長男のアールスに叱られてしまったよ。

「ごめんごめん。アーサー、危ないからやめなさい！　その聖剣エクスカリバーはよく切れるんだから、怪我してからでは取り返しがつかないよ！」

俺の言い方が優しいのを、アールスは少し気に入らないようだ。

アーサーはじっとこっちを見ていたが、やっと聖剣エクスカリバーの柄から手を離した。その手は豆が潰れたのか血がにじんでおり、痛そうに見える。

長女のエレインが近づいてアーサーの手の平を見ており、いきなり頭をポカリと軽く叩いた後、癒しの魔法を発動させた。

まだ、弱々しい光だが癒しの魔法が発動している。初めて見られたな！

「エレイン、癒しの魔法が上手になっているね！　パパ、ビックリしたよ！」

「えへへへ！　パパに褒められたなの！」

　なんかしゃべり方が小さい頃のサーシャに似ているな。このほんわかした雰囲気にとても癒されるな。

「お婆様やサーシャおばちゃんみたいに癒しの聖女と呼ばれるようになるんじゃないか⁉」

「エレインも聖女様になれるかな？」

「そのまま努力を続ければなれると思うよ！」

　嬉しそうにしているエレインの両手から、温かな光が溢れ出ると、アーサーの豆だらけの手の平に吸い込まれていった。

「エレイン、もういいよ、ありがとう！」

　アーサーが少しぶっきらぼうに言うと、手の平を何度かグーパーしている。痛みが軽減されたようだな。

「どういたしまして。でも、危ないことはやめてなの！」

　三人と手を繋ぎ部屋から出る。重い扉を閉めて階段を上がるとランプの灯を消した。

　俺は、身長的には、まるでこの子たちと兄弟姉妹のようだ……三人に背を抜かれるのはそう遠くなさそうだな……本当に嫌になる。

□□□

一年後に子供たちに背を並ばれ、二年後にあっさりと追い抜かれたよ。

実は、俺は半神になっており、成長も老化も遅く、人より寿命も長いんだ。

「アルフレッドは本当に若いままでいいですね。見てください。私の目尻にほら、皺を見つけました。それにこんなところに真っ白な髪の毛を見つけてしまいました！　ここに癒しの魔法をお願いします！」

アルテミシアは俺の作った手鏡を見ながら、目尻の辺りを指さし、そこから近い頭髪の生え際に白髪を見つけていた。

俺に言わせるならいい感じに年齢を重ねており、羨ましい限りだ。それに引き換え俺の見た目はまったく変わっていない。

だが、確実に年月は経過しており、マシューさんと、母方の祖父であるマグナム・フォン・ガルトレイク公爵のお爺様が旅立たれてしまった。

盛大な葬儀が執り行われ、お母様はしばらく、元気がなくなっていた。

ガルトレイクお爺様が、よくうちの温泉に来ては子供と遊んでくれていた姿を思い出すよ。

マシュー商会は子供が継ぎ、俺の子供たちとも仲がよくて、ますます繁盛しているんだよ。

キャスペル殿下が国王になり、サーシャは結婚して王妃になった。

子供も三人生まれており、効果に差はあるようだが全員が癒しの魔法を使えるみたいだ。

父方の祖父であるハイランドのお爺様やメダリオン三世も近頃はお歳を召しており、俺の領地に来ることはなくなってしまった。どんどん代替わりが進んでいる。

カイル兄さんはいつの間にか正式に第二騎士団長に就任しており、忙しい毎日を送っている。ちなみに、ポート公爵家のクリスと結婚した。

男の子も生まれたから、ポート公爵家は女系から抜け出せてよかったよね。

クロード兄さんと結婚したスノウレット様は、未だにラブラブなようで、また懐妊したと言っていたな。

俺の子供たちも含めて、時間の流れは速いな。

最近感じているんだが、俺だけ時間の流れがゆっくりになっているんだ。

いよいよ感覚までおかしなことになってきたぞ。

《ママ、魔大陸に帰るダォ！　パパとママから呼ばれたダォ！》

《ベビもなノ！》

《いつ頃帰ってくる？》

《えーよく分からないダォ！　でも、必ず帰ってくるダォ！》

《ベビも絶対に帰ってくるノ！》

ある日突然、チビとベビから念話が届き、二人は故郷の魔大陸へ飛び去ってしまった。

きっと成長して、番《つがい》候補が見つかったんだろうね。

そういえば、龍の住処である魔大陸で俺のことが噂になったようで、いろいろな種類の龍がプレゼントだと言って、指輪を持ってくるようになったんだよ。

これってどういう指輪？　後が怖くて受け取りたくないんだけど……

事情を聞いてみたら、ベビとチビのような神龍以外が人化するためには、結婚指輪を相手にはめさせて、強大な魔力のパスで繋がることが条件の一つらしい。

ベビとチビだけ人化できてズルいとか、指は二十本あるとか言われても、指輪ジャラジャラとか絶対無理だし、幸せだからこれ以上のお嫁さんは遠慮したい。

きっとチビとベビが魔大陸でいろいろな話を聞かせたんだろうな。

なんで俺だけいつもこんなトラブルに……誰か相談に乗ってよ、なんで目を逸らすんだよ。

だけど、これは高度な問題だからと、俺を見かけるとみんな避けるんだよ。

まあ、龍なんて相手できるのは俺だけだからそうなるよね。

この龍たちなんだが、鱗に見覚えがあるんだ、それに体のあちこちに鱗を剥ぎ取られた跡が残っているじゃないか。

魔大陸に行った時、チビとベビのパパ龍さんは俺に鱗や牙をくれたんだけど、無理やり集めたんじゃないのか？

かわいそうだから癒しの魔法を行使して復元してやったら、メチャクチャ喜んでくれたよ。

えっ！　しかも人間のようにおしゃれをして美味しい料理を食べてみたいって？

チビとベビは魔大陸で人化して、服を自慢でもしているのかな？

料理だけなら提供するからそれで考え直してよ。やっぱり番《つがい》は同種族がいいと思うんだけどな。

それなら我慢する？　なんだよ、美味しい食事が食べたかっただけなんだな。

えっ！　なんだって、チビとベビから人化した方が味がよく分かって美味しいと聞いているって！

チビとベビは魔大陸でいったい何をやっているんだよ、トラブルを生み出しているようなものじゃないか。

確かに龍の姿ではゴクンと呑み込んでおしまいになるからな。味わう時間なんて一瞬だもんな。

言っていることは正しい気はするが、やめてくれるように言いに行かなきゃ!!

魔大陸に訪問したらパパ龍さんとママ龍さんが一気に老け込んでいたよ。

みんなどんどん年老いて、旅立っていく。

それに、レックスも老けたんだ。神獣は次の神獣が育ち、力を渡すと役目が終わるのだと言っている。

世話になったな。何か食べたいものはあるか？

……お前まで俺を残して逝《い》くのか？

俺の周りでは、相変わらずベスと、お嫁さんのベルの子供たちが元気に走りまわっている。ついに人化もできるようになったんだ。

一緒に月——ルナに行くようにもなったよ。

実はベスは、俺を転生させてくれた女神様が遣わした神獣で、故郷はルナなんだそうだ。

だけど、月に行くようになったら、急にベスとベルが老け込んできた。

お前たちも子供に力を渡したのか？　お別れは言わないからな。

こうして、ベスとベルは、月ルナに残り、戻ってくることはなかったんだ。

ある時、月ルナを訪れたが、ベスとベルの姿はなかったんだよ。

俺は涙が浮かんで仕方なかった。

二人の好きだった、バケツプリンを作って置いてきたよ。

しばらくして、アルテミシアが家族に見守られながら笑顔で旅立っていった。

俺も孫がいる歳になったからね。だけど、見た目は変わらないままなんだ。

俺は家督《かとく》を譲ってはいたが、完全に隠居することを決め、子供たちに宣言した。

いつまでも俺がいると子供には害にしかならないと考えたからだ。

そして、俺は旅に出ることにした。

本当のことを言うと、これ以上家族との別れを永久に見守り続けるのはなかなかにハードだからだ。

俺は寿命のない存在である、女神様の気持ちが分かり始めている。

ずっと生き続けて、一人で見守り続ける……なんて過酷なんだろう。

《仕方ないですね。神とはそういうものです。私も人々の一生を見届け続けてきました。悲しいことだけじゃなく、楽しいことも見続けられますよ。そういうものです、神とは……》

俺は女神様の念話に応えることができないでいる。

もうしばらく、俺にできることをしながら世界を回ろうと思うんだ。

□　□　□

それから二千年が過ぎた。

俺はついに神に至ったようで、この世界のもう一つの月――女神様の住む神界、ルーナに来れるようになったんだ。

今までは、ルナとルーナが重なる時に、女神様に来てもらっていたんだけどね。

「女神様、アルフレッドが来ましたよ！」

「ここにいますよ。思ったより早くおいでになりましたね！」

「はい、この度、半神改め、新米の神に至りました。神界に引っ越してきましたアルフレッドです。名前は、アルフレッドのままでいいんですかね」

「いいんじゃないですか。そのうち、あなたを神として信仰する誰かが、あなたの神名を定めてくれますよ！」

「え、神様の名前って神が決めるものじゃないんですか？」

「はい。神名は信仰される方々が決めるのです」

「知りませんでした。それでは、引き続きご指導のほどよろしくお願いしますね！」

「はい、こちらこそよろしく。美味しいスイーツを持ってきてくれましたか？」

「はい、忘れていませんよ」

俺は知らず知らずのうちに女神様を見つめていたようだ。

「アルフレッドはなぜそんなに私を見つめるのですか？」

女神様の顔がほんのりと色づいている？　もじもじしていて、ものすごくかわいいな。

「女神様、実はボッチで寂しかったですか？」

「そ、そんなことはありませんよ」

その慌てようは図星ですね！　でも、これからは俺が一緒だから一人ではないですよ。

「まず何から覚えればいいですかね？」

「そ、そんなに急がなくても、幸い時間はいくらでもありますから」

《私は女神なのよ、何を舞い上がっているのよ》

考えていることが、念話でダダ漏れになっていますよ。女神様がかわいすぎる!!

俺の頭の中に幸せになれる案が浮かんできた。

「早速ですが……女神様に提案があるのですが聞いていただけませんか？」

「な、なんですか改まって！　検討しますから言ってみなさい。いい案なら採用してあげますよ！」

あたふたしている女神様がマジでかわいい。

「快諾してくださりありがとうございます。では……俺の妻になってくださいませんか？」

言いながら右手を出してお辞儀をする。突然の告白タイムだ！

「え!!」

女神様が固まってしまった。

「あなたという人は……いえ、今は神ですね、女神である私を妻にしたいとおっしゃるのですね!!」

女神様がメチャクチャ嬉しそうにしている。

たぶんだが、初めてプロポーズされたんじゃないのかな。

「こんな素敵でかわいい女神様が目の前にいるんですから……結婚してもらえれば嬉しいなと。それに、もう家族の旅立つ姿を見たくないですし、俺、ボッチは耐えられそうにないです。自分からお願いするのは女神様が初めてなんですよ！」

少し俯いて真っ赤になる女神様。

俺に合わせてなのか以前より若返っている気がするな。なんてかわいいんだろう。

きっとこの熱烈な想いは賢者アールス・ハインドのものなんだろうな。

「か、考えておきます」

まんざらでもないのだろう、女神様はさっと両手で俺の差し出した手を握り返すと恥ずかしそうにしている。

「ありがとうございます。末永くよろしくお願いします」

「もう、本当にあなたという神は」

はにかんだ女神様もかわいいな。

「分かりました。あなたとは長い付き合いで信用していますから、私の方こそよろしくお願いします」

少し俯きながら恥ずかしそうに返事をしてくれた。

俺はガッツポーズをしながら女神様を抱き寄せると軽くキスをした。

「「末永く幸せになりましょう」」

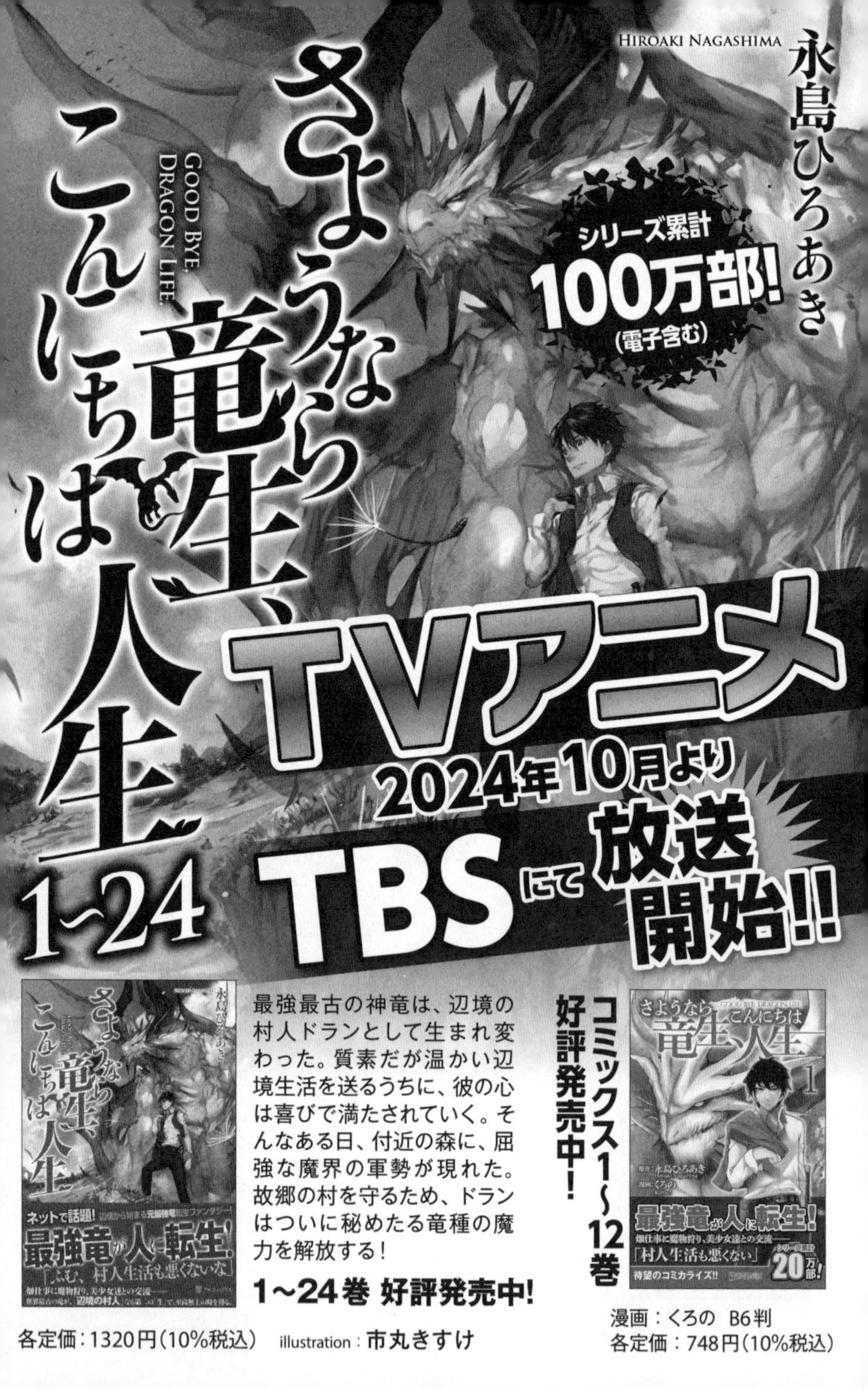

永島ひろあき
HIROAKI NAGASHIMA
さようなら竜生、こんにちは人生
GOOD BYE, DRAGON LIFE
1~24
シリーズ累計
100万部!
(電子含む)
TVアニメ
2024年10月より
TBSにて放送開始!!
最強最古の神竜は、辺境の村人ドランとして生まれ変わった。質素だが温かい辺境生活を送るうちに、彼の心は喜びで満たされていく。そんなある日、付近の森に、屈強な魔界の軍勢が現れた。故郷の村を守るため、ドランはついに秘めたる竜種の魔力を解放する!
1~24巻 好評発売中!
各定価:1320円(10%税込)
illustration:市丸きすけ
最強竜が人に転生!
「ふむ、村人生活も悪くないな」
コミックス1~12巻
好評発売中!
さようなら竜生、こんにちは人生 1
最強竜が人に転生!
畑仕事に魔物狩り、美少女達との交流――
「村人生活も悪くない」
待望のコミカライズ!!
20万部!
漫画:くろの B6判
各定価:748円(10%税込)

前世で家族に恵まれなかった俺、
今世では
優しい家族に囲まれる
1・2
俺だけが使える氷魔法で異世界無双
著 おとら
第3回 次世代ファンタジーカップ 特別賞
転生して生まれ落ちたのは、
ほっこり家族!
家族愛に包まれて、チートに育ちます!
家族みんなが俺に甘い!
孤児として育ち、もちろん恋人もいない。家族の愛というものを知ることなく死んでしまった孤独な男が転生したのは、愛されまくりの貴族家次男だった!?　両親はメロメロ、姉と兄はいつもべったり、メイドだって常に付きっきり。そうした過剰な溺愛環境の中で、0歳転生者、アレスはすくすく育っていく。そんな、あまりに平和すぎるある日。この世界では誰も使えないはずの氷魔法を、アレスが使えることがバレてしまう。そうして、彼の運命は思わぬ方向に動きだし……!?
◉2巻 定価:1430円(10%税込)／1巻 定価:1320円(10%税込)　◉illustration:たらんぼマン
前世で家族に恵まれなかった俺、
今世では
優しい家族に囲まれる
2
おとら
恋のお相手は、まさかの皇女様!?
アルファポリス
いきなり婚約しました!
コミカライズ決定! 2024年秋 連載開始予定
入学早々波乱を起こす!

［著］KUZUME
捨てられ従魔とゆる暮らし
SUTERARE JUMA TO YURUGURASHI
飼えない魔物、
預かります。

この作品に対する皆様のご意見・ご感想をお待ちしております。

おハガキ・お手紙は以下の宛先にお送りください。

【宛先】

〒150-6019 東京都渋谷区恵比寿 4-20-3 恵比寿ｶﾞｰﾃﾞﾝﾌﾟﾚｲｽﾀﾜｰ 19F
（株）アルファポリス　書籍感想係

メールフォームでのご意見・ご感想は右のＱＲコードから、
あるいは以下のワードで検索をかけてください。

アルファポリス　書籍の感想　検索

ご感想はこちらから

本書はWebサイト「アルファポリス」（https://www.alphapolis.co.jp/）に投稿されたものを、改稿、加筆のうえ、書籍化したものです。

異世界《いせかい》に転生《てんせい》したけどトラブル体質《たいしつ》なので心配《しんぱい》です５

小鳥遊渉（たかなし　あゆむ）

2024年7月30日初版発行

編集－田中森意・芦田尚
編集長－太田鉄平
発行者－梶本雄介
発行所－株式会社アルファポリス
〒150-6019 東京都渋谷区恵比寿4-20-3 恵比寿ｶﾞｰﾃﾞﾝﾌﾟﾚｲｽﾀﾜｰ19F
TEL 03-6277-1601（営業）　03-6277-1602（編集）
URL https://www.alphapolis.co.jp/
発売元－株式会社星雲社（共同出版社・流通責任出版社）
〒112-0005東京都文京区水道1-3-30
TEL 03-3868-3275
装丁・本文イラスト－結城リカ
装丁デザイン－AFTERGLOW
印刷－ＴＯＰＰＡＮクロレ株式会社

価格はカバーに表示されてあります。

落丁乱丁の場合はアルファポリスまでご連絡ください。

送料は小社負担でお取り替えします。


ISBN978-4-434-34192-2 C0093

極東救世主伝説
KYOKUTO
KYUSEISYU
DENSETSU
これから俺は、
次なる試練にぶつかることになる。
そう、妹様こと優菜の説得だ。
「おかえりなさい。
……どうだった？」
基本的に優菜は俺が軍に
入隊することに反対している。
少年、異形の機体で無双する。
—九州大規模攻勢編—

[DATA]

120mm滑腔砲

SM-YB54-KAMURO-Mogamied

四菱重工業が拠点防衛用に開発したものを
最上重工業が魔装機体用に改良した滑空砲。
主砲弾は魔物素材とタングステンの合金である
120mmMTA装弾筒付徹甲弾（貫通力重視）と
120mmMTA対魔物榴弾（殺傷力重視）。

［きょくとうきゅうせいしゅでんせつ］

[DATA]

40mm機関砲

GA-MT53-HACHI

水戸立製作所が開発。
政府からの無茶ぶりに応えた結果、
高い連射性と火力を備えた傑作となった。
面制圧力に優れており、数が多い小型や中型の
魔物を相手にする際の必須装備となっている。

[機体名]

御影（1号機）

[体高] 6m

[重量] 30t
(機体本体の重量のみ)

最上重工業によって開発された混合型魔装機体の試作一号機。人型の「標準型」が持つ装備選択の自由度と、獣を模した「獣型」の機動力の両立を目指して開発された。

四脚の安定性を活かし、単機で超重火器を扱える点を最大のアドバンテージとしている。遠距離からの大火力による精密射撃が可能なため、単機での制圧力は既存の機体とは比較にならず、今までの戦術の常識を覆す存在と言える。

ただし、あまりに特殊なコンセプトのため、啓太以外には起動すらままならない極めて特殊な機体。

[DATA

155mm榴弾砲

HO-YB53-YANAGI-Mogamied

四菱重工業が拠点防衛用に開発したものを
最上重工業が魔装機体用に改良した榴弾砲。
主砲弾は50式155mm榴弾砲用多目的弾。
所謂クラスター弾で、発射された後は
上空から大量の子弾を放出する。
貫通力を強化した成形炸薬弾頭と、
殲滅力を重視した
ナパーム弾頭を使い分けられる。

[搭乗者] **川上啓太**

本作の主人公。前世である現代の
知識を継承しており、
卓越した操縦センスの持ち主。
第三次救世主計画の数少ない
生き残りであり、
御影型の魔装機体をまともに
起動できる唯一の存在。

HO-YB53-YANAGI-Mogamied/
SM-YB54-KAMURO-Mogamied/
GA-MT53-HACHI/6m/30t/

[CAUTION]

MIKAGE

五十谷さんは『金さえ払えば情報を
売ってもらえる』と受け取ったようで……。

「いくら？」

食い気味に被せてきやがった。

「……五〇万円くらいだな」

「買うわ」

軍人ならそこそこ高く、学生の身分であれば
間違いなく高額な値段だと思うのに。

極東救世主伝説
「きょくとうきゅうせいしゅでんせつ」
少年、異形の機体で無双する。
―九州大規模攻勢編―
HO-YB53-YANAGI-Mogamied/
SM-YB54-KAMURO-Mogamied/
GA-MT53-HACHI/6m/30t/
KYOKUTO
KYUSEISYU
DENSETSU
[CAUTION]
HOTOKEYOMO & KUROGIN PRESENTS
[AUTHOR] 仏よも
[ILLUSTRATOR] 黒銀

口絵・本文イラスト
黒銀

装丁
AFTERGLOW

CONTENTS

KYOKUTO KYUSEISYU DENSETSU

極東救世主伝説 007
ガイダンス 014
一章 入学前夜 017
幕間 妹の視点から 一 035
二章 入学とあれこれ 046
三章 シミュレーションからの実戦 090
幕間 それぞれの反応 127
四章 次に向けて 144
五章 それから少しして 169
幕間 魔族や魔物についてのあれこれ 197
六章 予期せぬ大攻勢 204
七章 BOY OF DESTINY 232
幕間 リザルト的なお話 264
エピローグ 276
幕間 妹の視点から 二 284
あとがき 290

「きょくとうきゅうせいしゅでんせつ」

[CAUTION]

HOTOKEYOMO & KUROGIN PRESENTS

一九四三年　第二次世界大戦中。形勢が不利となりつつあった欧州のとある国の国家元首が、自国と敵国の兵士を生贄とした悪魔召喚の儀式を決行。最初の悪魔の召喚に成功する。
召喚された悪魔は生贄にされた人間の中で生き残っていた人間に己の因子を与え、眷属とした。これを魔族と呼ぶ。また、悪魔や魔族によって使役される異形の生物を魔物と呼ぶ。
魔族と共に大量の人間を殺した悪魔は、それを贄として新たな悪魔を召喚。召喚された悪魔は最初に悪魔を召喚した国家元首を殺害し、悪魔は契約の軛から解き放たれた。一連の事件による混乱によって人類同士の争いが一時停止。第二次世界大戦は勝者のないまま終戦を迎える。

一九四四年　終戦を受けて日本軍が大陸から撤退。

一九四五年　満州が李氏朝鮮などと共に中華民国とロシア共和国――ソ連の構成国――の支援を受け合併し日本からの独立を宣言。朝鮮半島と大陸北東部を領土とする朝鮮共和国が誕生する。
欧州に於いて、召喚された悪魔がさらにたくさんの人間を殺し、別の悪魔を召喚するという負の連鎖が発生。最終的に召喚された悪魔は40体を超えるとされる。そのうちおよそ半数が南北アメリカ大陸に渡ったため、アメリカ大陸でも悪魔と人間の戦争が勃発することになる。

一九四六年　悪魔の攻撃にさらされて苦難に陥っていた欧州の国家と、散発的にではあるが悪魔の攻撃を受けていた中東の国家やアフリカの国家が軍事同盟を締結。

一九五×年　悪魔同士の勢力争いに敗れた悪魔[redacted]が人間側に寝返り、各種技術提供を行う。魔晶の研究と機体の開発が開始される。人類による反攻作戦である第一次救世主計画が産声をあげた。

一九五×年　初代となる機体が完成する。欧州での呼び名はカマエル。救世主計画によって特殊な因子を持たされた子供たちが機体の操者となって戦場を駆けるようになる。

一九五×年　欧州戦線が拮抗する中。魔族や魔物を葬ることができる機体の性能に目を付けた中華民国が対人間用の機体を開発。近隣諸国を手中に収めるための侵略戦争を開始。

一九六×年　日本に於いて対機体用の機体である国綱が開発され、中華民国から侵略を受けていた各国に輸出される。

一九六×年　諸国から反撃を受けた上、国内での暴動が起こり中華民国が解体される。雍・益・荊・冀・揚・幽の6つの州による連邦議会制となり、中華人民連邦へとその名を変える。

一九六×年　中華人民連邦が欧州から流れてきた複数の悪魔による侵攻を受ける。6つある州のうち西北・西南・中南に分類されていた、雍・益・荊の3州を制圧される。

一九七×年　東南アジアにも悪魔が侵攻。インドネシア、フィリピン、ティモール、台湾、ブルネイ、日本といった島国を除くほぼ全域が戦場となる。

一九七×年　インドネシアやフィリピンなどの島国でも悪魔が確認されるようになる。

一九八×年　台湾や日本でも悪魔が確認されるようになる。

一九九×年　オーストラリアとニュージーランドでも悪魔が確認される。これにより文字通り地球はその全ての地で人類と悪魔が争う地獄と化した。

一九九×年　日本に於いて共生派が反救世主計画を実行に移そうとするも、 国防軍の勇士諸君の奮闘によって反救世主計画は頓挫。前記の反救世主計画によって犠牲にされそうになった被害者の少年が国防軍への協力を打診したため、日本で第一次救世主計画が発動。

二〇〇×年　大陸での戦に於いて中華人民連邦が大敗。華北地域と東北地域を失う。

二〇一×年　日本で最初の人造魔晶が開発される。

二〇二×年　人造魔晶に適合した最初の機体が開発される。名前は叢雲である。

二〇二×年　第一次反攻作戦発動。第一次救世主計画の適合者と叢雲を含めた日本軍が朝鮮半島に出兵。大勝利を収めるも、戦線の維持と情報収集を目的とする日本と領土の奪還を求める現地勢の意見が衝突し、日本軍は半島からの撤退を決める。

二〇二×年　朝鮮共和国が悪魔の軍勢によって制圧される。

二〇三×年　対馬や九州・沖縄地方での戦闘が本格化するも、その都度国防軍によって撃退される。

二〇三×年　第二次反攻作戦のために東南アジア諸国に叢雲とその改修機である草薙を輸出するも、 乗り手が不足していたために満足な稼働ができず、戦線を維持することはできたものの、戦略目的を達成することができなかったため、作戦は失敗に終わる。

二〇三×年　作戦失敗の反省を活かすため、人造魔晶の適合者を増やす第二次救世主計画が発案、承認される。

二〇三×年　地球上の人口が5億を割った。人が死に過ぎたことや食糧事情の関係で大規模な戦争が起こりづらくなる。
（食糧がなければ魔族も死に、魔族や人間が全滅するとそれを食料にしている悪魔も死んでしまうため）

二〇四×年　およそ10年にわたる小康状態の中で力を蓄えた東南アジア諸国連合による第三次反攻作戦が開始。台湾、フィリピンの大部分の解放に成功。

二〇四×年　タイ・ベトナム・ミャンマーでの戦闘に勝利。人類の活動領域を広げることに成功。

二〇五三年　度重なる戦勝を受けて戦線の拡張を主張していた陸軍の牟呂口大将が暴走。指揮下の第三師団がインパールに於いて歴史的な敗北を喫する。

二〇五四年　インパール戦に勝利した悪魔と魔族による反攻作戦が開始され、タイやミャンマーが戦場となる。
東南アジア諸国での戦闘の激化と朝鮮半島から侵攻してくる悪魔や魔族に対応するため軍は大幅な増員を決定。

二〇五五年十二月　今に至る。

極東救世主伝説

【特務少尉。作戦開始時刻〇九〇〇となりました。状況を開始してください】

「……了解」

コックピット内に機械音声特有の淡々とした調子の音声が響く。

これを味気ないというか雰囲気があるというかは人それぞれだろう。

俺は雰囲気があると思う派である。

噂では部署によって専属のナビゲーターがリアルタイムで状況を報告してくれたりするところもあるらしいが、試験小隊である俺たちにそんな人員はいない。

というか、俺が状況に合わせて出される細かい指示に従う訓練や他の部隊に所属している人たちとの連携訓練を行っていないので、専属のナビゲーターを付けられて随時指示を出されても対応できないし、なにより俺の気分的に人の声よりも機械音声の方がヤル気が出るというのもあって、今のところ専属のナビゲーターを付ける予定はない。

加えて、急な通信は未熟な学生である俺の集中力が乱れる可能性があるので、現状他の部隊との通信はできないようになっている。

例外は司令部と、整備班が待機しているガレージで俺やこの機体の観測をしている整備士の最上《もがみ》さんのみ。よって何らかの問題が発生した場合は、司令部か最上さんから連絡が来ることになっている。

当然、なにも問題がなければこのまま作戦開始だ。

そして現在。作戦開始時刻になったものの司令部からも最上さんからも連絡はない。

つまり……作戦開始である。

「よし。行くか」

これが二度目の実戦だ。いや、前回が試験であることを考えれば、今回は本当の意味での実戦になるだろう。緊張しないと言えば嘘になる。だがそれと同時に、どこか高揚している自分がいるのがわかる。

（命懸けの戦闘を楽しむような性格ではなかったと思うんだけどな。……ただまぁ、ロボットのある世界に転生したんだったら、ロボットに乗らないと勿体《もったい》ないわな！）

安寧を求めていながら戦場で戦うことを楽しむ。自分のことながら何とも度し難いことだと思うが、それはそれ。性格に関する自己診断はあとで好きなだけやればいい。

切り替える。今はそれよりもやらなければならないことがあるのだから。

「こちら二〇九九特務小隊所属川上《かわかみ》特務少尉。作戦開始時間となりましたので、これより状況を開始します」

モニターが示す先は、浜辺。普段は閑静なその場所にはわらわらと上陸を始めている多種多様な魔物たちがいる。その数は……まぁ、たくさんだ。

いくらこっちが軍勢を展開しているとはいえ、あれらが完全に態勢を整えたら相当な脅威となるだろう。場合によっては数に勝るこちらが全滅するかもしれない。

魔物とはそれほど恐ろしい存在だ。

だがしかし、これはスポーツ競技ではない。お互いの生存を懸けた戦争である。

故に、敵の準備が整うのを待つ理由などないわけで。

「ターゲット確認」

卑怯《ひきょう》も卑劣もない。先制攻撃上等。狙うは大型。日本海を泳いで渡ってきたばかりの疲れ切っているところを狙い撃つ。

（疲れているところ悪いが、これも仕事でな！）

「排除、開始ぃ！」

機体を跳躍させ、真正面にいた一番デカいやつに向けて挨拶《あいさつ》代《が》わりの一発を放つ。

『アベッ！』

『……ッ⁉』

何とも情けない断末魔を上げて爆散するデカブツ。仲間だったモノが崩れ落ちる様を目の当たりにして、ようやく自分たちが狙撃されたことを理解したのだろう。魔物たちは砲弾が飛んできた方向——つまり先ほどまで俺がいた方向——へ、一斉に攻撃を開始した。

彼我の距離は約七キロ。砲弾の速度がおおよそマッハ二なので、こちらの攻撃が着弾するまでに要する時間はおおよそ一〇秒となる。

対して魔物が放つ砲撃の速度はマッハ一前後とされている。そのため向こうからの反撃が届くのは、大体二〇秒ほどとなる。時間にして二倍の差があるとはいえ、所詮《しょせん》は二〇秒。機動力に劣る与一型はもちろんのこと、そこそこの機動力を有する草薙《くさなぎ》型であっても敵からの砲撃を回避することは不可能だ。

「だからお前たちの行動は正しい。今までなら、な！」

火力重視の与一型では、魔物からの反撃を回避することはできなかっただろう。

機動力重視の八房型では、反撃は回避できるかもしれないが、そもそも一撃で大型を倒す攻撃など放てなかっただろう。

火力も機動力も中途半端な草薙型では、撃破も回避もできずに散るしかなかっただろう。

回避が無理なら防御はどうだろうか？　結論から言えば、無理だ。

一体の魔物による攻撃ならまだしも、多数の魔物が放つ攻撃を防ぐことができる防具や手段など存在していないのだから。

回避はできない。防御も駄目となれば、残る結果は一つだけ。魔物たちの主力となる大型の魔物を狙撃し、見事爆散させた勇敢な狙撃手は、魔物の反撃によって蒸発することになるだろう。

誰もがそう思った。それが今までの常識であったのだ。

しかして今日。その常識は、とある変態によって造られた、八房型を上回る機動力と与一型を上回る火力を両立させることに成功した機体の存在によって覆された。

「すまんな。もうそこにはいないんだ」

回避するまでもない。そもそも魔物たちが砲撃を行った場所に俺はいないのだから。

『アァァ！』

『オォォ！』

雄叫びを上げながらなにもない空間に向かって砲撃を行っている魔物ども。

端的に言って隙だらけである。

「選り取り見取りってなぁ」

『ビブッ』

二発目。事前に予定していた通り、二番目にデカいのを潰《つぶ》す。

「これで三〇M級は終わり。次は二五と二〇だな」

大きいは強い。今のところ攻撃と同時に移動することで一方的に攻撃できているが、向こうがそれに順応してこないとは限らない。

そのため、万が一の際に脅威となる存在を真っ先に潰させてもらった。

もちろん二五M級や二〇M級が弱いというわけではない。一撃もらえば死ぬのは同じなのだから、油断などしている暇も余裕もない。

俺が生き残るためにも、潰せるうちに潰せるだけ潰さなくてはならないのだ。

「楽にしてやるよ！」

『タバッ！』

「とぅ～とぅ～とぅ～」

『キャオラッ！』

こちらの動きに順応できていないのか、未だに的外れな場所に反撃をしている魔物を撃つ、撃つ、撃つ。

「最新型が負けるわけねえだろ！　行くぞおおぉぁあ！」

『カドォ！』

「オラオラオラオラ！」

『ディオッ！』

跳んで、撃って、横軸移動して、落下途中にまた撃って。一瞬だけ地面に脚を着けたと思ったら、即座に跳んで、また撃って。とにかく的《マト》を散らして撃つ。それを繰り返す。

正直、自分でも変なテンションになっていると思う。あとで映像を見返したり音声を聞いたりしたら、恥ずかしさのあまり布団の上を転げまわることになるかもしれない。

だが、動きを止めることはない。動きを止めた瞬間、自分が死ぬとわかっているから。

（少し前までは何処にでもいる学生だったはずなのになぁ。何でこんなことになったんだか……）

あの日、あのとき、あの場所で。生きるために軍人になるという決断をしたのが間違いだったのか、はたまた正しかったのか。

（まぁ、少なくともまだ生きてはいるからな。今のところは正しかった、と思いたい）

少しずつ正確になっていく魔物の攻撃を油断なく回避し、反撃する。

「狙いが甘い！」

『ウラバッ！』

（着地。跳躍を繰り返すも脚部に問題なし。砲撃の反動による破損もなし。砲弾の再装填《そうてん》に関しては少しラグがあるものの、問題と言えるほどではない。というか、これは俺の未熟さが影響していることなので、今後の訓練次第だろう。つまり……）

「総じて問題なし」

（まだ行けるはもう危ない。という言葉もあるが、今回は大丈夫だろう。だって味方がたくさんいるし）

閉ざされた空間にいるわけでもなければ、自分一人で戦っているわけではない。

というか、周囲にいる味方はパイロット数か月の学生に過ぎない自分などとは比べ物にならないほど経験豊富なベテラン揃《ぞろ》いだ。

（そうなんだよなぁ。俺のキャリアってまだ数か月なんだよなぁ）

動き回りながらも思い返すは数か月前のこと。

それは自分こと、川上啓太《けいた》の運命を決定づけることになったとある日のことであった。

ガイダンス

まず、第二次救世主計画とその概要についての解説を行います。

数十年前のことです。あるところに、共生派と呼ばれる人たちの間に生まれた子供がいました。ある日その子の両親は、当時共生派の間で盛んに行われていたとある儀式を執り行うことを決意しました。その儀式とは、生贄《いけにえ》を捧《ささ》げて悪魔を召喚し、人間から知恵を持つ魔物、即ち魔族になるというものです。

この儀式の生贄に選ばれた子供は、魔晶と呼ばれる、魔物が死んだときに遺すとされる特殊な石を植え付けられてしまいました。

このとき彼らの願いに応えて悪魔が召喚されるか、魔晶に取り込まれた子供が魔族になっていたら儀式は成功となっていたそうです。

しかし、両親やその仲間たちは儀式の最中に彼らと敵対する組織の人たちに踏み込まれ、魔晶に取り込まれまいと必死に抵抗している子供を残して死んでしまいました。

そうして儀式に使われて苦しんでいた子供は、踏み込んできた人たちに保護されました。

生まれつき強靭《きょうじん》な生命力を持っていた子供は、通常であれば肉体も精神も魔晶に食べられて知恵のない魔物になるところでしたが、逆に魔晶を取り込んでしまいました。

これに驚いたのが、儀式の場に踏み込んで子供を救助した人たちの上司。

つまり国防軍の上層部です。

子供は魔晶を得たことで特殊な力を使えるようになりました。そのため彼は、国家、いいえ、人類の未来のために、国防軍の協力者として各種実験に積極的に協力してくれることとなりました。

それから十数年。自発的に快く実験に協力してくれた件の子供から得た様々なデータを流用した結果、国防軍は比較的安全な魔晶を開発することに成功しました。

これが第二次救世主計画に於ける最大の成果となります。

今ではこの人造魔晶に対応できた人たちが、国防の主力として活躍しています。

魔晶適合者の皆さんは、オリジナルと呼ばれている件の子供に対する感謝の気持ちを忘れないようにしましょう。

さて、国防軍によって開発された人造魔晶の効果は大きく分けて二つあります。

一つは疑似的なアイテムボックスです。

理屈は不明ですが、魔晶はリンクしている機体と機体が装備しているモノを取り出すことができます。

機体に箱を背負わせ、その中に食糧や水とかを入れておけば補給が簡単になりますので、是非お試しください。特に魔力が篭《こも》った水は機体の燃料にもなるので重宝されますよ。

ただし、魔晶の中に入れた時点で食糧や水には魔晶の魔力が篭ってしまいますので、一度取り込んだモノは本人しか飲食できませんし、燃料としても他の機体では拒絶反応を示すので自分以外の機体には使うことはできません。あくまで本人の継戦能力が高まるだけですのでご注意ください。

加えて注意事項です。疑似的なアイテムボックスに重量や容量の制限はありませんが、物品を収納している際に使用者に重量が加算されます。

具体的には収納している内容物の総重量を一／一〇〇〇とした分の重さが加算されます。一〇トンであれば一〇キロです。あまり重いものを持つとその分疲労することになりますので、魔晶へ物品を収納する際は重量を考えて行いましょう。

もう一つは機体のデバイスキーとなることです。

基本的に、対大型魔物用の決戦兵器である機体には多くの魔物の体組織が使用されています。

しかし造られた機体は言ってしまえば死体の詰め合わせなので、それを動かすために搭乗者が宿している魔晶が必要となります。

ちなみに搭乗者がいなくても魔晶があれば機体は動きますが、その場合は壊れるまでめちゃくちゃに動き回るだけのモノになってしまいます。死体に燃料を与えたところでそこに明確な意思がないのですから、当たり前といえば当たり前の話ですね。

ですがこれは他者からの妨害工作として考えれば非常に優秀な手段となります。そのため、機体には自分やメンテナンス要員以外の存在を近付かせないようにしましょう。

以上が魔晶とそれを利用した機体に関する基礎的な説明となります。

これ以上の情報はそれぞれの所属する組織の責任者から受けてください。

——最後になりますが、無事魔晶に適合し、人類の救世主の一人となったアナタが良い戦に巡り合えることを心からお祈り申し上げます。

一章　入学前夜

一

（……要するに、両親の暴挙によって魔晶を植え付けられた子供が偶然魔晶を取り込むことに成功してしまった結果、軍に実験体として散々こねくり回されたってだけの話だろうに）

入隊試験の後、人事担当官との面談の前に必ず見なくてはならないとされているガイダンスを閲覧し終えた俺は、これを見た人間であれば誰もが思うであろうことを内心で独り言ちた。

ただ、まぁ。彼のおかげでこうして俺も戦うことができるのだから、その点には感謝しようと思う。

オリジナルと呼ばれることになった子供に黙祷《もくとう》を捧げつつ、俺は現状を振り返る。

俺の名は川上啓太。現在一五歳。身長は一七〇センチくらい。黒髪で黒目。外見的な特徴は特にない、と思う。まあどこにでもいる少年だ。

他の人と違うところを挙げるとすれば、前世の記憶がほんのりとあったくらいだろうか。

この記憶があったおかげで一時期は天才扱いもされたが、今はそうでもない。ただし、一〇で神童、一五で才子、二〇過ぎればただの人。という言葉があるように、一五になった今でもそこそこ優秀な子供に分類されているのだから悪いことばかりではない。

特に、小学校に上がる前から『努力の意味と価値を正しく理解していた』ってのは凄《すご》く大きいことだったと思っている。

そのおかげで今もこうして生きていられているのだから、間違いない。

で、両親はいない。

去年出張先のタイだかベトナムだかで魔族との戦争に巻き込まれて、三歳下の妹を残して死んでしまったからだ。

両親が死んだ後、国と両親が勤めていた会社から少額の補償金が出されたがそれだけだった。

まぁこんなご時世だ。補償金が出ただけマシだろうと思う。

ただし、いつの間にか保護者面して俺たちが住んでいた家や土地を売り払った挙げ句、補償金まで狙ってきた自称親戚《しんせき》連中を許す気はない。

家やら土地については連中が金を出していた可能性もあったから黙認したが、補償金はアイツの学費に使うんだ。誰にも渡さん。

というのも、このご時世、高校はまだしも大学に進学するには結構な金が必要になるのだが、逆に言えば金さえあれば大学にも進学することが可能だからだ。

そしてこの国は大学で高等教育を受けている学生のことを国家の財産として認定している。よって、大学に進学することさえできれば妹は戦場から離れることができるのである。

穿《うが》った見方をすれば金持ちたちが自分たちの子供を戦場に送らないようにするための小細工だろうが、今はその小細工がありがたい。

ただ、もらった補償金だけでは学費には足りないので、俺は進学ではなく就職することにした。

尤《もっと》も、ただでさえ最終学歴が中卒な上、特にコネや後《うし》ろ盾があるわけでもなければ、特殊な資格を持っているわけでもない俺がまともなところに就職できるはずがない。

よって俺が就職先として選んだのは、万年人手不足が囁《ささや》かれている国防軍であった。

軍を選んだのは、学歴やコネがどうこうだけでなく、俺に魔晶と適合できる素養があること――それもそれなりに高い適合値らしい。おそらく前世の記憶とかが影響しているのだろうが、詳細は不明だし誰かに話すつもりもない――が定期健診で判明していたからだ。

西暦二〇五五年現在、魔晶と適合できる素養を持つ人間はそれなりにいるものの、その適合値はピンキリだ。そんな中、それなりに高い適合値を持つ俺は軍にとって貴重な存在になるらしい。

貴重な存在であればそれなりな扱いになるだろう。もちろん訓練が終わったら即戦場に出される可能性もあるが、それでも訓練中は死なないし、なにより戦場に出されたとしても小銃一丁で放り出されるということがないというのが大きい。

もし機体を預かる機士となれば生存率はぐんと跳ね上がる。そうやって俺が生き続け、そして戦い続けている限り親戚を自称する連中の介入を防げるし、妹も安全になる。

そう考えたからこそ、俺は国防軍に志願することにしたのだ。

ちなみに軍にとって最も注意すべきは外部の敵と内部の工作員である。故に工作員になりそうな輩は軍に入隊することはできないし、軍に入隊した者の家族にも変な虫がつかないよう警戒してくれるのだ。

しかも官舎に移ることができれば屈強な兵士が常に無料で警備をしてくれるのだ。

人によっては不自由を感じるかもしれないが、俺個人の意見としては周囲に危険な連中が寄らないと考えればプラスの方が大きいと思っている。

それに、だ。この国では軍人の社会的地位が決して低くないのもいい。妹だって両親がいない孤児よりも、軍人の妹ってことの方が進学した際に差別とかされないだろう。

なにせ昔と違い、目の前に危険があることもわかっているのだ。その危険から護ってくれる軍人さんやその家族に対して心ない言葉を浴びせる者などいない。

いや、いることはいるらしいが、大体は他国や悪魔に派遣された工作員かそれに洗脳された連中である。

このご時世で『軍事費を削れ』なんて声を上げるとか、正気じゃねぇとしか言いようがないぞ。

連中の言い分としては『悪魔とはいえ会話ができるならわかり合える』だの『悪魔は無理かもしれないが、魔族は交渉が可能な相手だから武器を持つ前に話し合いをするべきだ』だのというものが多いが、はっきり言おう、それは無理だ。

魔族はその成り立ちからして人間を嫌っているし、なにより魔族と人間は種族の生存を懸けた競争の真《ま》っ只中《ただなか》なので、お互いの内部に不和の種を蒔《ま》くという用途以外での交渉は成立しないのだから。

命を助ける約束？　なにそれ、おいしいの？　である。

例外が一例だけあるが、それも悪魔同士の戦いで負けた悪魔が人間に擦り寄ってきただけであって、決して友好的な関係を築くためなどではない。故にその一例を以て『悪魔と交渉が可能だ』などとと考えている連中は阿呆《あほう》すぎると言わざるをえない。

そもそもの話だが、悪魔にとって人間は餌である。なので人間側から交渉をする場合は『無条件降伏した上で生涯奴隷として生きる』という契約を結ぶくらいしかできないのだ。

……これを交渉と呼ぶかどうかは賛否が分かれるところだろうが、あえて交渉と呼ぶのであれば確かに交渉すること自体は不可能ではないけどな。

事実、共生派と呼ばれる面々はそれを念頭に動いている節がある。

俺としても戦争に疲れた連中が『奴隷でもいいから戦争と関係ないところで暮らしたい』と願う気持ちもわからないわけではない。だが連中は悪魔の奴隷になるということを軽く見すぎていると思う。

確かに、悪魔の庇護《ひご》のもとで生きることはできるだろう。だって死んだらそれで終わりだから。

だが生活環境が整っているか？　と言われれば答えはＮＯだ。

悪魔の奴隷となった人間は、それこそ彼◯島で囚われの身になった島民のように搾取されることになるというのが常識である。

ただ悪魔の中にも賢いものがいるようで、そういった連中は『自分に降伏すればこんな生活をさせてやる』と言って悠々自適に暮らす人間の映像を見せてくる。

実際にそういった暮らしができている人間もいるようだが、それはごくごく一握りの存在しかいない。

こうやってごくごく一握りの人間を優遇することで奴隷たちの反骨心や恨みをそいつに向け、その負のエネルギーを喰らうのが悪魔のやり方なのだ。

しかも優遇されるのは一定期間だけで、それを過ぎると奴隷に落とされるとか。

つまりアレだ。亡命した者に対し家族や友人に『ここは天国だぞ』というメッセージを送らせるわけだ。それを信じた家族や友人が亡命する。そうして取り込めるだけの人間を取り込んだと判断されたら、そいつは行方不明、つまり奴隷となるわけだな。

行方不明になったとしても、もはやそれを訴える家族も友人もいないのだから問題にはならないという寸法である。

「嫌なやり方だが、効果的ではある。本当に嫌なやり方だが」

軍のいうことを一〇〇%信じるわけではないが、啓蒙《けいもう》のためということでとある家族に送られてきたという映像をいくつか見せられれば、その背景が使い回しであることもわかるしな。

軍が行方不明になった人間の末路を知っているのは、都市を攻略した際に発見されたニンゲンだったものを見ているからだ。

そして軍はそのことを隠していない。

それどころか積極的に情報を拡散している。

そのため現状ではほとんどの人間が悪魔との交渉を行うことを忌避しているし、それを推奨している共生派を人類の裏切り者として認識している。

共生派になった人間が悪魔との交渉を推奨する理由は様々だ。先述したように、戦争に疲れていたりする人もいれば、自分の家族が人質に取られていたりする人もいる。

その中で最も積極的な連中は、現在悪魔に厚遇されている、ごくごく一握りの人間の関係者だ。

彼らは『悪魔に人間を差し出す』という仕事を任されており、それをこなしている限り優遇されるという契約を結んでいる。そのため彼らが宣う『悪魔と交渉ができる』という言葉は決して嘘ではないし、勧誘の言葉に熱が篭《こも》っているのである。

そしてそんな連中の言葉に騙《だま》される人間は一定数存在する。

悲しいことに人間は『自分は大丈夫』と思ってしまう生き物なのだ。

真実を知るのは本当に取り返しがつかなくなってからだが、それに関しては自業自得と諦《あきら》めてもらうしかない。巻き込まれることになる家族や友人も哀れだが、今の俺には他人を憐《あわ》れむ余裕などない。

とにもかくにも、俺は共生派になるつもりはないし、妹を共生派に関わらせるつもりもない。だから家の周りを軍人さんが見回っても痛くも痒《かゆ》くもないのである。

「ってなわけで担当官さん。俺たちも軍人さん用の官舎に移れませんかね？」

「無理だね」

「なぜです？」

「そりゃ、君みたいに考える人が多いからさ」

「くっ！」

「ただまぁ、君は魔晶に適合できたからね。多少の特別扱いはできるよ」

「ん？」

確かに適性検査で魔晶への適性があった。あったが、それで特別扱いしてくれるのであれば最初から言うはずだ。

しかし、否定してからの甘い言葉なんて普通に考えれば厄ネタだ。

美味しい話には裏があるんだろ？

とはいえ、この状況で聞かないって選択肢はねぇんだよなぁ。

今の俺は新米も新米、それも後ろ盾もなにもない子供だ。

そんな子供が人事の担当官に嫌われたらどうなるか。そんなの考えるまでもない。

「……具体的にはどんな？」

まぁとにもかくにも話を聞いてからだな。

あんまり酷い内容なら拒否すればいいだけだし。

「うん。その警戒心はいい。正式に配属されても誰の言葉であっても疑うって気持ちを忘れないようにしたまえ。あぁ。もちろん直属の上官は別だよ？」

皮肉ですね。わかります。

「……はい。すみません」

「皮肉ではなく本気で褒めたんだがね。まぁいいさ」

覚悟を決めて「くっころ」の精神で問いかけてみれば、俺の思惑を見抜いたであろう担当官さんは苦笑いをしながら話してくれた。

「簡単なことだ。機兵を使うにはそれなりの訓練期間が必要なのは知っているね？」

「えぇ、まぁ、はい」

　そりゃそうだ。自動車でさえ免許を取るのに一か月かかっていたというのに（あの場合は自動車学校の利益のためでもあるが）それ以上に操作が難しい機兵となれば、自動車以上の時間が必要なのは当たり前だ。

「基本的に軍では訓練施設での習熟を推奨している。その方が部隊内の連携訓練もできるからね。だけど君のような若い子の場合は別だ。軍学校に通わせて一定の教養と技術を付けさせてから配属させることが推奨されているのさ」

「……体力も知識も連携の経験もない子供を部隊に入れて鍛えるよりも、最低限の常識と能力を身に付けさせてから入隊させたい、と？」

　気持ちはわかる。基礎の基礎を教えたりするのも面倒だし、なにより魔晶に適合したからっていって調子に乗った子供の教育とか面倒極まりないことを現場でやりたくはないわな。

「率直に言えばその通り。付け加えるなら、軍学校で適性を調べた方がその後の配備もやりやすくなるだろう？」

「それは、そうですね」

　そうとしか言えん。通知表、いや、この場合は内申書か。それがあった方が上官としても引き抜きやすいし、配備した後の教育もやりやすいよな。

「通学する期間は通常三年。少しだが給料も出る。また、生まれや育ちが全く関係ないとは言わないが、最も優先されるのは機体との親和性だ。さらに軍学校は尉官教育も兼ねているので、卒業と同時に尉官待遇で入隊できるようになるよ」

「本当ですか！」

給料をもらえる上に何の後ろ盾もない俺でも昇進できるのか！　これはいい情報だな！

「こんなことで嘘なんか吐《つ》かないさ。それと軍学校に通う場合、君が住む場所は学校指定の寮になる。ただ昨今は君のような親やきょうだいと一緒に住みたいというケースも多くてね。三ＤＫや二ＤＫの部屋もあるんだ。近くに小学校や中学校もあるから、妹さんの進学先に困ることはないよ」

「おぉ、なるほど！」

この辺は軍による囲い込み以外のなにものでもないが、今の俺にとってはそれこそ望むところ。何の問題もないな！

「どうかね？　君が望むのであれば軍学校へ進学する手続きを進めるが？」

軍学校くん！　君に決めた！

「よろしくお願いします！」

「そうかそうか。では手続きを進めよう。頑張ってくれたまえ」

「はい！　アドバイスありがとうございます！」

降って湧いた好機を逃すなんてとんでもねぇ！　俺は乗るぞ、この大波に！

――このとき、担当官の言葉を鵜《う》呑みにして浮かれていた俺は気付かなかった。

俺が『軍学校に通う』と宣言したとき、担当官がにやりとほくそ笑んだことを。

学校に通うだけで給料が出るということが如何に不自然なことかということを。

そもそも自分で『美味しい話には裏がある』と言ったにも拘わらず、担当官が提案してきた美味しい話に何の警戒もしていなかった自分の馬鹿さ加減にも。

このときの俺は、本当になにも気付いていなかったのだった。

二

あのあと、入学の手続きは担当官さんがやってくれるというので、軍学校に入学する意思があるという旨が書かれた書類にサインだけして帰宅した。

もちろん、話が美味しすぎるとは考えたぞ。だから自分が知らないうちにヤバい契約的なモノが結ばれていた！　なんて可能性も考慮して隅々まで書類を確認したが、何度見ても『私は軍学校に進学する意思があります』っていうだけのものだったから安心だ。

あと、何で在学しているだけで給料が出るのかも聞いてみた。

答えは、機士として軍学校に入った生徒はテストパイロットとしての役割を兼ねているから、だそうだ。

生徒が機械に慣れるのと同時に、機械のデバッグ処理なども行うって話らしい。

そりゃ立派な仕事だ。給料だって出さないと駄目だよな。

もしかしたら俺が行く場所が軍学校という名の実験場って可能性もあるんだが、さすがに正規の軍人さんが入隊を希望する子供を騙してそんなところに送ったら駄目だろ。

もしそっちの方向だとしたら……こちとらただの子供じゃねぇんだ。炎上どころの騒ぎでは済まさんぞ。

そんな決意を胸に秘めつつ、親族に家を売られてから移り住むことになった築三〇年のアパート（間取り二K。家賃四万。保証人不要）に帰宅。

「ただいまー」

これから俺は、次なる試練にぶつかることになる。そう、妹様こと優菜《ゆうな》の説得だ。

「おかえりなさい。……どうだった？」

基本的に優菜は俺が軍に入隊することに反対している。それもそうだろう。なにせ優菜から見れば俺は、自分《妹》を進学させるために自分《俺》の幸せを擲《なげう》って軍に入隊しようとしているんだからな。

こんなの、もし逆の立場だったら俺だって反対するわ。

だが俺が軍へ入隊するのは、今の時点で軍に入隊しなければこれから俺たちはまともな生活を送ることができないと判断したが故の決断だ。だからこれは優菜のためだけではない。俺のためでもあるのだ。

そう言って説得する予定だったが、今回この手は封印する。なにせ嬉《うれ》しい誤算があったからな！

「試験には合格したよ。来年から軍に入ることになった」

「……そう、なんだ」

優菜の目からハイライトが消えた？　待て、まだ焦る時間じゃない。

「お、おう。でもな！」

焦る時間ではないとはいえ妹に悲しい顔をさせるのは本意ではないので、俺はさっさと嬉しい誤算について説明をすることにした。

「でも？」

殊更明るいテンションで話を続けようとする俺を見て、妹も『なにかおかしいぞ？』と思ったのだろう。ハイライトを取り戻した目が先を促してきた。

「兵士としてではなく、先に軍学校に入学することになったんだ！」

「軍、学校？」

どうやら妹も軍学校について詳しいことは知らないらしい。まぁそうだよな。俺だって知らなかったし。

「一言で言うなら軍人を育成するための学校だな。ここを出ると一兵卒、つまり普通の兵士ではなく、尉官、つまり幹部候補生として扱われることになるんだ！　当然高卒資格も手に入る。それだけじゃない！　機士としての実験が軍務に相当するらしく、在学しているだけで給料が出るんだぜ！」

「……幹部候補？　つまり、最前線で使い潰《つぶ》されたりはしない？」

「お、おう」

随分とネガティブなことを警戒していたんだな。いや、たとえ子供とはいえ、一人しかいない家族が軍に入るって言い出したら軍について調べるわな。

そんで、中卒で何の後ろ盾もない子供が軍でどんな風に扱われるかって調べた結果が『最前線で使い潰される』だったんだろう。

普通ならそうだ。俺もそうなることを覚悟していたしな。でもそうはならなかった。それも偏に俺に魔晶への適性があった――しかもそれなりに高いらしい――からだ。

「え？」

適性について語ったところで妹の目が驚きで見開かれた。うんうん。その気持ちはわかるぞ。今まで健康診断の結果なんて教えたことなかったしな。つーか普通は特に異常がなければ言わないよな？　俺も優菜の診断結果とか見たことないし。両親にも『特に異常なし』って報告があるくらいじゃないか？

それはそれとして。人造魔晶の研究が進んだことで魔晶に適合する者が増えたとはいえ、それでも機体を動かせるレベルで適合できるのは一〇〇〇人に一人と言われるほどに稀少《きしょう》価値が高いらしい。

さしもの優菜とてまさか実の兄がその一〇〇〇人に一人に該当するとは思うまいよ。

というか実際俺も自分の適性がそこまで高いなんて思ってなかったから、担当官さんから詳細を聞かされたときは優菜以上に驚いたけどな！

あのときの俺自身の気持ちはさておくとして。

「機体もそうだけど、機体を操ることができる機士はそれ以上の貴重品だ。だから無駄死にさせないように、適性がある子供が入隊を希望した場合、最低限の知識や生き延びるための技術を身に付けさせるために軍学校へ送り込むのが通例らしいぞ」

「へ、へぇ～」

　これまで平凡な兄としか思っていなかった俺が、実は一〇〇〇人に一人の逸材だったと知った優菜はまだ驚きから抜け出せていないようだ。このまま話を進めるのは些《いささ》か以上に卑怯《ひきょう》な気がしないでもないが、どうせならこの勢いのまま行ってしまおう。

「で、軍学校に通う場合は軍が管理する寮に入る必要があるんだ。だから来年度からこのアパートからそっちに引っ越すことになる。もちろん家族である優菜も一緒にな」

「え？　お引っ越しするの？」

「うん。機密保持の観点とか色々な都合があるからな。で、それに伴い小学校……は卒業したあとだから問題ないけど、中学校は元々予定していた場所とは違う学校に行くことになるんだ」

「それってお引っ越し先の近くの学校に行くってことだよね？」

「そうだな。友達と離れることになるのは悪いと思う。でも……」

　この年頃の子供にとって友達はなにより大事なものだ。それになにより、軍が管理する中学校に入った場合、間違いなく周囲に知り合いがいない状態からのスタートになってしまう。対して他の子は最初から軍の関係者同士での繋《つな》がりがある状態だ。

　如何に優菜が可愛くて理知的で社交的で学校の成績も良くて運動神経も人並み以上にある完璧《かんぺき》少女だとしても、否、完璧少女だからこそ虐め……はないと思いたいが、孤立する可能性はある。

　もしそうなったらどうしよう。俺ならいくらでも我慢できるが、優菜に我慢をさせるのは嫌だ。

だが軍に入隊しなければ生活すらままならない。故に引っ越しをしないという選択肢はない。だがそのせいで優菜が孤立することになったら……。

「いや、それは別にいいけど？」

渦巻く感情の堂々巡りで頭を抱えそうになっていた俺を動かしたのは、思った以上に気楽な感じで放たれた一言だった。

「……いいの？」

「うん。だって」

「だって？」

「そもそもあの人たち。えっと、お父さんとお母さんが死んだときに引っ越しすることは覚悟してたから」

「……あぁ。そうか。そうだよな」

普通であれば俺たちは遠くに住む親戚《しんせき》に引き取られていたんだもんな。そうなったら転校することになる。それを考えれば、自称親戚どもにそれまで住んでいた家を売られた時点で、優菜が転校する覚悟を決めていてもおかしくはない。

むしろ連中が両親の残した金目当てで擦り寄ってきたことを察して、危険な場所に出張させたことを謝罪するために葬儀に出席していた両親が勤めていた会社の役員さんに無理を言って、金さえ出せば書類上の保護者になってくれるような人を見繕ってもらったり、その処理が終わるまでの時間を稼ぐために葬式のあとに速攻で家の近くにあった保証人が不要のアパートを借りて連中の目をくらますなんてことを実行に移した俺の方が異常なのだ。

当然今は俺たちの住んでいるアパートなども知られてしまっているが、すでに書類上の保護者を見繕ったあとなので自称親戚連中が俺たちに手を出せる口実はないんだけどな。それでもこっちが子供だと思って強硬手段に出られては堪ったものではないので警戒はしているのだが……あぁいや、それはもういい。

大事なのは、俺が軍学校に入学して、妹の優菜と一緒に寮に入ることであり、優菜自身も今後自分が孤立する可能性を踏まえつつ、予定とは違う中学校に入学する覚悟があること。これだけだ。

……実際孤立して悲しい思いをするようだったら兄としてなにかしらの対処をするつもりだが、これに関してはあくまで仮定の話だ。もしかしたらクラスの人気者になるかもしれない。というか、そっちの可能性の方が高いからな！

うん。そう考えよう。心配はするが、しすぎは駄目。

そもそも年頃の娘さんに干渉しすぎるのは駄目って古事記にも書いてあるし。

「よし！　なら引っ越しの準備を頼むぞ。時期としては優菜の小学校卒業後、すぐに移動したいと思っているから、それに合わせる形で頼むよ」

自称親戚連中に余計な口出しをされる前に動きたい。

「あ、そっか。お兄ちゃんの中学校の卒業式の方が早いもんね。わかった。準備しておく」

「よろしくな！」

ヨシ！　一番大事なミッション妹の説得成功だ！

——こうして将来のことや優菜のことなど、以前から心配していたことが一気に解決したことに気を良くした俺はこの日、久し振りに優菜を誘って外食に行くことにしたのであった。

なお、食後にデザートまで注文したあとで「お兄ちゃんとご飯を食べに行けるのは嬉しいけど、これからはちゃんと出費を抑えようね」と釘《くぎ》を刺されたが、今回くらいは許してほしい。

幕間　妹の視点から　一

いきなりだが、私には私より三つ上のお兄ちゃんがいる。

またまたいきなりだが、お兄ちゃんは天才だと思う。基本的に何でもできるし、とても賢い。

その賢さも勉強って意味ではなく、社会的な賢さというか、大人みたいな考え方ができる人なのだ。

実際お兄ちゃんは、去年。お父さんとお母さん……と呼んでいた二人が死んだときも、親戚を名乗る研究者たちを一切信用せず、多少強引な手を使ったものの、しっかりと彼らから距離を取ることに成功している。

ちなみにお兄ちゃんが知っているかどうかは不明だが、私もそれなりに頭がいい。主に情報系統に強いとでも言おうか。そんな私だが、私たちが去年まで『お父さん』『お母さん』と呼んでいた二人が、私たちの実の両親ではないことを知っている。

というか、お兄ちゃんは知らないだろうけど、実は私とお兄ちゃんだって血が繋がっていなかったりする。これは両親……と呼んでいた人たちの研究データを盗み見た際に確認したことだから間違いない事実だ。

お兄ちゃんも私もお母さん……と呼んでいた女性から生まれた。それは事実だ。

だけど私たちの遺伝子は二人のそれとは全く別の人の遺伝子を使っていたのである。

そもそも私たちは第三次救世主計画によって調整された上で生み出された個体であり、その育成計画の一環で『一般家庭で育ったケースの成功例』として、主にあの二人に観察されていたらしい。

去年あの二人が死んだのは、何のことはない。第三次救世主計画の被験体、それも稀少な成功例である私たちのデータを他国に売ろうとしたことが判明したからだ。故に彼らは出張先で魔物に殺された、ということになっているが、実際は軍の機関によって処刑されたのだろう。

そして葬儀に前後して現れた親戚を自称していた人たちは、二人の研究を引き継ごうとしていた連中である。

私たちが住んでいた家を勝手に売り払ったのも、居場所を奪うことで選択の余地をなくさせようとしていたからだ。だけどそんな姑息《こそく》な手が天才たるお兄ちゃんに通じるはずがない。

何とお兄ちゃんは両親……と呼んでいた人たちの葬儀の場で『謝罪のため』という名目で葬儀に来ていた軍の関係者に接触し、保護を求めたのだ。

お兄ちゃんが声を掛けた相手が救世主計画に携わっていた人かどうかは知らないが、軍にしてみれば一般人として育成されていたお兄ちゃんが率先して自分たちに接触してくることは計算外だったに違いない。

本来なら断られていただろう。実戦配備されていない、つまり研究段階にある私たちは、研究者が管轄するべき存在だからだ。

それでも軍がお兄ちゃんとの取引に応じたのは、第三次救世主計画の成功例をいち早く確保することができるというだけでなく、被験体であるお兄ちゃんの意欲の問題などを考えたからだと思っている。

考えるまでもないことだけど、どんな実験であれ無理やり命令して嫌々実験に参加させるよりも、被験体の方から率先して実験に参加してくれた方が面倒がないし効率もいいに決まっているからだ。

軍は――いずれ取り込む予定だったにせよ――早めに恩を売ることで自分たちの心証をよくできるのであれば研究者の機嫌を損ねても問題はない。そう考えたからこそ、お兄ちゃんとの取引に二つ返事で応じてみせた。

具体的にお兄ちゃんと軍がどんな取引をしたのかは知らない。だが、近くのアパートに引っ越した以外に生活環境に違いがなかったことから、おそらくはお兄ちゃんが求めたのは多少の金銭と『私が一定の年齢になるまで研究者に干渉させないこと』じゃないかと思っている。

事実、研究者に連れていかれた他の被験体の扱いを調べてみたら、決して褒められたものではなかったからね。お兄ちゃんは私がああいった扱いを受けなくて済むようにしたんだろう。

そしてお兄ちゃんが軍に提示した条件は、当然自分が軍に所属することだ。対外的な問題もあるので、あくまで自発的に彼らの所属する師団への入隊を約束したはず。

普通なら子供一人が入隊したところで何の影響もない。だがその子供は先述したように第三次救世主計画の被験体。それも数少ない成功例の中でも天才として評価が高いお兄ちゃんである。

元々軍にしてみれば現状機士はいくらいても足りていない状態なのだ。ただでさえ人手が不足していたところに、第三師団壊滅のお知らせだからね。

どうしようかと頭を抱えたところに現れたのがお兄ちゃんだ。第三次救世主計画の被験体であるお兄ちゃんは、当然魔晶への適合率が高い。その上、お兄ちゃんを手元に置くことで研究者に独占されがちな知識に加え、実戦でのデータを早々に得ることができる。

また、お兄ちゃんの教育と実戦配備を他の被験者に先駆けて行うことで、第三次救世主計画の被験体の有用性を確認すると共に、お兄ちゃんのあとから軍に入隊してきた人たちを教育する際の指標にもなる。

つまり、見込んでいた時間を数年前倒しすることができるのだ。

昔の人は『時は金なり』なんて言ったらしいけど、悪魔や魔族によって侵攻を受けている昨今、数年の時間というものがどれだけの価値があるかわからない人間はいない。

お兄ちゃんはそれらの利益が見込める存在なのだ。それが、何と、今回に限り、多少の援助をするだけで手に入るのである。軍に断る理由などない。

「ただいまー」

……そのお兄ちゃんが帰ってきた。

天才にして第三次救世主計画の被験体にして軍の入隊試験を受けに行ったお兄ちゃんが。

自分一人だけなら研究者程度簡単に転がせるだけの能力があるにも拘わらず、私が足を引っ張ってしまったせいで軍と取引せざるを得なかったお兄ちゃんが。

「おかえりなさい。……どうだった？」

私の気持ちとしては、お兄ちゃんが軍に入るのは反対だ。特に今、軍が第三師団の暴走によって生み出してしまった損害の補填《ほてん》を急いでいるこの時期は絶対にダメ。もう少し、せめて高校を卒業してからであれば他の被験者のデータもあるだろうし、なにより最終学歴が中卒と高卒では扱いに差が出すぎてしまう。

だから年齢を理由に不合格になって欲しい。

そう思って聞いてみたけど、その返事は当然予想していた通りのもので……。

「試験には合格したよ。来年から軍に入ることになった」

あぁ。やっぱり軍はお兄ちゃんを逃がしてくれなかったか。

「……そう、なんだ」

お兄ちゃんの将来を思うと心が重くなる。それが私のせいだと思うと尚更だ。

「お、おう。でもな！」

「でも？」

沈み込む私を労わるかのように殊更明るい声を出すお兄ちゃん。

無理しなくていいんだよ？　そう言ってあげたいけど、どの口がって思うと言葉が出ない。

「兵士としてではなく、先に軍学校に入学することになったんだ！」

……何て？

「軍、学校？」

幻聴だろうか？　『軍』のあとに『学校』って聞こえたんだけど？

軍に入隊しに行ったんだよね？　何で学校に入ることになるの？

「一言で言うなら軍人を育成するための学校だな。ここを出ると一兵卒、つまり普通の兵士ではなく、尉官、つまり幹部候補生として扱われることになるんだ！　当然高卒資格も手に入る。それだけじゃない！　機士としての実験が軍務に相当するらしく、在学しているだけで給料が出るんだぜ！」

お兄ちゃんは混乱する私に対し然もありなんって感じの笑顔を向けながら説明してくれた。

お兄ちゃんにとって重要なのは最後の『給料が出る』ってところみたいだけど、私からすればそんなのはどうでもいいことでしかない。

いや、お金がないと生きていけないことは重々承知の上だけど、私と天才であるお兄ちゃんが本気を出せばお金なんていくらでも稼げるんだから、そこは重要じゃない。

重要なのはお兄ちゃんが学校に通うってことであり、その学校が兵士ではなく幹部を育成するための学校だってこと。

「……幹部候補？　つまり、最前線で使い潰《つぶ》されたりはしない？」

「お、おう」

空耳の可能性があったから確認してみると、お兄ちゃんは何故かつっかえながらではあるもののしっかりと肯定してくれた。

「え？」

細かい話を聞いていくと、驚くべき事実が発覚した。

どうやらお兄ちゃんは今まで自分が魔晶と適合できることは知っていたけど、その適合率が他の人と比べてかなり高いことを知らなかったらしい。

というか、今も知らないみたいだ。

（お兄ちゃんも私と同じ健康診断という名の検査を受けていたはずだけど……）

そう思っていたらピンときた。お兄ちゃんは両親と呼んでいたあの二人から細かい情報を聞かされていなかったのだ。実際私も情報を盗み見したからわかっているだけで、それがなかったら自分の特異性なんて知らなかったもんね。

逆に言えばお兄ちゃんは自分の特性を正しく理解しないままに軍との取引を成功させたことになる。さすがお兄ちゃん、天才は伊達《だて》ではない。

「機体もそうだけど、機体を操ることができる機士はそれ以上の貴重品だ。だから無駄死にさせないように、適性がある子供が入隊を希望した場合、最低限の知識や生き延びるための技術を身に付けさせるために軍学校へ送り込むのが通例らしいぞ」

「へ、へぇ～」

話を聞く限りでは本当の意味での幹部――つまり佐官とか将官――ではないけど、間違いなく下っ端ではないようだ。

（良かった。戦場で使い潰されるお兄ちゃんなんていなかったんだ）

安心して脱力しているところに、お兄ちゃんから追加でお話があった。

「で、軍学校に通う場合は軍が管理する寮に入る必要があるんだ。だから来年度からこのアパートからそっちに引っ越すことになる。もちろん家族である優菜も一緒にな」

「え？　お引っ越しするの？」

ここだってお兄ちゃんが交渉して軍が用意してくれたアパートなのに？

「うん。機密保持の観点とか色々な都合があるからな。で、それに伴い小学校……は卒業したあとだから問題ないけど、中学校は元々予定していた場所とは違う学校に行くことになるんだ」

機密保持は今更だけど、あれかな？　研究者との諍《いさか》いを警戒してってことかな。あと中学校？

私が通う学校？

「それってお引っ越し先の近くの学校に行くってことだよね？」

お引っ越ししたら学区も変わるし、別の中学校に通うことになるのは当然なのでは？　なにか面倒なルールがある学校なの？　そう思っていたんだけど、優しくて天才なお兄ちゃんが心配していたのは私が思っていたのとは全然違うことだった。

「そうだな。友達と離れることになるのは悪いと思う。でも……」

友達？

「いや、それは別にいいけど？」

思わず即答しちゃった。だって友達って言われてもねぇ。

あそこには変にちょっかいかけてくる男子と調子に乗ってるとか言って絡んでくる女子しかいないし。最近は『ご両親が死んで可哀想』とか言いながら同情して優しいアピールをしてくる男子とか逆にマウント取ろうとしてくる女子連中が増えて面倒だったし。正直に言えばあの連中と距離を置けるってだけで嬉《うれ》しいんですけど。

「……いいの？」

とは言ってもそんな答えをお兄ちゃんに言えるはずもなく。

「うん。だって」

「だって？」

「そもそもあの人たち。えっと、お父さんとお母さんが死んだときに引っ越しすることは覚悟してたから」

「……あぁ。そうか。そうだよな」

何かそれらしいことを言ったらお兄ちゃんが苦い顔をした件について。

なにを連想したかは知らないけど、そんな顔をされると、その、困る。

慰めようとしたものの『苦悩するお兄ちゃんの顔なんて中々見られないぞ！』なんて欲望がむくむくと湧き上がり、その欲望に抗うことができずにじっくりとお兄ちゃんの顔を堪能することしばし。

「よし！　なら引っ越しの準備を頼むぞ。時期としては優菜の小学校卒業後、すぐに移動したいと思っているから、それに合わせる形で頼むよ」

「あ、そっか。お兄ちゃんの中学校の卒業式の方が早いもんね。わかった。準備しておく」

なにかに踏ん切りをつけたお兄ちゃんから具体的な日程などを伝えられた私は、お兄ちゃんの顔を堪能していたことを悟られぬよう、少し思案したふりをして口元を隠しつつ返事をすることに成功した。

「よろしくな！」

（よし！　ばれてない！）

　さすがに苦悩するお兄ちゃんの顔を見て口元を緩めているところを見られたらドン引き待ったなしだからね。隠ぺいが間に合ってよかったよかった。

——この後、機嫌が良くなったお兄ちゃんと一緒にご飯を食べに行くことになった。

滅多に食べないデザートを堪能して幸せそうな顔をしているお兄ちゃんを見てほっこりしたのは確かだけど、それはそれとしてお金を使いすぎだと思うの。

　確かに私とお兄ちゃんが力を合わせれば、お金を稼ぐことも難しいことではないと思うけど、それはあくまで将来の話であって今の話じゃないからね。

　それに、これから軍学校に通うとなればお金稼ぎなんてできなくなるんだから、今あるお金を節約して使っていかないと駄目だと思うの。

　そう釘《くぎ》を刺したら目に見えて凹んじゃった。

（うん。幸せそうな顔も良いけど凹んでいる顔もいいよね）

　凹んでいるお兄ちゃんの顔を見てそう思っちゃったのは、私だけの秘密です。

二章　入学とあれこれ

一

「うーむ。何度来てもデカいな」

と言っても二回目だが。

――時は進んで四月。あれから軍の担当官さんに指示を受けて入学試験を行い、無事軍学校への入学を果たした俺は軍学校の入り口を前にしてそう呟《つぶや》いた。

ちなみに軍学校の本校は国防省が置かれている市《いち》ケ《が》谷《や》にあるのだが、俺たち機士が通うのは機体の整備や稼働実験を行うことや入間《いるま》市にある空軍基地を使った輸送の関係上、都心部から少し離れた青梅《おうめ》市に分校が作られている。

生徒の数は一学年一〇〇人。三年制なので合計三〇〇人。

上位一〇人がＡクラス。

次の二〇人がＢクラス。

次の三〇人がＣクラスで、

ラストの四〇人がＤクラスだ。

戦争が激化している世界で一学年に一〇〇人しかいないのは大丈夫か？　と思われるかもしれな

いが、ここは魔晶適合率が高い生徒だけが入れる学部なのでこれで今のところ問題ないらしい——もちろん適合率が高い生徒を欲しているので、増えるには越したことがないのだが。

この中で機体を万全に使えるほどに適合率が高いとされるのは、ＡクラスとＢクラスの生徒である。ＣクラスやＤクラスの生徒も使えることは使えるがどうしても性能が落ちるらしい。一応、在学中に成長したと認められた場合、その都度ＢクラスやＡクラスに昇級する制度があるらしいので、入学時にＣクラスやＤクラスだったとしても落ち込むことはないぞ、うん。

ＣクラスやＤクラスに入れられた生徒さん方の気持ちはさておくとして。

機体は一度登録したらリセットしない限りはそいつの専用機になる。故に満足に使えない子供のために用意するには貴重すぎるという理由から、この学校は機士の育成学校ではあるものの、全校生徒分の機体はない。まぁスペース的にも在庫的にも当然の話ではあると思う。

そう言った理由から、軍学校が用意している機体の数は年一〇体。つまりＡクラスの分だけを用意しているそうだ。

ただし、Ａクラスに入ることができた生徒の中には実家が軍関係者だったりする場合がある。というかほとんどがそうらしい。で、自分の子供のために機体を用意している場合があるんだとか。

……お金持ちはいいねぇ。

この場合は余った機体をＢクラスの成績優秀者に回すらしい。もちろんＢクラスの生徒でも親が機体を用意しているケースもあるので、学校全体で見ると大体五〇体くらいの機体があるんだとか。

ちなみに学校から機体が与えられない生徒がなにをするかと言えば、シミュレーターでの訓練と整備などで機体に触れることで魔晶や機体への理解を高めるんだそうだ。

『全く使えない』と『そこそこ使える』は違うからな。

ジ●をもらえるほどの技量はないが、●ールで戦える程度の力はあるのだ。いざというときのことを考えれば基本的な教育をすることは間違っていないと思う。

重要なのはこの中で俺がどのクラスなのかということだが……もちろんAクラスである！

ふふふ。前世の記憶は伊達ではないのだ。

まぁ真面目に考察するのであれば、おそらくだが俺は前世の分と今の分で二人分の適合率があるのだと思われる。さらに前世の記憶があるので筆記試験にも強いときた。これでAクラスに入れなかったら逆に問題だろう。

入試の順位は三位だがな！

いや、前世持ちでそこそこ勉強したのに三位ってどうよ？　引っ越しの準備などで忙しい中、妹様が用意してくれた傾向と対策をやり込んで三位って。もし二位だったら「本当の天才ってのはいるところにはいるんだな～」程度の気持ちで済んだが、三位って。

もう、何というか、上に二人もいるって時点で俺の限界が知れた気がする今日この頃である。

「……行くか」

内心凹んではいるものの、そもそも三位という成績は決して悪いものではない。それを卑下していては他の生徒さんに対する嫌がらせになってしまう。そうと考えた俺は、内心で凹んでいることを悟られぬよう、むしろ自信満々に「三位で入学した川上様だぞ！　すげえだろ！」と胸を張って軍学校の門をくぐることにしたのであった。

◆◆◆

（アレが例のやつか）

黒髪黒目で中肉中背。一見すればただの若者に見えなくもないが、しっかり観察してみれば受ける印象はその真逆。鋭い視線は油断なく周囲を観察しているし、その身には内から溢《あふ》れ出るオーラのようなものを纏《まと》っているのがわかる。

（名前は確か川上啓太、だったか。軍閥や財閥の出身ではないらしいが、アレを見てウチの諜報《ちょうほう》員が『多少賢しい子供』なんて報告書を上げてきたってのが信じられん。連中は一体全体なにを見たんだろうな？　いや、もしかして観察されていることに気付いて擬態した？）

そもそも一般家庭で育ったただの子供が軍学校に推薦される時点でおかしい。さらに推薦者は素人や軍閥の威光に従うような軟弱者ではない。常日頃から間近で精鋭中の精鋭を見てきた第二師団の人事担当だ。

それら諸々の事情を考えれば、彼が軍学校に入る前に周囲からちょっかいをかけられるのを嫌ったがために無能を装ったという荒唐《こうとう》無稽《むけい》に思える考えも間違っていないように思えてくる。

（まぁ、過ぎたことだからな。諜報員の質の低下に対する問題提起はあとでするとして。問題はこれからどうするか、だ）

あの覇気に加え、魔晶との適合率も筆記試験の成績もダントツの一位。無能なわけがない。今回二位の自分や主席となったお嬢さんが彼より上位にされたのは偏に家の威光があったからこそ。

(軍閥の面目？　そんなことを考えていたから第三師団は壊滅したんだろうが)

軍学校が軍の組織である以上、上層部の思惑が反映されるのは当然のことではある。だが、それでも今回のように軍学校という教育機関が実より名を取るような真似が常態化しているのはどうかと思わなくもない。

だが表立って文句は言えない。

(俺やお嬢さんが負けたから悪いって言われたらそれまでだからな)

そう。なにせ軍学校が小細工をしなくてはならなかったのは、彼らが一般家庭出身の子供に負けたせいなのだから。

次席の彼も主席となった少女も軍閥の出である。当然子供の頃から軍人になるよう教育されていた。軍学校への入学だって元から決まっていたことなので、必要な勉強はしっかりとこなしてきたという自負もある。

それだけ準備を重ねてきたにも拘わらず負けた。それも一二月に軍へ入隊するために試験を受けに行った際、人事担当官から『軍学校に入学しないか？』と誘われ、急遽《きゅうきょ》入学試験を受けることになった一般人に、だ。

これでは面目もなにもあったものではない。テコ入れされるのも当然のことだ。

(文句を言いたければ結果を出してからにしろってな。そう割り切るしかない)

屈辱ではある。だがそれは自己の努力が足りなかったが故の自業自得だ。受け入れるしかない。

そう割り切ったなら、次に浮かんでくるのは実質的な主席である彼への態度だ。

（切磋琢磨《せっさたくま》する友人と見るか。引き摺《ず》り下ろす競争相手と見るか。はたまた無関心を貫くか）

当然最後の無関心は除外する。奇貨は手元に置くか排除するべきであって放置することこそが一番の悪手となるからだ。

切磋琢磨する友人になれればいい。だが彼を推薦したのは第二師団の人事担当。つまり今後彼は第二師団の紐《ひも》付《つ》きとなる。入学前に接触できていたのであればまだ何とかなったかもしれないが、今更スカウトをしたところで無駄だろう。

自分の実家が所属する第七師団と第二師団の仲は決して悪くない。悪くはないが、良好とも言えない、何とも曖昧《あいまい》な関係だ。それを考えれば勝手に動いて家に迷惑をかけるわけにもいかない。

（待てよ？　もしかしたら例の救世主計画の被験者という可能性もあるのか。もしそうだとしたら……よし。友好関係を結ぶにせよ引き摺り下ろすにしろ、まずは家の許可を取ってからだな。それまではどっちに転んでも良いように適度な距離を保つとしよう）

――学校の成績に家なんて関係ない。そう嘯《うそぶ》きつつも家のことを第一に考えてしまうことに多少の自己嫌悪の気持ちを抱きつつ、次席入学者こと藤《ふじ》田《た》一成《かずなり》は軍学校の門をくぐるのであった。

二

つい先ほどまで入学式が行われていた体育館から出て、Ａクラスへ向かおうとしている最中のこと。

「ねぇ」

当たり前の話ではあるが、入学式自体は特に何事もなく普通に終わった。

しかしながらそれで終わらないのが入学式というもので。

「ねぇってば」

校長の挨拶《あいさつ》と生徒会長の挨拶。それと新入生総代の挨拶があったことは知っているが内容は覚えていない。

「ちょっと！」

挨拶をする人たちは事前に予行練習などを行い、緊張しながらも真剣にやっているのだろうが、聞いている側としては特に失敗などなければ内容なんて覚えていないもんだ。ソースは学生時代の俺。

「ねぇ、聞いてる？　聞こえているわよね？」

ただし、目に見えて無関心だったのは俺だけらしく、他の生徒は生徒会長や新入生の総代となった女性に憧《あこが》れのような視線を向けているように感じた。あくまで俺がそう感じただけで実際は違うかもしれないが、それが当たっていようと外れていようと特になにがあるわけでもなし。

「え？　無視？　私、無視されている？」

結局のところ俺にはどうでもいいことだと割り切ることにしたわけだが、それが気に食わないってやつもいるようだ。

「聞こえてるんでしょ！　返事くらいしなさいよ！」

俺の目の前で騒いでいる少女もその一人なのだろう。きっと。多分。

外見的な特徴を上げれば、髪は赤毛で、ショートカット。身長は一五〇センチくらいだろうか。じっくり見るわけにもいかないので詳細は不明だが、胸部装甲はそこそこありそう。あとはやや高めの声も特徴的だが、最大の特徴は目つきの悪さだな。

下から見上げている関係上睨《にら》みつけているように見えるのも影響しているだろうが、それでも目つきが悪い。

「いい加減にっ！　きゃっ！」

観察していたらなにやら攻撃されそうになったので、とりあえず内心で『足元がお留守ですよ』と告げながら足払いを仕掛けてみると、少女はあっさりとしりもちをついた。

いやはや、攻撃を仕掛けるそのときが最大の隙とはよく言ったものだ。

「え？　え？」

足払いを仕掛けられたことを自覚していないのか、呆然《ぼうぜん》とする少女。

それも仕方あるまい。なにを隠そう前世の記憶持ちであるこの俺は、文字通り物心ついた瞬間からその重要性を理解していたため、しっかりと体を鍛えていたのである。

さらに、元々家には両親の仕事に関係していたのだろう、機士に関する本が多々あったのも大きい。

それらを読めばどの本にも『機体を動かすためにはイメージが重要。生身で想像できないことは機士になってもできないので、機士を目指すのであれば武術や射撃術を身に付けるべし』なんてことがしつこいくらいに書かれていた上、応用のためだろうか？　機体に乗る前に習得を推奨されていた武術の教本が多数あったので、機士を目指してはいないものの、機体を操ることにはそれなりに興味があった当時の俺はそれらを習得するために色々と頑張ったのだ。

ガン◯ムとか戦闘機系ゲームでも平衡感覚やＧ耐性は重要だって言ってたしな。

……体を鍛える過程で必死になってゼットな戦士やら聖なる闘士やら死神やらの技を再現しようとしていたことは妹様だけが知る秘密である。

（なお力に目覚めないと主人公勢の巻き添えで死ぬことになると思っていたので、修業自体は本気でやっていた）

閑話休題。

そんなこんなで必死になってトレーニングをした結果、この体のスペックが高いことも影響したのだろう。今では石を原子のレベルで砕くような真似はできないものの、それなりの技術と身体能力を得ているのだ。

故に、今の俺が持つ力を十全に使えば、足元に注意を払わずに吠《ほ》える少女の足を掬《すく》うことなど容易きこと春の夜の夢の如しなのである。

「な、なにが？」

少女は今もなにがあったか理解できておらず、腰を落としたまま狼狽《ろうばい》している。隙だらけな少女に対し、某暗殺者風に「他愛ない」と煽《あお》ろうとしたときのこと。

俺は沙羅《さら》双樹《そうじゅ》の花を連想させる鮮やかな白が丸見えになっていることに気が付いてしまった。

「ふむ」

白い。体勢と位置の関係上、不可抗力、あくまで不可抗力で見えてしまった花の色は確かに白かった。

……ここで年頃の少年であれば何らかの行動を起こすのだろう。だがこの俺は違う。

ガワはともかくとしても、中身はいい歳した紳士なのだ。加えて今の俺は妹がいる身であり、洗濯だってしている関係上、女子の下着なんざ見飽きている。

だというのに今更女子の下着が見えたところで何だというのか。

いや、さすがにちょっとは興味あるけど、それでも目の前に突如として現れたこの花を凝視した結果自分になにが齎《もたら》されるかを考えれば、俺が取るべき行動は決まっている。

「……」

川上啓太はクールに去るぜ！

「ちょ！　待ちなさいよ！」

何か言ってるが知らん！　俺はクールに去るぜ！

◆◆◆

「……巡嗣《じゅんじ》、見えたか？」

「いや。見えなかった。一成は？」

「俺もだ。だが彼女が勝手にこけた、わけではないだろうな」

「そうだろうな。足をかけたようには見えなかったから、おそらく呼吸かなにかを利用した技術でバランスを崩したんじゃないか？」

「達人か」

「可能性がないとは言い切れんだろ」

「そりゃそうだが……」

　入学式の後、早速観察しようとした相手が絡まれていたことを知った一成は（なにかあったら介入して恩を売るか？）などと考え、同級生であり同じ派閥に属する福原《ふくはら》巡嗣と共にその様子を窺っていたのだが、その結果が目の前のこれだ。少し離れたところで見ていた二人から見ても啓太がなにかをしたようには見えなかったが、間違いなくなにかをしたというのはわかっている。

「もうっ！　一体何だってのよ！」

　素早く立ち去った川上啓太に対し座ったまま声を荒らげる少女。彼女の名は、今年第四席として入学した才媛《さいえん》、五十谷《いそたに》 翔子《しょうこ》。啓太がいなければ三席として入学していたであろう彼女にとって、

啓太は明確な敵であり競争相手である。

　さらに彼女の実家が所属する派閥は主に近畿《きんき》地方を守護する第六師団閥だ。彼らが九州やお隣の中国地方で防衛戦を展開している第二師団の動向に興味がないわけがない。

　そういった諸々の事情から、彼女は第二師団の関係者と思しき川上啓太にちょっかいをかけることにしたのだろう。

　そこで問題になるのが先ほどの一幕だ。第六師団の面目を背負って入学してきたのだから、当然彼女は優秀な人材なのだろう。四席として入学してきたことからもそれはわかる。だがその彼女を軽くあしらった川上啓太とは何者なのか。それがわからない。

「接触は控えるべき、だろうな」

「そうだな。なにをしたかはわからん以上、警戒は必要だ。特に一成は第七師団を背負っているんだ。こんなところで怪我でもされたら困る」

「それはお前もだろうに」

「優先順位の問題だ」

「……面倒な」

「文句は第三師団に言え」

「散々言ったさ」

　巡嗣が言うように、主席を逃したものの次席での入学を決めた一成に対する周囲の期待は大きい。例年であればここまでのことはなかったが、今年は違う。

その理由が、インパールに於ける第三師団の壊滅である。

それが何故第七師団閥に所属する一成に関係してくるのかというと、これから数年の間にそれぞれの派閥がどれだけの士官を出せるかが師団同士の権力争いに直結していると見られているからだ。

もう少し細かく説明しよう。

まず、大前提として国防軍には大きく分けて九つの師団が存在する。

その管轄は以下の通り。

まず第一師団。管轄は関東。主な任務は首都の防衛。

次いで第二師団。管轄は九州・中国地方。現在は大陸側から侵攻してくる魔族との戦闘に於ける主戦場を担当しているため、予算が多めに回されている。

第三師団の管轄は、本来は中部地方を管轄し、首都や近畿でなにかあったときにバックアップできるよう備えていたが、遠征軍の主力として出征。今は壊滅して再建が急がれている。

第四師団の管轄は、本来中国地方であったが、それを第二師団に回して遠征軍として出征し、現在はベトナムあたりで戦っている。

第五師団の管轄は北海道であったが、こちらも第七師団に回して遠征軍として出征。現在はタイあたりで戦っている。

第六師団の管轄は近畿地方。現在のところは第二師団の後方支援部隊のような役割を担いつつ、中国地方からあぶれた魔物などの討伐を行っている。

第七師団の管轄は東北・北海道で主にロシア経由で迂回《うかい》作戦を取ってくる魔物と戦っている。第八師団の管轄は四国。現在のところは第六師団と同じように第二師団の後方支援部隊のような役割を担っている。

第九師団の管轄は中部・北陸地方。首都や近畿のバックアップはもちろん、第七師団と同じように迂回作戦を取ってくる魔物を主敵としているが、今のところそれほど活躍できる場はない。

各師団の管轄と状況はこのような状態となっている。

前記を見ればわかるように、現状で比較的余裕があるのが第一、第六、第七、第八、第九の五師団だ。首都防衛を担う第一師団は別格扱いなので、残る四つの師団が第三師団に対する影響力を高めようとしている最中である。

第三師団はどうかというと。インパールで大量の将官が失われたものの、家族や親類縁者は残っているので、彼らを使えば第三師団を復活させることもそう難しいことではないと思われている。だが、第三師団の関係者だけを後釜《あとがま》に据えると『少しでも早い汚名返上を！』と、武功を焦る師団ができかねない。

功を焦るとわかっている人間を上級士官に任命するほど軍という組織は甘くない――これまでは身内を贔屓《ひいき》する程度の甘さがあったが、今後必要以上に甘やかして失敗してしまった場合、その責任が自分にも来るので必然的に戒められている――ため、ストッパーの役割を持った士官が必要になるのだが、これからどこが戦場になるかわからないというのが現状である以上、それぞれの師団には他の師団に人員を送り出せるほど余裕があるわけではない。

そこで目をつけられたのがこれから軍学校を卒業する生徒たちだ。彼ら彼女らを最先任士官として送り込むことができれば、第三師団内に於ける影響力を増すことができるのではないか？　そう考えられているのである。

事実、現場で戦う士官が他の派閥で占められてしまえば第三師団閥は派閥として崩壊してしまうし、逆に第三師団閥の関係者が現場士官を用意できれば第三師団閥は維持できることになる。

こういった理由があるからこそ、第七師団に所属する一成や巡嗣、第六師団に所属する五十谷翔子にとって学内での序列とは啓太が思っている以上に重いのだ。

実質的な主席である啓太を警戒し、探ろうとするのもそこにある。

（尤《もっと》も、一番焦っているのは第三師団の関係者だがな）

今年Aクラスに入った生徒のうち、三人が第三師団閥の生徒だ。

具体的には主席と五席と九席がそれにあたる。

これは牟呂口《むろぐち》大将を筆頭に多くの士官が死に、多くの参謀らが失職した彼ら彼女らにとって、自派閥から士官を輩出することが至上命題となったからである。

だが軍によって暴走しないよう監視されている中で、武功を立てる機会を得るというのはかなり難しい。というか不可能だ。

しかしそんな状況の彼ら彼女らにも一つだけその機会があった。

それが機士となって戦場で活躍することだ。

本来であれば、士官とは兵を指揮する者であって自らが戦う者ではないのだから、戦働きで戦場での武功を求めるというのは士官としてふさわしくない行為と見做《みな》される。

しかし『戦場に於《お》いて自らが戦わぬ者に兵が付き従うことはない』という古来からの常識もまた事実。

故に現在の第三師団の関係者は『まず尉官にして戦場に出て武功を上げることを第一とし、その間に佐官や将官の教育を行う』という方針を掲げている。

よって本来であれば軍学校ではなく、貴族や華族と呼ばれるような家柄の者たちが通う煌びやかな学校に行く予定だった派閥のお嬢様も今年は軍学校に入学することになってしまったという。

それが今年、主席として入学し新入生総代となった武藤沙織《むとうさおり》であった。

(どれだけ優雅を気取ろうと所詮《しょせん》は軍閥。軍事的な失態を犯してしまえば叩《たた》き落されるのが常ってな。くわばらくわばら)

「一成?」

「……あぁ、すまん。考えごとをしていた」

彼女も哀れといえば哀れだが、実力で主席どころか次席さえ取れなかった一成に他人を心配する余裕はない。

(川上啓太に接触するもあっさりと放置された五十谷翔子。一族のために戦働きを強要されている武藤沙織。両者の現状を対岸の火事として見て愉悦に浸るか、はたまた他山の石として己を戒めるものとするか。己の将来はここで決まると思え!)

無論、一成の選択は後者である。そもそも全力を以てあたったはずの入試の成績は主席ではなく次席、それも派閥の力で得た席だ。

そんなものを『どのようにして得たものであっても次席は次席だ』などと誇れるほど一成は達観していない。

「全くもう。調子が狂うわ」

己を戒める一成の視線の先には、立ち上がりはしたものの未だに納得のいかない顔をしている五十谷翔子の姿があった。

――幸か不幸か、一成と巡嗣からは啓太が見た白い花は見えなかったとだけ記しておこう。

三

思いがけず至近距離で綺麗《きれい》で新鮮（?）な沙羅《さら》双樹《そうじゅ》の花を観賞することになったものの、紳士的な態度を保ったまま無事教室に辿《たど》り着《つ》くことに成功した俺は、来《きた》るＨＲに向けて心を静めていた。

なにせこれからあるのは入学してから最初のＨＲだ。ここで行われる自己紹介というイベントの成否によって、これからの三年間をボッチで過ごすのか、それとも友人と和気藹々《わきあいあい》と過ごすのかが決まると言っても過言ではない。

卒業したら軍人になって離れ離れの任地に飛ばされると思えば友人付き合いよりも鍛錬に重きを置くべきだと思うが、それでも同期の桜というのは結構な重さがある……はずだ。

いや、実際軍人になったことがないからわからんけど。

場合によっては派閥の関係で敵対したり出世争いとかもありそうだから変に仲良くするのは駄目ってケースもあるみたいだしな。

まして外面はともかく中身はオッサンなことを考えれば、全員と距離を置くというのも悪くはないように思えてくるから不思議である。

（そもそも前世の記憶があるってバレたらどうなるんだろうな？　普通なら妄想乙で終わるだろうが、天才扱いされていたことや魔晶の適合率が高いっていう実績がある以上、徹底的に調査されたりするんじゃないか？　第二次救世主計画のことを考えれば十分あり得そうなのが怖い）

「よし。全員揃《そろ》っているな」

内心で『絶対に知られないようにするぞ！』と心に決めたとほぼ同時に担任の教師らしき女性が入室してきた。

年齢は二〇代後半から三〇前後くらい。身長は一六〇センチくらいだろうか。全体的に細身だが重心が安定している上に隙が全くないのでかなり鍛えていることがわかる。髪は金髪で髪型はショート。顔つきを見て（どっかで見たな？）と思って観察してみたら、硬質なギアをゾリットするゲームに出ていた人に似ている感じがした。

つまり、冗談が通じるかどうかはわからんけど、間違いなく逆らったら駄目なタイプの人である。

軍人が上官に逆らったら駄目なのは当たり前なのだが。より一層注意が必要なタイプと見た。

あだ名はボスに決定。異論は認めない。

「早速ＨＲを始める。まずは自己紹介からだ。各自名前を名乗るだけでいい。ちなみに私は貴様らの担任になる久我静香《くがしずか》、階級は少佐だ」

ボスは端的に自己紹介をしつつ、俺たちがやるべきことを教えてくれた。

それが一言挨拶《あいさつ》や趣味を省いた自己紹介だ。

さすがはあの歳で少佐になるだけのことはある。大したものだ。

さっさと終わらせることで時間を短縮するという意味合いと、自己紹介が苦手な生徒もいるのでそれに対する配慮をしたのでしょう。進学校に於いて授業を控えた優秀な担任がやることがあると聞いたことが無きにしも非ず。

などと、解説を入れてみたが、実際重要なのは教師が生徒のことを知っているかどうかであって、俺たちが互いのことを知っているかどうかではないからな。

今の段階で上辺だけの情報をもらっても俺たちにとって無駄にしかならない。かといってクラスメイト、つまりは同期の人間の名前を知らないのは問題がある。そう判断して無駄な情報を省いた形にしたのだと考えれば、ボスの提案は多少そっけないものの真っ当な提案だと思う。というか軍学校の自己紹介を知らんので、これが当たり前かもしれないけどな。

「順番は主席から成績順だ。さっさと始めろ武藤《むとう》」

「……はい」

自己紹介する順番を伝えられたと同時に名指しされたのは、入学式で総代として挨拶をしていた少女だ。立ち上がる前にちらりと俺を見た気がしたが。多分気のせいだな。

「武藤沙織《さおり》です」

ふむ。主席は武藤沙織さんね。

身長は担任と同じくらいだろうか。黒髪でストレートの髪は腰まで伸びている。じっくり見るのは失礼だろうから身体的な特徴は言わないが、あまり起伏が目立つタイプの人ではないようだ。姿勢に乱れがないので武術の経験者だろうと思われる。あと軍人というよりはいいところのお嬢さんって感じがする。

「次」

「はい。藤《ふじ》田《た》一成《かずなり》です」

次席は藤田一成。覚えた。身長は俺より高い。おそらく一七五センチくらいか？　体幹に乱れがないからこの人も結構鍛えている感じだ。髪の色は黒でショートカット、というのだろうか。耳が出る程度の長さだ。

この二人が色々下駄を履いている俺よりも成績が良かった本物の天才である。仲良くなれるかどうかはわからないが敵対はしないようにしておきたいところだな。

「次、と言いたいところだが飛ばして四番」

「え？」

気合を入れようとしたところでまさかのスキップである。

虐めか？　教師による虐めの発覚なのか？

「なにか文句でもあるのか？」

「ありません！」

ボスには逆らわない。ついさっきだが俺はそう決めたのだ。いや、これが本当に虐めだったら報復するが、まだわからんからな。そう、まだ焦る時間じゃない。

「では次」

「はい。五十谷《いそたに》翔子《しょうこ》です」

何と。四席は先ほどの沙羅双樹さんだった。名前よりもそっちのインパクトが強いので間違って呼ばないように気をつけよう。相変わらず睨《にら》んでくるが、成績で負けたのが悔しかったのかもしれんね。

「次」

「はい。笠原《かさはら》辰巳《たつみ》です」

五席は男性。身長は俺より少し低め。髪型はツーブロック。

初対面のくせに五十谷さんよりも睨んでくるのは何故なのか。成績で負けたのが悔しいのなら勉強したまへよ。

「次」

「はい。田口《たぐち》那奈《なな》です」

六席は小柄な感じの女性。だが胸部装甲はある。髪はこげ茶っぽい色でゆるふわな感じとでも言おうか。まぁゆっくりしてそうな感じの人である。ただし軍人を志してこの学校に入学し、さらにＡクラスに入ることができるってことを考えれば決して見た目通りの人ではないだろう。

俺を睨んでこない人なので印象はとてもいい感じ。

「次」

「はい。橋本夏希《はしもとなつき》です」

七席も女性。身長は俺と同じくらい。髪型は後ろで一つに纏《まと》めた所謂《いわゆる》ポニーテールで、髪の色は銀色で、体格は細身。東欧系の血が混ざっているのだと思われる。

なにせ第二次大戦が中途半端に終わったので俺が知る歴史のようにソ連は日ソ不可侵条約を破っていない。その上、外交的に色々とやらかしているため、あそこら辺の国との国交もそれなりにあるのだ。

国家間の繋《つな》がりはさておき。特徴的な人なので忘れることはないだろう。

「次」

「はい。福原《ふくはら》　巡嗣《じゅんじ》です」

八席。男。でかい。説明不要。

いやマジな話、一九〇センチくらいあるのではなかろうか。しっかり鍛え込んでいるので威圧感が凄《すご》い。金髪で坊主頭なこともあって、何というか『システマやってます』感が凄い（※個人の感想です）。

「次」

あきらかに学生離れした体格と雰囲気を持つ福原くん。いや福原さんを無視するボスもボスだと思うが……あれ？　もしかして気にしているの俺だけ？

周囲の無反応っぷりに慄く俺を無視して自己紹介は続く。

「はい。小畑健次郎《おばたけんじろう》です」

九席も男。福原さんほどではないが彼もでかい。一八〇センチくらいはあると思う。正直羨《うらや》ましい。髪は黒でスポーツ刈り。日本の軍人って感じの人だ。一番俺を睨んでくる人でもある。

俺、なにかしたか？

「次」

「はい。綾瀬茉莉《あやせまつり》です」

一〇席は女性。身長は俺より少し低いくらい。金髪をサイドテールにしている。勝気なお嬢さんって感じだな。胸部装甲も結構ある。上から六・四・一〇で一と七が同じくらいだろうか。なにがとは言わないが。

ちなみに身長は上から七・一〇・一・六・四となる。

（つーか、こうしてみると半分が女性なのか）

学校とはいえ軍、それも機士なんて戦場に出ることが決まっているような兵種なんだからてっきり男だけかと思っていたが、そうでもなかったことにびっくりしている。

こんなところで男女雇用機会均等法を発揮しなくてもいいだろうにと思わなくもないが、まぁAクラスだから特別なのかもしれないな。

「次。最後、三席」

「あ、はい。川上啓太です」

「で？」

「え？」

他の人に倣って名前だけ言ったのに、ボスからは「なにやってんだお前」みたいな目を向けられたでござる。

「……はぁ。まぁ、いい」

溜息《ためいき》まで吐かれた？

「今回の趣旨を理解できていないこいつに代わって私が紹介しよう」

「は？」

趣旨？　そんなのがあったんですか？　ていうか俺以外はみんな知ってたの？

「川上啓太。年齢は一五。家族構成は妹と本人の二人のみ。両親は魔晶関連の研究員だったが、去年出張先のタイにて魔族どもの反攻作戦に巻き込まれて死亡している。軍への志望動機は主に生活費を稼ぐため。ここまででなにか間違いはあるか？」

「……ないです」

おいおいおい。間違いはないけど、俺の個人情報どうなってんの？　いや、調査されるのは当然だと思うけど、わざわざそれをここで公表する意味あるんか？

（ボスには逆らわないと決めたがこれはちょっと……ん？　何だ？）

反論しようとしたところで、ふと周囲の空気が変わっていることに気が付いた。

周囲を見回してみると、さっきまで俺を睨んでいた連中が軒並み視線を落としている。

「自覚している連中もいるようだが、あえて言おう。川上は第三師団が暴走して壊滅したせいで生まれた被害者の家族、いや、被害者そのものだな。貴様らは先年第三師団が引き起こしたアレの被害者が軍人だけではないということを忘れるな」

「「「……」」」

（あぁ。なるほど）

ここまできてようやく俺はボスや俺を睨んでいた連中の思惑に気付くことができた。

まず俺を睨んでいた連中はそれぞれが派閥の関係者なのだろう。彼ら彼女らはお互い面識があったり情報を持っていたりしたが、俺の情報はなかった。

そのためどこの誰かも知らんやつに成績で負けたことを実家や派閥の人たちに文句を言われたのだろう。逆恨みと言えばそれまでだが、彼ら彼女らはまだ子供である。せっかく合格したところにケチをつけられたら不満の一つもあるだろう。

それがあの視線というわけだ。

それを踏まえた上でボスの思惑を考えてみよう。おそらくボスは俺が軍が負けたことによって被害者になった存在であると伝えることで、彼ら彼女らに『貴様らが負けたらこういう人間が増える。だから被害者に逆恨みしている暇があるなら鍛えろ』と伝えたのだ。

これによって俺が逆恨みされることはなくなるし、それでも逆恨みして何らかのちょっかいをかけてくるようならなにかしらの処罰を与えるはず。……多分。

また、彼らへの牽制《けんせい》に加えて、俺自身にも『お前は逆恨みされているぞ』と警戒を促してしているのだろう。よくよく考えてみれば個人情報と言っても住所や口座の暗証番号を暴露されたわけではない。あくまで身の上を語っただけだ。そしてそんなものは調べればすぐにわかることである。

つまりボスには俺を虐める意図など微塵《みじん》もなく、あったのは逆恨みという不毛な感情を抱く子供や、自分がその対象になっていると自覚していないアホなやつ、つまり俺に警告を与えることが目的だったのだ。

（良かった。ここには一生徒の個人情報を暴露して虐めを誘導する教師なんていなかったんだ）

もしそんな意図があったとしたらそれなりの報復をするつもりだったが、これこそ逆恨みでした。申し訳ございません。ボス。

「うむ。わかったようでなによりだ。これ以上の情報は個人情報保護法の対象となるので、知りたいのであれば各々が親しくなってから本人に聞くように。では自己紹介も終わったところでこれからの予定について説明する」

内心で五体投地していることに気付いたのかどうかは知らないが、少なくとも俺への敵意を向けていた子供たちの様子が変わったことには気付いたのだろう。満足げに頷《うなず》いたボスは『話題を今後のことについて』にシフトしていく。

え？　でも俺は他の人についてなにも知らないのですが、それについての補填《ほてん》はないんですか？　ない？　親しくなってから自分で聞け？　そうですよね。わかりました。

自分の情報だけ晒《さら》された上にあっさりと話が切り替わったことに対して置き去りにされた感がハンパないのだが、わざわざ他の人の個人情報を教えて欲しいなどと言い出すわけにもいかず……。

「私からは以上だ。貴様らは機体を受領するためこれからすぐに格納庫へ行け」

「「「はい！」」」

（うーむ。まぁ、同級生とのコミュニケーションはあとでいいか。まずは機体からだよな！）

最終的に俺は、早速受領できるという自分専用の機体に胸をふくらませることで微妙にもやもやしていた気持ちを抑えつつ、初めてのＨＲを終えたのであった。

四

「何だ、これ」

『ここにお前が受領する機体がある』と案内されたガレージへ向かい、意気揚々と足を踏み入れた俺が放った第一声がこれである。

ちなみに俺は一貫して機体と呼んでいるが、正式名称は魔装機体というらしい。

俺が魔装という言葉を省略するのは、グランなゾンさんなどを連想してしまうからなのだが、他の人たちは違う。機体が魔物の死体で造られていることを忌避する人が多いからなんだとか。

まぁ俺だって自分から『魔物の死体に鎧《よろい》を着せて戦ってます！』なんて言いたくないからな。

省略したい気持ちはわかる。

ただし、昔は確かにほぼ全てが魔物の死体だったらしいが、今は基幹部分だけに魔物の死体を使っていて、それを特殊な材質に特殊な加工を施して作られた人工筋肉や各種機械で補強しつつ全体を装甲で覆っているので、死体の部分はそんなに多くはないらしい。

だが、まぁ一般的なイメージとしてはやはり魔物の死体を使っているイメージが強いのは事実なので、少しでもイメージをよくするために呼び名を『機体』にしているんだとか。

補足として、魔物は悪魔や魔族によってとある因子を与えられた動物が変異したもののことを指す言葉だ。

動物を基にしたにしては頭部が牛で下半身が人間っぽい牛頭鬼（ごずき／ミノタウロス）とか、頭部が牛っぽくて下半身が蜘蛛《くも》っぽい牛鬼《ぎゅうき》なんて不思議な生物もいるが、その辺はどうなっているのやら。

この辺は悪魔や魔族に聞いてみないことには正しい結論は出てこないだろう。逆に言えば聞けばわかるということだが、聞いたところで正直に答えてくれるかどうかは不明である。

連中の製造法についてはさておくとして。

これらの情報を得た際に俺が最初に思ったことは「紛らわしい」だった。

まず牛頭鬼とは身長五～六メートルくらいで中型に分類される魔物で、牛鬼は全長二〇メートルを超える大型の魔物である。

当然討伐の難易度は後者の方が圧倒的に高い。

少し前の話だが牛鬼を討伐するつもりで完全武装の一個大隊が出陣したものの、目的地には牛頭鬼しかおらず困惑したという話がある。

そりゃな。観測員から『敵はぎゅうきです』と言われたが故に二〇メートルを超える魔物を討伐しようとして万全の準備を整えた一個中隊が向かった先にいたのが、全長六メートルを超えるかどうかの『牛頭鬼』だもんな。誰でも困惑するわ。俺も困惑すると思う。

これは観測員が伊勢志摩《いせしま》地方の人間だったせいで、牛頭鬼《ごずき》のことを『ぎゅうき』と覚えていたために引き起こされたものだ。

当時は『忙しいのに無駄足踏ませるな！』と盛大に叱られたらしいが、今では笑い話として軍の内部では広く周知されている。

と言っても、これが逆のケースだった場合は洒落《しゃれ》にならない被害が出ることになっていたため、軍では第一報で敵の大きさや規模を間違えたりすることは仕方がないことと認められてはいるものの、対象の名前を間違えることは許されないそうだ。

それが関係しているかどうかは定かではないが、俺が受けた軍学校の入学試験でも有名どころの魔物の画を出してきて『この魔物の名を述べよ』なんて問題もあったくらいだ。

そして俺は手前味噌《てまえみそ》ながら結構な成績優秀者である。当然軍に入る前に予備知識として有名どころは調べていたし、妹様が用意してくれた過去問も網羅している。

それらの知識に鑑みてもう一度言わせてもらおう。

「何だ、これ」

基本的に機体とは魔物の死体をベースにして造られる。なので素体――装甲を施す前の状態――を見れば、基となった魔物が何なのかもわかるらしい。

まぁそれだって見る側にそれなりの知識が必要になるが、それなりの知識があると自負している俺でさえ目の前に鎮座している機体の基となった魔物が何なのか理解ができなかった。

いや、正確に言えば、わからなくはない。ただ理解したくないだけだ。だってそうだろう？　下半身が四本脚で上半身が人間っぽい、何とも魔物っぽい機体が俺の専用機だなんて信じたくないに決まっているじゃないか。

（該当するとすればギリシャ神話のスキュラ、か？　でもそんなのが出てきたなんて聞いたことがないし、討伐したなんて話は尚更聞いたことがないぞ。でも機体はあるし……どうなっている？）

「もちろんお前さんが乗ることになる機体だ。型は混合型と呼ばれている。ま、今年から採用された型だからお前さんが知らないのも無理はないがな」

呆然《ぼうぜん》としながらも何とかしていいところを探そうと四苦八苦していた俺に、横から声が掛かってきた。おそらく、というか確実にこの機体の整備関係者だ。

「あ、ご、ご挨拶《あいさつ》が遅れました。今年入学しました一－Aの川上啓太です。今後ともよろしくお願いします！」

挨拶は大事。古事記にもそう書いてある。さらに相手は整備士だ。機体のメンテを一手に担う彼らを敵に回した場合に生じる損害は計り知れないので、機嫌を損ねないようしっかりと頭を下げることにした。

たとえ与えられた機体がどれだけグロくとも。たとえ与えられた機体が『今年から採用された機体』つまり実験機だとしても、彼は文字通り俺の命を握っている存在なのであるからして。

俺は自分の命を護るためであれば頭を下げることに抵抗などないのである。

尤《もっと》も、コンゴトモヨロシクするかマルカジリするかはこの機体の説明次第だけどな！

◆◆◆

「あ、ご、ご挨拶が遅れました。今年入学しました一－Aの川上啓太です。今後ともよろしくお願いします！」

「……よろしくな」

（ほー。今どきの若い者にしちゃ礼儀がなってるじゃねぇの）

啓太曰《いわ》く整備士の男こと、最上重工業《もがみじゅうこうぎょう》社長最上隆文《もがみたかふみ》は、目の前で頭を下げる川上少年をそう評した。

このご時世、機士の需要が高まっていることや、機士になる人間の大半が派閥に所属する武門の人間であるということもあって、基本的に機士を志す人間は気位が高いと言われている。

気位と言えば聞こえはいいが実際のところは『ただの我儘《まま》』という扱いなのだが、それは言わぬが華というものだろう。

一応隆文とて彼らの事情は弁えているつもりだ。

彼ら武門の家には派閥がある。そして派閥同士の抗争だけでなく、派閥の内部でも競争もある。そんな周囲が敵だらけの中で、自分以外の者に弱みを見せるわけにはいかないと気張っているのはわかるのだ。

（だからって四六時中横柄な態度を取られるのは御免だけどな）

わかるのだが、気分が悪くなるのを我慢できるかどうかとは全くの別問題である。

さらに、隆文が営む最上重工業はこれまで機体の武装を開発してきた企業であって、機体の製造に関しては実績のない新興の企業と目されており、軍部からの評価はあまり高いものではない。

そのため、今回の新入生による実機テストの枠を取るのにも相当苦労させられたという経緯がある。

こういった事情から（もしもテスターとなる生徒が舐《な》めた口を叩《たた》くようなガキだったらどうしてくれようか）と考えていたところに現れたのが、自分に対してしっかりと頭を下げて挨拶をしてきた少年。つまり啓太であった。

（まぁ混合型を見て『コレ』呼ばわりしたのは許せんが、新型だからな。入学したばかりの子供が知らんのもしょうがあるまい）

最悪を想定していた隆文からすれば啓太の挨拶はいい意味で想定を裏切られた形となった。そのため隆文は最初の一言で少々気分を害したものの、よほどのことがない限りは啓太の要望に沿った調整をしてやろうと思ったのであった。

五

（うん。何度見てもおかしい）

とりあえず説明するから頭を上げろという整備士さんからの温かいお言葉に甘えて頭を上げれば、

そこには相も変わらず俺の専用機となる混合型とやらの素体がデデンッと鎮座していた。

まぁ移動させてないからそこにあるのは当然なんだが。重要なのはそこではない。この混合型がおかしいのだ。

どこがおかしいかを指摘する前に、機体について簡単に説明しよう。

機体の正式名称や素材については説明したので飛ばすとして、まずはその種類から。

機体の種類は大きく分けて二種類ある。

まず一つ目が、標準型《オーソドックス》と呼ばれる人型を模した形をした機体である。日本では草薙《くさなぎ》型とも呼ばれている。

基となるのは、日本の場合は牛頭鬼《ごずき》や馬頭鬼《めずき》に代表される鬼系の魔物であり、欧米ではミノタウロスやギガンテスなどの巨人系と呼ばれる魔物の死体だ。

この機体の最大の特徴は、人間の動きをトレースできるところにある。

両手に剣を装備することもできるし、盾を装備することもできる。もちろん重火器だって装備可能である。当然乗り手の習熟度合いによって戦闘力が跳ね上がるので、子供の頃から武術を学んでいたり、重火器を使った経験がある人ほどこの型を好むと言われている。

次の二つ目が、獣型《ビーストタイプ》と呼ばれる型の機体である。こちらは日本では八房型と呼ばれている。

文字通り獣を模した機体であり、基本的には四足歩行なので、標準型と比べて体高が低い。

獣型の材料となるのは、主に大型の虎や熊、狼などが変異した魔物の死体となる。

機体の特徴としては、体高が低い上に前後にある足が支えとなるので、安定性と踏破性が高いことが挙げられる。

標準型と比べて武器などの柔軟性はないが、元々備えてある牙《きば》や爪のほかに背中や肩に砲を積むこともできるので、標準型が辿り着けないような特殊な位置からの狙撃などが可能なため、火力という意味では標準型を凌《しの》ぐときもある。

また体高が低いので敵の索敵から逃れやすい上、標準型の基となっている魔物よりもしなやかさで優るため、防御性能は劣るものの、それを補って余りある回避性能を有しているのも獣型の特徴である。

ただし機体の大きさや砲が邪魔をするため、近い距離で複数を運用するのは難しい。

本物の狼のような連携は不可能……とまでは言わないが、相当な訓練が必要になる機体である。しかし武術の訓練を一からするよりは習熟が簡単ということもあって、適合率以外の才能がない機士はこちらを好むとされている。

纏《まと》めると、標準型は応用が利く上に防御力が高い機体で、複数体での運用も訓練次第で可能となる。通常時はその防御力と殲滅《せんめつ》力を見込まれているため、本隊や先発部隊に配備されることが多い。また、土木工事や設営などの作業を行うこともできるので、応用の幅は極めて広い。

獣型は主に単独行動をする上では非常に有用な機体で、斥候や強襲、狙撃に向いている。最近増えてきたと言われている電波障害などを発生させる魔物が現れた際には命令の伝達役としても活躍するらしい。主に偵察部隊や先発隊に配備される。

ここまでが機体に対する常識と言われる知識となる。これ以上は受領する専用機の型に合わせた専門的な知識となるので、専用機を受領する前に学習しても意味がないと思い、調べていない。

ただ、こうして標準型と獣型の特徴を列挙していけば、おのずと一つの感想に思い至るだろう。

即ち『この機体のコンセプトって何ですか？』である。

上半身が標準型なので、人間と同じように武器や防具を持てる。それはわかる。だが武術に於《お》いては上半身よりも下半身こそが重要だということは、少しでも武術を嗜《たしな》んでいればわかるだろう。

翻ってこの、下半身で獣型特有の力強さとしなやかさを誇る四肢がめちゃくちゃ自己主張している機体はどうか。

（どう頑張っても俺が習得した技術は使えそうにねぇな）

この機体で俺が習得した技術を使おうとすれば、必ずラグが生じることになる。

だって俺は人間だもの。

上半身の使い方に頭を抱えたあとは下半身の使い方を考えてみよう。

獣型の特徴であるしなやかな動きをしようにも上半身が邪魔をするし、そもそも獣型の利点は体高が低いことだと何度も言っている。獣型は二〜三メートルという高さだからこそしなやかな動きが活きるのである。

しかしながら俺の目の前にある機体はどうだ。

三メートルの下半身に三メートルの上半身を足した結果、標準型と同じくらいの高さなのである。

しかも標準型がその気になれば匍匐《ほふく》前進のような真似ができるのに対し、目の前のコレは接続部分が頑強に造られているせいで柔軟性がないため、上半身を丸めることすら難しい仕様になっている。

　これだけ見れば、獣型が有する利点のほぼ全てを投げ捨てていると言っても過言ではない。

　纏めるとこの混合型は、一見すれば標準型と獣型の悪いところを詰め合わせた機体なのである。

　なにも知らない者が一見すれば、だが。

　当然俺には違う可能性が見えていた。

「この機体の特徴は、四足歩行の機動力を持ちながら標準型が装備可能な武器を装備できること、ですよね？」

「ほう、わかるか？」

「ええ。おそらく標準型よりも重いのでしょう？　脚部だって上半身の重量がある分、かなりの補強をしてあるはず」

「ふっ。正解だ」

　正解だ。じゃねぇよ。

「つまりこの機体のコンセプトは、標準型や獣型では反動が強すぎて使えない重さの砲を使った遠距離狙撃、ですか」

「その通りだ」

　やっぱりな。というか、遠距離狙撃《それ》しかないとも言える。

　まず標準型の場合だと脚部は上半身や武装の重量を支えるための構造になっているので、砲撃によって生じる反動や振動に弱い。そのため一定の反動がある重火器が使えないという欠点がある。

獣型の場合はもっと単純で、標準型よりも軽いので大きな反動が発生する重砲は装備できないし、装備したとしても反動で狙いがブレてしまうので使い物にならない。

つまりこの混合型は、標準型や獣型では討伐できないような魔物を効率よく討伐するために造られた機体というわけだ。

付け加えるのであれば、機体であれば魔晶を流用することで砲塔を切り替えることが可能なので、砲塔が固定されている戦車や戦艦と違って色々な種類の砲を使用させることができるようになる。

つまり狙撃や砲撃に限っては応用が利く。そんなところだろう。

コンセプトは理解した。使いづらいことは間違いないが、逆にニッチな点を突いているので需要という意味ではあるだろう。きちんと運用できるのであれば。

そう。きちんと運用できるか否か。

そこが一番重要なポイントだ。

「で、この機体の重さは？」

「……三〇トン。装備を含めれば三五トン」

やっぱりな！　こういう技術馬鹿には謙虚になるよりも直接ぶつかった方が良い。というか直接ぶつからないと変な方向に話を進められてしまう。そう判断した俺は、これまで取り繕っていた敬意を取り払ってぶつかることにした。

「馬鹿ですか」

「なにぃ？」

なにぃじゃねぇよ。

「標準型が一五トン。獣型が一〇トンですよ？　何で両方をプラスしたのよりも重くなるんですか」

中戦車並みの重さじゃねぇか。

「お、大型を仕留めるレベルの威力を出す重砲の反動に耐えるにはこれくらいの重さが必要なんだよ！」

「そりゃそうなんでしょうけどねぇ」

それはわかる。履帯を履くことで大地との接地面を増やしている戦車と同等の攻撃力を求めるのであれば、戦車と同等の重さが必要になるってことくらいは俺にも理解できる。だが理解できることと納得することは別だ。

「これ、魔晶に入れたら三五キロですよ？　俺は常に三五キロの荷重を背負わなきゃいけないんですか？」

「……軍隊では四〇キロの機材を抱えて行軍することなんてざらにあることだろう？」

そうですね。なんて納得すると思ったか？　言っていることは正論だが、目が泳いでいるぞ。

「ですが彼らは休憩のときは荷物を下ろしますよね？　俺は下ろしていいんですか？　作戦行動中にいきなり機体が出現することになりますけど？」

「……」

機体はできるだけ魔晶の中に収納すべし。機士の常識だ。

例えば寝ているときだ。重いからと言って全高六メートルの機体を野ざらしにしていたら敵から狙い放題だろう？　だから基本的に休息中は機体を魔晶に収納することを奨励している。

それ以外にも理由はある。それは機体には魔晶の中に収納されているときに、魔晶の中に満ちている謎の力で自己修復したり、他の魔物を討伐した際に得られる謎の力を体内に取り込んで成長《アップデート》する機能が備わっているからだ。

つまり機体にとって魔晶の中とはウィザード○ィでいうところの宿屋に相当するのである。

宿屋に泊まることで機体は休息を行いつつ成長をする。ついでに魔晶の持ち主とのリンクが高まるという効果もあるらしい。

そういった事情があるので機体はできるだけ魔晶の中に収納するのが望ましいとされている。ただしガイダンスであったように、魔晶が持つアイテムボックス機能には明確なデメリットが存在する。それが収納した物品の重量の一／一〇〇〇が魔晶の持ち主に襲い掛かるということだ。

そこで問おう。『常に三五キロの荷重を背負わされている若者が休息できるのか？』と。

無理に決まっている。移動しているときも、車に乗っているときも、トイレに行っているときも、寝ているときも、常に三五キロを背負う？　戦場に到着する前に疲労で倒れるわ。

かと言って専用のトレーラーなんかで運ぶのは手間がかかりすぎる。

そこまでやるなら普通の機体を使った方が早い。

「て、適合が進んで成長すれば半分くらいにはなるぞ！」

ほう。それは素晴らしい。

確かに半分くらいなら何とかなるだろう。

完璧《かんぺき》だ。

不可能ってことを除けばな。

「それまで生きていられればいいですね」

「うっ」

うっ。じゃねぇよ。

レベルアップすれば最強ってのは言い換えればレベルアップしなければ雑魚ってことだろうが。ゲームと違うんだぞ。どうやって一戦一戦が命懸けの実戦で、常に三五キロ背負って動いたせいで疲労した未熟な機士がレベルアップに必要な経験値を積むんだよ。生還するどころか、戦地に到着することすら難しいわ。

「しかも上半身が人型で下半身が四脚ですよ？　整備士さんは自分でこれを万全に動かすイメージが湧きますか？」

「ま、まぁ難しいかもな」

「かもな。じゃなくて難しいんですよ」

標準型であれば人として生きてきた経験で。獣型だけなら本能（ノリと勢い）で何とかなるらしいが、合わせたら駄目だろ。

某宇宙世紀のロボットよろしく脳量子波で動かせってか？　時代を先取りしすぎだろう。

「……」

ついに無言になったか。そりゃな。いくらカタログスペックに秀でていても運用できなけりゃゴミだからな。

これまで一体どれだけの兵器が選考段階で没になったかを考えろ。

パンジャンドラムにはＯＫが出た？　あれは連中が紅茶をキメていたからだ。それを当たり前だと思うな。

しかし、何だ。散々悪し様に言っておきながらアレだが、俺的にはこの機体はアリだと思っている。

だってコンセプトが遠距離からの狙撃だろ？

つまり危険な前線から合法的に距離を置けるということだろ？

それに、荷重が三五キロというのは大きいが、元々それなりに鍛えていることもあるし、戦場に出た場合はともかく、ハンガーに入れている間は重さを感じなくて済むしな。

もっと言えば荷重があるとはいえ所詮《しょせん》三五キロ。

つまり妹様と同じようなもんだ。

それなら妹様を背負っていると思えば軽いもんよ。

実際俺が死ねばあいつが路頭に迷うことになるんだからな。

機体の重さ＝俺が背負っている責任の重さと考えればむしろありがたい。

もしそれでもきついと言うのであれば、この学校にいる三年間で体を鍛えつつ、機体の成長……は無理だとしても、機体と俺との間で適合率を高めて荷重を減らしていけばいいのだ。最低でも三年は安全なところで給料をもらいながら訓練できるんだから文句を言うべきではない。

「……とりあえず乗りもしないのに文句を言ってもしょうがないですからね。シミュレーターをやってみましょうか」

「い、いいのか？」

「良いも悪いもありませんよ。今更交換はできないんですから。シミュレーターの準備をお願いしてもいいですか？　マニュアルがあるならそれも見せてください」

「お、おう！」

そもそもの話だが、この学校に於ける俺の立場はテストパイロットだ。

テストを行う機体に良いも悪いもない。

これがテストパイロットである俺に割り当てられた機体である以上、しっかりとテストを行い、きちんとしたレポートを上げるべきだろう。

軍だって試作機に過大な期待はしていないだろうし、ＮＯを突きつけるならちゃんとした理由がなければ駄目だろうからな。

(それにこの機体、一見すれば変態企業が造ったゲテモノだが、だからこそ化ける可能性は十分にある)

そう考えた俺は、機体の動かし方に関する構想を練りながら、半分申し訳なさそうな顔をしつつも、残りの半分は楽しそうな様子であることを隠そうともしない整備士さんの姿を横目に、機体について書かれた説明書を読み込むのであった。

三章　シミュレーションからの実戦

一

目標をセンターに入れてシュート。

着弾確認。

横っ飛びしながらセンターに入れてシュート。

着弾確認。

着地と同時にセンターに入れてシュート。

着弾確認。

もう一度横っ飛びしながらセンターに入れてシュート。

着弾確認。

着地する前にセンターに入れてシュートして、着地と同時にセンターに入れてシュート。

着弾確認。か〜ら〜の〜着弾確認っと。

うむ。やはり最初から砲弾を装填《そうてん》している武器を魔晶に収納しておけば、装填なしでの射撃が可能だな。火器の収納と交換には多少の慣れが必要だが、これについては文字通り慣れるしかない。

問題は着地と横っ飛びを繰り返していることで脚部にかかる負担が増えることだが、さすがは柔軟性が売りの獣型。（今のところは）何ともないぜ。

　ただし、この挙動は傍から見ると随分と気持ち悪いものだろうということを忘れてはいけない。

　これが標準型であれば、横っ飛びや横転なんて——もちろんかなりの習熟度合いが必要になるが——珍しいものではない。

　しかしこれが四脚となれば話は別。考えてみるといい。野生動物が予備動作もなくいきなり横っ飛びしたら怖いだろう？　それも上半身が人間だったら尚更怖いわな。

　さらに横っ飛びしながら射撃まで行うんだ。説明書には『撃った直後でも移動できる』と書かれていたが、こんな方法で移動するとは製作者側も思っていなかったはず。

　よって現在俺が行っているコレは、もはや狙撃手の常識を覆す挙動と言ってもいいだろう。

　ちなみに、機士が機体を動かす際に重要なのはイメージだと言われている。

　それは機士と機体は神経で繋《つな》がっているわけではなく、魔晶を通じて繋がっているからだ。

　故に機体は機士が想像できないことをすることができないというのが定説である。

　そのため武術を習得している人間が機体を操作する場合、真っ先にするよう教えられることは『全身の神経が機体と繋がっていることをイメージすること』なのだとか。

　武器は体の延長にあるってわけだな。

　そうやって思い浮かべたイメージが鮮明であれば鮮明であるほど、機体もより細かく搭乗者の動きをトレースしてくれるようになる。

　ちなみに獣型の場合に思い浮かべるイメージは、ハイハイだ。

そう、あの赤ん坊がやるやつ。

訓練方法は匍匐《ほふく》前進が主なものになるらしいし、ハイハイが嫌ならお馬さんごっことかそういうのを連想させるらしいが、最終的なイメージはハイハイなのだ。

しかしながらハイハイと馬鹿にするなかれ。あれはあれで生物としての本能にしみ込んだ行動なので、本能ではなく理性で体を制御する必要がある武術よりもトレースが容易にできるらしい。

そういった諸々の常識を踏まえた上で、俺の機体はどうか？

神経を繋げるイメージをしようにも自分が四脚であることを想像できるほど器用な人間ではないし、上半身だけ神経を通わせて下半身を切るなんて真似もできない。

まして下半身を動かす際に必要なイメージであるハイハイをするためには上半身が邪魔になる。

故に、下半身に横っ飛びを実行させながら上半身で狙撃を行うなどという挙動は、まともな人間には本来不可能な挙動なのだ。

では何故特に才能があるわけでもない俺にこんな挙動ができるか？

それは偏に俺の中にある前世の知識のおかげだったりする。

ほんのりとしか残っていなかった知識だし今となってはほとんど忘れているが、それでも覚えているものがある。それがロボットものの知識だ。

まぁあれだ。実際に魔物がいて、それを討伐するロボットがある世界に転生しておきながらロボットものの知識を忘れるなんてありえないよね。

かといって細かい技術や整備の仕方などはわからないので、俺が持っている知識はあくまでほんのりとしたものでしかない。

　その中で今回役に立ったのが、長年新作が出るのを待ち望んでいたにも拘わらず俺が死ぬまで五以降が出ることがなかった変態の変態による変態のためのロボアクションゲームこと、アーマー◯コアの知識である。

　で、この世界では例の粒子が発見されていないせい（おかげともいう）でホバーがない代わりに、十分なバネを備えた下半身が用意されているのだから特に問題はないと判断した俺は、あのゲームと同じような感じで機体を操作することにしたのだ。

　即ち神経を巡らせるのではなく、コントローラーで動かすイメージである（なお持ち方は例のアレ）。

　結果は、見ての通り。頭は忘れても魂（体）に刻み込まれた記憶は消えていなかったらしい。

　完全に思い出すのには少し時間がかかったし、ゲームとは違うところも多いので当然多少の問題はあるが、大きな問題は見られない。

　今なら後半のミッションにだって挑戦できると思う（クリアできるとは言っていない）。

　ただし接近された場合は微妙なところだ。それなりには戦えると思うが、ミリ単位の注意が必要となる近接戦闘では後れを取る可能性を考慮しなくてはならないだろう。

　尤《もっと》も、この機体の開発コンセプトは高威力の砲を用いた遠距離狙撃なので、最初から近接戦闘能力は求められていないんだけどな。

　何故かって？　試作型ガン◯ンクに近接戦闘力を求めるのは野暮というものだろう？　そういう

ことだ。

もちろん問題点であることは事実なので対処法を考えなくても良いってわけではないけどな。


――作戦終了――


「ん？　これで終わりか」

色々なことを考えながら狙撃をしているとモニターに終了の文字が浮かんできた。どうやら用意されたカリキュラムは終わったらしい。

戦果は、大型が八と中型が六。焼夷《しょうい》弾《だん》の傷痍《しょうい》効果に巻き込まれた小型が二二、ね。

あくまでシミュレーターの中のことだからこの成績がどれほど俺の評価に繋がるのかは不明だが、それでも悪い成績ではない……むしろかなり良好な成績を出せたはずだ。

根拠としては、単騎で大型を仕留めることができたことだ。

今更だが、魔物は魔族や悪魔によって造られた生物である。

もちろん原料となっているのは悪魔に支配された地域に住む人間や野生動物だ。

造り方の詳細は不明だが、魔晶を植え込んだり、悪魔的な因子を植え込むことでできるらしい。

そうやって造られた魔物はその大きさで四つの型に分類される。

まず三メートル以下の小型。これは小鬼型や動物型が多く、数も一番多い。

次いで三～一〇メートルの中型。

人型であればミノタウロスとか牛頭鬼などだし、獣型で言えば熊や虎など大型の魔物が変異したものである。機体の基になっている死体は主にこいつらだ。

お次は一〇～三〇メートルの大型。

これは幻想系とか呼ばれるタイプで、牛鬼のような妖怪《ようかい》っぽいやつや、でかい虫や動物もいる。

あとこの辺からメチャクチャ強化された巨人や、謎の光線を吐き出す竜なども出てくるそうだ。

最後が三〇メートル以上の特大型。

一〇〇メートルだろうが五〇〇メートルだろうが分類上は特大型となる。ヨーロッパで数体確認されている。フェンリルだとかミドガルズオルムだとかといった神話生物が再現されているだけでなく、大型や中型の魔物を運ぶ空母のような役割を持った個体もいるらしい。

そして魔物は中型以上になると魔力障壁と呼ばれる力場を展開してくるようになる。

これは同等の力、つまり魔力と呼ばれる力が含まれない攻撃の威力を大きく減退させる力があるので、攻撃に魔力を載せることができない通常兵器で中型以上の魔物を討伐するのはとても面倒なことなんだとか（できないとは言わないが、かなりの労力を必要とする）。

一言で言い表すなら劣化版のA〇フィールドだな。

そんな障壁があるから、魔晶を通じて魔力の篭《こも》った攻撃が可能な機体が必要になるわけだ。

また大きくなれば大きくなるほど多くの悪魔的な因子を含むようになるので、魔力障壁の強度も高くなるし、攻撃方法も物理だけではなく魔法っぽい攻撃――つまり謎のビームによる遠距離攻撃――もしてくるようになる。

これらの事情から、小型や中型はまだしも大型の魔物を討伐するためには複数の機体、もしくは特別に調整された防衛兵器（バカでかい砲を本体とした機体。機動力も防御力もなく、ただ攻撃力だけに特化しているため、大型も葬ることができる反面、優先的に反撃を受けることになるので損耗率が非常に高い機体）が必須《ひっす》とされている。

と、まぁ魔物と機体についてはこんなところだろうか。

つまり、現在国防軍では複数の機体にせよ特殊な防衛兵器にせよ、大型を相手にする際はある程度の被害が出ることを前提としているので、俺が単騎で――それも無傷で――複数の大型を仕留めることができたというデータは非常に貴重なデータとして扱われるはずなのだ。

尤も、それもこれも入学前に多少調べただけの知識しかない俺がそう思っているだけで、今は単騎で大型を討伐するのが普通になっているのかもしれないが、それでも悪い結果ではない……と思いたい。

そういった願望を無視して単純にテストパイロットとして気になる点を指摘するなら、焼夷弾は小型を片付けるのには便利だが、攻撃が及ぶ範囲には注意が必要だと思う。

『敵を狙撃したら味方も巻き込まれました』なんて笑い話にもならないからな。

追加するとすれば、単体狙撃用の徹甲弾を用意してもらうか、もしくは戦車の砲塔をそのまま流用するってのもアリかもしれない。

問題はやはり距離を詰められた場合だろう。相手が大型の場合はあとで考えるとして、相手が中型や小型の魔物だった場合の想定はしておくべきだろうと思われる。

一目散に逃げることができるような状況であれば問題ないが、友軍がいて自分だけ撤退することができないような状況になったら一気に手詰まりになるからな。

これを解決するためには近接戦闘用の武器や機関銃的な武器を用意する必要があるだろう。

そうした場合、ただでさえ重いところに武器の重量が追加される上、遠距離狙撃から近接戦闘に切り替えるのは大変だろうから、量産機として評価するのは難しくなるかもしれない。

並べて狙撃するだけならそれこそ砲に細工を施した重戦車を並べた方が早いしな。

ただまぁ俺の仕事はあくまで報告することだ。

その後のことは向こうと将来の俺に任せよう。

「とりあえずこんなところでしょうか。初回ですから色々見落としはあると思いますが、その辺の調整はお願いしても？」

「お、おう。了解した」

ん？　何か焦ってないか？　問題点が多くて凹んだか？　確かに色々問題があったけど試作機に問題があるのは当然だし、なにより一つの失敗が命に関わる実戦じゃなくて、安全なシミュレーターで判明したんだから喜んでおけばいいのに。

どうした？　笑えよ、整備士ってな。

◆◆◆

（どうなっていやがる！）

シミュレーターの中のこととはいえ、軽快に戦場を飛び回りながら魔物を狙撃するなんて離れ業を見せながら報告書に書く内容を口ずさむという異常そのものの行動を普通にこなす変た……啓太を見て、隆文は心の中で叫び声を上げていた。

確かに啓太がやっていることは、自分たちが混合型の説明書として渡した書類の中に書かれている挙動である。だがあれはあくまで『カタログスペック上は可能な挙動』つまり『この機体であればできるはず』という製作者一同の理想を書きなぐったようなものでしかないのだ。

実際は射撃の際には動きが止まるし、射撃の際は反動で重心がブレる。横っ飛びも不可能ではないが着地したら脚部に負担がかかる。間違っても着地と同時に射撃を行い、それが当たるかどうかを確認する前に跳躍、なんて挙動をしていたら機体はともかく中の機士が無事で済むはずがない。

そう、理想は理想でしかないというのに、啓太が操る混合型の動きは隆文を始めとした製作スタッフが思い描いていた理想そのもので……。

『とりあえずこんなところでしょうか。初回ですから色々見落としはあると思いますが、その辺の調整はお願いしても？』

思わず見惚《みと》れていたところに啓太から声が掛かる。

（こんなところ？　こんなところって何だ？）

告げられた内容はシミュレーションに組まれていたカリキュラムの終了と、シミュレーション中に見つかった問題点の指摘と改善案のほか、調整に関わる細かい数値など、整備士として見れば「確かに」と頷《うなず》ける内容のものばかり。

啓太は『初回だからこんなもの』と言うが、同じだけの情報を含むレポートを提出するためには、どんなに少なくても五回以上の試行が必要と思えるような内容である。

こんなものを初回から出されては文句など言えるはずもなく、隆文は再度（どうなっていやがる！）と心の中で叫び声を上げながら、何とか「お、おう。了解した」と、情けない返事をすることしかできなかった。

しかし、隆文とてただの整備士ではない。（変態）企業の社長として見れば、啓太が叩き出したスコアと早々に洗い出した問題点は、その全てが社運を賭けて造り上げた新型機を完成させるために必要なピースである。

（これならやれる。やれるぞ！）

基本的に今の国防軍が機体に求めているのは、高性能だが高価な上に特殊部品や特殊なメンテナンスを必要としたり、特殊な才能を有した人材でなければまともに動かせないようなピーキーさ、ではない。

それなりの性能であろうとも、誰でも使える上に量産が容易であること。つまり生産性の高さにある。

それは隆文とて重々承知している。

良い企業とは、自分が求めるモノを造る企業のことではなく、顧客が求めるモノを造ることができる企業のことを指す言葉だということも、頭では理解している。

しかし技術者というナマモノは絶えず「今できる最高の機体を造りたい！」という欲望を抱えているものだ。

これまでは『社員を食わせる必要がある』という現実の前に妥協してきた。……恐ろしいことに、これでも隆文は妥協してきたつもりであった。

（だが、これからは違う！）

今まで使い手がいなかったが故にどこまで引き上げれば良いかわからなかった各種数値が計測できるようになったのだ。それも『軍で採用されるかもしれない新型の実験』という、誰憚《はばか》ることなく金と労力をつぎ込める名目まである。

当然各種能力は限界まで引き上げるし、限界に至ったときの挙動をチェックしてそれより上を目指すことの指針とするつもりである。さらに啓太の挙動を詳細に記録し、データ化することで量産が成った暁には全ての機体が啓太のような挙動を実行すること——あそこまで変態的な機動は不可能だろうが——ができるようになるかもしれない。

（そうなれば、軍という顧客が混合型を求めるようになる！）

それはつまり『今は誰からも期待されていない。それどころか見下されてさえいる自分たちが、向こうから求められる企業になる』ということである。

（乗るしかねぇ！　この大波にッ！）

隆文の、否、最上重工業に所属する変態技術者たちの浪漫趣味と実利が一致した瞬間であった。

「ふへへへへ」

散々馬鹿にされてきた混合型自社製品が戦場に並び、魔物を駆逐していく様を想像して思わず怪しい笑い声を上げてしまう隆文。

「おっと！　こうしちゃいられねぇ！　けど……ふへへへへ」

にやけながら書類を作成し、またにやける。

傍から見ればその様子はあきらかにおかしい人のソレだったし、そもそも戦場に混合型ゲテモノが並ぶという光景が普通の感性を持つ人間にとって悪夢そのものだという事実に、隆文は終ぞ気付くことはなかったのであった。

二

「聞いたわよ。アンタ。ゲテモノ掴《つか》まされたんだってね」

「ゲテモノいうな」

否定できんけど。

授業が終わると同時にいきなり近付いてきて同情交じりの視線を向けつつふざけた発言をしてきたのは、入試の成績で俺に負けたのが悔しかったとかで突っかかってきたものの、俺が戦争の被害者だとボスに暴露されたあとで、素直にそのことを謝罪してきた『目つきは悪いが実は素直なお嬢さん』こと、沙羅《さら》双樹《そうじゅ》さん……ではなく五十谷さんだ。

他の生徒が俺との距離を掴みかねている——もちろん俺も距離を掴めていない——中、このお嬢さんだけはあっさりと距離を詰めてきたのだ。

何でも彼女の実家が所属する第六師団は近畿《きんき》地方を守護しているらしく、俺が世話になるであろう第二師団ともよく連携している仲なのだとか。だから俺とも連携を取れるよう、最低限のコミュニケーションを取った方が良いと判断したらしい。

打算ありきの考え方だが、人間付き合いなんてそんなもんだし、俺としてもこうして会話をする程度であれば拒否するようなことでもないので、五十谷さんの思惑に乗ってあげた結果、こうして世間話をする程度の仲になったというわけだ。

ちなみにどうして俺が第二師団の世話になるのかと言えば、俺が入学するための手続きを行ったのが第二師団の人事担当官だったからだそうだ。

元より卒業後の配属先は上が決めるものだと思っているから、別に俺の配属先が第二師団になるということに文句をいうつもりはない。

ないのだが、できたら後方に配置して欲しいものである。

それはそれとして。

彼女がいうには、同級生は全員別の派閥に所属する関係上軽々しく世間話をすることもできないんだとか。その中で俺は少し毛色が違うらしい。

第二師団の預かりとはいえ、正真正銘の一般人であるため派閥関連の面倒な柵《しがらみ》がない。その上、上層部の誰もがいきなり現れた俺の情報を欲しているため世間話をしても文句を言われない、むしろ世間話をしているだけで親から褒められるそうだ。

……俺との世間話でどんな情報を得ているのかも知らなければ、どんな情報を流しているのかも知らないが、ここまで明け透けに言われてしまうと逆に警戒が薄れてしまうのだから不思議なものである。

実際彼ら彼女らのような立場であればお互いが競争相手なのだろう。

家でも厳しく躾《しつ》けられているというのも聞いた。

常に肩肘《ひじ》を張るのも面倒だというのもわかる。

情報を抜くのはさすがに少し抑えて欲しいと思わなくもないが、笑みを浮かべながら『アナタのことを話すだけでお父様に褒められるのよ！』なんて言って喜んでいる娘さんに冷や水をぶっかけることもあるまい。

俺が少し我慢すればいい。そう判断したが故に、俺は彼女が俺の情報を漏洩《ろうえい》していることに目を瞑《つぶ》ることにしている。あんまりにもあんまりな情報を流されたら困るが、そもそも普通の世間話しかしてないしな。そこから情報を得ると言うのであれば、それは彼女の有能さの証だと諦《あきら》めるべきだろう。

初対面の際に沙羅双樹の華を観賞させてもらったこと？　関係ない。絶対にだ。

そんなこんなで普通に友達付き合いしてみると、彼女は非常に接しやすいタイプの人間であった。

まず、彼女は、基本的に嘘は言わない。

性格的に向いていないことも自覚しているだろう。

当然気軽に話せないような内容の場合は黙秘するか誤魔化すが、それだけだ。

初対面のときに突っかかってきたのも、正体不明だった俺の情報を探ろうとしていたから。俺がどんな態度を取るかで接し方を考えようとしていたらしい。

で、その後のＨＲでボスが情報を暴露したことで、俺が派閥に所属していない一般人であること。つまり武人として護るべき存在だと認識した。

ただしそれは、あくまで入学する前までの俺であって、軍学校に入学したからには軍人、つまりは同僚として扱うことにしたそうな。

正直俺のような異物に対してこのくらいの距離感で接してもらえるのはありがたいことだと思っている。

「上半身が標準型で下半身が獣型なんでしょ？　まごうことなきゲテモノじゃない」

あとは思ったことをストレートにいうタイプだ。今回みたいに。

「……使いこなせれば中々のモノになると思うぞ？」

「使いこなせるの？」

俺が整備士のオッサン、いや、最上さんに言ったことがそのまま返ってきたでござる。

「一応、シミュレーターではそこそこの成績を出したけど」

難易度とか不明だったし、所詮《しょせん》はシミュレーターだから大きなことは言えんが。

「へぇ？　少なくとも起動もできずに撃墜ってわけじゃないのね？　回避行動や攻撃もできたの？」

「まぁな」

さすがにそれができないのに『そこそこの成績』と言うのには無理があるのでは？

「不思議そうな顔しないでよ。そんなゲテモノ、普通は起動すらできないでしょう？　それなのにアンタは起動させた。それだけじゃない。回避や攻撃という基本動作を行うことができた。これは間違いなく良い情報よ。またお父様に褒められるわ！」

「あぁ、なるほど」

抜け目ないとでも言うべきか、それとも俺が間抜けなだけなのか。

（いや、俺が間抜けなだけだな）

使えるか使えないかは別として、新型の情報が稀少《きしょう》で貴重な情報だなんてことは考えるまでもないことじゃないか。

ただし、その稀少で貴重な情報を得て喜んでいる理由が『父親に褒められるから』というのは、気が抜けるというか何というか。

だが気を抜いてばかりではいけない。俺は学生とはいえ軍人なのだから。

「それじゃ、訓練があるから」

「あ、そうね。私も行くわ」

（俺個人の情報ならまだしも、機体についての漏洩はマズいよな）

そう判断した俺は五十谷さんとの会話を切り上げ、彼女曰《いわ》く『ゲテモノ』とそれを造った変態が待つハンガーへと足を運ぶのであった。

そんな会話から二日後。暦の上では四月下旬、世間様ではゴールデンウィークと呼ばれる時期のことである。

◆◆◆

経済を回す必要がある一般の方々と違い、第二次大戦から一〇〇年以上にわたって悪魔と戦い続けている軍人にそんな大型連休を取るような風習ができるはずもなく……四月下旬だろうが五月上旬だろうが関係なく週休二日制が維持されている——なお、昔は月月火水木金金状態だったが、さすがに休憩がないと作業効率が落ちることが実証されていることと、休みがなければ金を使う機会がない、つまり経済が回らないということで週休二日制が導入されている——今日この頃。

皆様いかがお過ごしでしょうか。

俺こと川上啓太は現在、東京から遠く離れた北九州の海辺におります。

いきなりのことでなにが何だかわからないと思う。俺もよくわかっていない。

簡単に経緯を説明するとだな。昨日急にボス担任から『貴様は明日入間の空軍基地に行け』って言われて、空軍基地に行ったら整備士のオッサンたちが待っていて。飛行機に乗せられたと思ったらいつの間にか九州に到着していたのだ。

「いや、何でだよ！」

説明してもわかんねぇよ！　このご時世軍人のタマゴである俺たちに大型連休がないのはわかる。民間に大型連休があったとしても、卒業後に戦場に出ることが決まっている俺たち軍人のタマゴにそんなものはない。あるはずがない。

万が一あったとしても、みんな訓練にあけくれるだろう。だって戦場に出るまでに機体に慣れないと、冗談でも何でもなく死ぬのだから。

それも死ぬのは自分だけではない。俺たちは幹部候補生だ。卒業と同時に尉官の身だ。つまり小隊長かその補佐になるのだ。そんな俺たちが死ぬときとはどんなときか？　言うまでもない。所属する部隊が全滅しているときだ。

自分一人で死ぬのならまだしも、部下の命まで背負うことになるのである。それを知りながら連休を満喫できるやつがいたとしたら、それは精神的な強者……ではない。ただの社会不適合者だ。

少なくとも軍ではそう考えるだろう。そして今の軍に社会不適合者を幹部候補として育てるような余裕はない。つまり、大型連休だ何だのと言ってサボろうとするやつは、あっさりと放逐されるってことだ。そもそも給料をもらいながら学校に通っている身で授業をサボるとかありえないが。

尤《もっと》も、体育・戦史研究・戦術学・戦略学・機体調整といった軍事に関係するもの以外の授業をサボろうとする生徒は一定数いるらしい。まぁそういった連中も定期試験で赤点を取らなければ許されるのだからそういう意味では随分おおらかと言えるかもしれない。

基本的な価値観としては『授業よりも訓練だ！』と言ったところだろうか。

軍学校ならでは……とは言えまい。スポーツに力を入れている私立の学校にスポーツ入学したらこんな感じだと聞いたことがあるような、ないような。

そんな方針なので、必ずしも平日だからと言って校舎に顔を出す必要はない。必要はないのだが、それでも定期試験の成績によって順位が変わったり、授業態度が真面目か否かというのは内申に関わることが知られているので普通は授業をサボらない。普通は。

前記を踏まえた上で、だが。

軍学校には授業をサボっても評価を落とさないときというのが存在する。

先に挙げたスポーツに力を入れている学校の例でいえば、所属する部の公認で大会や練習試合に出場する場合だ。この場合は公欠扱いになるのだから、サボりとは見做《みな》されないのである。

さて、ここで質問です。

問・軍人を育てる軍学校に於《お》いて『大会や練習試合に行く』に相当する場合とはどんな場合でしょう？

答・戦場に行く。

はい。そういうことです。

「そういうことです。じゃねぇよ！　何でだよ！」

「どうした急に」

思わず声を上げた俺を見て最上さんが怪訝《けげん》そうな顔を向けてくるが、不思議なのは俺の方だ。

「いやいやいや。入学したての若造が戦場に出るっておかしいでしょう？」

確かに軍学校のカリキュラムには『戦地での実習』という項目がある。だがそれは三年生、それもAクラスの人間、もしくはBクラスで機体を与えられている生徒。つまり二年以上軍学校で学んだ生徒の中で、さらに上澄みとなる優秀な生徒が対象だ。

間違っても入学から一か月、それもゲテモノを与えられたせいで調整に時間がかかっている問題児にさせることではない。

一体学校側はなにを考えているんだ。そう憤りを隠しつつ常識に則った主張をしたところ、最上さんはニコリと音が出るくらいいい笑顔をキメてサムズアップをしながらこう言ったのさ。

「ちょっとばかし無理を通したからな」

「元凶はあんたか！」

初日のシミュレーターでの訓練を終えたあとのこと。帰宅してから妹様に機体のことを報告して色々と調べてもらってわかったことだが、何とこのオッサン。ただの整備士ではなく最上重工業という会社の社長でもあったのだ。

それなりに業界の情報を調べていた俺が今まで聞いたことがなかった会社だが、それも然もありなん。これまで最上重工業が造っていたのは、機体ではなく戦車の履帯や重砲。機体が使う武器や部品だったからだ。それがなにを考えたのか、機体の製作産業にまで触手を伸ばしてきたのだ。新規参入だから俺が知らないのも当然だよな。

とはいえ、普通であれば簡単に新規参入ができる業界ではない。なにせこれまで機体の製造や開発は大企業と呼ばれる企業が独占状態にあったからだ。

具体的には、標準型が四菱や水戸立製で、獣型が海崎や木田といった大企業が独占していたので新規企業は入りづらい、というか参入できる状況ではなかった。

だが世界情勢が彼らの独占を許さなかった。アジア諸国での反攻作戦や朝鮮半島の陥落により兵器の需要に供給が間に合わなくなったのだ。

そこで軍が基幹技術のある企業に新規参画を要請したところ、部品の製造だけでなく機体も造りたいと思っていた最上さんのところを始めとした何社かが食い気味に手を上げたらしい。

それから数年。最上さんのところで試作一号機ができたわけだが……通常であればどれだけ金を積んだところでこの短期間に開発、組み上げを行った試験機を金の卵である軍学校の生徒に割り当てるようなことはしない。

しかし、一昨年第三師団が壊滅したせいでそうも言っていられなくなってしまった。

国土防衛と遠征軍への補填《ほてん》で戦力が不足することを確信した上層部は、少しでも使えるなら……ということで、最上重工業が造り上げた試作機を仮運用する決意をしてしまう。

本来であればもっといい機体をもらえたはずの俺がこの機体を割り当てられたのは、まぁアレだ。他の生徒はそれぞれの軍閥の紐付《ひもつ》きなので、怪しい恰好《かっこう》をした試作機を割り当てることができなかったからだ。

その点、俺は便利だもんな。頭からつま先まで一般市民なんだもん。

ゲテモノを渡されたからといって文句を言う家族もいなければ、死んだところで文句を言える家

族もいないのだ。そりゃ実験機を回されますわ。

で、最上重工業としても実戦で試験ができるのであれば一刻も早くしたいのだろう。

その内容如何では正式採用が決まると考えれば焦るのもわかる。

会社の運営的なことを考えて、無理を言って戦場に出ようとするのもまぁわかる。

問題なのはなぜ俺がそれに巻き込まれなければならないのか。という一点にある。

そもそも俺の願いは、戦場に出て華々しい活躍をすることではない。

功績を得られると同時に命の危険に晒《さら》される主戦場という地獄から離れた後方で、降格や罰を受けない程度の仕事をしていられればそれで良いのだ。

具体的には近畿《きんき》地方を管轄している第六師団か、四国を管轄している第八師団に配属されれば最高！　と思っている程度には戦場に出たくないのだ。

それなのに、なにが悲しくて最前線である九州で戦い続ける精鋭、第二師団のお世話にならないといけないのか。いや、聞いてたけど。五十谷さんから聞いてたけど。

それでも学生を最前線に送るのはおかしいだろ。自前の機士を使えや！

第二師団の皆さんだってなぁ、後ろで軍学校に入ったばかりの学生が新型を使って訓練してたら迷惑だろうが！

などと散々言ってみたのだが、残念ながらこのときの俺はまだ本気になった大人の怖さを知らなかった。

「安心したまえ。私とて戦場に学生を連れていくつもりなどない」

「は？」

いや、今、ここにいるんですが？

「君は学生ではないよ。少なくともここにいる間はね」

「は？」

このオッサン。一体なにを言っているんだ？

「不思議そうな顔をしているねぇ。まずは自分の生徒手帳を確認してみたまえ。それでわかるよ」

「生徒手帳？」

言わずと知れた、今も昔も変わらず学生が持てる身分証明書の一つである。

といっても西暦二〇五六年現在、昔のように手帳の形はしていない。あくまでデータとして存在しているだけなので、軍学校から支給されているスマホから見ることができる。

それを見ろ、と？　よくわからないが見ればわかると言うのであれば見てやろうではないか。

「特になにも……は？」

半ばヤケクソになって確認してみると、まず顔写真と名前と生年月日が記載されている、次いで書かれているのは所属と階級だ。

当然のことだが写真と名前、生年月日に違いはない。違っていたのはその次だ。

「……第二師団所属・特務少尉？」

「おめでとう。少尉」

「は？」

卒業前、どころではない。入学してからわずか一か月で昇進である。

いや、正確には昇進とは少し違うかもしれない。

なにせ少尉は少尉でも特務少尉だからだ。

特務待遇とは、通常時は元の階級として扱われる（俺の場合は学生なので准尉相当）ものの、特務に当たっている際は少尉としての待遇を与えられるというものだ。

つまり条件付きの少尉というわけだな。その条件はもちろん……。

「士官教育が終わっていない以上、まだ正式な少尉にはなれない。だがここでテストパイロットとして実績を積むことで、君は軍学校を卒業すると同時に少尉、もしくは特務中尉に任官される。重ねてお祝いを述べようじゃないか。おめでとう川上君」

既成事実ってやつですね。わかります。じゃねぇよ！

くそっ！　正直このオッサンと最上重工業を舐《な》めていた。

そりゃ新規参入だろうが何だろうが軍需産業に参画できる企業に金やコネがないわけがないもんな。それを使えば後ろ盾のない学生を特務少尉にして戦場に出すことくらい容易《たやす》いってわけか……。

そして、特務少尉とはいえ正式な少尉である。軍に於いて階級は絶対。

こうなってしまっては戦場において『学生だから』なんて言い訳は通じない。

「……俺はここで何のテストをすればよろしいので？」

「うん。切り替えが早いのはいいことだ。まずは移動と展開訓練からだ。早速格納庫から機体を回収して、予定している地点まで移動してもらおうか」

「……了解です」

——こうして俺は、金と権力を持った変態の恐ろしさをわからせられると同時に、後方とはいえ戦場で訓練を行うことになったのであった。

三

新型機の実験場所に選ばれたのは、福岡は糸島《いとしま》市の海岸付近。
目標をセンターに入れてシュート。
『ゴボッ！』
別の目標をセンターに入れてシュート。
『ギュバッ！』
またまたセンターに入れてシュート。
『ハギャッ！』
砲の種類を変えてシュート。
『チヴァッ！』
味方がいないのを確認した上で群がっている小型に対して焼夷《しょうい》弾《だん》をシュート。
『『『オバババババババ』』』
日本海を乗り越えて上陸してくる魔物に対して撃つ、撃つ、撃つ。

反撃が来たら避ける。というか反撃が来る前に避ける。

魔物とはいえ、遠距離から一方的に放たれる攻撃に対し無抵抗ということはない。

石を投げてきたりビームのような光線を放ってきたりする。

当然それが向く先は、砲弾が飛んできたところ。つまり俺がいるところだ。

『ゴォォォォ！』

「よっと」

しかし、そこに俺はいない。眠っているわけじゃないからな。

撃ったら走る。狙撃手の常識である。

とはいえ、普通に走るよりも跳躍した方が早い。

駆動部に衝撃が行かないような着地方法を学ぶ必要があるけどな。

滞空時間を調整するためにワイヤーアンカーみたいなのがあったら楽かもしれんね。

あとでお願いしてみようと思う。

こういうのが実戦でしか得られない経験ってやつなんだろうな。あとでしっかりと報告をしよう。

それはそれとして。

「とりゃ」

隙があったら一心不乱に撃つべし撃つべし撃つべし。

『バォォォ！』

攻撃をしてきたところに反撃として砲弾を打ち込めば、そこにいた中型の魔物が消し飛んだのが

見えた。中型とはいえ六メートル近くあるからそれなりに遠くても見えるのだ。

色々シミュレーション通りと言えばその通りなんだが……あのさぁ。

これって実地訓練の域を超えてるよね？

普通に実戦だよね？　上陸阻止作戦に参加してるよね？

後方で訓練するんじゃなかったの？

いや、敵とは距離を置いているからここも後方と言えば後方かもしれんけどさ。

ただ、普通『後方』ってのは距離じゃなくて『味方の後ろ』って意味だと思うんですがねぇ？

あ、狙える。

「はっ」

『ウボゲッ！』

いちいち口に出している暇がないから言わないけどさ。

後ろで待機している第二師団の中隊の皆さんがドン引きしている気がするんだけど、気のせいだよね？

『このまま君一人で戦っていると距離を詰められそうだな。あとは第二師団の皆さんにお願いしよう。一度焼夷弾をばら撒《ま》いて後退してくれ。……両手で撃てるかい？』

「できます」

そりゃ遠距離狙撃用の機体に単独で戦闘させたらそうなるよね？

危険な状態になる前に後退させてくれるのはありがたいんだけどさ。

実際問題これって訓練で済まないでしょ？
どういうことなの？
接近されたら面倒なことになるのは確かだから遠慮なく撃つけどさ。
「そら！」
目標をセンターに入れ……ないで、あえてばら撒く感じでシュー！　エキサイティン！
『『『ボアアアアア！』』』
よし。燃えた。
「着弾確認。後退します」
着弾する前から下がっているけど、後退命令は出ているからヨシ！
後ろに向かって全力前進だ！
……やっぱり四脚で走るのは難しい。
全力疾走する際は上半身の制御を諦《あきら》めるしかないようだ。
うん。これも要報告だな。

◆◆◆

『着弾確認。後退します』

そう宣言すると同時に、混合型は両腕に抱えていた砲を収納し、まるで黒〇号に乗って驀進《ばくしん》する世紀末覇者が如く堂々と腕を組みながら後退を開始した（なお堂々としているのは上半身だけで、下半身はわちゃわちゃと気持ちの悪い挙動をしている）。

戦闘開始から撤退までおよそ三〇分。その一部始終を確認していた第二師団の関係者たちは、新型機の性能と戦闘方法について議論を始めていた。

「……この短時間で大型四。中型六。小型を二〇以上撃破。さらに最後の焼夷弾で数十体の敵に多大な損害を与えた、だと？」

「信じられん。何だあれは」

「というか何だあの動きは」

「四脚で横っ飛び？　可動部の負担はどうなっている！」

「砲を変えるのはいい。だが飛びながら射撃？　何故あれが当たるのだ？」

「一二〇mm滑空砲とテルミット徹甲弾を用いて大型を沈めた直後に片手で一丁ずつ八〇mmの榴弾砲《りゅうだんほう》を持って焼夷榴弾《しょういりゅうだん》をばら撒く？　あれは一体なにと戦うための機体だ？」

（ふはははは。そうだろうそうだろう！　驚いただろう！　信じられんだろう！　あれが俺たちが造り上げた新型機【御影】だ！）

異常な戦果に第二師団の面々が慄く中内心で喝采《かっさい》を上げていたのは、言うまでもなく新型機の製造元であり製作責任者である最上隆文その人であった。

ついさきほどまでゲテモノ呼ばわりしていた連中が掌を返したように良い評価を下していく様はまさしく製作者冥利《みょうり》に尽きるというもの。

（ま、さすがにこれだけの戦果を挙げられるのは今回だけだろうけどな）

自分たちの作品が評価されていることに浮かれつつも、隆文は今回のケースが例外中の例外であることを誰よりも理解していた。

啓太が見せた変態的な挙動は、今回の試験があくまで試運転という扱いであったため、いくつかの裏技が介在する余地があったからこそできたものだったのだ。

まず移動。本来であれば機体はデバイサーである啓太が魔晶に収容して運ばなければならないが、今回は空輪という形で運んでいる。よって機体を収納して移動したのは空軍基地から前線までのわずか数キロしかなかった。

そのため啓太の身体にかかる負担は通常配備された際に生じる負担とは比べ物にならないくらい軽減されている。

次いで武装。こちらも今回用意した全ての武装について最初から砲弾を装填《そうてん》しており、あとはセーフティを外してトリガーを引くだけで発射できるという状態で啓太に収納させていた。当然予備の弾薬などはないので再装填はできない。

もし再装填ができたとしても、啓太自身に再装填の経験がないので、かなりの時間がかかることになるだろう。

（そんなところを見せたら評価が落ちるからな。まぁ同業者の中には気付いている連中もいると思うが、それでも初期の準備だけでこれだけの戦果を挙げられるのであれば文句も言えねぇだろうよ）

そもそも機体が運用されるのはなにが起こるかわからない戦場だ。そうである以上、常に万全の状態で送り出すことは不可能となる。故に軍が機体に求める最大の機能は、突発的な事案にも対応できる応用力であった。

よって今回のように万全の状態で送り出せた際の戦果というのはあまり参考にならない。

……普通であれば。

「乗り手に再装填や補給についての経験がない。整備スタッフにも実戦で損耗した機体をメンテナンスした経験がない。指揮官に運用の経験がない。その他、様々な問題があるのはわかる。諸々の洗い出しはこれからだろうしな。だが新型に乗って一か月も経っていない学生がこれだけの戦果を挙げることが可能となると……」

（そう、これだ！）

隆文にとって最大の誤算にして最高の役得は、啓太という色々と発想がおかしいデバイサーと巡り合えたことにある。

上半身で武器を使用しつつ下半身を動かす。言葉だけ聞けばそれほど難しいことではない。だが上半身が人間で、下半身が獣型となるとその難易度は限りなく跳ね上がる。機体を知る者ほど「動かすことさえ不可能」と断言するレベルの難易度だ。

当然そのことを自覚していた隆文は、自社製品の最大の欠陥ともいえる構造上の問題をものともせずにシミュレーターで異様な戦果を挙げ続ける啓太に「どうやって運用しているのか？」と尋ねたことがあった。

その際啓太はこう答えた。「ＴＰＳの要領でやれば何とかなりますよ。いや、正確には視覚情報をいじっているので少し違うかも？　でもまぁアレに近い感じです。ちょっとラグが出るし、近接戦闘はかなり怪しくなるけど、そこは慣れていけば何とかなりそうですね」と。

（あのときはちょっとなにを言っているのかわからなかったが、今なら少しはわかる。彼は優秀な狙撃手が備えていると言われている、自分を俯瞰《ふかん》視できる特殊なセンスを持っているんだ）

所謂《いわゆる》鷹《たか》の目と呼ばれるスキルだ。

（つまり彼はカメラから得られる情報に加え、元々の能力で己の位置情報を俯瞰して観測できる。これを利用して戦場を立体的に捉《とら》え敵の動きを捕捉《ほそく》している……と思う）

敵の動きを捕捉していればこそ攻撃の瞬間が見える。

攻撃の瞬間を見切れるのであれば余裕を持って回避ができる。

余裕があるからこそ冷静に照準を合わせることができる。

そして照準を合わせることができたのであれば、あとは引き金を引くだけ。

着地や跳躍の際に生じる反動でブレが発生することがあるが、元々あの機体はその反動を抑えるために重くしている。また最初からそれを見越して照準装置を調整していれば大きな問題にはならない。そしてすぐ後ろに精鋭である第二師団が控えているという安心感も忘れてはいけない要因だ。

そう言った諸々の要因があってこその戦果なのである。

ちなみに啓太はそんな便利なスキルなど修得してない。彼がしているのはアイカメラから得られる映像を思いっきり引いて視界を広く持ち、できるだけ例のゲームのような感覚を再現している程度の小細工だけだ。

尤《もっと》も、それだけであの動きができる時点で啓太が重度のフ◯ム脳患者であったことがわかるのだが、当然この世界にはフロ◯なんてゲーム会社は存在していないので、啓太の脳魂が例の粒子に汚染されていたという事実が他人に知られることはない。

啓太が他人には理解されない病気《変態にだけ理解できる病気》を患っていることについてはさておくとして。

（今は彼の持つ特殊なスキル頼りではある。だが、第二師団から資金の提供を受けると共に、実戦の場を用意してもらうことでもっとデータを集めることができれば、多少劣化したとしても十分以上の性能を発揮できる機体を量産することが可能になるぞ！）

変態の脳内にだけ発令されていたV作戦が現実味を帯びた瞬間であった。

もし当の啓太がこのアイディアを聞いていればツッコミを入れつつ具体的な計画を練ることになるのだろうが、あいにくこの場には往年の名作ロボットアニメの知識を持つ人間はいなかった。

ツッコミが不在であり、弱点を知る隆文がそれを伝える気がない。そうなるとなにが起こるか。

「時に最上殿。あの機体はまだ一機しかないのですかな？」

話が進むのである。それも変態が望む方向に。

（来た！）

「ええ。今のところアレだけです。ただ予備パーツなどを流用すればすぐにでももう一機くらいなら造れます。しかしながら、ご覧いただいた通り今の段階ですら問題が多々ある上に非常に乗り手を選ぶ機体です。それらを改善する前に二号機を製造した場合、皆様にご迷惑をおかけすることになりますが……」

「試作機ですからな。問題が生じるのも当然でしょう。ただ、それを踏まえた上で言わせていただく。あの単騎で大型を仕留めることができる火力はもちろんですが、なによりも回避性能を備えているというのが良い。棺桶《かんおけ》砲などと呼ばれている機体に乗せられている機士たちからすれば垂涎《すいぜん》ものでしょう。我々からも上申いたしますので、是非二号機の製造を急いでいただきたい。無論テストパイロットや試験会場の用意を含めた運用試験にも協力させていただきます。いつでもお声掛けください」

「是非お願いします！」

これまで誰からも見向きもされていなかった自分たちが造った新型が脚光を浴びた。

まさしく製造者冥利に尽きる瞬間であった。

それだけではない。国防の最前線を担うが故に武器弾薬の消費が激しい第二師団との伝手ができたということは、会社の社長として見ても大きな意味を持つ。

（ヨシッ！　これで従業員を食わせてやれる！）

製造者として浪漫を追い求めた試験機を造ったものの、会社として見た場合、浪漫の塊なぞ売れなければただのゴミでしかない。

（これから試験を重ねていく必要はあるし、二号機がどうなるかはわからんが、一号機は間違いなく第二師団でお買い上げだ。当然一号機が使う武器や弾薬もな！　今はそれで十分！）

今回のお披露目に成功したことで、試験機の評価が上がった。これにより試験機以外の商品を売り込むこともできるようになったのだ。まさしく啓太サマサマである。

（よくやってくれた。しっかり恩は返すからな！　たくさん功績を重ねて同期の誰よりも出世してくれ！）

「それでは、次回以降に行う試験の日程と場所なのですが……」

　これまで妻や娘、さらには会計職員にまで冷たい視線を向けられてきた隆文は、会社の利益と啓太に恩を返すという二つの目的を果たすため、試験に前向きになった第二師団の担当者と共に次なる試験日程の打ち合わせを行うことにした。――なお、隆文は啓太の望みが『戦場で華々しく戦い出世すること』などではなく『テストパイロットとして適度に働いたあとで、安全安心な事務方に配備されること』であるということを理解していない――

　とにもかくにも。後に味方からは【告死の死神　変態】と呼ばれ、敵からは【黒い変態】と呼ばれることになる英雄、川上啓太の初陣はこうして幕を下ろしたのであった。

幕間　それぞれの反応

一　藤田一成

「巡嗣。例の話は聞いたか？」

「無論だ」

「まさか入学から一か月と少しで特務少尉として戦場に出るとはな」

「それも中型を多数と大型を討伐したらしいぞ」

「大型……じゃあ卒業と同時に少尉、いや、特務中尉か？」

「さて。少なくとも少尉は確実だろうな」

「一年どころではないくらいに先を越されたな」

「あぁ」


　通常軍学校を卒業した者は准尉として軍に配属される。そこで一年実務を経験させたあとで少尉に昇進させるというのが通例となっている。

　よって現時点で少尉となるであろう啓太は、その働きだけで『一年の実務』という期間を省略したことになるわけだ。

　最初の一年だけといえるかもしれないが、その間の任務に大きな違いがあることを忘れてはいけない。

片や准尉として下積みをする者。片や少尉として戦場に出る者。どちらがより上に行きやすいかなど、語るまでもないことだろう。

もちろん、卒業後に軍の大学校に行く場合はまた少し違うのだが、どちらにせよスタートラインが違うのは変わらない事実である。

啓太の昇進のきっかけとなった戦果については、一成とて最初に話を聞いたときは「なにを馬鹿なことを」と思ったものだ。しかし、試験中のこととはいえ彼が挙げた戦果は第二師団によって公式に認められているもの。そこに嘘や誇張はなかった。

「羨《うらや》ましい、と思っては駄目なんだろうな」

「あぁ」

入学して一か月で戦場に出て、抜群の功績を立て昇進する。

これだけ見れば確かに羨ましいことこの上ない。

彼はどうやって戦場に出ることが許されたのか。

彼は戦場でどんなズルをしたのか。

Ｂクラスの生徒だけでなく、上級生の先輩たちまでもが彼に嫉妬《しっと》と疑惑の目を向けているのも理解できる。一成とて彼の事情を知らなければ似たような感情を抱いただろう。

だが違うのだ。

彼は生まれたときから戦場での活躍を願われ、そのために鍛えられてきた我々とは根本からして違うのだ。

我々は、彼が戦争による被害者であることを知っている。

我々は、彼には伝手もコネもないことを知っている。

我々は、彼が妹との生活を護るために軍へ入隊したことを知っている。

我々は、彼に回された機体が混合型という、これまでにないコンセプトの機体だったことを知っている。

我々は、彼に与えられた機体が財閥系ではなく新規に参入してきた企業が造った新型だったからこそ失われても良いと判断されたことを知っている。

我々は、上層部から彼が死んでも惜しくない人材と見做《みな》されたからこそ、学生ながら戦場に出され、戦場での試験を行う許可が出たことを知っている。

つまり彼は、上層部の都合で戦場に行き、そこで死に物狂いで戦い、結果として功績を立てただけに過ぎないということを知っている。

それを羨む？　ありえない。

そんな浅ましい感情で彼と向き合うべきではない。

「決めたぞ巡嗣」

「なにをだ？」

「俺は正直今まで距離感が掴《つか》めず曖昧《あいまい》な態度で接していた」

「……それは俺もだ」

通常自分たちのような人間が彼のような戦争被害者と顔を合わせることなどないから。

だから距離感を掴めず曖昧な態度になるのも仕方がない。

そう思っていたが、それは甘えでしかなかった。

それを自覚したからには変えなければ、変わらなければならない。

「金輪際、彼を被害者として見るのは止めにする」

「一成、それは……」

「いや、無論そのことを忘れるつもりはない。戒めとして覚えておくべきことだからな。だがそれとは別だ」

「というと？」

「生粋の武門の人間からすれば面白くはないかもしれんが、功績を上げた者を『武門の出ではないから』と言って認めないのは違うだろう？　故に彼はただのか弱き被害者ではなく、我々と共に戦場に立つ資格を持った同胞として扱うべきだ」

「……なるほど」

実際は上に立たれているが、な。

それでもすぐに追いついてやるさ。

「さしあたっては彼が使う機体を見せてもらうとしよう。もちろん一方的に情報を搾取するのではなく、こちらもそれなりの情報を渡すつもりでな。当然お前にも協力してもらうぞ？」

「問題ない」

――こうして第七師団閥の若手を代表して軍学校に入学した二人は、啓太を一人の級友として認めると共に、これまで意図して取っていた距離を詰めることを決意したのであった。

二　武藤沙織

　第七師団の二人が啓太との距離感について話し合っていた頃のこと、主席として入学した武藤沙織を中心とした第三師団閥の面々もまた啓太のことについて話し合っていた。

「あの男が戦場に出ることができたのは偏にあの男に後ろ盾がなかったからに他なりません！　第二師団の連中はあの男を取り込むと同時に、我々を戦場に立たせないためにあの男を取り立てたのです！」

（そうなのでしょうか？）

「辰巳《たつみ》の意見は正しいだろう。実際アレが戦場に立ったことで、第二師団は『もう生徒を受け入れているので他の生徒の実習に付き合うことができない』という断り文句を得たからな」

（それは、確かにそうかもしれませんけど）

　五席として入学した笠原辰巳《かさはらたつみ》が声を荒らげながら訴えれば、九席として入学した小畑健次郎は我が意を得たりと頷《うなず》いている。

　ちなみに五席の笠原よりも九席の小畑健次郎が偉そうなのは、偏にお互いの実家が持つ格の違いにある。

笠原家は第三師団閥の内で参謀や旅団長を輩出した名家なのだが、小畑の家はそれ以上の名家。即ち前第三師団の師団長、牟呂口廉次郎《れんじろう》を輩出した牟呂口家の一員なのだ。具体的には牟呂口家の次男を入り婿として迎え入れたのが小畑家であり、健次郎はそこの次男であった。

つまり健次郎は第三師団閥の領袖《りようしゆう》であった牟呂口廉次郎の孫ということだ。

現在牟呂口家は、先年のインパール作戦に於《お》いて当主であった廉次郎とその嫡子である伸昌《のぶまさ》。さらに小畑家に入った次男の裕司《ゆうじ》が死亡したため、当主不在の状態となっている。

一応伸昌の子、廉次郎からみて嫡孫である敬信《たかのぶ》は生きているが、彼は健次郎より一才年上の身。

つまりまだ学生であるため、武門の派閥を束ねる身として必要な武功を上げていない。

また軍部の中に於いてもそうだが、世間的にも牟呂口という名に対する忌避感が強いこともあり、今後数年以内に彼がまともな戦場に配備された上で周囲に認められるような戦果を挙げることは限りなく難しい状況にあると言わざるを得ない。

こういった事情があるため、牟呂口一族が健次郎にかける期待は大きくなっているのが現状である。

健次郎は健次郎で周囲からの期待とその内容を理解しており、何としても従兄弟である敬信よりも先に武功を立てたいという思いがあった。

故に健次郎は、まずこの軍学校で二年、もしくは一年雌伏した後、実習という形で出征し、そこで武功を立てて自分が本家を継ぎ牟呂口家を再興する。そんな大望を抱いていた。

こういった事情から、笠原辰巳は実家から小畑健次郎を支えるよう命令を受けている。つまり彼らは主従の関係にあるわけだ。

ちなみに沙織の実家である武藤家は、先代である彼女の父が第三師団の総参謀長を務めるなど第三師団閥に於いて牟呂口家も軽視できないほどの重鎮の家である。

とは言っても、彼らも遠征先で当主や多くの人材を亡くしたせいで他にかまけている余裕はない。

そのため現在水面下で行われている健次郎と敬信による家督争いには興味を抱いておらず、まずは自己の家の武名を取り戻すことを第一としていた。

なので武藤家は笠原家と違って沙織に対して健次郎を支えるような命令は出していない。

むしろ距離を取るよう指示を出しているくらいであった。

元々生粋のお嬢様として育てられてきた彼女にとって辰巳も健次郎も距離を取りたい存在だったので、その指示はまさしく渡りに船だったのだが……。

(辰巳さんも健次郎さんも私のことを味方だと思っているみたいなんですよねぇ)

思わず溜息《ためいき》を吐きたくなる沙織であったが(ここで波風を立ててもしょうがないですよね)と黙って彼らの会話を聞くことに徹していた。

武藤家や沙織の思惑はさておくとして。

自身こそが第三師団閥の正当な後継者と考えている健次郎としては、当然入学の成績で笠原辰巳や武藤沙織に負けたことに思うところもあった。しかし『自分は武官の中でも将として彼らを使う存在なのだ。だから魔晶との相性を第一とする試験で後塵《こうじん》を拝するのも仕方のないことだ』という理屈で己を納得させていた。

さらに一般人のくせに自分たちよりも成績が上だった小僧――しかも言うに事欠いて第三師団が敗戦したせいで両親を失ったなどと被害者ぶった上で、挨拶《あいさつ》にも来ないという不遜《ふそん》な態度を取る不届き者――に聞いたこともない会社が製造したゲテモノの機体が割り振られたことを知り、それを嘲笑《あざわら》うことで溜飲《りゅういん》を下げていた。

そうして無聊《ぶりょう》を託っているところに齎《もたら》されたのが、啓太が自分たちを差し置いて戦場に出たという情報であり、そこで多大な戦果を挙げたという情報であった。

最初はその情報の真偽を疑った健次郎であったが、その情報が真実であると知って不快感を露わにした。いや、激昂《げきこう》したと言っても良い。

この場は、その様子を見た笠原が『この流れは良くない』と思い、健次郎を宥《なだ》めつつ、健次郎が功績を上げるためにどうするべきかを論じるために用意された場であった。

閑話休題。

重鎮の家の出であり、主席入学者である沙織に否定されず、主筋である健次郎が自分の意見を認めたことで調子に乗った辰巳は賢し気に言葉を紡ぐ。

「そうですね。それと、あの男が戦場に出ることができた最大の要因は派閥が関係していることに間違いありません。ですが、実際の口実として用意されたものは他にあります」

「……新型の試験だな？」

「ご明察です。あれがなければ如何に第二師団が口を挟もうと、我々を差し置いて一般人の子供を戦場に立たせるなどということはできませんでした！」

「確かに。この学園に、否、日本に一つしかない機体の試験となれば特例として許可が下りることもあるだろう。テストを行う機士が死んでもいい小僧なら尚更だな」

「えぇ。えぇ。その通りです。あの男が挙げたとされる戦果を見れば、アレは本来我々に割り当てられるべき機体であったということは明白です！」

「うむ。だが試験運転すら行われていない、つまり安全性が不確かなものを我々に回すわけにいかなかった。だからこそあの小僧が先に使うことになった。それだけだ」

「その通りです。あの小僧が挙げた戦果はあの機体があれば誰にでもできるものなのです！」

彼らの話し合いは、一成や巡嗣のように事実を事実と認識した上での話し合いではなく、感情に任せて語るだけのものであったが。少なくとも彼ら二人は真摯《しんし》に話し合っているつもりであった。

（それは違うと思いますよ？）

黙って話を聞いていた沙織は、そんな二人の意見に懐疑的な思いを抱いていた。

まず機士としても優秀な沙織とて啓太が乗ったという混合型を動かせる自信はない。アレを動かせるというだけで啓太の有能さ――もしくは稀少《きしょう》さ――がわかるというものだ。

そもそも彼女が啓太に抱いている感情は、第七師団閥を率いる一成のそれに近い。

むしろ派閥の面目という理由で下駄を履かされて主席にされた自分よりも――もちろん大量の下駄を履かされておきながら九席にしかなれなかったどこぞのお坊ちゃんよりも――よっぽど優秀な人材だと思っているくらいだ。

（それに、ねぇ。現状第三師団の状態はよくないのですから、敵を作るのではなく味方を作るべきでは？）

　彼女個人の意見もそうだが、第三師団閥の人間として見ても、現実問題として師団を再建するためには他の派閥の力を借りなければならないという問題がある以上、他の師団に喧嘩《けんか》を売るような真似は慎むべきだという思いもある。

　まして啓太は後ろ盾のない一般人だ。今は第二師団が取り込みを行っているようだが、そんなものは政略結婚でも何でもして身内にしてしまえば解決する問題ではないか。

　彼自身に一族の誰かを嫁がせるもよし、彼の妹を嫁にするもよし。武功を立てたからこそ取り込むべきなのに、なぜわざわざ敵対しようとするのか。

（雌伏すると決めたのであれば一年か二年くらいは我慢して欲しいものですがねぇ。これも男の意地ってやつなのでしょうか？　私にはわかりません）

「情報では第二師団の要請で二号機の組み立てを行うそうです」

「ではそれをこちらで回収しよう。なに、最上重工業など聞いたこともない企業から徴収するのは難しいことではない。第二師団が新型を独占することを嫌がる連中もいるだろうしな」

「名案ですな！」

（いや、どこが？　それをやったら完全に最上重工業さんと第二師団を敵に回しますよ？　やはり彼らとは距離を置くべきでしょう。さしあたっては川上さんとコンタクトを取りましょうか。おそらく藤田さんも同じように動くはず。となると向こうは少なくとも二人。……これは早急に味方を作らなければいけませんね。あぁ、彼らがもう少し使える人材であったなら……いえ、これは言っ

ても詮なきことでした。はぁ。何と面倒な）
目の前で悪巧みをする二人を冷めた目で見やりつつ、沙織はお嬢様として育てられてきたが故に鍛えられてきた感覚に従い、これから水面下で発生するであろう勢力争いに思いを馳《は》せるのであった。

◆◆◆

「では、最初に彼女と仲良くなりましょうか」

啓太と距離を縮めることを決意した武藤沙織。彼女がそのために必要な人材と判断したのは、第四席として入学した五十谷　翔子《しょうこ》であった。

沙織が彼女を選んだ理由はいくつかある。

まず彼女の家が所属している派閥が第六師団閥だということ。

近畿《きんき》地方を担当している彼ら第六師団と元々有事の際は関東や近畿をバックアップする役割を持っていた第三師団閥との仲は悪くはない――決して良いわけでもないが――ため、お互いの実家が敵対する可能性が低いと沙織は判断していた。

次いで彼女の性格。基本的に己が優秀であることを自覚しているものの、それを鼻にかけるようなタイプではない。むしろ上を目指すために努力を怠らないタイプの人間だった。

尤《もっと》も、入学の時点で自分よりも成績優秀な生徒が三人もいれば調子に乗ることなどできないというのもあるだろうが、世の中には散々下駄を履きながら九席でしか入学できなかった癖に何故か自分が一番優秀だと錯覚できる人間もいるのだ。

それに比べれば、自分をライバル視しながら努力を続けている娘さんと仲良くしたいと思うのは当たり前のことではなかろうか？

武門のお嬢様として鍛えられてきたが故に対外的に愛想を振りまくことに慣れている沙織とて、できるのであれば関わる相手は選びたい。特に、関わるだけで精神的な疲労を覚えるような相手とは関わりたくないのだ。

最後に、彼女の啓太に対する態度だ。

沙織を含め皆が川上啓太という異物との距離を測りかねていた中で、彼女だけは彼に真っ直ぐぶつかっていた。まぁ見方によっては喧嘩を売っていたようにも見えなくもないが、当の啓太がやんわりと受け入れていたところを見ればそれなりに良好な仲なのだろうと推察できる。

「いきなり『仲良くなりましょう』と言ったところで警戒されるだけでしょうしねぇ」

元々興味があったことは決して嘘ではないのだが、啓太からすれば『昇進したら急に擦り寄ってきた輩』としか見えないはず。

（実際そう言う点もあるんですけど、その評価はちょっと、ねぇ）

お嬢様であり武門の人間でもある沙織の気位は高い。それでも本人の性格上、多少の不快感は我慢することができるのだが、同年代の異性から浅薄な人間だと思われることを我慢できるほど沙織は老成していないのである。

もちろん五十谷とて馬鹿ではない。これまで特に接点のなかった沙織《さおり》がいきなり接触してくればその意図を探ろうとするだろうし、すぐに沙織が啓太との接点を求めていることには気付くだろう。

「というか、気付いてもらわなければ困るんですけど」

沙織の行動の意図が読めたなら、五十谷はどう動くだろうか？

第三師団閥の重鎮たる武藤家に貸しを作る？　それとも隠ぺいする？

普通なら前者を選ぶ。なにせ沙織と啓太は同級生なのだから。

もちろん最初はぎこちないかもしれない。

だが、三年も同じクラスに居ればそれなりに親しくなることもそれほど難しいことではない。

そう考えれば、五十谷にしてみれば自分が介入してもしなくても結果は同じということになる。

で、あるならば早いうちに介入して武藤家に恩を売った方が得。普通ならそう判断するだろう。

どれだけさっぱりした性格をしていようとも、五十谷もまた派閥の若手を代表してこの軍学校へ来ているのだ。派閥の利益を忘れることなどありえないのだから。

「もしかしたら少しの間でも情報を独占するよう五十谷家のご当主から指示が出るかもしれませんがそのときはそのとき。まずは接触してみましょうか。丁度話題には事欠きませんし、ね」

傍から見たら、その生まれと外見から沙織は俗世の疚《やま》しいことなどなにも知らない深窓の令嬢に見えるかもしれない。事実同じ派閥に所属している笠原辰巳《かさはらたつみ》や小畑健次郎も彼女のことをそのように扱っている。

しかしその内面は全くの逆。総参謀長であった父親に鍛えられた沙織の本質は、己の外見を自覚し、時に自分自身を駒として利用することさえも厭《いと》わない冷酷な戦略家である。

「ふふ。どのように動くかわからないというのも楽しいものですねぇ」

沙織は上品に微笑みながら、その明晰《めいせき》な頭脳をフル回転させて『お友達である五十谷翔子とより仲良くなるためにはどうするか？』ということと『それが成功した際にどうやって啓太へ接触するか』を真剣に考えるのであった。

三　五十谷翔子

周囲が啓太とどう接するかに頭を悩ませる中。五十谷翔子は上機嫌であった。

「ふふん。ふふふーん。ふーんふふん」

思わず鼻歌を奏でる程度には上機嫌であった。

「翔子様。絶好調っすね」

「わかる？　わかっちゃう？」

「そりゃわかりますよ」

付き人として補佐をするために軍学校の門を叩いたものの、少しだけ成績が及ばずBクラスに振り分けられた幼馴染《おさななじみ》にして友人の坂崎恵美《さかざきえみ》が（不機嫌になるよりはマシっすけど正直ちょっとウザいっす）と軽く引くくらい上機嫌であった。

それもむべなるかな。なにせ前々から自分だけが目をかけていた（彼女の中ではそうなっている）相手が実戦に出て武功を立て、誰よりも早く、それこそ先輩たちよりも早く昇進したのだ。

　もちろんそれが自分でないことには悔しい気持ちもある。しかし五十谷翔子という少女は、友人が昇進したことを素直に言祝げる性格の持ち主であった。

　それだけではない。これまで他のクラスメイトたちは啓太と距離を取っていたため、彼ら彼女らは同級生でありながら啓太のことをなにも知らない。

　だが翔子は違う。

　Ａクラスの中で唯一啓太と距離を詰めて接していたが故に、翔子だけが第二師団の隠し玉にして最上重工業が造った秘密兵器の使い手こと川上啓太の情報を集積することに成功しているのだ。

　これは普段から厳しく翔子に接している両親も満面の笑みを浮かべて称賛するほどの成果である。

　啓太が実績を上げた以上、これから他のクラスメイトも彼の情報を集めるために距離を詰めようとするだろう。だが、翔子が見るところ、啓太は脇が甘いところはあるものの決して馬鹿ではない。

　故に自分が昇進してから近寄ってきた面々に対してはしっかりと警戒し、情報を渡さぬよう接するだろう。尤も、啓太の性格や三年間顔を合わせるクラスメイトであることを考えれば、いずれは警戒を解いて友人扱いしてくれるかもしれない。というか敵対関係にならない限りは友人付き合いすることになるだろう。

（でも他の連中がアイツの警戒をかいくぐるのにどれだけ時間がかかるかしら？　一か月？　三か月？　半年？　もしかしたら一年以上かかるかもね）

啓太はアレで慎重なのだ。そして翔子はクラスメイトを含めた周囲の連中全員が軍閥に所属する人間であることを教えている（もちろん自分が第六師団閥の人間であることも伝えている）。

そのため啓太は、これから自分に接触してくる連中全員が全員軍閥の紐《ひも》付《つ》きであることを踏まえた上で友人付き合いをしていくことになる。

畢竟《ひっきょう》、他の面々が啓太と仲良くなるためには、極めて高くなったハードルを越えなければならない。

だが翔子だけは違う。むしろ今まで通りの距離感を保つだけでいい。そうすれば啓太は、自然と『自分が昇進したあとで擦り寄ってきた連中』と『昇進したあとも態度が変わらない翔子』を比べるだろう。

両者を比べた場合、どちらの方が好感度が高いか？　など論ずるまでもあるまい。

（啓太が注目を浴びれば浴びるほど周囲は啓太の情報を欲する。だけど周囲から擦り寄られれば擦り寄られるほど啓太の警戒は増す。絵に描いたような悪循環ね。そして私はタイミングを見て助け舟を出せばいい。舟を出す先が啓太か、それとも他の派閥の連中になるかは、まぁお父様からの指示と連中の態度次第かしら？）

他派閥との交渉に関係することなので、当然大まかな方針は当主である父が出す。だがその父とて現場学校での細かいところまで指示を出せるわけではない。故に翔子にも多少ではあるが決定権が認められている。

そしてその『多少の決定権』を使った結果が、啓太の情報を独占することに成功するという実績に繋《つな》がっている以上、よほど間の抜けたことをしない限り、五十谷家は翔子の決定に異を唱えるようなことはないだろうと思われる。

「つまり今のところ主導権を握っているのはこの私！　主席の武藤沙織でも、次席の藤田一成でも、三席の啓太でもなく、この私、五十谷翔子よ！」

（うわぁ。めっちゃアレな顔してるっすよ。この顔を啓太って人に見せたらヤバイことになりそうっすから、学校では止めて欲しいっす）

啓太も認める素直な性格の持ち主ではあるものの、それとは別に人並みの出世欲と承認欲求も合わせ持つ人間でもある五十谷翔子は、これから自分に接触してくるであろうクラスメイトたちの態度と表情を想像し、側近である坂崎恵美がドン引きするような表情を浮かべて一人悦に浸るのであった。

――なお、これまで全然男に興味を示さなかった自分の娘が、軍学校に入った途端に同年代の男と接触し、あまつさえその男との会話を楽しそうに報告してくるようになったという事実に対して悶々《もんもん》とした感情を抱いている五十谷家の当主がいるらしいが、それは翔子には与り知らぬことである。

四章　次に向けて

一

魔物の群れに焼夷弾《しょういだん》を撒《ま》き散《ち》らして撤退に成功した後のこと。

ワイヤーアンカーのような『あったらいいな』的な装備に対する意見を上げたり、各種装備を実際に使ってみた感想を伝えたり、さらには何度も飛び跳ねたことによって生じたであろう駆動部に対する負担の調査や、上半身と下半身の結合部分のチェックなど様々な調査を行うこと二日。

何やかんやあったものの、最終的に今回の任務は無事に幕を下ろすことができた。

問題があるとすれば、俺が帰還する前から次回の試験日程が決められていたことくらいだろうか。

それを聞いたときは思わず「おい待て」って言っちまったよ。

俺の都合については正式に任官された以上この際除外するとしても、機体のアップデートや新規装備の開発。さらには今ある装備の慣熟訓練（特に再装填《そうてん》リロード系）をしないことには次もなにもねぇだろ！

それにどれだけ時間がかかるかわからねぇのに勝手に日程を決めるんじゃねぇ！　と強弁した結果、最上のオッサンは渋々折れてくれた。

ただその際に「良いのか？　戦場に出た方が昇進できるぞ?」とか言ってきたが、あのオッサンは俺を何だと思っているのやら。
もしかして、両親の復讐《ふくしゅう》をするために出世して権力者に近付こうとしている反骨精神の塊かなにかだと勘違いしているのではなかろうか？

確かに将来いい女になるであろう妹はいるが、共通点なんかそれだけだぞ。マザコンでもなければファザコンでもないし、宇宙に適合したわけでもない。ごくごく普通の高校生だ。

まぁ当の妹様には、家に帰ったあとで機体についてを聞かれたんで詳細を説明した際に重量の話になり、常に三五キロを背負うことについて心配されたから「大丈夫。お前より軽い」なんて答えたら包丁投げつけられた上に熱々の餡掛《あんか》けをかけられそうになったけど。

熱々餡掛けと牛蒡《ごぼう》を武器にしてはいけない。危険だからな。

「さて。今日も一日頑張る……ん？」

そんな家族とのハートフルな触れ合いを終えて登校してみれば、向けられる視線になにやら変化があるような気がしないでもない。

何だ？　もしかして数日学校を休んでいる間になにかやったのか？

職場見学の班決めとか。学級委員長決めとか。

もし俺がなにかしらの委員にされていたら断固として拒否する所存である。

俺じゃなきゃどうでもいいけどな。

「あら。やっと来たの？　随分と余裕があるみたいでなによりだわ。しょ・う・い・ど・の」

「『やっと』って言われてもな。ＨＲの一〇分前だぞ？」

向けられる視線の意味がわからず困惑していたところに声を掛けてくれたのは、やはりというか何というか、現状唯一の友人である沙羅《さら》……五十谷さんである。

（あぁ。なるほど。そういうことね。完全に理解したわ）

挨拶もそこそこに『少尉殿』呼ばわりされたことで周囲から向けられている視線の意味も理解できた。こういうさりげないところでフォローをしてくれるのが五十谷さんのいいところだと思う。

俺が感じた視線の内容は、いきなり昇進した俺に対してどう反応すればいいのかわからなかったのと、どうやって昇進したのか知りたいっていう好奇心が合わさった視線だったのだ。

俺からすれば、ボスから命令を受けて空軍基地まで行ったらそのまま戦場まで連れ出された挙句、データを取るという名目で実戦まで経験させられた厄ネタでしかないのだが、戦場に出たい。戦場で活躍したい。昇進したい。と思っている彼らにしてみれば大前提からして違うのだろう。

（代わって欲しければ代わってやる。そう言えたら楽なんだがなぁ）

ただまぁ、彼らの気持ちは理解した。

そしてそれがわかれば話は簡単である。そう、五十谷さんに合わせればいい。それだけだ。少なくとも彼女は俺が一方的に不利になるようなことはしないだろうからな。

しないよな？　信じているぞ。

「あら？　普通は早く来て自慢すると思うんだけど？」

自慢という名の情報漏洩《ろうえい》を望んでいたんですよね。わかります。

「自慢と言われてもな。別に俺一人でナニカをしたわけじゃない。それに少尉云々は、まぁ例外に例外を重ねた結果だし。自慢できるようなことなんかないぞ」

事実、俺が特務とはいえ少尉になったのは戦果を挙げる前だし。そして実戦で戦果を挙げることができたのは、偏に機体の性能と最上のオッサンが武装やら根回しやらの下準備を怠らなかったからだ。間違っても俺が威張るようなことではない。

「へぇ？　私としてはその辺詳しく聞きたいんだけど」

だが例外とはいえ昇進は昇進。俺とは違って武功を上げて昇進することを目的としているクラスメイトとしては、学生の身分で昇進できるという『例外』の存在こそ見逃せない情報なのだろう。だから少しでも知りたい。そう思う気持ちは理解できる。理解できるのだが、それを伝えたところで俺に何の得があるのかということだ。

「これ以上は別途情報料をいただきます」

俺としてはこれ以上の情報を開示する気はない。と伝えたつもりだったのだが、五十谷さんは『金さえ払えば情報を売ってもらえる』と受け取ったようで……。

「いくら？」

食い気味に被せてきやがった。

つーか値段なんて考えてねぇよ。かと言って一度口にした以上『やっぱりやめた』なんて言ったら顰蹙《ひんしゅく》を買うのは確実。せっかくの友人をこんなことでなくすのも惜しい。

（はてさてどうしたものか）

そう考えていたら、唐突に脳内に浮かび上がってきた紳士が名案を教えてくれた。

——逆に考えるんだ。情報をあげてもいいさってね。このとき学生さんがすぐに払えないような金額を要求すればいいんだよ——

（確かに！）

元々商品の価格とは需要する側と供給する側双方の価値観の擦り合わせによって生まれるものだ。よって最初の段階で適正な価格が生まれることはない。

つまり？　俺が『この情報の価値は一〇〇万だ』と言った際、向こうが『それは高い』と言ったとしよう。そこで俺が『じゃあ売らない』と言ってしまえば、そこで話は終わるのである。

俺は情報を話さないとは言っていない。ただ向こうが買わなかっただけなのだから。

これなら俺が嘘を吐《つ》いたことにもならないし、向こうが諦《あきら》める理由にもなる。多少の不満は残るだろうが、そもそも情報を秘匿するのは軍人として当たり前の話なので、恨まれるということはないだろう。

けだし名案である。

問題は俺が情報の適正価格を知らないため、いくら吹っ掛ければ相手が諦めるかを知らない点だろうか。

あまり高すぎれば『卑しいやつ』と思われてしまい友情が途切れてしまうし、安すぎれば買われてしまう。相手との友好関係を維持しつつ情報を漏洩しない。

両方やらなくっちゃならないところが軍人であり学生でもある俺たちのツライところだな。

覚悟はできたか？　俺はできている。

「……五〇万円くらいだな」

五十谷さんだし。咄嗟《とっさ》の語呂合《ごろあ》わせで決めたにしては中々いい数字なのではなかろうか。

そう思っていた時期が俺にもありました。

「買うわ」

「早ぇよ」

軍人ならそこそこ高く、学生の身分であれば間違いなく高額な値段だと思うのに。『高い』って言われたら「少尉の給料を考えればこんなもんだろ」と鼻で笑う予定だったのに。

それなのにあっさりとお買い上げなんて、いくら何でもあんまりじゃあないですかねぇ？

「早いか遅いかは知らないけど確かに買ったわよ。そうね。次の実習の時間にでも教えてもらおうかしら。あ、私が聞くまで他の人には売らないでよ？　もちろんアンタが誰彼構わず情報をばら撒くような考えなしの阿呆《あほう》じゃないってことはわかっているけど、一応ね」

言質を取った以上は絶対に逃がさないし、自分が聞いたあとで売っても良いけど五〇万以下では売るなって話ですね。

「……了解」

こうして俺は、自分が持つ情報の価値と五十谷さんの経済力を見縊《みくび》っていたことを自覚しつつ、話していい内容と駄目な内容の吟味と、多くもらった分を返金するという交渉をすることまで想定し、陰鬱《いんうつ》な気分になりながらこの日の授業を受けることになったのであった。

◆◆◆

「……聞いての通りよ。情報が欲しいなら私のあとになるけどいいわよね？」

「まぁ、最終的に情報をもらえるのであれば構いませんわ」

「五十谷さんに話したことで彼の中にあるハードルが低くなるかもしれませんしねぇ」

「それはあるかもな」

「私としては普通に紹介して欲しいんだけど？」

「ん～。さすがにそれは自分でやってくれない？　今更クラスメイトを紹介するってのもなんか違うと思うし。まぁ私の近くにいれば自然と距離は縮まると思うけどね」

「「「確かに」」」

「……女は怖いな」

「なにを今更」

二

最終的に五十谷さんに渡した情報は、既知となっている情報とこれから公開されるものがあることが判明しており、最上さんからも「公表しても良い。むしろ宣伝してくれ」と言われた情報に絞ることになった。

即ち、俺が戦場に出ることになったのは、俺が乗っていた機体が新型で珍しかったからデータを取りたかった軍と、自社製品を軍に売り込みたかった最上さんの間で利害が一致したためであり、テストパイロットが俺しかいなかったので、俺が戦場に出ざるを得なかったこと。

特務少尉になったのは、唯一のテストパイロットとはいえ学生を戦場に出すわけにはいかなかったので、身分を用意された結果ということ。

周囲が驚くような多大な戦果を挙げることができたのは、機体性能と下準備が完璧《かんぺき》だったからできたことであり、今のところ継戦能力は低いと判断されていること。

これから継戦能力を高めるためのテストが行われること。

前記の理由であるため、標準型や獣型を与えられたクラスメイトが戦場に出るのは難しいということ。

最後に一二〇ｍｍ滑空砲の威力や焼夷弾の効果。さらに俺が討伐した魔物のデータを渡して終了である。

この情報に五〇万の価値があるかどうかは不明だが、五十谷さん曰《いわ》く彼女の所属する第六師団では大型との戦闘記録自体が少ない上、第二師団から最新の情報を得るには時間がかかるらしく、魔物のデータだけでも五〇万以上の価値があるとのこと。

ある意味で情報を漏洩した形になるように思えるが、そうではないらしい。

何でも元々第二師団としても情報を公開したいのだが、各師団に回すためにはしっかりとした報告書という形で編集する必要がある。しかし忙しすぎてその編集をしている時間がないために公開ができていないというだけの話なんだとか。

よって相手が「未編集のままでも良い」というのであれば、情報を流しても良い。むしろできるだけ早く各師団で共有する必要があるので、渡して欲しいとまで言われていたりする。

それで金を取るのもどうかと思わなくもないが、派閥の垣根を越えて情報を共有したい第二師団や、自社が造った新型の性能を自慢したい最上さん。さらにそれらの情報を得た五十谷さんが満足しているのであれば俺にとやかく言うつもりはない。

思わぬ臨時収入になったしな。いやはやしかし、こういう副収入があるなら戦場も悪くない。今後もよろしくお願いしたいものである。

◆◆◆

さて、五十谷さんからいただいた寸志という名の愛によって懐が暖かくなったところで、放課後である。

九州からずっと、それこそ家に帰ったときも、風呂《ふろ》に入っているときも、妹様と飯を食っているときも、寝ているときも、登校して授業を受けているときも、五十谷さんに情報を渡しているときも、ずっと魔晶の中に収納していた機体を表に出せる時間がやってきたのである。

「おう。来たか」

「はい。よろしくお願いします」

「おうよ。んじゃ、さっさと出してくれ」

「了解です」

専用のハンガーに入れば、俺が来るのを待っていた最上さんとその部下の人たちが一斉に準備を始めた。

彼らは最上さんが信用している部下であり、これから俺の魔晶の中でアップデートされた機体の整備を行うためにここにいる人たちだ。

そんな彼らに仕事を与えるために、俺はさっさと言われた場所に機体を出すことにした。

「さすがに寝ているときと実習のときはきつかったけど……まぁこれも必要なことだしな」

そう言いながら魔晶から機体を出すと、今まで俺に圧し掛かっていた重さが一気になくなったのを感じる。

「Foo↑気持ちぃぃ」

気分は荷重トレーニング後に重りを外したアスリートである。

「「……」」

「さて、と。これからアップデートされた分をフィードバックしてからシミュレーターだなって。

んん？　どうしました？」

取り出した機体を見て一気に静まり返るハンガー。俺としては実戦で成果を上げた自社製品が返ってきたのだからもっと過剰な反応を示すと思っていたのだが、ナニカサレタのだろうか？

気になって彼らの視線の先を追ってみればそこにあるのは当然というか何というか、俺の機体である。ただし、どうにも違和感が拭《ぬぐ》えない。

何というか、クリスマスプレゼントでサンタさんにガン〇ムのプラモを頼んだはずなのに、起きたら枕元にエルガ〇ムのプラモを置かれていたような、そんな違和感。

（うーん。何だろうな、これ？）

「「何か変わってるー！」」

背中が痒《かゆ》くなるもにょりを感じていると、再起動を果たした最上さんたちが大声で叫び声を上げたではないか。というか、変わっている？

「あぁ、そうか！」

そこまで言われてようやく違和感の正体に気が付いた。

元々の混合型は獣の上に人が乗っているのを装甲で誤魔化しているような感じだったのだが、今の機体はどちらかといえば俺がよく知るゲームの機体に近くなっているのだ。

具体的には、足が伸びてメカメカしく——動物で言えば蜘蛛《くも》っぽく——なり、上半身も鬼の体というよりはもっとこう、ロボット感が強くなった感じである。

比べれば一目瞭然《いちもくりょうぜん》であるはずなのに、何故当事者である俺が気付かなかったのか。

それは偏に最初からこの機体をあのゲームの機体と同じ感じでイメージしていたからだ。

元々実機ではなくシミュレーターで訓練していたし、その横でずっと改修作業をされていたので機体を見る機会すらなかった。

俺が実際に機体を見たのは、九州に着いてから機体を魔晶に収納する際だけだ。で、戦闘中に視界に映るのは敵影だし。自分を見る場合も主に前脚と武器を持つ腕だけだった。

帰還後には特設されたハンガーに入れられて、駆動部などの損耗度合いをチェックされたあとで、即魔晶に収納させられたからな。

つまり俺は完成した混合型をじっくり見る機会がなかったのだ。

だから魔晶から取り出したときにスタイリッシュでメカメカしくなっていても違和感を抱かなかったのである。まぁ自分の機体を理解していないと言われれば返す言葉もないのだが、それはそれ。

「問題は昔どうだったか、ではない。今どうなのか、だ」

「いや、昔と違いすぎたら駄目だろ」

「ごもっともです」

力技で誤魔化そうとしたが駄目でした。

残念だが当然である。

最上さんからすれば混合型は社運を賭けて製造した宝物。それがいきなり意図しない方向に変化してしまったのだから恨み言の一つも呟《つぶや》きたくなるだろう。

そう思って軽薄な態度を取ったことを謝罪しようとしたのだが、どうも様子がおかしいことに気が付いた。

「しかしこれは……」

「もしかして……」

「なるほど。確かにそれなら」

「つまりこの機体は……」

「それならもっと……」

最上さんとその部下の人たちは、さっきまで沈黙していたのが嘘だったかのように機体から一切目を逸らさないままそれぞれの所感を述べているではないか。

「あの……」

「ん？　あぁ。すまんな。とりあえず仮説だが説明しよう。聞け」

「あ、はい」

目を輝かせながら「聞くか？」ではなく「聞け」と言われたことで、向こうが謝罪を望んでいないことを理解した俺は黙って最上さんの言葉を聞くことにした。

テンションが上がった変態に逆らってはいけない。常識である。

「まず機体に起こった変化だが、間違いなく成長《アツプデート》だ」

「成長《アツプデート》、ですか？　俺が魔晶に収納していたのはほんの数日ですけど？」

確かに機体を魔晶に収納することで、最適化と成長という二種類のアップデートが行われることは知っている。しかしわずか数日でそんなに変わるものだろうか？

「疑問はわかる。だが考えてみればこれは当然の帰結だ」

「と、言いますと？」

素人ではわからないなにかがあるのだろうか？

「お前さんが先日討伐した魔物の数は覚えているか？」

ん？　キルスコア？　さっき五十谷さんに伝えたばかりだから覚えているが……。

「大型四。中型六。小型三一。中型の中破が三で小型の中破が二十五。ですよね？」

直接殺ったのは大型と中型だが、途中や最後の焼夷《しょうい》弾《だん》で小型を少し稼いだんだよな。

「そうだ。ちなみにお前さん。エースって呼ばれる連中のスコアを知っているか？」

いきなり何だ？　話の流れ的に関係あると思うから答えるけど。

「さて？　大型五体くらいですかね？」

確か昔の世界大戦に於ける戦闘機乗りの場合、敵を一〇機倒せばエースだったはずだ。彼我の能力が均衡してきたことで五機に変わったらしいが、機体と魔物の価値を考えれば中型五体ということはあるまい。故に大型が五体でファイナルアンサー。

「残念。中型五体だ」

「は？」

そんなん誰でもできるのでは？

「そんな顔されてもな。知っての通り魔物との戦いは、戦車や艦隊による砲撃から始まる。それによってダメージを受けた魔物を五体倒してもエースにはならないんだよ。あくまで単独で五体討伐した場合に限られるからな」

「あぁ、なるほど」

通常の場合、最初の段階でエースになる条件を満たしていないわけか。

もし完全に単独で五体倒すなんてケースは、砲撃を行えないときに発生した戦闘、つまりは遭遇戦や奇襲をかけられた場合。もしくは砲撃部隊がいない戦場で吶喊《とつかん》を命じられた場合になる。そんな極限状態で同系を五体も倒せたら、そりゃエースだわ。

「話を戻そう。一機で五体もの魔物を狩った機体は著しく成長すると言われている。まぁ通常一〇〇人単位で割る経験値魔力を一人で独占するんだからな。成長しなきゃ嘘だろ」

「確かに」

みんなで割る経験値を独り占めしたらレベルも上がりますわな。

「魔晶の中で成長した機体は最適化を果たす。標準型であればより搭乗者の体に近くなるらしい。聞いたことはあるだろう？」

「はい」

授業でも習うことだ。最初に最上さんが言った『成長すれば重さが半分になる』というのも最適化に該当する。そういえば三五キロを背負っていたにしては普通に眠ることもできたな。おそらくだが、家に着いた時点で少しずつ軽くなっていたのだろう。

「翻って、お前さんだ。通常であれば中隊規模で砲撃を行ってから戦闘を開始するところを、お前さんは最初から最後まで一機で片付けた。それこそ大型四。中型六。小型はたくさん、な。これだけの経験値を独り占めしたと考えれば、こいつが一気に成長してもおかしくはねぇだろ？」

「……ふむ」

機体が予想以上に成長したのはわかった。この形も俺が思い描く機動を行うために最適化されたんだろう。それもいい。というか元々魔物の死体やら魔晶やらといった不思議素材を使用している以上、深く考えても無駄だ。

重要なのは『こうなった機体をどう使うか』であるべきだろう。差し当たっての疑問は……。

「整備、できるんですか？」

車の整備士の資格を持っているからといって戦車の整備ができるわけではないように。元は最上さんたちが造った混合型だが、今のこれは全くの別物だ。

こんなとんでも機体の整備が最上さんに可能なのかどうか。それが問題だ。

「……っ！」

もしできないと言われたらどうする？　他の機体をもらえるのか？　そう考えたのが顔に出たのだろう、一瞬ひるんだような様子を見せた最上さんだが、次の瞬間には大きな声を上げていた。

「なめんな！　できるかどうかじゃねぇ！　やるんだよ！　少しくらい形が変わったって、こいつは俺たちが造った機体。いうなれば俺たちの子供だ！　俺ら以外に誰が整備できるってんだ？　なぁお前ら！」

「「おう！」」

当然最上さんに問いかけられた形となった社員の皆さんだが、彼らは彼らで一切ひるむことなく、一斉に賛同する声を上げた。

そこには『意地でもやる。やれなくてもやる。やれるまでやる』という不退転の決意が見て取れた。

（この調子ならきっと大丈夫だ。せっかく成長したのを廃棄されるとかありえないからな）

気合があれば良いというわけではないが、気合がなければできないこともある。また、あれだけ気合が乗っていれば『これはもう無理だから二号機に集中するわ』とか言われて整備を投げ出されることもないだろう。

騙《だま》されて九州に行った挙句無理やり実戦を経験させられたことや、機体の荷重に耐えながら送ったここ数日間の生活が無駄にならなかったことを確信した俺は、彼らに知られぬよう密かに安堵《あんど》の息を吐くのであった。

三

前にも語ったが、基本的に軍が兵器に求めていることとは、特殊な才能を持った一人の人間だけが使える特異性ではなく、特別な才能を持たない者でも使える汎用《はんよう》性である。

尤《もっと》も機体を使う、つまり魔晶に適合するかどうかが最重要課題という時点で才能に頼っているのだが、それは必要最低限の素養であるし、なにより母数が一ではないだけマシと言えなくもない。

つまるところなにが言いたいかというと、一回の戦闘で特殊な成長を遂げてしまった俺が使う複合型は量産には向かないという評価がついてしまったということだ。

これが複数回の戦闘で段階的に成長したのであればその経過を観察して記録を取り応用を利かせることもできたのだろうが、いかんせん一度に大きく成長——関係者の中では進化——してしまった。

　このため量産機のモデルケースにならないという評価は極めて正しいと言わざるを得ない。

　しかしながら、量産できないとはいえ一機で大型四体を含む大量の魔物を討伐できる機体がさらなる成長をしたのだ。その性能を試したいと考えるのは極めて妥当なものと言えよう。

　そういった事情から、本来であれば日を置かずに再度の最前線送りにされるところだったが、今回は最上さんが止めてくれたらしい。

　まぁ前に俺が切れ散らかしたばかりだし、なにより最上さんにしても整備のノウハウができていない機体を前線に出して不具合とか出されても困るだろう。加えて機体の成長《アップデート》が終わったかどうかさえわかっていないからな。

　開発者でありスポンサーでもある最上さんが『もう少し様子を見たい』と言えば、軍だって無理は言えないのである。

　代わりとして差し出されたのが、俺が利用していた混合型のシミュレーターだ。もちろん成長させる前のデータはそのまま入っているし、なんなら俺が間近で見た大型や中型の攻撃も再現されている最新版である。

　特に後者のデータは学生にも人気で、標準型や獣型の機体を使っている生徒も自分のシミュレーターに組み込ませて欲しいと頼んでくるほどなんだとか。

　気持ちはわかるぞ。来年になったら戦場に出ることになる生徒にしてみたら最新のデータは喉《のど》から手が出るほど欲しいよな。

その辺は最上さんに任せているので詳細は不明だけど、順番待ちになるほど好評らしい。

ちなみに五十谷さんにはすでにデータを提供している。

五〇万ももらったんだから仕方ないね。

優先的に最新のデータをもらえて大喜びの五十谷さんと、データを手に入れることができなくてイラついている九席さんとの対比が面白かったですマル

そんなこんなで最近の俺は、普通に学校に通いながら日々更新されていく自分の機体データを見やりつつ、シミュレーターでポコポコと魔物を討伐している。

訓練・学業・休憩・訓練・学業・休憩・訓練・学業・休憩。と代わり映えのしない日々。

訓練の際に潜水用の重りをつけられたり、シミュレーターでの訓練が終わったら機体を収納するため荷重に襲われたりしつつも、実戦と違って危険が及ばない平穏な時間。

そうだ。これこそが俺が望んだ（軍）学校生活なのだ。

しかし「こんな日が続いてくれたらなぁ」と思わず口に出してしまうほど平穏な時間を過ごしていたのは、どうやら俺だけであったようで……。

◆◆◆

「試作二号機を接収された？」

「……そうだ」

成長度合いの確認と整備士さんたちに整備をしてもらうために機体をガレージに預けようとした俺に、文字通り苦虫を噛み潰《つぶ》したような表情をした最上さんが面白くなさそうな口調でそう告げてきた。

「俺に言われてもどうしようもないですけどね」

実際問題、その辺は最上重工業と軍のお話である。一介の学生にしてテストパイロットに過ぎない俺に口を出す権利はない。

もちろん接収されたのが俺の機体であるならば話は別だが、試作二号機、つまり乗り手すら決まっていない試作機である以上、俺から言うべきことはない。

むしろ『乗り手もいない機体なのに販売先が決まってよかったですね』と祝辞を述べるべきだろうとさえ思うのだが、当の最上さんが喜んでいるようには見えないのが問題だ。なにが不満なのかわからなかったのでストレートに「なにが不満なんです？」と聞いてみたところ、返ってきたのが以下のお言葉である。

「乗り手が居ねぇんだぞ？　それも俺たちに整備すらさせねぇときた。わかるか？　誰も使えねぇ機体を持っていかれて、俺らが想定していない用途で使われて、俺らの知らねえところで破壊された挙句に分解されて量産されるんだぞ？　どこに面白いと思える要因があるってんだ？」

「あぁ、なるほど」

うん。言われてみれば納得しかないな。

そもそも混合型は、あの気遣いができるご令嬢こと五十谷さんでさえ『ゲテモノ』と評した、否、そう評することしかできなかった機体である。

俺はそうでもなかったが、機体についての常識がある人間ほど動かすのに苦労するらしい。いっそのこと少し大きくなるが機体制御と火器管制で分けるか？　なんて声も上がったそうだ。

それは大型戦車では？　と思ったが、機体を乗り手が体の延長として動かすモノではなく、純粋な兵器として見ればその案はそれほど的外れとも思えない。

『戦闘機や戦車でさえ機体制御と火器管制を分けているのだ。それよりも精密な操作を必要とする機体が複座型でなにが悪いというのか』そういう軍人さんもいるらしい。

だが、それは素人の浅知恵である。

確かに機体制御担当と火器管制担当を分ければ、片方が回避に、片方が攻撃に全力を注げるだろう。しかしながら、機体は機械のみで作られた兵器ではなく、死体を基にして造られた生体兵器だ。動かす際には魔晶とのリンクが必要で、それが混線してしまうと起動さえできなくなることはすでに実証済みである。なんなら機士以外の魔晶を持たない人間を操縦席に乗せた場合でさえ機能が停止してしまうほどに繊細なもの——このためコクピットに第三者を乗せて戦うことはできない——なのである。

もしリンクを混線しないよう明確な割り当てを決めて神経を繋《つな》げるにしても、例えば機体制御担当が下半身に、火器管制担当を上半身に繋げた場合、出来上がるのは下半身を動かせないことに多大なストレスを抱える標準型の機体に乗る機士と、背中にナニカが乗っていることに多大なストレスを抱える獣型の機士となる。つまり複座型にすると、両者の足を引っ張るだけの置物と化してしまうのである。

さらに複座型にした場合「収納や成長はどうなるんだ？」という問題もある。

成長を期待しないのであればそれでもいいかもしれないが――むしろ通常兵器は成長なんかしないので、その方が運用しやすいまであるが――そもそも機体は成長して、より効率的に魔物を倒せるようになることを望まれている兵器なので、成長するのに必要なプロセスである『収納』ができなくなるのはよろしくない。

では獣型に標準型を乗せる、所謂《いわゆる》騎乗スタイルはどうかというと、一〇トンの獣型に自分よりも重い一五トンの標準型を載せて満足に動けるはずもなく……さらに別々の機体にしてしまってはそれぞれが重砲の反動に耐えられないので無意味となってしまう。

一応、展開する前の機士を背中に載せて運ぶデサント的な使い方はできるが、これはもう混合型がどうこうというものではなく、ただの獣型の運用方法でしかない。

かなり話は逸れたが、重要なのは『俺が九州から帰還して今現在に至るまで混合型を動かすことができた者はいない』ということと『動かせる人間がいないのに機体を持っていかれた』ということだ。

「もちろん向こうはそのまま使おうとはせず、分解して量産しようとするはずだ。性能についてはダウングレードしたものになるだろうが、機体そのものはできなくはないだろうよ」

「そうなんですか？」

ゲテモノの再現なんてかなり面倒だと思うのだが。

「向こうだってプロだからな。それに素体自体は言ってしまえば獣型に標準型を載せた上で骨格やら人工神経やら人工筋肉やらで繋げただけだから技術的には難しくねぇんだ。もちろん人工神経や人工筋肉を構成する成分や混合比率は企業秘密だが、その辺を細かく再現する必要はないだろ？」

「なるほど」

既存の技術を応用しただけだから、プロと呼ばれる整備士であれば分解して構造を把握することも可能だし。一度把握してしまえば、ダウングレード版を量産することも可能になるわけか。

量産できない機体を強化されるより、まずは量産機が欲しいっていう軍のニーズにも合っているもんな。それを考えれば軍が試作機を接収するのもわからないではない。

というか、普通に妥当な判断だと思う。

同時に最上さんが面白くないと思うのもわかる。

最高の機体を造りたいという変態にとって、量産化に伴って劣化しても許されるラインというのが存在する。

通常は試作機よりも、試作機のデータを活用して造られた量産機の方が優秀なのだがそれはそれ。

少なくとも試作二号機を接収した軍は『動かせること』を第一とした機体を造ろうとするだろう。

それが『まずは機体を動かせるようになれ。話はそれからだ』と言って機体を欲しがる連中を突っぱねてきた最上さんには面白くないというわけだ。

「でもタダで差し出したわけじゃないんでしょう？」

「当然だ」

そうだよな。強制的に接収されたとはいうものの、金も払わず持っていったら犯罪だからな。いくら戦時中であり、最上重工業が財閥系ではないといっても、兵器の生産に参画できるような企業に対してそんなことをしたら問題どころの話ではない。下手したら軍の上層部の首が飛ぶ案件にまで発展してしまう。

「では、会社としてはいいことなのでは？」

技術者としては思うところもあるだろうが、軍が自社製品を欲しがって持っていったという箔《はく》が付いたと思えば悪くはないんじゃないか？

そう思うのは俺が部外者だからだろうか。

「会社としてはそうだ。前に第二師団に受注されたものが約束通り持っていかれただけとも言えるしな。だが連中の態度が気に入らねぇ」

「それは……」

軍とか会社とか関係ないところでイラつかれてもな。その、何だ。困る。

「ちなみに持っていったのは第三師団の連中だ。連中相当焦ってるみたいだから、もしかしたらお前さんにもなにかしてくるかもしれんぞ」

「俺、ですか？　何で？」

「お前さんがいなくなれば手柄を持っていかれる心配がなくなるだろう？」

「持っていくって……そもそも彼らのものでもないでしょうに」

九州や中国地方の海に行けばいくらでも湧いて出てくるんだから、そっちを狙えよ。

「それがわかるなら暴走なんかしねぇんだわ」

凄《すご》い説得力だ。

「とりあえずボスと五十谷さん……あぁ、担任と第六師団の派閥に所属している家の娘さんにこの話をしていいですかね？」

情報と引き換えに護ってもらう。ギブアンドテイクってやつだ。抑止力になりそうな知り合いが二人しかいないが、いるだけマシと思うとしよう。

「そうだな。機体に関してはこっちで管理しておくから、お前さんはお前さんの身を護るために動いてくれ」

「了解です」

第三師団が抱えているスタッフがアレを量産できればよし。

量産した機体を使える機士が出てくればなおよし。

最悪は量産できず、使える機士も出てこないってパターンだが、そこまで面倒見きれん。

というか俺が面倒見るようなもんじゃないだろ。

手柄を立てたいなら勝手にやれ。

俺を巻き込むな。

――俺がこのときの自分の考えが如何に甘い意見であったのかを知るのは、この会話からわずか二か月後のことであった。

五章　それから少しして

一

「え？　もうできたんですか？」

　不機嫌なのを隠そうともしない最上さんから「量産型の試作機ができたらしい」と俺が聞いたのは試作機が接収されてからわずか二か月後の七月中旬のことであった。

「らしいな」

「らしい？」

　アンタが造った機体の量産機だろ？　そう思って聞いてみたのだが、どうやら俺が思っていた以上に面倒そうな感じになっているらしい。

「俺らは最初にいくつか質問されただけで解放されたよ。あとは連中が『自分たちの手で造った』ってことにしたかったんだろうよ」

「あぁ。なるほど」

　聞けば、確かに二か月で試作機ができるのは早いことは早いのだが、元々最上重工業という一企業が持つ能力と、国家ぐるみで物資や人材を動かせる軍という組織が持つ——接収を強行したのは第三師団閥だが、量産化は軍の上層部も望んでいたことなので、協力は惜しまれなかった——生産能力の差が出た結果なので驚くほどのことではないらしい。

前世の超大国のように一か月で一隻の空母を造るよりは簡単なのだろう。多分。

しかしながら如何に生産力に差があろうとも、手に入らないものは存在する。

その最たるものが、最上重工業が持つ技術的なブラックボックスである。

素体に使われた魔物と機械の混合比率に始まり、上半身と下半身を繋げる疑似神経や全体を覆う人工筋肉の加工方法。反動を吸収しやすいように作られた関節駆動部の材質など、様々なものであえて特許をとらずに最上重工業だけが持つ特殊技術という形で秘匿されている。

もちろん試作機を解体して細かく調査すればある程度は判明するだろう。だが、職業倫理や今後の企業との関係を考えれば――それが許されるのであれば、今後財閥系大企業が造った兵器もコピーされることになるので、反発は必至となるため――大っぴらにできることではない。

それでもこんな形で量産機を造られたら不機嫌になりそうなものだが、最上さんからはそういった雰囲気は伝わってこない。むしろ喜んでいるような？

「確かに連中は量産に成功した。だがな、連中が造った機体は動かなかったんだ」

「へぇ」

やっぱり標準型や獣型に慣れてしまった普通の機士には難しいのだろうか。

「動かない理由を考えた結果、まず小型にしようって考えたらしい」

「ほほう？」

重いから動かないと考えたかそれとも神経を巡らせるためには小柄な方が良いと考えたかわから

ないが、一概に悪い意見ではないんだろうな。

「まず体高は五メートル。重量は二〇トンまで減らされた」

何て？

「それでは大型を一撃で仕留める重砲を使えなくなるのでは？」

混合型の三〇トン（装備を含めて三五トン）という重さは、機体コンセプトである『大型を一撃で仕留めることができる重砲による長距離射撃』を行うために必要と判断されたが故の重さだ。

成長や最適化によって軽くなるというが、それはあくまで機士の体感する重さが軽減されるだけであって、機体そのものが軽くなるわけではない（むしろ重くなる）。

つまり軽くしたらその分だけ攻撃力が落ちるわけだ。

攻撃力がない狙撃手とは一体……。

「まぁ動かせないんだから仕方がねぇ。重砲に関しても一撃で仕留めることに拘らなければいいだけだ」

「そんなもんですかね？」

言われてみれば、二〇トンでも標準型よりも重いもんな。それだけ反動が強い武器を持てるようになると考えれば悪くはない、のか？

「それでも動かせなかった。いや、一応上半身は武器を持てたし、下半身も這《は》いずる程度の動きはできたらしいな」

「はい？」

獣型の動きはハイハイが基本だから這いずる動きってのは納得できなくもない。だが俺や他の機士がそれに納得できるからといって敵が容赦をする理由にはならないわけで。

「それ、反撃で死にますよね？」

そもそも狙撃手が攻撃を行った後に移動するのは、相手からの反撃を回避するためだ。

魔物が放つ不思議ビームは見た目に反して光速や雷速よりも遅いが、それでも通常の砲弾なんかよりは速い。その上、着弾地点から数メートルくらいを吹っ飛ばす余波が存在する。

このため『射撃直後に魔晶へ収納して徒歩で移動する』という裏技的な手段も使えないのである。

つまり混合型でスコアを稼ぐためには、撃ったと同時に横っ飛びで十メートル近い距離を稼ぐという挙動が必要不可欠となる。

それなのに這いずる程度？　死ぬだろ。

「そうだな。だが連中はまず動くことを第一にしただけだからな。少なくとも動くことはできたんだから、今はそれで納得してるんじゃねぇか？」

「そんなもんですか」

「そんなもんさ。まずは段階を踏んでやるってのは間違っちゃいねぇよ。尤《もつと》もこれに関してはお前さん以外に動かせるやつを見つけられない俺らも同じだから本当は笑えねぇんだけどな」

「ははは」

俺は笑うしかねぇけどな。

しかし元は自分が造った機体だというのに妙に他人行儀な……いや、最上さんにしたらそれを奪った軍の連中は赤の他人よりも憎い相手なのか。だから最上さんは軍の技術者たちが造った劣化品を見て喜んで……いや、愉悦《よろこん》でいるのだ。

悪趣味とは言えまい。むしろ気持ちはよくわかるまである。

圧力をかけて自分たちから試作二号機を奪ったものの、その相手が四苦八苦しており、かつ成功する見込みがない。

うん。紛れもなくＮＤＫ《ねえ。どんな気持ち？》案件だな。

最上さんには軍の連中を指差して嗤《わら》う権利があるわ。

で、そうやって軍の技術者を嘲弄《ちょうろう》したことで、ここ最近溜《た》まりに溜まっていた溜飲《りゅういん》を多少は下げることができたらしい。

元々が試作機を持っていった連中のせいだからプラスマイナスゼロなんだが、少なくとも機嫌が悪いよりはいいことだ。

「お、そうだ」

そう思っていると、愉悦部員を彷彿《ほうふつ》させる悪い笑みを浮かべていた最上さんが真顔になって俺に声を掛けてきた。

「前にも言ったがな、今回の件で第三師団閥の連中が嫌がらせをしてくる可能性が高まった。お前さんも気を付けろよ」

「何でそうなるんですか……って、あぁ。そうですね」

第三師団閥が主導した量産計画が現状うまくいっていないということは、第三師団閥の面子が丸つぶれになっているということでもある。

元々量産化計画が成功したら利用するが、失敗したら責めるだけという方針を取っていた他の師団にとっては痛くも痒《かゆ》くもないだろうが、試作機を駄目にした挙げ句最上重工業から敵意を買っただけに終わったことを省みれば、試作二号機の生産を急いで欲しいと依頼した第二師団閥にとっては面白いことではないだろう。

つまり、これからしばらくは第二師団を始めとした面々からの追及が第三師団に襲いかかるわけだ。

そして軍学校に於ける俺の立ち位置は第二師団よりの一般人。


問・これから導き出される答えは？

答・第三師団閥の所属している面々から八つ当たりされるでしょう。


嬉《うれ》しくも何ともない予想だが、おそらく大きく外れることはないと思われる。

ちなみにAクラスの中だと主席の武藤さんと五席の笠原《かさはら》さんと九席の小畑さんが第三師団閥なんだとか。一〇人中三人である。さらにBクラスにも五、六人いるらしい。

もうこの時点で、な。

さらに俺が一般人なのもよくない。元々軍閥に所属している彼らと比べ、後ろ盾が全くないくせに無駄に目立ちまくっている俺は虐めの対象になりやすいのだ。

今までは俺から試作機を分捕ってやったという優越感もあって見逃されてきたのだろうが、これからは違う。一般人に負けているという劣等感とストレスに第二師団に対する逆恨みという負の感情が加わったときなにが起こるかなど、考えるまでもないことである。

最上さんはそれを警告してくれているのだ。なればこそ無駄にするわけにはいかない。

身内の嫉妬《しっと》は醜いが考えて然るべきことでもある。まして相手は学生だ。警告をもらっておきながら『まさか学友がそんなことをするとは思っていなかったのでなにも準備をしていませんでした』などと抜かそうものなら、一気に価値が落ちるに違いない。

自分の身も護れないようなやつがまともな軍人になれるはずがないのだから。

(面倒だが対処法を考えるか)

唯一の救いはこれから夏季休業、つまり夏休みになるってことだな。

ちなみに本来軍学校にはゴールデンウィークと同じ理由で長期休暇など存在しない。

しかし、一般の学生と扱いが違いすぎると世間が五月蠅い。故に名目上の夏休みは存在する。だが一般の学生と違い戦場に近い我々にとって『長期で休む』という行為は文字通り自殺行為である。

よって軍学校に通う学生にとって夏休みとは『勉強しなくていいからずっと訓練ができる期間』のことを指す。

尤も、受験戦争という戦争に挑む生徒たちにとっても夏休みとは『体育だの美術だのといった余計なことをしなくていいから勉強に集中できる期間』なので、大きな違いはないかもしれないが、それはそれ。

少なくとも夏休み期間中はクラスに顔を出す必要はないので、彼らからの嫌がらせも受けないということだ。

ちなみに俺の机に傷をつけるとか落書きをするとか汚物をまき散らすとかといった低俗な嫌がらせをされることについては心配していない。

何故か？　机は俺の私物ではなく軍学校の備品だからだ。

軍という組織に於《お》いて、備品を無駄にするやつは評価されないというのは常識だ。そのため、もしそんなことをしようものなら必ず誰がやったかを調査される。学生とはいえ軍人を志望している連中がそのことを知らないはずがない。故に備品をどうこうされる心配はしていない。

また同じ理由で家にも危害が加えられることはないだろう。向こうはさらに監視が厳しいからな。

なのでもし俺に嫌がらせをしようとする場合、対象は直接俺か妹を狙ってくる可能性が高い。

さすがに護るべき子供に手を出すとは思えないが、馬鹿ってのはどこにでもいるもんだし、なにより特殊な性癖を持つ男にとって優菜は最高の獲物だからな。

「うん。夏休み中にはできるだけ一人で外出しないように伝えておこう。それと怪しいやつが来たら連絡をするようにして。あぁ警備の連中が買収されたり、連中の家の権威に阿《おもね》って素通りさせるってパターンもあるか。その場合はどうする？　まず俺に連絡させるのは確実として、避難場所を作っておく必要もあるな。ついでに侵入できないよう罠《わな》も仕掛けておくか。あぁいや、むしろ侵入する隙を作って、そこに殺意マシマシな罠を仕掛けた方がいいな。寮に不法侵入するようなやつなら死んでも問題ないだろ」

「（心の声が漏れてるぞ）……警戒するようにって言ったのは俺だが、ほどほどにな」

「ん？　えぇ。もちろんです。ちゃんと問題が発生しないようにしますよ」

訴える被害者が居なければ問題はあるまい。まさか『不法侵入したら仕掛けられていた罠で怪我をした！　責任を取れ！』なんて言ってくる阿《あ》呆《ほう》はいないだろうしな。

「……本当にほどほどにな」

最上さんがナニカ言っているが、大丈夫だ問題ない。一番いい罠を用意して待ち構えてやるさ。

二

罠を仕掛けるとか報復をするとか言っても、俺も妹も学生である。

特務尉官とはいえ少尉となったのだから一人前の軍人と言えなくもないが、社会的にはもうすぐ一六になろうかという少年でしかない。故にどれだけ背伸びをしたところで、社会的地位がある存在を後ろ盾としている連中からすれば俺なんて一山いくらの小僧に過ぎないのだ。

……その油断を利用してちょっかいをかけてくるやつを全滅させるつもりだが。

そもそも俺にちょっかいをかけようとしている第三師団閥など、他から見れば落ち目も落ち目の派閥でしかない。もちろんお偉いさんが軒並み死んだからと言って実家の資産がなくなるわけではないので金持ちは金持ちのままだが、その資産は彼らの関係者が軍の上層部に影響を持っていたからこそ保たれていたものでしかない。

その影響力を失った以上、彼らはこれから貯め込んできた遺産を食いつぶしていく一方となる。数年は持つだろう。だがそれだけだ。それがわかっているからこそ、彼らは復権を急ぐのだ。

俺としてはその焦りを狙って罠を仕掛けるつもりなのだが、問題はその罠で子供や部下を失うことになるであろう権力者たちの反応が読み切れないことだ。

いや、俺としては先述したように『不法侵入したら仕掛けられていた罠で怪我をした。責任を取れ』なんて言われることはないと思っていたのだが、妹様は違う意見を持っていた。

妹様曰《いわ》く『本当のことを馬鹿正直に言う必要はないでしょ。「なにもしていないのにやられた！」って冤罪《えんざい》をおしつけてくるんじゃないの？』とのこと。

言われてみればその通りとしか言いようがない。

落ち目とはいえ、言い換えれば彼らはまだ権力や財力を所持している。そんな彼らからすれば、俺のようななにも持っていない子供を嵌《は》めることなど簡単だ。

ただでさえそうなのに、自業自得とはいえ手下や子供を傷付けられて逆上した連中が手段を選んでくれるか？　と言われれば、その可能性は極めて低いと言わざるを得ない。

強硬手段に訴えてくるならまだいい。こちらも暴力で制圧するだけだ。だが社会的な手段で嫌がらせや圧力をかけてきた場合、自爆覚悟で第三師団の関係者を闇討ちする以外に抗する手段がなくなってしまう。

もしそれをやった場合、俺は満足して死ねると思うが、残された妹様が犯罪者の身内扱いされてしまう。それはいただけない。

そこで俺は考えた。そもそもの原因は何なのか、と。

（うん。考えるまでもないな）

結論。なにもかも第三師団の関係者が悪い。つまり連中さえいなくなればいい。

孫武《孫子》さんはこう言っている。『百戦して百勝することが最良なのではない。最良は戦わずして勝つことだ』と。

元より俺にとっての勝利とは相手を罠に嵌めて倒すことではない。ちょっかいを出されないことだ。

連中が逆恨みしてちょっかいをかけてこなければ誰も傷付かないのだ。それに気付けば話は早い。

俺の周りには第三師団閥の出だが、それなりに仲が良い相手がいるではないか。

「そんなわけで第三師団の関係者から襲われないようにしたいんだが、何とかならないか？」

「急にそんなこと言われましても……」

困ったような表情をしながらそう返してきた彼女こそ、この数か月で普通に世間話をする程度に仲良くなったクラスメイトのお嬢さんにして第三師団閥出身の武藤さんだ。

主席で入学したことで派閥からも注目されているであろう彼女が連中に釘《くぎ》を刺してくれれば、少なくともクラスメイトは抑えてくれるはず。

俺はもちろん向こうにも被害が出ない素晴らしいアイディアだと思うのだが、どうにも反応が鈍いような気がしないでもない。

（もしや武藤さんも向こう側か？）

「いや、罠で殺すとか自爆覚悟で闇討ちするって言われたあとにそんなこと言われたら、いくら沙織でも困るでしょ」

　本格的に対処するべきだろうかと悩んでいると、横で話を聞いていた五十谷さんがフォローを入れてくれた。

「そんなもんか？」

「そんなもんよ」

「まぁ。そうですね」

　どうやらそんなもんらしい。

「一言で第三師団閥と言っても色々あるのよ。……これは言っても良いかしら？」

「ええ。むしろお願いします。私の口からでは言えないこともありますので」

「わかったわ」

　俺としては武藤さんの口から直接聞くのが一番早いと思うのだが、それだと武藤さんが身内の情報を漏洩《ろうえい》したということになるのだろう。よって五十谷さんの口から説明するということらしい。

　それはそれでいいのか？　と思わなくもないが、下手に口を挟むと面倒ごとになりそうなので、とりあえず黙っておくことにする。

「いい？　まず一言で第三師団閥と言っても、今の彼らは一枚岩じゃないのよ」

「ほほう」

「まず牟呂口家の関係者と彼らに復活してもらいたい連中。これはＡクラスでいう小畑と笠原ね。

第三師団閥の大半、まぁ七割くらいがここに所属しているわ」

確か九席くんが先代当主だった牟呂口大将の次男の子供だったか。で、五席くんがその家臣。

数が多いのも他の派閥からちょっかいをかけられたくない人たちの集まりと考えれば妥当なところだと思う。

「ついで牟呂口家と関わりのない家に第三師団を立て直して欲しいと思っている連中。これが大体二割くらいかしら？」

「そうですねぇ」

「ふむ」

他の派閥に所属していながら第三師団の人たちと何らかの関係がある家や、第三師団の再編に協力している家が大体この派閥になるらしい。

数だけ見れば第三師団閥の中では少ないと思われるだろうが、外部の協力者はほとんどがこっちの意見なので、実際の影響力は非常に強いのだとか。

考えてみれば、どうせ第三師団は支援を受けた上で再編されるというのであれば、できるだけ支援をして自分たちの影響力を強くしたいと思うのは当然だわな。

ちなみにこの五十谷さんの実家を筆頭に、Ａクラスに所属している面々のほとんどの実家がこの方針に賛同しているそうな。

「最後が『この期に及んで家とか関係ないから、とにかく武功を稼ぐぞ』っていう連中ね」

「それはまた、何というか」

勇ましいと言うべきか単純と言うべきか、これはもうわかんねぇな。軍人として考えれば潔いと思うけど、その後の政治のことを考えれば無責任とも言えなくもない。

「それでね。沙織《さおり》の家は最後の方針を踏襲している家なのよ。他の連中の争いには関わらないからこっちにも関わるなって感じかしら？　政治に関係なく『勝者に従う』って感じの方針ね。他の派閥からすれば自分たちが政治闘争をしている間、勝手に武功を稼いでくれるってことになるからそれなりに自由はあるんだけど、そのかわりに他の連中からは距離を置かれているのよ。ね？」

「そうなんですよ」

五十谷さんからの確認に対して食い気味に肯定する武藤さん。

他の家が掲げる方針に関わらないって方針だからこそ、釘を刺すこともできないわけだ。

「なるほどなー」

「もちろん私の実家を通じて彼らに意見を言うことはできます。ですが効果のほどを聞かれますと……」

「微妙にならざるを得ないわよねぇ。そもそも純粋に一番武功を求めているのは彼女の派閥だもの」

「……はい」

「そうか。そうなるのか」

武藤さんの実家からすれば重要なのは第三師団閥の人間が武功を上げることであって、そこに『派閥の中でも誰が』って意見はないんだもんな。

だから彼らは武功を上げるために量産型の情報が欲しい。なんなら試作機のパイロットである俺の情報も欲しい。そのためには俺の家に侵入することも厭《いと》わない。そんな感じの人もいるかもしれない。

それを念頭に置いて考えてみれば、さっき俺が言った『ちょっかいをかけてくるやつは消すし、侵入者は家に仕掛けた罠で殲滅《せんめつ》する』という意見は『来たら殺すぞ』っていう挑発に聞こえなくもないかもしれない。

もちろん俺にそんなつもりはない。本心から面倒がなければいいと思っているだけだ。

だが俺がいくら言っても実際に利害が存在している以上、向こうが簡単に諦めることはないだろう。というか、このままでは俺が挑発した形になってしまう。

（まさか武藤さんの実家が一番ヤバいとは思っていなかったわ。あぶねぇあぶねぇ。まずは彼女の実家を止めなきゃな。だが止めると言っても、なにをどうしたらいいのやら）

一介の学生には厳しすぎる状況に頭を抱えたくなる。

「あの、状況を好転させるために一つ提案。といいますか、お願いがあるのですけど」

如何にして武藤さんの家を説得するかを考えていると、その武藤さんの方から声を掛けてきた。

しかもなにやら『お願い』があるらしい。その気になれば拉致《らち》監禁……までは無理だろうが、様々な嫌がらせができる武藤さんからの『お願い』である。それが意味することはただ一つ。

（あえて貸しを作ってくれるってことだろうなぁ）

うん。心優しいお嬢様とクラスメイトで良かった。

そんな優しいお嬢様が見せてくれた心遣いに対する返事は一つしかあるまい。

「俺にできることなら応じますよ」

情報漏洩とかは無理だけど。俺にできることなんてほとんどないけど。まぁ多少はね？

「では……あの機体を動かすコツのようなものがあれば教えていただけませんか？」

「ん？」

すっごく申し訳なさそうに言ってくるからどんな面倒ごとかと思えばそんなこと？

「ちょっとアンタ！」

「不躾《ぶしつけ》、いえ、非常識なお願いであることは重々承知の上です。ですがそれを教えていただければ、他の家の方々も啓太さんに構っている暇はなくなります。……いかがでしょう？」

「……なるほど」

動かせないなら動かせるやつに聞けばいい。当たり前の話である。

まして機体の動かし方など、普通に授業でも意見交換をしているので秘匿するようなことでもない。俺だって最上さんに聞かれたときに教えているし、最上さんも軍関係者に聞かれたときはそのまま答えているくらいだ。

武藤さんが申し訳なさそうな顔をしていたり五十谷さんが声を荒らげているのは、機体の操作方法が秘匿技術だと思っているからだろう。

確かに『世界で唯一の機体を動かす方法』と言い換えれば貴重な情報かもしれない。

（だけど、俺としては別に秘匿しようと思ってないんだよなぁ）

最上さんも『ざまぁ』と愉悦しているが、決して日本が負けることを望んでいるわけではない。

また量産型を使いこなせる人間が増えるということは、俺の重要性が薄まるということでもある。

コツを教えることで第三師団閥や軍部に貸しを作れる上、量産されたアレが俺に先行して戦場に出てくれるようになる可能性もあるわけで。

武功を独占することと身の安全。どちらが大事？　そんなの聞くまでもない。

そもそも武功の独占なんて面倒しかないし。

つまり俺からの答えは一つ。

「かまいませんよ。なんなら俺と最上重工業の技術者さんたちで考えているアイディアをいくつか進呈しましょう。それを使えば少なくとも『動かせない』なんてことはなくなると思いますよ」

いやまじで。代わりに融通が利かなくなるけどな。

その辺はそっちで何とかしてくれ。

「アンタ？」

「……よろしいのですか？」

「えぇ。それにこれは日本のためでもありますからね」

「……感謝いたします」

「代わりに、俺にちょっかいをかけないようにしてくださいよ？」

「もちろんです！　できる限りのことをさせていただきます！」

「結構。取引成立ですね」

「……」

五十谷さんはナニカ言いたそうにしているが――武藤さんを睨《にら》んではいるものの――口を噤《つぐ》んでいる。元々俺と武藤さんの取引だし、なにより御国のためと言われては反論できないようだ。

一応言っておくと、俺だってなにも考えていないわけではない。

大前提としてこの取引は五十谷さん、つまり第三師団閥以外の人間の立ち合いのもとで行われた取引であり、対外的には『第三師団閥の逆恨みを抑えるだけのために貴重な情報を渡した』ということになる。

これによって第三師団閥の連中にしてみれば身のほど知らずな一般人が大人しく従った形になるわけだからある程度の溜飲《りゅういん》を下げることになるだろうし、他の師団からすれば俺は第三師団閥に脅された被害者という形に見えるだろう。

その評判は今後の俺のためになる。

まして量産型が動かなくて困るのは俺も一緒なのだ。故に俺は元々提供する予定だった情報を差し出して身の安全と将来を買ったのだと思えば安いもの。

（まずはこんなものだろうな。さて、と。どれから伝えたものかねぇ）

そうこうして俺は、俺と妹の身の安全を確保できたことに内心で喜びつつ、目の前で嬉《うれ》しそうにしている武藤さんと仏頂面のまま身じろぎ一つしない五十谷さんを見比べながら、彼女たち――せっかくだから五十谷さんにも伝える――に提供する情報の選定を行うのであった。

三

「まさか連中を使ってデータを集めるとは。俺はお前さんの腹黒さってやつを見縊《みくび》っていたようだな」

啓太から連絡という名の報告を受けた最上隆文は何とも言えない表情を浮かべてそう呟《つぶや》いた。

「人聞きの悪いことを。俺はただ向こうが『欲しい』と言った技術を提供しただけですよ。最上さんだって認めたでしょう?」

「そりゃな。連中には機体を持っていかれたんだぞ。その上やるかどうか考えていた技術まで回すんだ。情報くらいもらわねぇとわりに合わねぇよ」

技術提供というが、やることは情報の漏洩だ。

当然機体の情報を流すためには最上重工業の許可がなければならない。たとえそれが『機体を動かすコツ』という機士としての領分の話であろうと、その情報を提供した結果企業側に利害が生じるのだから、報告・連絡・相談は必ず行うべきことなのだ。

今回の秘術提供に関して、啓太から相談を受けた隆文も最初は難色を示した。

なにせ、一介の学生であるが故に武功を独占するつもりがない啓太とは違い、会社の経営者でもある隆文はできるだけ自社に利益が生まれるよう立ち回る必要があるからだ。

そうであるにも拘わらず無料——安全の保障といっても不確かすぎる——で相手に技術を与える

など正気の沙汰《さた》ではない。隆文が難色を示すのも当然のことだろう。

しかしながら、量産型を動かす技術は試作三号機を造ろうとしている最上重工業にとっても重要な技術であることは間違いない。

故に啓太から『軍で勝手に製造したとはいえ、基幹部分が同一と言える量産型が先に試験を行い、データを蓄積させてくれるのであれば悪い取引ではないと思いませんか？』と言われた隆文は、自分たちにも実験結果の情報を回すことを条件に技術の提供を許可したというわけだ。

軍にしても——武功を独占したい第三師団閥は別だが——大型を討伐できる機体を量産することに異論はない。よって量産型に組み込まれた技術を使った試験データを最上重工業へ提供することに否はなかった。

尤《もっと》も、ついでとばかりに財閥系の企業にも同じ情報が渡ってしまい、そちらに所属している技術者変態たちに対して必要以上の燃料を投下することになるのだが、それに関しては一介の学生や一介の社長に過ぎない彼らの領分を大きく超えてしまっているので考えてもしょうがないことである。

半強制的に睡眠時間と休日が削られることになる財閥系企業に所属している技術者たちの健康問題はさておくとして。

「お、動いたな」

啓太と隆文が見ているモニターには、射撃をした後に横っ飛びをする量産型の姿があった。

「それはそうでしょう。問題はその後です」

今まで動かすことさえできなかったことを考えれば大きな進化と言える。

隆文としてはこれだけでも十分な価値があると思うのだが、元々自在に動かせる啓太からすればこの程度のことで満足してもらっては困るのだ。

「お前さんにとってはそうだろうがな……っと。転んだか」

シビアな意見を耳にして苦笑いする隆文の目に、着地に失敗して転倒した量産型の姿が映る。

「姿勢制御の問題か、それとも下半身を軽くした弊害か。最上さんはどっちだと思います？」

「両方だな。確かに下半身の安定性にも問題はあるが、ある程度であれば上半身でバランスを取れば何とかなるもんだ。アレはそれをやってねぇ。つまり上半身の使い方が悪い」

「ですね」

これが実機で行われる試験の最中だと機士の生死に関わる大事故になる可能性もあるのだが、幸い彼らが見ているのはシミュレーターの映像だ。故に彼らには関係者の怪我を気にすることなく目の前で起こったことを討論する余裕がある。

そんな余裕がある両者が出した結論は『使い手が悪い』であった。

「つっても、これが最初の実験と考えれば悪い結果じゃねぇ。お前さんの考案したコマンドシステムは最低限の役割は果たしたってことだな」

「本当に最低限ですけどね」

そう。コマンドシステム。それが、啓太が武藤沙織《さおり》に渡した情報だった。

詳細をもったいぶらずに言えば『ボタンを押すことで決められた動きを行うシステム』だ。

これは例の粒子に脳を汚染されたフロ◯患者である啓太が混合型を動かす際に使っているやり方だが、元々は獣型の機体に用いられているものであった。

基本的に獣型の機体は背中や脇にサイドアームを抱えているわけではない。

故に獣型が射撃を行う際は、機士がボタンを押すイメージをすることで背負っている砲のトリガーが引かれ、射撃を行うことを可能にしている。

これを踏まえて啓太が考えたのが『青いボタンを押すことで左にジャンプ。赤いボタンを押すことで右にジャンプ。両方押したら必殺技』といった感じで、決められたコマンドを行うことで決められた動きをするというシステムである。

啓太の場合はこれに加えてボタンを押す時間の長短や強弱によって速度や滞空時間を調節しているし、着地の際もしっかりとバランスを取りつつ各関節で衝撃を吸収するようにイメージしたうえで着地をしているのだが、さすがにそれは個人の資質であることくらいは自覚しているので、啓太とて今の段階で他の機士に自分と同じことができるとは思っていない。

故にこれは本当に『とりあえず動かすためのシステム』なのだ。

この方法を告げたとき『機体を十全に操るためには魔晶と神経を繋《つな》げること』という機士の常識に真っ向から逆らう形となるため既存の機士たちの中からは反対する意見が多かったが、機士ではない軍人さんたちからの受けは良かった。

それはそうだろう。彼らが使う兵器とは、戦車だろうが戦闘機だろうが、基本的には操縦桿《そうじゅうかん》を右に回せば右に曲がるし、左に回せば左に曲がる。トリガーを引けば弾が出るし、ボタンを押せばミサイルが発射されるのが当たり前なのだから。

それに鑑みれば、今まで機士のフィーリングでしか操れなかったが故に安定性に欠けるとされてきた機体という戦力に対し『右に二歩動いたのち正面に射撃。その後一歩下がって再度射撃』といった感じの細かい命令が可能になるのである。上半身もあるので今まで行っていた設営作業や瓦礫《がれき》の撤去にも使えるとなれば指揮官としては間違いなく嬉しいことに違いない。

これまで自由にやってきた機士にすれば窮屈かもしれないが、味方との連携が簡単になることを考えれば悪いことばかりではないのも事実である。

尤も、複数体を運用する場合は戦場で四脚の機体が一斉に横っ飛びする様を敵味方に見せつけることになるのだが、そこまでの練度になるのはまだまだ先のことなので、それまでに武装や運用方法も改良されていることだろう。

多分。

ちなみに啓太は一番簡単な案として、下半身を戦車の履帯にすることも提言している。

先ほどの例で言えば、赤いボタンで前進。青いボタンで後退。緑で旋回。といった感じになるだろうか。

こうすることで、ジャンプはできなくなるものの前進や後退は楽になるし、重量のある砲を扱うことができるようになる上、乗り手も砲撃の際の照準やタイミング以外で気を遣うことがなくなる。なんなら上半身だけ旋回できるようにすれば横軸の移動も簡単という優れものである。

欠点はビジュアル的にガン◯ンクそのものになることと、近接戦闘はあくまでついでのような扱いになることくらいだろうか。

提案を受けた軍は現在、そちらの改造を施した機体も用意するかどうかで議論を重ねているらしい。

とにもかくにも、今まで這《は》いずることしかできなかった機体がコマンドシステムを導入したことで拙くも戦闘に必要な挙動を行うことができたということは紛れもない事実であった。

ただ、啓太にとって重要なのは量産型が動けるようになることではなく、そのことが己になにを齎《もたら》すか、であった。

「浮かない顔だな。なにか心配ごとでもあるのか？」

「いや、この程度で第三師団閥の皆さんは納得するのかなぁ。なんて思いまして」

元が彼らからの嫉妬《しっと》を抑えるために行われた技術提供だ。

そのため『確かに動いたが中途半端すぎるじゃないか！』などと責められては啓太にとって意味がない。

「するだろ。なにせ今までほとんど動かせなかったのが、横っ飛びまでできるようになったんだ。あとは練度を高めるだけ。そう考えるだろうさ」

「そうだと良いのですがねぇ」

乗り手は練度を上げるために訓練漬けになるだろうし、機体に使われている機械部分も大幅に見直しが必要だろう。加えて他のコマンドと併用する場合の難易度や、あえて自由度を落とした上で運用する方法など、機士だけでなく技術者や士官も忙しくなることは請け合いだ。

こんな状況で啓太に構っている暇はない。普通に考えればそうなる。

隆文はそう言うが、啓太としては一抹の不安を抱いていた。

「不安そうだな？」

「……えぇ。第三師団閥の人から聞いた話なのですが、クラスメイトの五席くんと九席くん。あぁ、第三師団閥から派遣された笠原《かさはら》一年生と小畑一年生が量産型の機士に立候補したそうなんですよ」

「ほう？　まぁわからんでもないな」

第三師団閥は功を焦っている。そんな彼らに武功を立てる手段を見せたのは他でもない啓太と隆文だ。

自分にも啓太のようなことができれば。

単騎で大型を複数体討伐できれば。

他の誰もが文句を付けられない功績を上げてしまえば。

彼らがそう考えるのは当たり前のことと言えるし、これから量産型の機士を選定するとしてもすでに自らの機体を持っていて戦場で活躍できるような使い手ではなく、変な癖がついていない学生に使わせるというのも理に適っていると言えば理に適っている。

問題はその学生が功を焦っている子供だというところにある。

もちろん彼らが技術提供を行った啓太に対してちょっかいをかけてくることはないだろう。なにかあるにしても実行に移される前に武藤沙織から情報が得られるはずだ。

故に啓太が懸念しているのはそこではない。

「……彼ら、あの有様で戦場に出ようとしませんかね？」

「……あぁ。それか」

今回の実験で、コマンドシステムを使えば今まで動かせなかった量産型を動かせるようになることは実証された。

そうである以上、軍が次に試すのは、量産型をよりスムーズに動かすための研究と、元々軍が求めていた火力と機動力の再現。即ち試作二号機の復元とその稼働実験となる。

そこで『横っ飛びと砲撃ができれば啓太と同じことができる』と考えた彼らが実戦に出ようとする可能性は極めて高い。

もちろん、己の意思で戦場に出る以上、そこで彼らが死ぬのは彼らの勝手だ。啓太が関与するところではない。しかしそれを相手が認めてくれるか？　といえば、それに関しては極めて怪しいと言わざるを得ない。

彼らにそんな自制心があるのであれば、啓太とて初めから逆恨みの警戒などしないし、啓太から話を聞かされた五十谷翔子《しょうこ》や武藤沙織もその時点で『杞憂《きゆう》だ』と笑い飛ばしたはずなのだから。

「可能性がない、とは言えんな。その場合は比較対象としてお前さんも戦場に出ることになるだろうよ」

「……ですよねぇ」

「俺としても、な。第三師団の小僧たちはどうでもいいがお前さんの機体がどんな風に動くか正直気になっている。だからまぁ、諦めろ」

今となっては隆文も啓太の望みが『出世ではなく妹と安穏とした生活を送ること』だということは理解している。しかしながらそれを理解してもなお、技術者であり経営者でもある隆文には一号機とその機士である啓太を放置するという選択肢はなかった。

「ですよねぇ。……俺もシミュレーター使います」

「はいよ」

一番避けたかった『逆恨みからの襲撃』は避けられそうなものの、次いで避けたかった『戦場での実地訓練』は避けられそうにない。

現実の厳しさを痛感しながら、啓太は来《きた》る実戦に於《お》いて己の生存率を少しでも向上させるため、シミュレーターでの訓練を繰り返すのであった。

幕間　魔族や魔物についてのあれこれ

『コツを教えて欲しい』という要望に対して『考えるな。ボタンで動かせ』という、筋肉モリモリマッチョファイヤードラゴンもびっくりするような回答をしてからはや数日。

　コマンドシステムを搭載することによって量産型がぎこちないながらも戦闘機動をとれたことが確認できたため、軍はコマンドパターンの構築や簡略化、つまり今まで機士の能力頼みであったが故に結果的に軽んじられていたＯＳの開発に乗り出すこととなった。

　これにより、最初は『赤いボタンを押したら右に飛ぶ』程度のシンプルな挙動しかできなかった量産型も、より複雑に動くことが可能になるだろうと期待を集めているらしい。

　ここまではいい。啓太にとって肉壁……もとい、頼りになる仲間が増えるのだから、何の問題もない。

　しかしながら現実とは非情なもので、啓太が良いアイディアを提供しても魔物の数が膨大であることに違いはなく、日本も国土の防衛が精一杯である現状では『量産型が複雑に動くことができる＝俺の活躍の場が減る』などということにはならないのだ。

　むしろ量産型の問題が片付いたことで「量産機についてはよくやった。次は貴様だ」と言わんばかりに出撃要請が来ていた。

今までは機体の整備や成長の度合いを確かめるという理由があったため隆文が庇《かば》っていたのだが、今回はその隆文も戦場での試験を心待ちにしており、夏休みに入ると同時に九州行きが決定した啓太の行動を阻むものはない。

せめてもの救いは第三師団閥の連中も機体の制御訓練にあけくれることになるため、啓太が不在の間、妹の優菜が襲われる可能性が極めて低くなったことくらいだろうか。

（まぁ俺にすればそれがなによりの報酬なんだけどな）

ある意味で非常に安上がりな男である。

前回は一度戦闘を行った後、即座に帰投して各種のチェックを行い、レポートなどを纏《まと》めたあとで東京に帰還したが今回は少なくとも半月の軍事行動を予定されている。

（逆に言えば半月働けば残りは休めるってことだよな。前半頑張って残りは優菜と遊ぶんだ！）

事情があるとはいえ、急な引っ越しで友人と切り離された挙句、夏休みだというのに唯一の肉親とも切り離され一人での生活を強いられている妹のことを考えれば『身の安全は確保したんだからそれでいいだろ』などと口が裂けても言えることではない。

よって啓太は自分が『戦場から生きて帰ったら○○と○○するんだ！』という、所謂《いわゆる》死亡フラグを踏襲していることを自覚しないまま、常時魔物が襲い来る九州へと飛び立つことになるのであった。

◆◆◆

そもそも魔物とはどのような存在なのか。

これについては第一次救世主計画に協力してくれた悪魔や、第二次救世主計画の要となった少年が粉骨砕身の文字通り、その身と骨が粉になるまで頑張ってくれたおかげで意外と判明していることが多い。

といっても十年以上前の情報なので今もそうである確証はないのだが、それでも全くないというわけではない。

まず魔族とは、悪魔から謎の因子を植え付けられた人間が因子に呑《の》み込まれなかった場合になる種族である。外見的には肌の色が紫っぽくなったり、目が赤くなったり、黒い羽を生やしたりと、まぁ人間が『悪魔っぽい』と想像するような外見になる場合が多い。

これは因子を植え付けられた人間が悪魔や魔族に持つイメージが反映された結果らしい。また魔族は魔物とは違って知性や人間だった頃の記憶もある。基本的に力を持った人間はそうでないモノに対して非常に残忍になる性質があるが、魔族もその例に洩れず非常に残忍な性格をしている。

彼らによって支配されている地域では人間は奴隷兼食料とされており、まともな人権など存在しない。現地の人間は、時に狩りの獲物にされたり、時に面白半分で魔法の的にされたりと、非道の限りを尽くされている。

その様子はアメリカ大陸やオーストラリア大陸に欧州人が入植したときの状況と同じくらいと言えば、彼らの酷さがわかるだろうか。

人間の枠を外れたことで調子に乗った魔族がどれだけ傍若無人な存在なのかはさておいて。

彼らの主戦力である魔物とは、魔族と違い知性も記憶もなく、己に因子を与えた上位者の命令に絶対服従するが、命令がない場合は何処にでもいる野生動物のような感じで生きている。

与えられた因子の濃度によって形を変えることや、その大きさによって小型・中型・大型・特大型の四種類に区分されることは前にも記した通りである。

多くの魔物はその背景から、単体で海を渡る能力を持っていない。泳ぎが得意な生物を基にして誕生した魔物が『やろうと思えばできる』程度だ。そんな彼らが何故はるばる海を渡って日本に攻めてくるのか？

その理由は、もちろん魔族や悪魔からの命令を受けたからだ。

では何故悪魔や魔族がそのような命令を出すのだろうか？

それはもちろん日本を制圧して土地や資源を奪うため……ではない。

第二次大戦から一〇〇年以上経過した現在、数多の国が滅びたし、それに比例して地球上の人口も減っている。なのでわざわざ海を泳いで極東の島国へ渡らなくとも、その辺の土地を開拓すればそれで済む話である。故に彼らの狙いは土地や資源ではない。

偏にそれが悪魔の方針だからだ。

もう少し細かく言うと、悪魔たちの共通認識として『ニンゲンは余裕があると碌《ろく》なことをしない』というのがある。そのため継続して魔物に襲わせることで『貴様のいるところも安全ではないのだぞ』と危機感を煽《あお》り、ニンゲン側に余裕をなくそうとしているのだ。

窮鼠猫を噛《か》むという言葉があるが、悪魔が望んでいるのは正にそれ。

元々安全なところから一方的に攻撃を加えて悦に浸るという、ある意味ニンゲンよりもニンゲンらしい思考を持つ魔族とは違い、その上位者である悪魔は血で血を洗う闘争を好んでいる。

だが闘争とは、双方の力関係がある程度釣り合っていなければ発生しない。

そのため、悪魔は敵である人類に一定以上の質を求めている。つまり、反攻作戦を主導している国の一つである日本に対し適度な圧力をかけて技術開発を急がせているのである。

舐《な》めているといえばそうなのだろう。

だがそれが許されるほど、現状悪魔とニンゲンの間には隔絶した差があるのだ。

そういった悪魔の方針の他にも魔族の事情が存在する。

先に挙げたように、闘争を望む悪魔と違い、安全なところから一方的に攻撃をしたいという思考を持つ魔族はニンゲンと互角の戦いをすることなど望んでいない。まして大陸系のニンゲンを基にしてできた魔族からすれば、日本人は自分たちを裏切った連中――実際は日本が弱ったところで独立をしたり、援助を拒絶したのは彼らなのだが、彼らにとって日本人とは『無条件に自分たちに尽くすべき存在』であり、それをしなかった時点で裏切り者となる――なのだ。

よって自分たちを滅ぼすための技術開発を行っている日本を滅ぼしたいのだが、本格的な攻勢に出ることは上位者である悪魔からストップがかかっている。

ある意味で板挟みとなった彼らは、悪魔の命令に逆らわないままで日本を苦しめるための——あわよくば滅ぼせるような——策を考え、実行に移すことにした。

それが『継続して襲撃を行うこと』だ。

これにより日本は常時防衛戦を余儀なくされることになるので、精神的な余裕と物質的な余裕を失うことになる。それに加えて『共生派』という内部協力者が後方で不協和音を奏でることで組織の力を弱め、抵抗力を削ごうというのが魔族の計画であった。

事実、魔族との戦争に疲れた者や、大陸から流れてくる物資に目がくらんだ者など、後先考えずに共生派に鞍替《くらが》えする者が後を絶たないのが日本の現状である。

今はまだ軍が強いので——第三師団の崩壊はあくまで遠征先のことであり、国防軍が負けたという印象は薄い——共生派も表立った動きを見せることはできないが、少しでも不利になれば彼らは『無駄な戦いはやめろ』と声を上げることになるだろう。

護るべき国民に足を引っ張られることになる軍がどう動くか。

戦争に反対する国民を捕まえるか？

それはそれでいい。軍の横暴として広げてやろう。

国民の声を無視して悪魔との戦争に集中するか？

それでもいい。味方に足を引っ張られながら戦う無様さを嗤《わら》いながら眺めてやろう。

そして軍を潰《つぶ》したあとは、軍の足を引っ張って満足している民衆に現実というものを教えてやろう。

どちらに転んでも詰んでいる。それを理解しているからこそ魔族たちは悪魔から与えられた『本格的な攻勢は抑えるように』という、自分たちにとって到底甘受できない命令にも我慢できているのである。

尤《もっと》も、抑えるのはあくまで本格的な攻勢であって、今もなお行われている継続した攻勢が緩むことはない。

また、もし日本の国防軍がこの攻勢に耐えられなくとも、たとえ九州や中国地方を失陥することになろうとも、魔族に攻勢を緩めるつもりはなかった。悪魔には『日本は継続して攻めていたら滅ぶような国でした』と報告すればいいと考えていたからだ。

後に彼らは驚愕《きょうがく》と共に己の失敗を悟ることになる。

大したことはないと考えていた日本の国防軍が投入した新兵器の存在に。

機士であれば誰もが『何だアレ』と呆然《ぼうぜん》とせざるを得ない不気味な新兵器の存在に。

機体や魔晶について詳しいはずの悪魔でさえ『何でそうなった？』だの『意味がわからん』だのと頭を捻《ひね》ることになる、上半身が標準型で下半身が蜘蛛《くも》のような、敵味方問わず見る者全てに名状しがたい不快感を与える新兵器の存在に。

――世界が【黒い変態】を知る日は、すぐそこに迫っていた。

六章　予期せぬ大攻勢

一

魔物が日本を襲う理由については先述した通りなのだが、実は一つだけ説明をしていないものがある。

それはなにか？　率直に言えば『口減らし』だ。

言うまでもないことだが、魔物は消費者である。もちろん魔族が命令をすれば畑を耕したりすることはできる。しかし農業や漁業や酪農といった生産系の仕事に詳しい魔族は限りなく少ないし、なにより魔族はそのような気の長い作業を嫌う傾向にある。故に魔族は、支配下に置いた地に住んでいた人間を農奴化して一次産業に当たらせている。

しかし、だ。いくら土地や資源が余っていようと、それは決して無限と同義ではない。

加えて、小型の魔物は野生動物と似た生態を持つ。

つまり小型の魔物は魔物同士で生殖し、増えるのだ。

さらに小型の魔物の食性は雑食であり、人間が作った農作物をつまみ食いしたり、人間そのものをつまんで食べたりするという、誰にとっても何ともありがたくない性質を持っている。

一応小型の魔物は中型以上の魔物にとっての餌になるので、そういう意味では彼らも生産者なのだが、ニンゲンと同じ知性を持つが故にニンゲンに似た嗜好《しこう》を持つ魔族にとってみれば、小型の魔物など大した戦力にもならないのに餌だけを求める頭の悪いペットと変わらない。

同様に、中型の魔物や大型の魔物も生きている以上は食事をしなくてはならないのだが、彼らはその大きさに比例して大飯喰らいである。

いくら戦力になるとはいえ、一体で一日数十トンもの食料を必要とする大型の魔物を大量に維持することは難しい。

故に魔族は、配下の魔物の中で弱い者や食事量と働きが見合っていないものを選んで出撃させる。途中で溺《おぼ》れ死《し》んだらそれはそれ。海を渡ることに成功して無事日本に辿《たど》り着《つ》いたのであれば、迎撃に出てくるであろう国防軍に圧力を掛けつつ物資を使わせる。その上で国防軍の兵士に損害を与えることができればなお良し、というわけだ。

もちろん魔物はそんな魔族の思いなど知らない。故に彼らは全力で泳ぐし、辿り着いた地に敵がいれば全力で戦うのである。

そうして上陸した彼らは基本的に全滅するため彼らが得た戦訓がフィードバックされることはない。魔族もそこまで期待していないため、行動に変化が出ることはない。

故にいつも同じように上陸し、同じように戦闘を行い、同じように死んでいく。

それが魔物の宿命であった。

……この日までは。

それは新しく生まれた魔族が、命令を受けて日本へと向かう魔物に対して疑問に思ったことを口に出したことから始まった。

曰《いわ》く「何でみんな単体で泳ぐの？　それだとみんな疲れて溺れるだけでしょ？　大きいのはゆっくり泳いで、中くらいのと小さいのは大きなのに乗ったり引っ張ってもらえば体力の損耗を抑えられるじゃん」とのこと。

別に命令されたわけではない。しかし上位種である魔族からの意見であるし、なにより彼らの本能がそうすることで『より余力を維持したまま任務にあたることができる』と理解してしまった。

知性がないとはいえ、本能の部分で『無駄死にしたくない。命令通り戦いたい』と思っていたのだろう。

これ以降、それまで特大型にしか見られなかった移動戦術タンクデサントを大型の魔物たちも共有することになる。

それはまるで渡り鳥が隊列を組むことで気流を操り、全体の体力の消費を抑えるかの如き行いであった。

魔物たちがこの単純ながら効果的な移動方法を得たことが敵になにを齎《もたら》すか。

それは数日後、対岸である日本の防衛ラインを維持していた第二師団が身を以て経験することになる。

◆◆◆

「馬鹿な！　多すぎるッ！」

司令部の一角からそんな声が発せられたのは、啓太が九州に到着してから三日後のこと。具体的には、前日までに配置場所の確認やら武装の最終点検やらを終わらせ、万全の状態を保った上で魔物との戦闘を行おうとしていた矢先のことであった。

この世界は第二次大戦中に悪魔が召喚されたこともあり、啓太が知る世界では当たり前ともいえる存在であった人工衛星を使った監視体制などというものは存在しておらず、基本的に監視はレーダーを積んだ監視船による索敵や地上に設置された大型のレーダーによるものに頼っている状況だ。

ちなみに監視船とレーダーの比率は一：九くらいの割合である。

本当であれば軍としても、いくつもの船と優秀な監視員を使った監視部隊のようなものを組織したいところなのだが、海上で魔物に襲われた場合その船に乗っている船員たちは間違いなく死ぬことになるというのがネックになっていた。

一度や二度の索敵で専門の教育を受けた船員を死なせるわけにもいかないのだから船員を必要とする監視船の数が絞られるのは当然と言えば当然の話と言える。

そのため軍はいくつかのポイントに使い捨てのレーダーを配置し、それが破壊された場所と時間を逆算することで魔物の侵攻方向と到達時間を察知するようにしていた。

この方法の欠点は、魔物が上陸する正確な場所や時間、敵の数がわからないことだ。

故に迎撃部隊は、魔物の進軍によって確認レーダーが破壊された時点で魔物が上陸されると思われる地点に移動を開始し、魔物が来る前に展開を終わらせ、迎撃の準備を整えてから敵の数を探るようにしている。

前記のような順序で動いているため、魔物の数の確認が遅れるのはある意味では仕方のないことと言えよう。

また地上から魔物を探るために設置されている大型レーダーの索敵範囲はおよそ三〇〇キロほどなのだが、この索敵範囲の広さも敵の数を誤認する理由の一つとなっている。

というのも、魔物が三〇〇キロ泳ぐためには大体一日ほどかかるのだが、軍はその距離を泳いでいる間にも一定数の魔物が溺れることを想定している（溺死《できし》する魔物の数はこれまでの経験から算出している）からだ。

この場合、当然海の状況によっては溺死率も低くなるので、最終的に『上陸に成功した魔物の数が思った以上に多い』ということもままあることと認識されていた。

よって、想定よりも多少魔物の数が多いからと言って、戦闘経験豊富な指揮官が声を荒らげることなどないはずであった。——通常であれば。

「何だあの数は！　一体どうなっている！」

迎撃部隊の指揮官である芝野《しばの》雄平《ゆうへい》大佐は目視できる範囲に現れた魔物の数を見て声を荒らげていた。

先述した理由から、魔物の数に多少の増減があるのは当たり前のことだ。それは芝野とて理解している。

理解できないのは、魔物の数が、多少どころではないほどに多い、否、むしろ増加していたからだ。

「減るのはわかる。だがなぜ増える！」

事前にレーダーで観測されていた魔物の数は、大型が一五。中型が六二。小型が二〇〇弱と合計でおよそ三〇〇体。

この時点でこれまで第二師団が観測してきた中で最大規模の数であった。

そのため芝野は敵の規模が判明した時点で他の部隊に応援を要請したし、休暇の予定だった兵まで招集した。加えて本来であれば後方で試験を行うはずだった試験機まで動員している。

まさしく猫の手を借りている状況であった。

そうして集められた迎撃部隊の内訳は、標準型の機体を使う機士が二〇。獣型の機体を使う機士が四〇。砲士（砲撃専用の砲を使う機士）が一〇〇ほど。

通常兵器では戦車四〇〇両、歩兵兼砲兵が四〇〇〇人という、第二師団が有する戦力のおよそ五〇%。機士については第二師団が有する戦力のほぼ全てを動員している。

機士の数が少ないと思われるかもしれないが、そもそも機士という兵科が増やしづらいものなのだ。

確かに第二次救世主計画の影響で日本では魔晶の数や機士の数は増えている。しかしながらその数は、啓太が通う軍学校に入学した人数が示すように年間約一〇〇人程度でしかない。

第二次救世主計画が発動してから約五〇年。この計画によって一定の数が集まったと判断されたために行われた第一次反攻作戦から約三〇年しか経過していないことを考えれば、単純に考えて一〇〇人×三〇年で三〇〇〇人となる。この中で標準型や獣型を使えるほどに魔晶との適合率が高いのは三〇％程度しかいない。つまり標準型や獣型を使う機士は九〇〇人。砲士は二一〇〇人となる。もちろん軍学校に通っていない下士官にも魔晶との適合率が高い人間はいるので機士も砲士も多少の増加はあるものの、それでも年間三〇人を上回ることはないのが実情であった。

九〇〇人の機士と二一〇〇人の砲士は九つの師団で分散させて配備されているため、その数は単純計算で一つの師団に所属する機士は一〇〇人。砲士が二三〇人となる。

尤《もっと》も、九州や中国地方を守護する第二師団は他の師団に比べて多めに人材が配備されているので、実際に配備された機士の数はもう少し多いのだが、近年に配備された機士の多くが遠征軍である三・四・五師団に優先して回されたし、なにより三〇年の間に年齢や怪我を負ったことを理由に除隊している機士や戦死している機士がいるので、現在第二師団に配属されている機士の数は、標準型と獣型を合わせても七〇人。砲士は一三〇人となっている。

　よって今回の機士六〇人、砲士一〇〇人の動員というのは、他の場所に上陸されたときのことを考えて予備に回された戦力を除いた限界ギリギリの数であった。

ただし、これだけの戦力を集めても大型一五体、中型六二体の相手は厳しいと言わざるを得ない。

（勝つことはできるだろう。だが反撃で相当数の砲士と機士を失うことになる）

芝野だけでなく第二師団の上層部の皆がそう思っていた。

しかし、魔物の上陸を前にして彼らは、特に芝野は絶望と共に自分たちの想定が間違っていたことを痛感させられることになる。

何故か？　前提となる数が違ったからだ。

それも観測員が肉眼（双眼鏡）で確認したところ、上陸に成功するであろう魔物の数は、大型が一〇体。中型が一三三体。小型が五〇〇体以上となっていたからだ。

「何故だ！」

大型は減ったが、他が増えている。それも想定の倍近い数にまで増えている。

まさしく前例のない異常事態である。

「何故ここまでの齟齬《そご》が生じたっ！」

中型が一〇〇体を超えるという規模の群れなど、それこそ大陸で反攻作戦に当たっている第四師団や第五師団が稀《まれ》に遭遇するくらいで、そうそうお目にかかれる状況ではない。

その第四・第五師団とて現地の軍勢と協力して当たっているが故にそれほど大きな被害を出すことなく対処できているのであって、これだけの規模になると本来一つの師団が単独で当たるような数ではない。

さらに大型の中には最大とされる三〇M級が複数いるというではないか。

「レーダーで観測したときは間違いなくここまでの数はいなかった。一方向から一つのレーダーで観測しただけではなく、複数の場所から複数のレーダーで観測した上で算出された数値だからそれは間違いない。そしてこの大型の数と種類だ。三〇M級なんて今まで見たことがない。それが急に、しかも複数現れた……間違いない。悪魔や魔族がナニカしたな！」

魔物が増えた理由を考察する芝野。確かに、レーダーに異常がないのであれば悪魔や魔族が魔力という不思議な力を使ってレーダーを誤魔化したとするのが最も自然な考え方である。

しかし芝野の考察は的を外している。

答えを言ってしまえば、別に悪魔や魔族が意識をして欺瞞《ぎまん》工作を行ったわけではない。

増えた分の中型や小型は、単純に大型の上に載っていたため数に数えられていなかったものや、纏《まと》まって大型に引っ張られる形になっていた魔物たちが一体の魔物と誤認されただけの話である。

これまで見られなかった三〇M級がいるのも、魔物が互いに体力の損耗を抑えるようにして泳いできたため、今まではその大きさ故に疲労が激しく、途中で溺死していた個体が無事に辿り着けただけの話である。

「大佐！」

「くっ！」

とはいえ。どのような理由があろうと、目の前に魔物がいる。

そうである以上芝野は決断をしなくてはならない。

即ち、退くか、戦うか、を。

（どうする？　どうしたらいい！）

迎撃部隊指揮官芝野は決断を迫られていた。

二

（戦って勝てるか？　……無理だ）

脳内でシミュレートを行った芝野は、展開した部隊が一斉砲撃を行った次の瞬間、生き残った中型からの反撃で大多数の砲士と砲兵が蒸発する様を想像してしまった。

元々、砲士が使う機体は防御力も移動力も存在しない。ただ攻撃力のみが与えられている機体だ。それも一撃で中型を討伐できるような火力はなく、数発当ててようやく一体討伐できる程度の火力しか持っていない。

そのため彼らは通常の襲撃であっても、最初の砲撃から生き延びた魔物からの反撃で消し飛ぶことが多い。

第二師団ではそれをさせないために常に敵より多くの砲士を集め、バラバラに広がるよう展開させた上で一斉に砲撃を行い、敵に反撃をさせないことを第一に。次いで反撃をされるにしてもその方向性をばらけさせることを念頭に運用してきた。

翻って今回はどうか。

砲士よりも敵の方が多い時点で反撃を免れないことが判明してしまっている。

（これではまともな砲撃は期待できん……）

砲兵や狙撃手の常識として、身を隠せる遮蔽《しゃへい》物、もしくは反撃を防げる装甲の後ろから狙撃を行うのと、身を護る術がなにもないところから狙撃を行うのでは、前者の方が圧倒的に命中率が高いことは広く知られている。

　そしてそれは砲撃専用の機体を操る砲士にも同じことが言える。

（それなりに身の安全が保障されている状況でさえ火力と命中率に難があることで知られている機体なのだぞ。反撃が免れない、つまり高確率で死ぬことになる状況下に於いて正常な成果を上げることを期待する方が間違っている）

　芝野は指揮官として部下を信頼しているが、過度に信用したりはしない。如何に気合があろうと不可能なことは不可能と割り切ることのできる人間であった。故に芝野は今の段階で戦端を開いても無意味に終わることを理解してしまっていた。

　そしてそれは芝野だけではない。現場で魔物の数を確認していた機士や砲士たち、戦車隊や付き従う歩兵たち、つまりこの場にいる全員がそう認識していた。

（戦っても勝てないのであれば退くしかない）

　冷静な部分ではそれしかないとわかっている。

　だがそれがわかっているからといって実際に退けるかどうかは別の話である。

（退くのはいい。だが一度も戦わずに退けるか？）

　芝野が懸念しているのは、自分が敵前逃亡などの罪で査問委員会にかけられること……ではない。

　芝野の上司である第二師団の上層部にいる面々は、勝てない敵を前にした際には撤退して力を蓄えることも一つの戦術だと理解しているからだ。

故に芝野が考えるのは、無傷のまま退けるか否かにあった。

孫子の教えに『三十六計逃げるに如かず』という言葉があるが、そもそも撤退は戦場に於《お》いて最も難しい戦術とされている。特に、敵に捕捉《ほそく》されている最中の撤退は至難の業だ。

（魔物は総じて目が良い。俺を含む将官が敵の数を認識できている以上、連中は俺たちの存在を認識しているとみるべきだ）

希望的観測は捨てろ。冷静な部分がそう訴えてくる。

（方向転換して撤退？　その前に向こうから射撃が来る。一方的に射撃される中で隊列を維持したまま後退できるとは思えん。射撃によって混乱しているところに小型の魔物たちが突撃をしてきたら、そこで部隊は全滅する。何とかして機士と機体は無傷で逃がしたいのだが……）

小型といえば鎧袖一触《がいしゅういっしょく》で蹴散《けち》らせる雑魚のように思えるが、そんなことはない。敵は一～三メートルほどある野生の獣だ。機体に乗った機士からすれば殊更苦戦するような相手ではないし、通常兵器も通用するので戦車隊であってもそれなりの消耗はするが倒せない敵ではない。

ただしそれは、あくまで魔物と一対一、否、一対三くらいの比率で相対できた場合の評価だが。

いくら小型だろうと、五〇〇もの数に襲い掛かられれば機士とて満足な抵抗もできずに呑《の》み込まれてしまう。まして機体は大きく魔物からも狙われやすいので、決して安全ではない。そのことを考えれば、一目散に撤退しようとした際に全員が無事に逃げ切ることができると考えるのは楽観的に過ぎるだろう。

（……殿《しんがり》が必要だな）

考えに考えた芝野が出した結論は『撤退』だった。それもできるだけ機士を無傷で逃がすため、戦死を前提とした殿を残すという非情の決断である。

芝野が考える殿は、通常兵器しか持っていない戦車隊や歩兵隊だ。当然自分だけが逃げるなどということは考えていない。最後まで残って指揮を執るつもりだ。

（通常兵器では中型以上の魔物が持つ障壁を貫けないから、中型も大型も無傷のまま残ることになる。しかし最も数が多い小型を減らせば被害は最低限に抑えられるはず。今の段階で他の師団に援軍を要請し、俺たちが戦っている間にできるだけ準備をしてもらう。元々俺たちの支援をする予定だった第六や第八ならそれほど時間もかからないはずだ。三師団が合同で当たれば勝てる。あとは俺がどれだけ時間を稼げるか……）

芝野という男は、もしも自分が連中の前で無様を晒《さら》すことで少しでも時間が稼げるというのであれば、パンツ一丁になって敵の中に乗り込んで、下着の中に用意したダイナマイトで自爆する程度のことはできる男であった。

「よし。全軍に通達だ」

この国の未来のため自分と共に死んでくれ。

ただでさえ絶望に沈んでいるであろう部下たちを地獄に突き落とすが如き命令である。

殺したくはない。死んで欲しくもない。だが諦《あきら》めろ。俺も諦めた。

そんな覚悟をキめた芝野が非情な命令を発しようとしたときのことであった。

『こちら二〇九九特務小隊所属川上特務少尉。作戦開始時間となりましたので、これより状況を開始します』

「「は？」」

部下と共に死ぬ覚悟をキめた芝野を含め、指揮所にいた面々全員が思わず声を上げた。

この場に展開している迎撃部隊は全員が芝野の指揮下にある。

故に砲撃さえも芝野の許可がなければできない状態だ。

本来であれば恐怖のあまり暴発してもおかしくはないのだが、じっと命令を待つ忍耐力は第二師団に所属している将兵の忍耐強さと優秀さを証明している。

そんな中でいきなり状況開始の宣言を行った者がいるのだ。

たとえここにいるのが芝野でなくとも呆《ほう》けた声を上げてしまっていただろう。

問題はその命令違反ともいえる宣言をしたのが誰か、という話だが……。

「二〇九九特務小隊？」

「九番台は軍学校のコードだな。実習はまだ受け入れていないはずだが……」

「……例の試作機だ」

「馬鹿な！」

「学生が命令違反だと！」

「恐怖で逸ったか！」

気持ちはわかる。精鋭とされる第二師団の将兵でさえ恐怖で暴走するかもしれない状況なのだ。

学生が耐えられないのも無理はない。指揮所の面々はそう考えたが、それは勘違いである。

「……いや、彼はこう言ったはずだ。『作戦開始時間となりましたので』とな」

「「「「あっ！」」」」

特務小隊に所属する啓太は、大まかに言えば芝野の指揮下にあるが、本来の上司は第二師団の師団長である。故に芝野からの発砲命令が出ていない状況で発砲したとしてもそれは命令違反ではない。むしろ事前に決められていた時間に行動を起こさない方が命令違反となる。よって啓太はどれだけ怖かろうと、どれだけ目の前の状況に絶望していようと予定されていた時間が来た以上、動かなければならなかったのだ。

それを止めるのであれば、芝野が啓太に対して『状況が変わったので予定を変更する。別命あるまで待機せよ』と命令をしなければならなかった。

何のことはない。啓太は、指揮所の面々が予想外の出来事で狼狽《ろうばい》している間に予定されていた時間が来たから動いただけ。つまり軍務に忠実に動いているだけの話である。

「何ということだ……」

己の覚悟のなさが護るべき子供を殺してしまった。さらに敵からの反撃によって芝野から命令が出されていないが故に、戦うことも退くこともできていない迎撃部隊にも被害が出てしまう。

（全ては即座に命令を出さなかった自分の失態ッ！）

自分が死ぬ覚悟はできていた。だがそれは生かすべき味方を生かすことが前提である。無駄死にさせるつもりも無駄死にするつもりもなかった。だがもうそんなことは言っていられない。

「こうなったら仕方がない！　少しでも敵を削るぞ！」

部隊は大損害を被るだろう。自分のせいであとに残された者たちは苦労することになるだろう。

だがそんなことは関係ない。

「我らは国家の防人たる精鋭第二師団。護るべき子供に戦わせておきながら後ろを見せるような弱輩者などおらん！」

「「「はっ」」」

軍人として、否。大人として護らねばならぬものがある。

どうせ死ぬのであればそれを抱えて死ぬべきではないか。

先ほどまでとはまた違った覚悟をキメた芝野が号令を出そうとした次の瞬間、指揮所の面々は己の常識を超えたモノを目の当たりにすることになる。

「全部隊、攻撃準……『三〇Ｍ級沈黙しました！』……は？」

「特務少尉です！　試験機の狙撃で大型が沈黙！　さらに回避行動中に反撃？　に、二〇Ｍ級、沈黙！」

「は？」

「狙撃後にジャンプで敵からの反撃を回避、だけではなく回避中に一撃！　さらに着地と同時に一撃？　後方へ飛びながらさらに一撃を加えています！　三〇Ｍ級と二五Ｍ級が続けて沈黙！」

「は？」

「さらに二五Ｍ級、沈黙！」

「……恐ろしく速い狙撃だ」

「反撃に反撃していやがる」

「向こうの反撃が……当たらない！　ジャンプ中に急加速しました！」

「何でさ」

「おそらくアンカーを使って機体を引っ張っているモノと思われます！」

「さらに狙撃！」

「連中は攻撃態勢に入っているため回避も防御もできん。そこを狙っているのか」

「いかに大型といえども一二〇ｍｍ滑空砲から放たれる魔力込みのテルミット徹甲弾を頭に受ければ死ぬ、か」

「理屈はわかる。だが意味がわからん」

「二〇Ｍ級沈黙！」

（強い。いや、一撃で大型を討伐する火力もそうだが、それ以上に心が強い。……彼はこの絶望的な戦いの中でも諦めてはいない。勝つために戦っている！）

「三〇Ｍ級と二〇Ｍ級が続けて沈黙！　残る大型は一〇Ｍ級が二体のみです！」

「一〇Ｍ級だけ？　あぁなるほど。彼は大型の中でも特に大型の魔物を優先的に狙っていたのか」

　当然のことではあるが、区分としては同じ大型であっても一〇Ｍ級の魔物と三〇Ｍ級の魔物ではその脅威度はまるで異なる。自然界に於いて存在する『重さ（または大きさ）＝強さ』という方式は魔物にも当てはまるのだ。

　一〇Ｍ級と三〇Ｍ級の魔物では、筋肉の量が違う。装甲の厚さが違う。威圧感が違う。内包する

魔力が違う。繰り出される攻撃の威力と規模が違う。故に三〇M級の魔物を目の当たりにすれば、誰もが死を覚悟する。芝野も例外ではない。それほどの難敵だった。

しかしそんな強大な敵は、もういない。

（三〇M級の巨体が放つ威圧。想定される反撃の規模を想定して怯《おび》えていた者たちもいただろう。しかし彼のおかげでその心配は払拭《ふっしょく》された！）

一〇M級であれば問題はない。とまでは言わないが、少なくともあの規模の魔物の攻撃であれば機士も砲士も経験している。対処法も弁えているはずだ。なにより三〇M級をあっさりと葬った彼が今更一〇M級に手古摺《てこず》るとは思えない。

その証拠に……。

「一〇M級二体沈黙！」

（ほらな）

ついでとばかりに告げられた撃墜報告に苦笑いをこらえきれなくなる。

「大型一〇体の討伐に一〇分もかからぬとは……」

「被弾もなし。消費したのは弾薬と焼け付いた砲身くらい、か？」

「何という機体だ」

「いや、あれは機体の性能だけでできることではないぞ！」

「そうだ。機体と機士、双方の実力があって初めて成し得たことだ！」

（彼の戦いに中てられたか。わからんでもない。いや、むしろ俺が一番熱に冒されている自覚がある。本来であれば指揮官に熱などいらん。だが今だけは別だ！）

「……今なら勝てる。そう思っているのは俺だけか？」

「「「大佐！」」」

先ほどまで指揮所を覆っていた悲壮感に塗れた空気などもはや存在しない。

「子供が、いや、特務少尉が大型を殲滅《せんめつ》してくれたのだ。これから中型も片付けるだろう。で、我々はなにをしている？　ここで少尉の活躍を見ているだけか？」

「まさか！」

「ありえません！」

「行きましょう！」

「彼の力は堪能させていただきました！　次は我らが精鋭たる第二師団の力を見せる番です！」

「よく言った！　俺も同じ気持ちだ！　前線で命令を待っている連中も同じ気持ちだろう！　そうに決まっている！」

「「「然り！」」」

「全軍に伝達！　攻撃準備を急がせろ！」

「「「了解！」」」

――数分前とは一八〇度違う覚悟をキめた芝野以下第二師団は、殿を残して撤退するのではなく全面攻勢を選択した。これにより魔族もニンゲンも予期していなかった魔物による大規模攻勢は、新たな局面を迎えるのであった。

三

時は少し遡《さかのぼ》る。

「し、少佐……」

「あぁ。これは無理だな」

芝野を中心とした指揮所の面々が頭を抱えていた頃、より近い位置で想定以上の魔物が上陸を果たそうとしているのを目の当たりにしていた機士たちの表情は、芝野たち以上に恐怖に歪《ゆが》んでいた。

当然だ。指揮官であるが故に直接魔物と接触することがない芝野と違い、直接魔物と戦闘を行ってきた彼らは魔物の怖さというものを誰よりもよく知っているのだから。

機士の常識として、大型に比べれば中型は弱いとされている。参謀部が出した戦力比は、二〇M級の大型一体に対して六M級の中型が一〇体とされている。

だが実戦を知る機士に『大型一体と中型一〇体のどちらが怖いか』と問うたなら、彼らは悩むことなく『後者の方が怖い』と答えるだろう。

戦いは数。数は力。けだし名言である。

ちなみに元々標準型と中型の撃墜対被撃墜比率《キルレシオ》は一：二であり、獣型と中型では二：一とされている。

これを好意的に捉《とら》えるのであれば、標準型は一機で二体の中型を倒せる。獣型は二機で一体の中型を倒せる、となる。だが逆に言えば中型の魔物は二体で一機の機体を倒すことができるし、獣型を相手にした場合は一体で二機を倒すことができるということになる。

翻って現状である。中型の魔物の数が一三三体いるのに対し、迎撃部隊が擁している機体は標準型が二〇機。獣型が四〇機だ。

数字だけで見れば迎撃部隊が討伐できる中型の魔物の数は標準型が四〇体。獣型が二〇体。合計で六〇体となる。

これでは元々確認されていた六二体にすら及ばないのだが、エースと呼ばれる機士が数人いることと一〇〇人近い砲士による援護射撃があるので大型を含めてもギリギリ何とかなると考えられていた。

実際に上陸してきた魔物の数を見る前までは。

「一〇の大型に加え、一〇〇体以上の中型が相手ではな。……どうにもならん」

ランチェスターの二次法則を例に出すまでもなく、初期の戦力差はそのまま生存率に直結する。

つまり、六二体の魔物と六〇機の機体が戦った場合は双方に被害が出る接戦となるが、一三三体の魔物と六〇機の機体がぶつかった場合、六〇機の方が一方的に潰《つぶ》されることになる。

この上大型もいるとなれば尚更だ。

もちろん戦い方や個人の技量、または連携によって敵に一定以上の被害を与えることは可能だ。

可能なのだが、迎撃部隊に甚大な被害が出ることは避けられない。

その場合、今回の戦闘はまだしも、次回以降の防衛戦ができなくなってしまう。

（それを考えれば……撤退、だろうな。それも通常の戦車隊らを殿《しんがり》にして。その場合は芝野大佐も残る、か）

機士隊の隊長である佐藤泰明《さとうやすあき》少佐は、全体指揮官である芝野の考えをトレースして、そう結論付けた。

数に劣るが故に勝てない、もしくは甚大な被害が出るというのであれば、一度退いて数を揃えてから再度挑めばいい。第二師団だけでは無理だが他の師団の力を借りれば可能なことだ。故に芝野らが選ぶのは『たとえ自分たちが全滅しようとも、反撃の中核となるであろう機士と機体だけは戦場から撤退させること』となる。

（その覚悟、無駄にはしません！）

『なにがあってもお前たちだけは必ず逃がす』

そんな芝野の気持ちがわかるからこそ、佐藤は一刻も早く戦場から撤退できるよう手配をするつもりであった。だが、司令部からの命令が下る前に撤退の準備をすることはできない。

自分一人が査問にかけられることで一人でも多くの部下を逃がすことができるというのであれば敵前逃亡の不名誉も甘んじて受け入れる所存ではあるが、何事にもタイミングというものがある。

今回で言えば、いち早く機士たちが撤退してしまえば殿として残された部隊が暴走する可能性が高いという点が挙げられる。そうなれば殿の部隊もろとも蹂躙《じゅうりん》されてしまうことになるだろう。

故に佐藤はタイミングを計るのだ。

殿にされた者たちが命を捨てる覚悟をするタイミングを。

機士たちが、命を捨てて自分たちを逃がそうとしてくれる友軍を見捨てて逃げる覚悟を決めるタイミングを。

（まだか。まだか）

「少佐！」

「どうした！」

焦れる佐藤を正気に戻したのは、副隊長である清《きよ》田《た》大尉だ。

「あちらをご覧ください！」

「あちら？　……むっ！」

清田大尉が指差す先を見れば、そこには右手に持った戦車砲のようなモノから、魔物の群れに向けて砲弾を放つ四脚の機体の姿があった。

『グォッ！』

放たれた砲弾は一直線に魔物の下に向かい、その先にいた一〇M級の頭部をぶち抜いた。大型だろうが何だろうが頭をぶち抜けば死ぬ。故にあの大型も間違いなく死んだはず。

「一撃？　い、いや！　そうじゃない！　あれはどこの隊のやつだ！」

一撃で大型を仕留めたことに驚いた佐藤だが、即座にあの行為が『命令違反』であることに気が付き、その所属を誰何した。

佐藤は現場の指揮官である。故にもしあの機体に乗る機士が『命令があったのに拘わらず隊長が呆《ほう》けていたので撃ちました』というのであれば、それでは仕方がない。と認める程度の器量はあるつもりだが、現在司令部から出されている命令はあくまで『合図と共に一斉射撃』だ。軍に所属する者として、一兵卒が勝手に判断して攻撃を行うなどあってはならないことである。

故に佐藤は怒気を放ったのだが、その怒気は司令部から流れてくる言葉が洗い流すこととなった。

『司令部より各員に告げる』

（来た！）

『全軍、攻撃準備を急げ。戦車隊及び砲士は合図と共に一斉射撃。機士隊は反撃から砲士を護るよう、盾を用意』

「は？」

（撤退ではない？　どうなっている？）

『諸君にも見えているだろう！　我々が魔物の数に怖気づいている間に、あろうことかまだ学生に過ぎない特務少尉が先陣を切った！』

（がくせい？　なにを言っているんだ？）

「あの、少佐。もしかして、あの機体は試験機として持ち込まれていた新型では？」

「新型？　あの単騎で四体の大型を仕留めたという、あれか？」

「おそらくは。噂では今年軍学校に入学したばかりの生徒だけが動かせる機体で、獣型の下半身に標準型の上半身を載せた歪《いびつ》な機体とのことでしたが……」

「いや、あれはそんなものじゃないだろ」

確かに下半身は四脚だが、そこに獣型のような肉感やしなやかさはない。むしろ機械と蜘蛛《くも》の脚を足したような無機質さが目立つ。そこに載っている上半身の普通さが何とも不気味さを助長している。

「あれは、何だ？」

『ガァァァ！』

佐藤と清田が話をしている間にも、戦場では何とも形容しがたい機体がぴょんぴょんと飛びながら狙撃を繰り返し、魔物を撃破していく。

『グギャ！』

『問おう。諸君らは子供に戦わせて敵に背を向けることができるか？　俺は無理だ！』

ワンショットワンキル、否、稀《まれ》に二発撃っているがそれでも順調に魔物を仕留めていくゲテモノ。

「少佐！」

「あ、あぁ！」

姿かたちはさておくとしても、自分たちの味方であることは間違いない。

しかもそれを操る機士は軍学校の生徒、つまり子供だ。

そこまで思い至れば佐藤にも芝野の気持ちが理解できた。

戦略的撤退？

将来のために逃げる？

目の前で戦う子供を見捨てて逃げるのか？

それで『自分は軍人だ』と胸を張って言えるのか？

機士としての誇りはないのか？

「確かに。確かにそうだ！」

芝野があぁ言う以上、例の機体を操る子供の行いは芝野も予期していなかったことなのだろう。

同時に、あの戦いぶりから子供が恐怖に負けて命令違反を犯したわけではないというのもわかる。

あれは確信がある動きだ。

それは一部のエースのみが持つ『俺はこんなところでは死なない』という確信だ。

『キャオラッ！』

撃てば死ぬ。反撃をしようにも次の瞬間にはその場にいない。

飛び跳ねながら一方的に魔物を殺していくその様は、正しく命を刈り取る死神のようで。

「総員戦闘準備！　学生一人に戦わせるな！　ベテランの強さを見せつけるぞ！」

『ガトォッ！』

「「「はっ！」」」

「ただし勝手に動くな！　命令あるまで待機だぞ！」

「「「了解です‼」」」

下手に介入すれば彼のリズムを崩すことになる。それがわかるからこそ佐藤は司令部からの攻撃命令を待つことにした。

（待て。待つんだ！）

『ブバァッ！』

（まだか、まだかっ！）

新型機が大物を刈り取る姿を見ながら司令部からの命令を待つその姿は、先ほどまでの焦燥に塗れたものではなく、今にも戦場に駆け出そうとする己を抑えるが如く熱を帯びていた。

七章　BOY OF DESTINY

一

当然というか何というか。啓太は芝野が勘違いしたように『怖いけど命令に変更がないから仕方ない』と悲壮な決意を固めて出撃したわけでもなければ、恐怖に負けて暴走したわけでもない。

単純に予定された時間になったから予定通りに出撃しただけだ。

「ターゲット確認。排除、開始ぃ！」

『アベッ！』

そもそも絶望しようにも啓太は軍学校に入ったばかりなので、通常魔物がどのくらいの規模で攻勢を仕掛けてくるか？　など理解していない。

そのため大型が一〇体以上いようと中型が一〇〇体以上いようと「そんなもんか」としか思わない。

むしろ中途半端にロボットものの知識があるものだから『一度に万単位（場合によっては億単位）の数で襲い掛かってくる人類に敵対的な地球外起源種に比べたら数も脅威度も少なすぎる』なんて感想を抱いたくらいだ。

「選り取り見取りってなぁ」

『ビブッ』

それでも数の差が脅威であることくらいは知っている。そのため、もし司令部から『一人でアレを全滅させろ』なんて命令が出たら「ふざけんな！」と切れて司令部に流れ弾を叩《たた》き込《こ》むくらいのことはするつもりであったが、ここには六〇の機士と一〇〇を超える砲士、さらには数百両の戦車と数千人の兵士がいるのである。

敵の方が少なくて味方の方が多いのだ。これで一体なにに怖じ気づけというのか。

「楽にしてやるよ！」

『タバッ！』

尤《もっと》も、事前のブリーフィングでは自分が動く前に一斉射撃を行うはずだった彼らが今も動いていないことには多少の疑問を抱いたが、こちらの試験を優先させたと考えれば理解はできる。

「とぅ～とぅ～とぅ～」

『キャオラッ！』

優先された以上は試験に集中すべき。

そう判断したが故に、啓太は横軸移動を繰り返しながら魔物に襲撃を仕掛ける。

「最新型が負けるわけねえだろ！　行くぞおぉぁあ！」

『カドォ！』

最初に狙うはもちろん大型。なにしろ混合型のコンセプトは『単騎で大型の魔物を仕留めることができる機体』だ。元々そのために造られた機体である以上、まずは大型から倒さねば無礼というもの。

故に撃つ。撃つ。撃つ。

「オラオラオラオラ！」

『ディオッ！』

大型の特徴は、単純に大きくて硬くて強いことだ。

ただでさえ巨体を支えるための筋肉に覆われているところに、魔力による強化がかかる。その上常時魔力障壁と呼ばれる力場を展開しているため、その防御力は極めて高い。その防御力に加え、一撃で機体や戦車を蒸発させる攻撃力まで有しているのだ。弱いはずがない。

「てめえらに、今日を生きる資格はねぇ！」

『ムギッ！』

弱いはずはないのだが、それでも一方的に狩られていく。

スペック上ではここまで一方的に蹂躙《じゅうりん》することなどできるはずがないのだが、実際に啓太は無傷のまま一方的に大型を狩っている。

何故このようなことが可能なのかと言えば、偏に啓太と機体が成長しているのに対し、魔物が一切成長をしていなかったせいである。

「狙いが甘い！」

『ウラバッ！』

啓太は前回の戦闘のあともより機体に慣れるためにシミュレーターによる訓練を行っていた。

機体も、整備のとき以外は常に啓太の魔晶の中に収納されており、啓太のイメージ通りに動くよう常に成長と最適化を繰り返していた。

その結果、射撃時の反動の抑え方や、着地の際のバランスの取り方や衝撃の吸収の仕方。さらにはジャンプ中の制動など、様々な部分が強化されている。

翻って魔物はどうか。

確かにこちらが射撃を行った際に放たれる反撃の速度は速いし、その精度も極めて正確だ。

しかし、言ってしまえばそれだけだ。

「正確な射撃だ。それ故予想しやすい！」

『グフッ！』

攻撃自体に追尾するような効果があるわけではないので、反撃が来る前にその場から移動してしまえば攻撃は当たらない。また、反撃以外の場合は目標を目視してから攻撃を行っているため、急制動に対して反応ができない。

加えてまともな知性がないので、相手の動きを予想した攻撃、所謂《いわゆる》『置いてくる』ような攻撃ができない。故に射撃と同時に飛び回ることが可能な啓太に攻撃を当てることができないのだ。

そのため啓太が現在の警戒すべき攻撃は一〇〇を超える中型によって行われる『数を活かした弾幕』となるのだが、この状況ではそれも難しい。

というか不可能だ。何故なら啓太によって大型が優先して狙われ、次々と討伐されているからだ。

考えてみればわかるだろう。中型や小型の魔物たちにしてみたら現状は三〇メートルの建物がすぐ隣で崩落しているような状況である。当然狙撃主を狙うどころの話ではない。

それでも、倒れてくる魔物と同じくらいの大きさがあれば友軍が逃げまどっているのを尻目《しりめ》に攻撃が可能かもしれない。実際大型は啓太に対して反撃を行っている。

だが、味方に邪魔をされないくらいの大きさを持つということは、それだけ射線が通りやすく、的が大きいということでもある。

「とりあえず大型はお前で終わりだ！」

『ドワォ！』

「ヨシッ！」

一体が中型一〇体に匹敵するとされていた大型の魔物一〇体が、ものの一〇分と持たずに全滅した瞬間であった。

「次ぃ」

しかし啓太は止まらない。まだ中型と小型が残っているからだ。

「ん。大物の死体が良い感じに遮蔽《しゃへい》物兼障害物となりつつあるな」

基本的に魔物による遠距離攻撃はレーザーのような感じで直線的なものである。故に残っている中型の魔物たちは大型の死体を避けなければ啓太に射線を通すことができない。

もちろんそれは啓太も同じである。大型が目立つからこそ狙えた部分があるが、大きくても一〇メートルに届かない中型相手ではそうもいかない。

そのため啓太の快進撃もここまでと思われた……だがそれは、啓太が平射しかできない場合の話だ。

「これも計算のうちっ！」

なにしろ啓太が操る混合型が持つ砲は平射しかできない一二〇ｍｍ滑腔砲だけではない。

曲射を可能とする榴弾砲《りゅうだんほう》も当然のように備えている。

それも、元は中型や小型を削るための予備として持たされていたものでしかなかったが、初陣で予想以上の働きを見せたが故に意識改革が成されたのか、それとも前回の戦闘で得た経験値によって機体が大幅に成長したことでより重い砲が持てるようになったが故に悪乗りしたのかは不明ではあるものの、今回最上重工業が用意した砲のサイズは何と一五五ｍｍ（ちなみに前回は軽榴弾《りゅうだん》砲に分類される八〇ｍｍ）の押しも押されもせぬ重榴弾砲だ。

「砲身が、焼け付くまで！　撃つのを！　止めないッ！」

前回でさえ中型を仕留めるのに十分な火力があったにも拘わらず、今回はそれ以上の大きさの砲を使い、さらに砲弾に込められる魔力の量も文字通り桁《けた》が違う。そのため大型の死体に囲まれる形となった中型と小型の魔物に襲い掛かる火力は前回の比ではない。

「魔物は消毒してやらぁよッ！」

『『『グォォォォォォォォォ‼』』』

「ヨシッ！」

宣言通り、砲身が焼け付くほどに連続して打ち込まれた焼夷榴弾《しょういりゅうだん》の雨。

己が生み出した紅蓮《ぐれん》の炎に焼かれる魔物たちを見やり、満足そうに頷《うなず》く啓太。

『『……』』

そうこうして、黒い機体が僅《わず》か十分もかからずに造り出した地獄のような光景は、一部始終を見ていた兵士全員の度肝を抜いた。

「ん？　あぁ、空になったか。司令部。こちら二〇九九特務小隊所属川上特務少尉です。一度補給のために帰投します」

『……』

砲身が焼け付く前に全弾を打ち尽くした啓太は、補給を理由に帰投しようとした。

一応近距離戦闘用の火器や武器は所持しているし、そちらの試験も必要だとは理解しているものの、さしもの啓太も炎の中に突っ込んでまで試すつもりはなかったからだ。

かと言って勝手に後退しては『敵前逃亡』と取られかねない。故に司令部に帰投――後退や撤退、ましてや逃亡ではない――の許可を得るための通信を行うも、すぐに来ると思われていた『了解した』との返事がこない。

「司令部、聞こえていますか？」

（あれ？　ジャンプしすぎて通信機が壊れた？　それとも耐熱試験とか近接戦闘のデータを取らせるよう最上さんが騒いでいる、とか？）

前者の場合は、まぁ事故だから仕方がない。今後に活かしてもらおう。

だが後者。てめーは駄目だ。

啓太の脳内に、より厳しい試験をさせようとする変態の姿が浮かび上がる。

「司令部。応答願います」

(ここで舐《な》めた命令を出したら滑腔砲を誤射するぞ)

変態に対する殺意を抑えつつ問いかける啓太であったが、もちろんそのような事実はない。単純に啓太の叩き出した戦果を見て司令部全体が驚愕《きょうがく》していただけだ。

そして誰にとってもありがたいことに、如何な驚愕とて、多少の時間と三度にわたる呼びかけを行われれば少しは薄れるものだ。

『……あ、あぁ！　了解した！　あとはこちらに任せてくれ！』

「え？　あぁ、はい。了解です」

自分たちのミスに気付かないまま、司令部はさらなる命令を下す。

『全部隊、攻撃開始！　ただし標準型は反撃に備えて防御態勢！　獣型は戦場を包囲！　一匹たりとて逃がすな！』

『『おうっ！』』

出番を待っていた迎撃部隊も命令を受けて驚愕を呑《の》み込みつつ動き出す。

テンションが上がった司令部は、補給したら再度出撃しようとしていた啓太に対し『もう出撃しなくて良い』と戦場から離れさせるような命令をしてしまったことを自覚していなかった。

もし啓太が武功を求める人間であれば『功績を独り占めさせないつもりか！』などと憤るかもしれない危険な命令だ。だが、幸いなことに性根の部分で平穏を望む啓太にそんな殊勝な考えはない。

「あとは任せる。つまり、もう帰っていいってことだよな？」

傍から見れば絶望的な戦いも、啓太からすれば試験の一環でしかない。

また何度も繰り返すが、今回啓太が動き回った時間は僅かに一〇分前後である。

つまり啓太にとって司令部から出た『あとは任せろ』という一言は、会社に出勤したものの、わずか一〇分働いただけで『頑張ったな。今日はもう上がりでいいよ』と言われたに等しい。

時給制なら文句の一つも言うかもしれないが、軍は月給制（稀《まれ》に歩合がプラスされる）である。

「よくわからんけど、ラッキー」

司令部公認でオフになった啓太は、ドンドンドン！　と絶え間なく撃ち込まれる砲弾の音と魔物の絶叫を耳にしつつ、魔晶に収納していた水を手に取って「働いている人たちを見ながら飲む水は美味いなぁ」と、中々アレなことを呟《つぶや》きながら余裕《よゆう》綽々《しゃくしゃく》に喉《のど》を潤すのであった。

二

啓太が出撃する少し前のこと。

『馬鹿な！　多すぎるッ！』

（あぁ、やっぱりそうだったか）

司令部から少し離れた位置に設営された整備ハンガーの中で、隆文は内心でそう独り言ちた。

その立場上何度か戦場を経験しているとはいえ、これだけの規模の防衛戦に参加するのは隆文とて初めてのことである。そのため第二師団にとってこの規模の防衛戦は当たり前なのだと思っていた。

しかし通信機越しに司令部の一角で響き渡った悲鳴とも怒号とも取れる叫び声が聞こえてきた時点で、隆文は自分の考えが誤りであったと認識した。

当然だ。なにせ相手は本来予想されていた数の倍以上、具体的には大型が一〇体。中型が一三三体。小型が五〇〇体以上もいるのだ。こんな状況が当たり前なわけがないではないか。

さらに言えば、防衛側の戦力も問題だ。この場に展開しているのは第二師団が抱える戦力の七割程度のみ。この程度の戦力であの大群に勝てると思う方が間違っている。

いや、相手が想定していた通りの規模で上陸していたのであればこれでも十分な戦力だったのだろう。だが、今回はその限りではなかった。

なにせ予想……というよりも、途中で観測していた数よりも魔物が増えるという事態など、最初から想定していなかったのだから。

こんな、なにもかもが初めての状況でなおも「勝てる！」と断言できる人間は、よほどの自信家か現実を認識できない夢想家だけだろう。

そして隆文は、ロマンを求める人間ではあっても夢想家ではなかった。

だから彼は、現実から、これから自分たちが辿《たど》るであろう未来から目を背けることができなかった。即ち、全滅である。

（……俺はなにを間違えたんだろうなぁ）

思い返すのはここ数年間からごく最近に及ぶ己の決断と行動の数々。

なにが最初だったのか。軍から要請を受けた際、試験が終わっていないことを理解しつつも「これで軍の協力のもと、社運を賭《か》けて——多分に自分たちの趣味が含まれていたことも否定しないが——造った魔装機体の実戦ができる！」と喜び勇んで参戦の要請を受諾したことだろうか。

それとも、川上啓太という異才がいなければまともに試験さえできない魔装機体を造ったことや、学生に過ぎない彼を半ば無理やり戦場に引っ張り出したことが悪かったのだろうか。

もしかしたら、武装の製造業者でしかなかった自分たちが身のほどを弁えずに魔装機体の製造に乗り出したこと自体が誤りだったのかもしれない。

（最初から間違っていた、なんて思いたくはなかったが……）

こんな状況になってしまえば、認めざるを得ない。自分は間違っていたのだ、と。

（妻や娘の反対を押し切って前に進んだ結果がコレ、か）

諦《あきら》め半分、後悔半分。これを達観というのか諦観《ていかん》というのかは知らないが、隆文はすでに見切りをつけていた。

このような状況になった以上、撤退するにせよ抗戦するにせよ、第二師団に甚大な被害が発生することはもはや確定事項となっている。

もちろん第二師団の面々にも矜持《きょうじ》はあるので、学生である川上啓太や協力者でしかない自分を徒に危険に晒《さら》すような命令は出さないだろう。むしろ優先的に後退できるよう計らってくれるはずだ。

（その点に関しては疑っていない。しかし、しかし、だ）

この状況で撤退したとしても無事に撤退できるとは限らないし、なによりここで生き永らえたとところで自分――正確には自分の会社である最上重工業――に先がない。

（これから先、第二師団は再建に全力を尽くすことになるだろう。その際に試験機である【御影】を顧みる余裕があるとは思えない。それは、今後実戦形式での試験ができないということに繋がる）

如何にシミュレーターの成績が良くとも、実戦での試験ができなければ正式に採用されることはない。そして現在魔装機体の製造を担っている四菱や水戸立が、新規参入者である自分たちに数少ない実戦の場を譲る理由もなし。

前回と今回のケースは、本当に例外中の例外なのだ。

（その例外で確たる実績を上げたのも、な。連中を警戒させちまった）

数か月前までは箸《はし》にも棒にも掛からぬ存在だと思われていたからこそ、潜り込ませることができた。だが今は違う。御影が挙げた戦果を知った連中は二度と最上重工業に機会を与えることはないだろう。よってこの戦闘が終わった後、自分の手元に残るのはまともなデータが取れない歪《いびつ》な機体のみ。

そうなった場合、軍は御影の試験を中断させるはずだ。

当然、唯一御影を動かせるパイロットである川上啓太に対しては、新たな機体を用意するだろう。生まれや育ちはさておくとしても、すでに実戦を経験している川上啓太を遊ばせる余裕などないのだから。

（そもそもの話として、実質主席合格者であった川上啓太に通常の草薙《くさなぎ》型が配備されなかったのは、

俺が軍に無理を言って御影の試験をねじ込んだせいだしな）

その試験で川上啓太が機体を動かせたときは「ラストチャンスをモノにした！」と自分の幸運に慄いたものだが、それもこれまで。今後、軍が川上啓太を貸し出してくれることはないと断言できる。

そうなれば完全に詰みだ。

（あー。これからどうすっかなぁ）

妻がいる。娘がいる。それだけではない、従業員たちも食わせなければならない。

もちろん、元々やっていた武器系統の製造は可能だし、なんなら強化外骨格の製造にも手を出しているのだが、資金に余裕があるわけではない。というか、幾分かでも御影の製造に使用した分の資金を回収できなければ不渡りを出すことが確定している。

（なまじ起動できたのが悪かったな。調子に乗って武装を増やしたり改造したりしたのが全部おじゃんだ。はぁ。連中だって軍に切り捨てられた企業に融資を続けるほど甘くねぇよなぁ）

成功しているときには平身低頭して「金を借りて欲しい」と擦り寄ってくるものの、一度躓《つまず》けば容赦なく掌を返すのが銀行という組織である。

冷たいようだが、彼らとて生き死にが懸かっているのだ。故に隆文とて彼らの行動を非難するつもりはない。ただ自分の見通しの甘さを悔いるだけだ。

（前回と同じくらいの活躍……とまでは言わないが、今回の戦闘で大型を一体か二体撃破することができれば、御影の正式採用が決まっていたはずなのになぁ。あと一歩。本当にあと一歩が届かな

かった）

後悔はいくらでもある。妻や娘、従業員たちにも頭を下げなければならないだろう。率直に言って憂鬱《ゆううつ》だ。なんなら死んだ方がマシなような気がしてきた。

というか一瞬（ここで死んだら保険金や賠償金が出るんじゃねぇか？）と思いもしたが、さすがに不謹慎すぎると考え直す。

自分だけならそれでもいいのだ。しかしここには自分が連れてきた部下がいるし、なにより自分たちが造った機体に乗って戦場に臨んでいる子供がいる。

川上啓太という少年は、適性があったからとはいえ自分が半ば無理やりパイロットにして、半ば無理やり戦場に引っ張り出した子供だ。本人からも両親が死んだことや妹のために軍人になったという話も聞いている。

（そんな、幼い妹を養おうとしているだけの子供を自分の都合で戦場に送り出した張本人が、こともあろうに「保険金のために一緒に死んでくれ」など、どの面下げて言えるものか）

それは冗談でも口にしていいことではない。

（お先は真っ暗だし、死んだ方がマシだと思っているのも事実。だがそれに他人の子供を巻き込まない程度の分別はあるつもりだ。だから避難指示が出たら大人しく従おう。戦ってくれと言われても、拒否だ。アイツを、妹さんが待つ家に帰すことを優先させてもらうぞ）

これが大人としての意地か矜持か、はたまた〝死ぬのはあとでもできる〟という後ろ向きの決意の現れなのかは隆文自身にもわからない。少なくともこの場で意地を張って無駄死にするつもりは毛頭なかった。

それはそれとして、これから自分の歩むべき未来が真っ暗なことに違いはないわけで。

「あー。これからどうすっかなぁ」

溜息《ためいき》と同時に吐き出されるは諦観交じりの一言。

「……とりあえず準備だけでもしておくかね」

隆文は司令部から撤退の命令が届く前に、撤退の準備をするよう指示を出そうとした。

万が一の際は自分が責任を負う覚悟の上で、だ。

それもこれも己の矜持に恥じぬため。

もっと言えば、自分に従ってこんなところまで来てくれた従業員や、自分が戦場に引っ張り出した少年を無事に生還させるための決断であった。

一歩間違えれば保険金を得るどころか軍から賠償金を請求されるかもしれない行為である。もし実際に口にしていたら最上重工業を取り巻く状況はもっと厳しいものになっていたかもしれない。

しかしながら、幸か不幸か隆文の口からその指示が出されることはなかった。

事の重大さに気が付いて怖気づいた？

違う。今の隆文はそこまで考えが及んでいない。

死を以て避けられない事態から逃げようとした？

違う。先ほど固めた決意は些《いささ》かも揺らいではいない。

生き延びた上で明るい未来を手にできる可能性に気が付いた？

違う。そんなものはない。

隆文が撤退準備の指示を出さなかった理由はただ一つ。

彼が、否、その場にいた誰もが想定していなかった相手から、誰もが想定していなかった言葉が発せられたからだ。

『こちら二〇九九特務小隊所属川上特務少尉。作戦開始時間となりましたので、これより状況を開始します』

「……はぁ？」

それは、これから死地に臨むにしては気負いも悲壮感もなにもない。まるで〝昼休みが終わったから午後の授業に出ます〟と言わんばかりの、言うなれば〝時間になったから予定通りの行動をします〟という宣告であった。

「アイツこんなときになにを……いや！　そうか！」

隆文とて馬鹿ではない。というか、少しでも軍事に詳しい人間であれば指令部にいる芝野が至った答えに辿り着《っ》くのは難しいことではなかった。

（今になっても司令部から作戦変更の命令は出ていない！　だからアイツは予定通りに動くしかなかったんだ！）

たとえ状況に如何なる変化が訪れようとも、司令部より新たな命令が発令されていない以上は元の命令通りに動くのが兵士というものだ。それこそ、敵が想定の倍以上いようとも、行動を変えることは許されない。

もし勝手に動けば命令違反。魔装機体という特別な兵器を操る機士であれば即座に銃殺されることだってあり得ない話ではない。

（くそっ！　アイツのことに気を回すのを怠っちまった！）

啓太の身の上を顧みればわかることだ。

彼はどれだけ命が惜しくとも、命令を遵守しなくてはならない。間違っても命令違反で咎《とが》められるわけにはいかないのだ。

むしろ、命令通りに動いて死んだ方が良いと考えたのかもしれない。

なにせ魔物との戦いの中で死んだのであれば、それは任務のうちである。二階級特進があるかどうかは不明だが、学生である彼を殺したとなれば軍としても少なくない金額を遺された妹に与えるだろうことは想像に難くない。

（どうせ死ぬのであれば後者を選ぶ。誰だってそうだ。俺だってそうする！）

つい先ほどまで〝自分が死んだ方が良い方向に転ぶのでは？〟と考えていた隆文には、啓太の気持ちが良くわかった。

だからこそ後悔した。本来子供を護るべき大人がなにをやっているんだと、本気でその辺にある機器に頭を叩《たた》き付けようかとも考えた。

しかし、その考えが実行に移されることはなかった。

何故か。それこそ誰もが想定していなかった事態が発生したからだ。

『排除、開始ぃ！』

『アベッ！』

「は？」

『選り取り見取りってなぁ』

『ビブッ』

「なにが、どうなっていやがる……」

隆文の眼に映るのは、想定していた動きを遥《はる》かに上回るパフォーマンスで以て大型の魔物を相手に戦っている、否、一方的に狩っている黒い機体の姿であった。

その機体はモニターの前で呆然《ぼうぜん》としている隆文の心情など知ったことかと言わんばかりに暴れまわる。

『楽にしてやるよ！』

『タバッ！』

『とぅ～とぅ～とぅ～』

『キャオラッ！』

撃つ、死ぬ。撃つ、死ぬ。撃つ、死ぬ。

撃った数だけ魔物が崩れ落ちていく。

「……おいおいおいおいおい」

気が付けば残っている大型は僅《わず》かに二体のみ。それも大型としては最小サイズの一〇M級だけだ。

「こいつは、もしかすると、もしかするんじゃねぇか⁉」

もちろん、中型の魔物や小型の魔物も無傷ではない。直接の攻撃は喰らっていないものの、崩れ落ちる巨体に巻き込まれて少なからぬ被害が出ているのが見える。

「勝てる！　勝てるぞ！」

軍事の専門家ではない隆文にだってわかる。流れはこちらにある、と。

そして、そう考えたのは隆文だけではなかった。

『全軍、攻撃準備を急げ！　戦車隊及び砲士は合図と共に一斉射撃。機士隊は反撃から砲士を護るよう、盾を構えろ！　反撃をいなした後は斬り込みに移れ！』

司令部から発せられた命令は、撤退ではなくその反対。

しかも殿を残すとか、犠牲を払うというものではなく、単純に止めを刺すための全面攻勢。

当然その声に悲壮感はない。

ことここに至れば、隆文にだって理解できる。

「勝った！　勝ったんだ！」

生き延びる？　そんな次元の話ではない。

損害？　そんなものはない。

勝利である。圧倒的大勝利である。それもただの勝利ではない。

最上重工業が製造した魔装機体が圧倒的戦果を挙げた上での大勝利である。

（保険金？　賠償金？　とんでもねぇ！　首の皮が繋《つな》がったぜ！　色んな意味でな！）

この戦果があれば、もはや軍が最上重工業を切ることはない。銀行だって進んで融資してくれる。

なんなら向こうから頭を下げてくる。

『全部隊、攻撃開始！　ただし標準型は反撃に備えて防御態勢！　獣型は戦場を包囲！　一匹たりとて逃がすな！』

『おうっ！』

「ははっ！」

　思わず笑い声を上げる隆文。その声に悲壮感はない。

　当たり前だ。なにせつい一〇分ほど前までは真っ暗な未来しかなかったと思っていたところが、一気に明るいモノとなったのだから。

『こちら二〇九九特務小隊所属川上特務少尉です。一度補給のために帰投します』

「ん？　おっと。補給だったな。よし！　お前ら。出迎えの準備だ！　俺たちを救ってくれた英雄サマを出迎えるぞ！」

「「了解です！」」

　先ほどまであった空気など何のその。整備ハンガーにいた誰もが明るい声で応じた。

（あぁ。勝ったんだ。本当に勝ったんだ！）

　彼らの様子を見て、隆文は心から自分たちが峠を越えたことを実感したのであった。

三

「ハハッ！　やりやがったなこんちくしょう！」

「……はい？」

整備士さんたちがいるハンガーに帰投したと同時に異常なほどハイテンションな最上さんや整備士さんたちに絡まれた件について。

何というか、ハンガー全体がお祭りかってくらいテンションが高い。

いや、まぁ。気持ちはわからないでもないぞ。

なにせ自分が開発した機体が実戦で活躍したんだからな。

しかもその機体が周囲から〝動かせない〟だの〝不良品〟だのと言われていた機体とくれば、それはもう変則的なざまぁを決めたようなものだ。尚更嬉《うれ》しいだろう。

それは理解できる。だが、その気持ちを理解することと現状を受け入れることは話が違うわけで。

というか、ガシガシと頭を撫《な》で続ける最上さんや整備士の皆さんに、さっさと現実に戻ってもらわないと困るのだ。

「とりあえず砲弾の補給と砲身の確認を優先してお願いします」

ジャンプしまくったせいで損耗しているであろう脚部はもちろんのこと、空中で砲撃を繰り返したせいで反動をもろに受けている上半身の損耗だって確認しないとまずいのだが、それよりもなによりも確認しなければならないのが砲身そのものである。

　パッと見では歪《ゆが》んでいるようには見えないが、短時間で撃ちまくったせいで内部に歪みがあったり、スラッグが発生している可能性は高いからな。

「砲さえ無事なら攻撃はできます。だから駆動部の確認よりも先にそれらの確認を優先してください」

「「「…………」」」

　そう告げると、最上さんたちは揃《そろ》ってキョトンとした顔を向けてくるではないか。

　自分としてはおかしなことを言ったつもりはないのだが、ハンガー内に漂っていた賑《にぎ》やかな空気が一転し、何とも微妙な感じになってしまった。

　専門家から見てなにか的外れなことを言ったのだろうか？

「……何ですか、この空気？」

「いや、だってお前さん、よぉ」

「何です？」

「『何です？』じゃねぇよ！　大活躍したじゃねぇか！　大型一〇体潰《つぶ》して、中型も小型もたくさん潰しただろ？」

「まぁ、そうですね」

　大活躍かどうかは知らんけど、最低限の役目は果たしたと思う。

「ならよぉ、喜ぶのが普通じゃねぇの？」

「あぁ……」

そういうことね。なるほど大体理解した。

彼らの中ではもうこの戦闘は終わっているのか。

だからこそ純粋に喜ぶし、大げさにはしゃぐのだろう。

確かにそうだ。勝ったら喜ぶべきだし。勝利に貢献した者に褒美と称賛を与えるべきだ。

彼らは整備士なので褒美は出せない。だから称賛するのだろう。

俺とて整備士さんたちが整備してくれたからこそ戦果を挙げることができたのだということは理解している。なので彼らを称賛しろと言われたら、いや、なにも言われなくとも彼らを称賛するつもりはある。

しかしそれはあくまで勝ってからするべきこと。

少なくとも今はまだ早い。

「最上さん」

「な、何だ？」

さすがにこの空気はいただけない。

というか、今のうちに釘《くぎ》を刺さないといずれ大変なことになりそうな予感がする。

だからこそ、あえて強めに言わせてもらおう。

「まだ、終わっていません。魔物との戦闘は続いています」

「っ！」

「第二師団の方々が追い詰めていますが、逆に言えば相手は追い詰められた獣です。なにをしてくるかわかりません。全力で包囲を破ろうとするかもしれない。自爆同然の特攻をしてくるかもしれない。当然、包囲を破ってここまで辿《たど》り着く魔物だっていないとは限らない。そうなったらどうします？　『これ以上の戦闘があると思わず、砲弾を補給していませんでした』と無抵抗で殺されますか？　『砲身が歪んでいるのに気付きませんでした』と暴発に巻き込まれて死にますか？　『第二師団が抜かれたのが悪い』と言って責任を問いますか？　いずれにせよ我々は死んでいますよ？」

「それは……」

「生意気なことを言いますが、ここは戦場なんです。戦闘が終わっていない以上、油断はしないでください。最上さんがどうお考えかは知りませんが、少なくとも俺はこんなところで死にたくありません」

勝ったと思って油断したときが一番危ない。兵法書にもそう書いてある。

「……すまん。正直浮かれていた」

「いえ。こちらこそ皆さんに向かって偉そうなことを言って申し訳ありませんでした」

「いや、これに関しては徹頭徹尾お前さんが正しい。確かに、まだ終わったわけじゃないからな。……聞いていたなお前ら！　すぐに砲弾の補充と砲身のチェックに移れ！」

「「はいっ！」」

うむ。最上さん以外の整備士さんたちも意識の切り替えができたようだ。

これなら万が一の際も無抵抗で殺されるなんてことはないだろう。

「重ね重ねすまなかった。本来であれば俺の方がお前さんを窘める立場だったってのに」

「皆さんも本格的な戦闘に参加するのは初めてなんでしょう？　なら仕方のないことだと思います」

「それはそうなんだがな。……まぁあれだ、あんまし気を遣わんでもいいんだぞ？　いや、俺が言えた義理じゃねぇけどよ」

「こっちも無理に気を遣ったわけじゃありませんから」

長々と気にされても困るからさっさと忘れて欲しいまである。

もちろん恩に着てくれるならそれに越したことはないのだが。

「……そうか。そんじゃ切り替えて整備の話をさせてもらうか」

「お願いします」

切り替われ。この空気。

「お前さんから頼まれた砲身の確認や砲弾の補給と装填《そうてん》自体はそんなに時間はかからん。なんなら予備の砲身を持たせればいいだけだからな」

「……それは、そうですね」

考えてみればそうだったわ。メンテも交換したあとでやればいいだけの話だもんな。

ならさっきの空気はあれか。

格好つけて無駄な要望出したことに呆《あき》れたってのもあるか？

「もちろん予備のパーツを使わないで済むならその方が良い。だから時間と状況が許す限りメンテは行うつもりだ」

「……よろしくお願いします」

これこそ気遣いなのでは？　甘んじて受け入れるけど。

「それはそれとして、だ。俺が気になっているのは脚部、いや、正確には背中とかもそうなんだが……」

「と、言いますと？」

なにが言いたいのかわからんのだが。はっきり言ってくれませんかねぇ？

「いや、お前さん、飛んでたよな？　空中で上下左右に動いていたよな？　移動速度も増減していたよな？」

「……言われてみれば」

確かに上下左右に動けていた気がしないでもない。

つーかうん。確かに色々動いてたな。速度に関してもブーストしていた気がする。

「おい！　もしかして自覚しないでやっていたのかよ！」

「……まぁ、そうですね。正直自覚はしていませんでした」

いや、マジで。

「じゃあ、方向転換や速度の増減時に脚部や背中から妙な光が出ていたのも自覚していなかったってことか？」

「妙な光？」

「あぁ。緑ぽい青っつーか、青っぽい緑っつーか、そんな感じの光なんだが」

「……え」

それ、出しちゃいけないヤツでは？

「何だその反応。何か心当たりはあるのか？」

心当たり、か。あると言えばあるんだが……いや、例の粒子ではないはずだ。きっと、多分。それ以外だとすると、該当するのは一つだけある。

「魔力、とかじゃないですかね？」

「魔力？」

「はい。正確な名前はわかりませんが、大型や中型の魔物が使っている力です。今まで大型の魔物を倒したことで機体や魔晶には力が溜《た》め込まれているでしょう？　それを魔物が行う砲撃みたいな感じで放出していると考えれば、辻褄《つじつま》は合いませんか？」

合いますよね？　合うって言え！

「なるほど……お前さんほど魔物を倒した例がないから何とも言えんが、確かに可能性はあるかもしれんな」

ヨシ！

「いずれ確認は必要だが、今はその説が最有力候補ってことにしておこう。で、空を飛んでいたことなんだが……」

あ、何か危険な気がする。これに関してはきちんと否定させてもらうぞ。

「それはジャンプですね。ええ。ジャンプした後に足や背中から魔物の砲撃に近い形で魔力を放出することで滞空時間を延ばしたり、方向転換の補助をしているみたいです。え？　飛んでいる？　ハハッ。ナイスジョーク。飛行するための機構を備えていない機体が飛べるわけないじゃないですか。ムササビのアレを飛行とは呼ばないでしょう？　だからあれはジャンプです。あえて言うのであれば跳《と》び跳《は》ねているんですよ。いいですか？　あれは飛翔《ひしょう》ではなく跳躍です。ジャンプです」

「……何でそんな必死なんだよ」

　そら必死にもなるよ。

「いや、飛べると勘違いしたお偉方から〝高度一〇〇〇メートルからの落下試験〟とかさせられたら困りますから。最上さんだって困るでしょう？　そんな実験で機体を壊されたら」

「あ～そりゃ確かに」

　お偉方はともかく、最上さんの足を引っ張りたいと思っている連中なんていくらでもいるだろうからな。無理難題を言われる可能性は潰すべきだろう。それに、だ。

「実際問題、無意識でやっていることですからね。どれだけの時間、どれだけの重量を支えられるかなんてわからないんですよ。落下試験の最中に途中で魔力切れとか起こして自由落下になったら死にますよ、冗談抜きで。そんな死に様は絶対に嫌です。最上さんは違うんですか？　パラシュートなしでスカイダイビングしたいですか？」

「そ、それは嫌だな」

「でしょう？　だからアレはジャンプです。跳躍なんです。少なくとも最低限の実験を終えるまではそう報告してください」

「わ、わかった。うん。確かにあれは飛翔じゃないな。跳躍だ。間違いない」

「その通りです。他の人にもそう伝えてくださいね？」

「あぁ、わかっているさ」

　どれだけ最上さんが誤魔化しても他の人が喋《しゃべ》ったら意味がないからな。

　現時点で試験機を失って困るのは彼らなんだから、そのくらいの秘匿はしてくれるだろう。

　もし情報を漏洩《ろうえい》したら？　紐《ひも》なしバンジーさせればいいんじゃないですかね？　もしくは人間大砲の弾丸になってもらおう。

　情報の重要性を理解できないお馬鹿さんを見つけたときの対応はそれでいいとして。

『砲撃中断！　草薙《くさなぎ》隊、突撃！　これで終わらせろ！　八房隊と与一隊は包囲継続、終わるまで油断するなよ！』

『はっ！』

「……どうやら終わりが近いようですね」

「お、そうだな」

　さすが経験豊富な第二師団の精鋭。この様子では油断慢心からの番狂わせはなさそうだ。

　おかげで頼んでいたメンテと再装填が無駄になったが、これは彼らが油断慢心しなかった結果そうなったってだけの話だからな。こっちが油断していい理由にはならんでしょ。

　なにか言われたら「現場で整備と再装填をしたこと自体が得難い経験ですよね！」とでも言っておけば何とかなるだろう。なるよな？

整備士さんの不満はともかく。ここまでくれば今作戦に於ける俺の仕事は終わりだ。

あとは帰るだけ……って。

「あ」

やべっ。大事なことを忘れていた。

「どうした？　顔色が悪いぞ。なにか気になるところでもあったか？　もしかして敵か？」

突然声を上げたせいか、奇襲かなにかを警戒した最上さんが焦った表情をしながら周囲を見回しているが、大丈夫だ。ナニカが接近しているわけではない。ただ思い出したのだ。妹様のことを。

「……妹へのお土産を忘れるところでした」

前回の試験の際に、初めて九州に来たにも拘わらずお土産を買い忘れてしまったせいで、妹様が少し不機嫌になってしまったのだ。あのときはいきなり輸送機に乗せられた焦りもあったが、今回は違う。

兄として、この短期間で同じミスを繰り返すわけにはいかないのだ。

「は？　いきなりそんな面するからどんなとんでもないことを言われるかと思えば、土産だぁ？」

家で待つ妹様に土産を買ってなにが悪い！　と叫ぼうとした時期もありました。

「何でも好きなものを言え！　全部俺が払ってやるからな！」

……何と。

「何でも。そう仰いましたな？」

確かに聞いたぞ！　今更『やっぱナシ！』なんて聞かないからな！

「……常識の範囲内でな」

「ふっ」

「おい、何だその笑みは。わかってんだろうな。変なの買うなよ！」

「はっはっはっ。もちろんわかっておりますとも」

変なモノを買っても怒られるだけだし。

——で、このあと本当に色々と買った。

最終的に数万円になりそうだったことにはさすがにちょっと悪い気がしたのだが、確認してみたところ最上さん的には全然大丈夫みたいだったので、遠慮なく買わせてもらった。

そう言えばこの人社長だったわ。金持ち万歳。

そんなわけで、今回の仕事について話を振られたときこそ「夏休みに遠征？　妹を置いて？　俺に死ねと申すか？」なんて思ったものだが、終わってしまえば実働時間一〇分と少しで数万円分のお土産を買ってもらえたのだから、収支としては悪くはない。というか大当たりだ。是非次回以降も呼んでいただきたいものである。

帰りの飛行機の中でそんなことを言ったところ、何とも微妙な顔を浮かべた最上さんが「……たくさん食えよ」と言って自分用のお土産をくれたのだが、あれは一体何だったのだろうか？

まぁどうでもいいか。今の俺にはそれよりも大事なことがある。

「おかえりなさい、お兄ちゃん！」

「ただいま。今回はちゃんとお土産を持ってきたぞ！」

「やった！　お兄ちゃん大好き！」

「ハハッ。こやつめ」

満面の笑みを浮かべて飛び込んできた妹様を受け止める俺氏の図である。

たとえその笑顔がお土産に向けられたモノだったとしても、この笑顔を護るためならば俺はあと一〇年戦える。

（うん。これからも頑張ろう）

輝かんばかりの笑顔を前に改めて戦う決意を固めた高一の夏であった。

幕間　リザルト的なお話

未曾有《みぞう》の大規模攻勢から一週間。現場の後始末やら戦訓やらを纏《まと》めた第二師団の師団長・緒方勝利《おがたかつとし》大将は報告のため任地である九州を離れ、東京は市ヶ谷にある国防軍本部を訪れていた。

「なるほど。それで、彼の最終的なスコアは大型一〇体。中型が五〇弱。小型が一〇〇以上、と」

「はっ。本来であれば焼夷榴弾《しょういりゅうだん》による効果を確認した後に砲撃を行うべきという意見も有るかと思いますが、あの場では魔物を逃がさぬことを優先したとのことでした。私としても芝野大佐の判断は正しいものと確信しております」

「ええ。まぁ、こちらとしても、ね。個人の戦果を軽んずるつもりはありませんが、それを重視したが故に魔物を逃がしたとなれば本末転倒です。魔物の殲滅《せんめつ》を優先したことに否はありませんよ」

「ご理解いただきありがとうございます！」

緒方が頭を下げた先にいるのは、皇族にして統括本部長である浅香涼子《あさかりょうこ》大将である。

両者は大将という点では同格だが、浅香が皇族である点や片や第二師団長で片や統括本部長という役職の違いから、緒方が遜《へりくだ》る必要がある間柄であった。

ちなみに国防軍に於《お》いては第一師団の師団長と統括本部長と幕僚長。さらに軍の最高司令官たる国防省長官は皇族で占められている。

これは各師団がそれぞれ派閥を形成していることと、その派閥が地元との繋《つな》がりが強すぎるため、師団の人間を全軍の司令官とした場合に公平な立場で全軍の指揮を執ることができない可能性が高いと懸念されたこと、過去に利権を巡って各師団の間で暗闘が繰り返されたことなどがあり、最終的に権力争いに疲れた複数の上級の将校たちから『万人に公平な態度を取ることが可能な皇族こそが軍の指揮官であるべきだ』という意見が上がり、彼らが半ば無理やりそれを採用させたために、これが正式な制度となっている。

まぁ皇族は皇族で自分たちが住む関東や、過去千年にわたってこの国の首都であった京都がある近畿《きんき》を重視する傾向があるが、首都や近畿の経済圏を重視するのは国防上何の問題もない、というかある意味では常識だし、彼らが有能な軍政家であることは間違いのない事実なので、今のところ誰からも文句は上がっていない。

そんな軍上層部の人事についてはさておくとして。

「現場の意見は理解しましたが、彼個人の功績を称えないわけではありません」

「はっ」

「統括本部としては、彼を正式な少尉とした上で特務中尉に昇進させようと考えています」

「少尉、ですか」

現時点で少尉となれば、軍学校を卒業した後は正式な中尉となることが確約されたようなものだ。学生であることを考えれば破格の待遇となる。

「他の生徒からのやっかみはあるでしょう。しかし信賞必罰をあやふやにする組織は正常な組織とは言えません。違いますか？」

「その通りです。しかし……」

「しかし？」

「当人がそれをどう受け取るかがわかりません」

「ん？」

緒方としても啓太を昇進させることに異論はない。

むしろあれだけの功績を立てた啓太が『学生だから』などという理由で昇進できない方が問題だとさえ思う。

だが、問題は啓太がそれを喜ぶか否かにある。

迎撃戦後に直接啓太と話をした芝野大佐や啓太のお目付け役のような立場にある隆文からの聞き取りでわかったことは、啓太が目立つことを善しとしない性格の持ち主だということだ。

「元々彼は他の生徒と違い武功や昇進を望んでいるわけではありません」

もちろん啓太も人間なので下っ端よりは昇進した方が良いとは思っている。

だがその立場から自分が目立ちすぎることは望んではいない（これに関しては昇進云々関係なくもはや手遅れだが）。

「では彼の望みとは？」

「金銭。それと妹と平穏に暮らせる環境だそうです」

「それは……いえ。彼の身の上を考えれば俗物、とは言えませんね」

「はっ」

もしも皇族や軍閥の人間が啓太と同じことを言ったならば、浅香も緒方もその者に対して侮蔑《ぶべつ》の視線を向けただろう。

またそういう思想の持主だと判明した時点で軍部での昇進は望めなくなるはずだ。

だが啓太は国家と共にあるが故に特権を有している皇族や、他者に先駆けて戦争で命を懸けるが故にその権勢を認められている軍閥の人間と違い、偶然戦う素質と理由を持っただけの一般人である。

両親を失い、妹と二人で暮らす一般人である子供が、自分たちの生活をよりよくするために纏まった金銭を求めたり、戦いから距離を置きたいと願うことに何の問題があるというのか。

むしろそれを与えるのが皇族にして軍人である自分たちの務めではないか。

そこまで考えが至れば啓太に対して悪感情など抱けるわけもない。

しかしそれを与えるかどうかは別問題だ。

「少尉の望みは理解しました。しかし、申し訳ありませんが今の段階で彼にそれを与えることはできません」

「はい」

大型を一撃で仕留める攻撃力。大型からの反撃を回避できる運動性能。

回避の後にさらなる攻撃を行える速射性能と、一〇体の大型を討伐してもなお継続して戦闘を行える継戦能力。そのどれもが手放せるものではない。

故に平穏は諦《あきら》めてもらうしかない。

では金銭はどうかと言えば、これも難しい。

とはいえ、それは別に金がないからというわけではない。

金銭が欲しいというのであれば、金銭を支払うことで啓太を引き込めるというのであれば、たとえ軍の予算が使えなくとも浅香や緒方個人の資産から一〇億でも二〇億でも支払うことは可能だし、他の派閥の面々とて同じことをしようとするだろう。

なにしろ草薙《くさなぎ》型（所謂《いわゆる》標準型）の機体を一機製造するのに必要とされる予算が二〇億程度なのだ。啓太と複合型の活躍に伴う評価を考えれば啓太個人には機体一〇機分以上の価値がある。

少なくとも浅香や緒方を始めとした上層部はそう考えている。だからたとえ一〇〇億払っても文句は出ないはずだった。

ではそれを払ってやればいいじゃないかと思われるかもしれないが、ことはそう簡単な話ではない。

浅香らがなにを懸念しているのかと言えば、大金を得たことで啓太の意欲が落ちる可能性、もっと言えば啓太が軍を辞める可能性を憂慮しているのである。

大前提として啓太は金がないからこそ軍に所属しているのであって、妹を大学にやり、かつ生活に不自由しないくらいの大金を手に入れたならば啓太には軍学校に所属し続ける理由がなくなってしまうのだ。

さらに悪いことに、軍学校には自主退学を望む生徒を引き留める法律が存在しない。

もちろん緘口令《かんこうれい》を適用することはできるし、少尉となった以上学校を辞めても予備役扱いになるので、いざというときは徴兵もできる。

ただ、軍部の常識として一度戦場から離れ兵士としての緊張感を失った機士は大幅に弱体化するというのがある。

また弱体化するのは機士だけではない。機体もそうだ。

実質的な専用機になっているとはいえ機体の大本の所有権は軍にあるので、啓太が学校を辞めた場合、啓太が使っていた機体は初期化処理を施されて学校軍に返還されることになる。

だが、せっかく大型を四体以上討伐して大幅な成長をした機体、否、今回さらに大型一〇体と中型を五〇体近く討伐した機体を初期化するなど、少しでも機体の知識がある人間が聞けば誰もが反対するであろう、とんでもない愚行だ。軍関係者にそんな愚行を冒したいと思う人間はいない。

ならば金銭を支払わなければ解決するのではないか？　と言えば、それも違う。

昇進だけさせて一切金銭を支払わなかった場合、最悪『十分な評価をされていない』と考えた啓太が他国の引き抜きに応じてしまう可能性が発生してしまうのである。

今は妹が人質のようなものになっているからいいかもしれないが、もし他国のエージェントが妹の安全を確保した上で大金を用意してきた場合、啓太はどう動くだろうか。

（高い確率で引き抜きに応じるでしょう。はぁ。十分な金銭を支払えばやる気がなくなり、金銭を支払わなければ引き抜かれるなんて、ね。全く、軍人としての誇りがあるわけでもなければ、皇族や貴族としての義務感があるわけでもない相手が力を持った場合、ここまで面倒な相手になるとは……）

「まぁ彼についてはまたあとにしましょう。担任である久我のお嬢さんにも話を聞きたいしね」

「ですな」

ボスこと担任の久我静香にとって迷惑極まりない面談が決まった瞬間である。

「では第二師団からの要請、他派閥からの人員の派遣ですが」

「はっ！」

「要請通り他の師団より人員を派遣します。まずは第六師団と第八師団からです」

「はっ」

元々浅香も緒方も、国防軍が啓太一人に頼らなければ戦線を維持できないような弱卒ぞろいの集団だとは考えていない。

せんだっての戦闘の際は相手よりも数が少ない、もしくは同じくらいしか居なかったからこそ魔物からの反撃を警戒しなくてはならず、その反撃を受けた際の損害を恐れたが故に芝野も即断できなかったのであって、元々第二師団が行っていた『敵の倍以上の兵を集めて砲撃を行う』というスタイルそのものに問題があるわけではないというのが彼らの経験から来る結論であり、事実であった。

故に緒方は戦訓を纏めた際、現場指揮官であった芝野から告げられた『各師団から人員を募り、防衛にあたる機士、できれば砲士の絶対数を増やして欲しい』という方針に賛同し、浅香に上奏することにしたのである。

そして上奏を受けた浅香の返事は、是。

浅香はただでさえ第三師団が壊滅したせいで数が足りていないのに、ここで人員の派遣を渋って第二師団を失うような愚かな決断をするつもりはなかった。

加えて、大攻勢の内容を知らされた他の師団の面々が切実に『自分たちも実戦経験を積まなくてはいけないのではないか』と認識したことも、今回の大規模派遣に許可が下りた要因の一つである。

（よし。他の師団の思惑はさておくにしても、これで少なくとも彼一人が命懸けで単騎駆けするような状況は生まれないはずだ）

「とりあえず堅っ苦しい話はこれで終わりでいいかな？」

「はっ」

一番懸念していたことが解決したため内心で胸を撫《な》でおろした緒方を見て、浅香も肩から力を抜くことにした。

「それで、緒方くん。私は君に一つ聞きたいことがあるんだ」

「はい。まぁ先輩がなにを聞きたいのかは理解しています。ですが、私にもよくわかっていないんですよ」

「ほう。君もそうか。だがそれを聞いた上で聞かせてもらおう。これ、何だい？」

先輩後輩の関係に戻った浅香が指差したのは、先の防衛戦に於《お》いて獅子奮迅《ししふんじん》の働きを見せた特務少尉、即ち啓太の戦闘を撮影した映像であった。

その中に映っている啓太が操る混合型は、あきらかにおかしな——浅香が今まで培ってきた常識の中には該当しない――挙動を取っていた。即ち……。

「飛んでるよね？　これ、間違いなく飛んでいるよね？」

そう。飛んでいるのだ。

三〇トンを超えるはずの機体が。

昆虫のような四脚にマッチョな上半身を載せたような、黒くて見るものに不快感を与えるような、名状しがたい造形をした機体が、空を飛んでいるのだ。

「どうなってるの？」

もちろん浅香とて事前にこの機体が横軸移動を行うためにジャンプを多用することは聞いていたし、この機体の量産型を動かすために有効な手段として仮採用されているコマンドシステムについても把握している。

だが、ジャンプした後に背中や脚部から妙な光を出して滞空時間を延ばしたり、空中で方向転換をしたり、重砲の反動を抑えるなんて話は聞いていない。

少なくとも浅香にはそんな報告は上がってきていない。

最初に映像を見せられたときはキャラを忘れて思わず「どういうことなの……」と呟《つぶや》いたくらいだ。

ありえない光景を前にしてツッコミに走る浅香。

だがそれは緒方も通った道である。

「えー。最上社長に聞いたところ、混合型に飛行機構はついていないとのことでした。また、最上社長が川上特務少尉……失礼、川上少尉に確認したところ、これはあくまでジャンプだそうです」

「いや、どう見ても飛んでるでしょ」

「そう思われるのも無理はありませんが、少尉は一貫して『それはジャンプですね。ええ。ジャンプした後に足や背中から魔物の砲撃に近い形で魔力を放出することで滞空時間を延ばしたり、方向転換の補助をしているみたいです。え？　飛んでいる？　ハハッ。ナイスジョーク。飛行するための機構を備えていない機体が飛べるわけないじゃないですか。ムササビのアレを飛行とは呼ばないでしょう？　だからあれはジャンプです。あえて言うのであれば跳び跳ねているんですよ。いいですか？　あれは飛翔《ひしょう》ではなく跳躍です。ジャンプです』と早口で宣《のたま》ったそうです。最終的に最上社長が下した判断は『無意識にやっていたみたいですね。あとジャンプらしいです』とのことでした」

「その頑《かたくな》な姿勢は何なの？　技術者ならそこで諦めないでよ。あと、跳躍だろうと飛翔だろうと構わないけど、無意識って本能ってことでしょ？　本能でこんな動きをするって、彼の本能にはなにが刻み込まれているのよ」

「至極ごもっともな意見だと思いますが、私に言われても困ります」

「……そりゃそうでしょうけどさぁ。限度ってあると思わない？」

　いや、確かに、まぁ、理屈自体は理解できなくもないものではあるのだ。

　確かに一機で大型四体と中型・小型を多数仕留めた機体ならそれくらいのことが可能な程度の魔力が蓄えられている可能性はあるかもしれない。

魔力の使い方としては異質だが、大型の魔物や中型の魔物が行う魔力砲撃と同じ原理と言われれば、頷《うなず》ける部分は確かにある。

だが魔力があるからといって、魔物が使えるからといって自分もそれができると考えるのはおかしいし、なにより無意識で背中や脚部から魔力を放出するって一体どんな精神状態なら可能なのかがわからない。

というかこいつは機体を何だと思っているのか。

そもそもその原理であればこれと同じことを他の機体でもできるのではないか？

もし可能なのであればどうやれば可能なの？

出力を安定させる方法はあるの？

他にもツッコミどころが多々あるものの、直接繋《つな》がりがあるわけでもない緒方に言っても話が進むわけではないことくらいは浅香も理解している。

かと言って一介の学生であり少尉でしかない啓太を、皇族であり統括本部長であり大将である自分が軽々に――しかも呼び出す理由が好奇心とツッコミのためという、啓太の素行や実績に全く関係のないことで――呼び出すわけにもいかないこともまた理解している。

ただ、それなりの知識と経験を持つ軍人として突っ込まずにはいられなかったのだ。

（この、何ていうの？　消化不良みたいな感じはどうしたものか。うん。とにかく一番近くで観察しているであろう久我のお嬢さんにしっかりと確認してもらいましょう！）

……後に、担任であるというだけで様々な面倒ごとを積み重ねられて我慢の限界を迎えた久我のお嬢さんこと久我静香がAクラスの面々に対して特別メニューを施すことになるのだが、それはもう少し先のお話である。

エピローグ

一

「ご苦労。早速だが本題に入らせてもらう」

「はい。よろしくお願いします」

「うむ。……先日行われた防衛戦に伴う貴官の戦果を評価し、勲章の授与と正式な少尉へと任官することが決定した。また、それらに伴い、本来学生では受け取れない特別賞与も支給されることになった。明細は後日になるが、特別賞与自体はすでに振り込まれているからあとで口座を確認しておけ」

「……昇進と叙勲。それに特別賞与、ですか」

　九州から帰還して一週間ほど経った八月のある日のこと。

　我らがボスこと久我少佐から呼び出されたため朝一で職員室に出頭したところ、いの一番にかけられた言葉がこれであった。

　特別賞与ってのは、一般的な言い方をすればボーナスのことである。何か月分もらえるのかはわからないが、もらえないよりは何百倍もマシなので、これに関しては素直に喜びたい。

　叙勲については、昔の従軍記章のようなものだろう。モノによってはボーナスがつくものがあるので、これもまたもらって損はないモノだと言える。

　だがしかし、そのあとに言われた〝少尉への任官〟については素直に喜べない。なにせ特務少尉になったときだって随分と注目を集めたのだ。これが正規の任官となったらあのとき以上の注目を集めてしまうだろう。この時点で億劫《おっくう》である。

　さらに問題なのが、正規の教育が終わっていない学生だという点だ。

　知識も経験もない子供を責任ある立場に昇進させてはいけない。常識である。

　昇進する俺でさえどうかと思うのだ。歴戦の軍人さんからすれば憤慨を禁じ得ない人事なのではなかろうか。

　正直背中から撃たれるような状況を作られても困るのだが、そこのところはどうなっているのだろうか？

「あぁ、無論正式に少尉となったとはいえ十分な教育が終わっていない貴官に小隊を預けるようなことはない。その点は安心していい」

「そう、ですか」

　そうか。ろくに教育を受けていない学生に率いられるかわいそうな兵隊さんや、そんな兵隊さんに撃たれる学生さんはいないのか。それならまぁいい、のか？　いや、まだだ。

「一つ質問があります。任官の理由は〝先日の防衛戦に伴う戦果を評価した〟とのことですが、それは上層部の方々の総意、ということでしょうか？」

「無論そうだ。なにか疑問でもあるのか？」

「疑問と言いますか、それだけでは自分が昇進する理由にはならないのではないか？　と思いまして」

「は？」

ボスが『こいつ、正気か？』みたいな目を向けてくるが、なにかおかしなことを言ったのだろうか？

「いえ、少佐は先ほど〝戦果〟と言われましたが、前回のアレは北九州に上陸してきた魔物の群れを相手に第二師団さんのご厚意で試験機の実地テストを行っただけです。もちろん単独で大型の魔物や中型の魔物を討伐したことが功績にならないとは言いませんが、それらを成し得たのは試験機の性能あってのもの。それを前提に考えれば、たまたまテストパイロットだっただけの自分が特別扱いを受けるのは不自然ではないかと」

「あぁ、そういう……」

そう。凄《すご》いのはあくまで最上さんが造った機体であって俺ではないのだ。

極端な話、あの機体があれば誰だって同じことができるのである。

それを踏まえた上で、俺と同じことをするたびにパイロットを昇進させていては、尉官が溢《あふ》れてしまうことになるではないか。

軍の常識として、まともな教育ができていない尉官が量産されることなど悪夢に他ならないはずだ。

「もちろん一般的にゲテモノとされる機体を最初に動かした上でそれなりの戦果を挙げた自分にま

ったく功績がないとは言いません。ですが、それは後ろ盾もなにもない学生を正式に任官するほどのものなのでしょうか？」

機体さえあれば誰でもできることで軽々に昇進させるのはどうなの？

今後俺と同じことをした人間は全員昇進するの？

昇進しなかった場合は特別扱いを受けた俺に対して悪意を抱くんじゃないの？

具体的には、普段から俺を敵視している笠原《かさはら》くんとか小畑くんとか。

「そんなわけで、自分は勲章と特別賞与の支給だけで済ませても問題はない、というかそうしないと後々問題になるのではないか？　と愚考した次第です」

「ふむ。貴官の言いたいことは理解した。軍の体制についてはさておくとしても、貴官個人に悪意が向く可能性も考慮すべきというのは尤《もっと》もなことだと私も思う」

「……ご納得いただけて幸いです」

うん。建前とか全部無視された気がするが、実際俺が言いたいのは〝俺に悪意が向かないように配慮してもらいたい〟ということだけなので、そこのところを何とかしてもらえるのであれば文句はないのである。

「わかった。私も気にしておくし上にも貴官の立場に配慮するよう進言しておく。他になにか懸念していることはあるか？」

「はい。いいえ。特にはありません」

「そうか。話は以上だ。下がっていいぞ」

「はっ。失礼します」

何やかんやあったが、昇進した上で貴族かつ現役の佐官であるボスに協力を求めることに成功したのだ。現時点でこれ以上を望むのは贅沢《ぜいたく》というものだろう。

これだけやっても問題は発生すると思うが、今後のことは未来の自分に任せるしかあるまいて。

それはそれとして。

「ボーナスっていくらもらえたんだろうな？」

家に帰る前に残高だけでも確認するか、それとも一度家に帰って通帳を持ってくるか。

それが問題だ。

二

「だ、そうですよ？」

職員室の片隅で話を聞いていたが、何とまぁ無欲なことで。いや、あれは無欲じゃなくて興味がないだけだな。

「戦果は全て機体のおかげ、ですか。まぁ間違っちゃいませんよ。確かにアイツの戦果は【御影】の性能があってのものだ。ただし、現時点であの機体を動かせるのはアイツしかいないんですけどね」

この時点で『同じ機体があれば誰でも自分と同じことができる』っていうのは崩れているんだが、

アイツはどこまで理解しているのやら。

「上層部としては、川上少尉には今以上にあの機体に乗ってもらい、データを集めて欲しいと考えています」

「そりゃね。一機で大型一〇体を含む魔物の大群を撃破できる機体だ。できることならいくらでも量産したいでしょうよ」

だから俺らが造っていた試作二号機を半ば無理やり接収して、勝手にバラして、勝手にダウングレード版を量産したんだしな。その結果マトモに動かせない中途半端な機体が大量にできたが、それに関しては俺には関係のねぇことだ。勝手にやってくれとしか言えんよ。

「ええ。そうですね」

その辺のあれこれは少佐さんも理解しているのだろう。接収された側の俺を前にして〝量産型のために〟なんて言葉を吐けるほど面の皮は厚くないようだな。まぁ、だから何だって話なんだが。

「本題に入りましょうか。少佐さんとしては三号機以降の納入先として唾《つば》を付けときたいって感じですかね？」

「……言葉を飾らずに言えばそうなります」

無駄な言い回しで誤魔化さないのはいいことだな。

この調子でうまく話が進んでくれればいいんだが……。

「ふむ。当方としても第一師団さんや第二師団さんに納入することに否はありません。ですが、現時点では三号機の組み立ては難しいと言わざるを得ない状況です」

「それは、なぜでしょう？　予算であれば第一師団からも第二師団からも十分な額が引き出せると思いますが」

はっ。少し前まではこっちが金を払って『試験させてくれ』って頼んでいたんだがな。

それが今じゃ向こうから『金を払うから造ってくれ』ときた。変われば変わるもんだぜ。

「……最上社長？」

おっと。交渉中だったな。

「失礼。データや資金があっても魔装機体は造れません。それは少佐さんも知っているでしょう？」

「素材、ですね」

「ええ。現在、混合型を量産するために一部の企業の下に素材が集中しているせいか、我々では金を出しても買えない状態になっているんですよ」

量産は国家プロジェクトだったからな。実験機はもちろんのこと武装も専用のモノを造らなきゃならんとなれば、素材はいくらあっても足りねぇんだろう。それはわかる。わかるんだが、そのせいで俺らに素材が回ってこねぇんだ。

「ですので、第一師団さんや第二師団さんに三号機以降の機体を納入する条件として、製造に必要な素材を提供していただきたいのです。今ならそれほど難しくはないでしょう？　なにせ大量の素材が手に入ったばかりなんですから」

「先の防衛戦で得られた素材ですね。通常であれば軍の工廠《こうしょう》や研究所が優先して確保するのでしょうが……」

「いつも以上に量がありますからね。そしてそれを齎《もたら》したのは川上少尉と我々最上重工業が造った機体です。その点を強調すればそれなりの量を回してもらうことは不可能ではない、違いますか？」

俺らだけなら『国家優先』なんて言葉で揉《も》み消されて終わるが、第一師団や第二師団が働きかければその限りじゃねぇよなぁ？

「ええ。可能か不可能かでいえば、可能でしょう」

「結構」

ヨシッ！　これで素材の目処が立った。あとは造るだけだ。

へへへ。試作二号機を持っていかれたときはどうしてやろうかと思ったが、それをダシにして資金と大量の素材をもらえるってんなら一応の我慢はできる。

いや勝手に機体をバラされた恨みは忘れたわけじゃねぇけど。見てろよ軍閥と癒着している連中ども。すぐに【御影】以上の資金と素材を使ってより強い機体を造って貴様らの鼻を明かしてやるからよぉ！

幕間　妹の視点から　二

私こと川上優菜にはお兄ちゃんがいる。

というかお兄ちゃんしかいない。

両親だった人たちは実は血の繋《つな》がらない研究者で、私たちの情報を売ろうとして粛清されたし、自称親戚《しんせき》の人たちとはお兄ちゃんが距離を取ったから、私たちは二人で暮らしている。

それは別に良い。

むしろそれが良い。

お兄ちゃんは私と自分に血の繋がりがないことを知らないから、一緒に寝ても問題ないと思っているのも良い。

……最近は一緒にお風呂《ふろ》には入ってくれなくなったけど、まぁお兄ちゃんは紳士だから仕方ない。

そんな紳士のお兄ちゃんは天才でもある。

私たちは第三次救世主計画の被験者だけど、そういうのは関係なく天才なのだ。

実際軍学校に入学したと思ったらすぐに出世したし、夏休みに九州へ出張に行ったと思ったらまた出世して帰ってきた。

半年で二回も出世するお兄ちゃんが天才でなくて何だというのか。

それに、お兄ちゃんの活躍が見たくて戦訓っていうのが纏《まと》められた資料を覗《のぞ》いてみたけど、本当に凄かった。

大型の魔物を狙撃でバッタバッタとなぎ倒したかと思ったら、中型以下の魔物をたくさん焼夷《しょうい》榴弾《りゅうだん》で焼却してたからね。あれだけの戦果を挙げたならそりゃ昇進するよ。

帰ってきたときに「ボーナスが出たぞ！」って言いながら見せてくれた満面の笑みは本当に尊いと思いました、マル
ただ、その額が二〇〇万円ってのはね。あれだけ働いて二〇〇万円？　って思っちゃった。

だってお兄ちゃんの活躍を見たでしょ？　大型の魔物一〇体と中型、小型がたくさんだよ？　それらをお兄ちゃん一人で倒したんだよ？　どう安く見積もっても数十億円以上の価値はあるでしょ？

まぁそれだけの活躍ができたのは軍が用意した機体の性能あってのことだから、単純にお兄ちゃん一人の功績ってのは言いすぎかもしれないけどさ。

もちろん軍の上層部の方でも色々考えているのはわかるんだけどさ。

それでも「もう少し高くても良いんじゃない？」って思うのは決して悪いことじゃないと思う。

お兄ちゃんに「安くない？」なんて言っちゃったせいで「お前にはまだわからんかぁ」ってしょんぼりさせちゃったけど、多分お兄ちゃんよりわかってると思うよ？

気分を良くして帰ってきたお兄ちゃんには言わないけどさ。

私は私でそこそこ稼いでいるからね？

下手に貯金の額を言ったせいでお兄ちゃんがやる気をなくしてしまうのは嫌だから言わないけどさ。

どんな理由であれ、これまで『目立ちたくない』って言って自重していたお兄ちゃんが楽しそうに全力を出しているんだもん。妹としては応援するしかないじゃない。

……そのせいで変な虫が寄り付いてきそうなのはどうかと思うけど。

私のクラスでさえ今まで遠巻きに眺めてた男子がいきなり「お前のお兄さん凄《すご》いんだって？」とか話しかけてきたり、今まで距離を取っていた女子も「ねぇ。お兄さん紹介してくれない？」とか言ってくるくらいだもん。

お兄ちゃんがいる学校だと尚更大変なんじゃないかな。

尤も、お兄ちゃんがモテるのは良いことだと思っているし、当たり前だとも思っているよ？　優秀なメスに惹《ひ》かれないオスがいないように、優秀なオスに惹かれないメスもいないからね。

だから正妻である私としては、お兄ちゃんが複数人と関係を持つこと自体はやぶさかではないのです。

ただしそれが最初から打算塗れの関係なら話は別。

お兄ちゃんは都合のいい種馬じゃないからね。

今のところそういう気配はないけど、注意は必要だと思う。

あと、もしお兄ちゃんがハニトラに引っかかっちゃって複数の女性と爛《ただ》れた関係を望むように思考誘導されちゃったとしても、私が断固として修正する所存ですので悪しからず。

それはそれとして。

「お兄ちゃーん。ご飯できたよー」

「おーう。今行くー」

九州への出張も終わって帰ってきたお兄ちゃんをねぎらうのは私の仕事なのです。

報酬として夏休み中は構いたおしてもらうつもりだけど、それもまた妹にして正妻の特権でしょ。

「美味しい？」

「おう！　やっぱり優菜が作る御飯が一番だな！」

「えへへへへ」

ストレートな賛辞が一番嬉しいです。でもご褒美は別腹だよね。

「でさぁ。今度結構いい評判があるお店に行きたいんだけど、暇があったらついてきてくれない？

……一人で行くのは怖いし、友達と行くにしても子供だけだと怖いしさ」

通常軍学校に通う生徒に暇なんかないんだけど、お兄ちゃんは違うんだよね。

機体の成長と最適化のために訓練すら休みなことを私は知っているのです。

だからこうしてお願いをすれば、優しいお兄ちゃんは必ず……。

「ん？　あぁ。もちろんいいぞ。優菜になにか変なことをしそうなやつがいたら、機関砲でハチの巣にしてやんよ」

ヨシ！

「あははは。ハチの巣はやりすぎだと思うけど、お兄ちゃんが一緒なら安心だね」

「おうとも。なにがあっても護ってやるからな」

「ありがとう！　お兄ちゃん大好き！」

感謝に加えて好き好きアピール！　お兄ちゃんは死ぬ！

「ハハッ。お兄ちゃんも大好きだぞー」

「……っ！」

ぐはっ！　まさかこんなストレートな反撃が来るなんて！

あぁ。幸せすぎてツライ。でもこれからもっと幸せになるんだから、これくらい慣れないと駄目だよね。

（差し当たってはこのデートを必ず成功させる！）

そのためには絶対邪魔が入らないよう、私のクラスメイトとかお兄ちゃんのクラスメイトが来ない場所でなお且つ、お兄ちゃんが楽しめるところをピックアップしなければ……。

（あぁ、どうしよう！　想像するだけで楽しいんだけど！）

――こうして私は夏休み明けに接触してくるであろう虫たちのことを頭の隅に追いやりつつ、残った夏休みの間、お兄ちゃんとの生活を最高に満喫するために様々な計画を練ることにしたのでした。

あとがき

初めましての方は初めまして。そうでない方はお久しぶりでございます。

当方、今日も今日とて脳裏に浮かんだ妄想を文章化して皆様のお目汚しをしているしがない小説家の仏ょもと申します。

此度は拙作、『極東救世主伝説』の第一巻をお手に取って頂き誠にありがとうございます。

いきなりでなんですが、この作品がちゃんと書籍化されて一番喜んでいるのは作者本人なのかもしれません。

なにせ元々この作品は某ロボットゲームや某ロボットアニメの影響を多大に受けた作者が、学園モノとロボットモノを併せたシチュエーションが見たい！　でもない！　なら書くしかねぇ！　と暴走した結果生まれたものです。

それはつまり、ただでさえ自己満足感が強い傾向にあるＷＥＢ小説の中で、さらに自己満足に走った作品だということです。

計算違いというか幸いだったのは、自分の満足を求めて読者様を置いてけぼりにしていたはずのこの作品が、作者が予想した以上に読者の皆様にも高く評価して頂けたことでしょうか。

その結果としてカドカワＢＯＯＫＳ様からお声がけを頂き、こうして無事に出版することができたのですから、物書きの端くれとして感動することしきりでございます。

それはそれとして、ＷＥＢ版からご覧になってくださっている読者様の中にはご存じの方もいるかと思いますが、この作品が書籍化されるまで色々なことがありました。

某ロボットゲームの新作が出たこともそうですが、それ以上に問題もありました。

正直な話、以前に似たような経験をしていなければ「やってられるかッ！」とブチ切れていたと思います。まぁ読者様には関係のないことなのでアレコレ言いませんが、愚痴くらいは言わせてください。

頭を切り替えまして。肝心の小説の内容に関してですが、期間的には主人公である川上啓太の入学前から夏休みまでの数か月のこととなっております。

期間としては短いかもしれませんが、この期間は『高校への入学と最初の夏休み』という、人生で最も印象に残る期間といっても過言ではない期間であります。

その数か月で啓太を取り巻く環境がどのように変わっていくのか、また啓太自身がどのように変わっていくのか。それらをお楽しみ頂けたら幸いです。

加えて、書籍化に伴いまして元々ＷＥＢに載せていたものに大幅な加筆や修正を加えておりますので、ＷＥＢ版をご覧になっていた皆様にもご満足頂ける出来ではないかと自画自賛しているところでございます。

また、内容もさることながら読者の皆様に見て頂きたいのは、イラストレーターである黒銀様のやる気に溢《あふ》れたイラストの数々でございます。

拙作を手に取るほど訓練された読者の皆様方におかれましては、どこに力が入っているかなど一目でわかりますよね？

主人公を含む登場キャラクターでしょうか？　いいえ、機体です。

もちろん登場キャラクターも魅力的に描いてくださっているのですが、それ以上に機体に力が入っているのが一目瞭然《いちもくりようぜん》なんですよね。いいぞ、もっとやれ。

作者が作者ならイラストレーター様もイラストレーター様ということでしょうか。

正直絵心なんて欠片もない作者ですが、それでもラフを一目見た時点で「あぁノリノリで描いてくれたんだなぁ」と言葉はなくとも心で理解できるほど細部まで描き込んでいただいております。

それこそ熱量が高すぎて『某ロボットゲームの製作会社さんに怒られるんじゃないか？』と心配になるほどやりたい放題やっている感が凄《すご》いですが……素晴らしいイラストができあがることで誰かが損をするわけではございませんので、特に問題はありませんね。もっとやってください。

イラストにつきましてはこのくらいとして。

最後になりますが、拙作を出版することを決意してくださったカドカワＢＯＯＫＳ様。イラストを担当していただきました黒銀様。忙しい中作業をしてくださった編集様。そしてＷＥＢで応援してくださった読者様と、こうして拙作をお手に取ってくださった読者様。その他、関係各位に心より感謝申し上げつつ作者からのご挨拶《あいさつ》とさせて頂きます。

仏よも

お便りはこちらまで

〒102－8177
カドカワBOOKS編集部　気付
仏ょも（様）宛
黒銀（様）宛

カドカワBOOKS

極東《きよくとう》救世主《きゆうせいしゆ》伝説《でんせつ》
少年《しようねん》、異形《いぎよう》の機体《きたい》で無双《むそう》する。　—九州《きゆうしゆう》大規模《だいきぼ》攻勢編《こうせいへん》—

2024年５月10日　初版発行
2024年６月10日　再版発行

著者／仏《ほとけ》よも

発行者／山下直久

発行／株式会社KADOKAWA

〒102-8177
東京都千代田区富士見2-13-3
電話／0570-002-301（ナビダイヤル）

編集／カドカワBOOKS編集部

印刷所／暁印刷

製本所／本間製本

●お問い合わせ
https://www.kadokawa.co.jp/（「お問い合わせ」へお進みください）
※内容によっては、お答えできない場合があります。
※サポートは日本国内のみとさせていただきます。
※Japanese text only

Printed in Japan
ISBN 978-4-04-075417-8 C0093

新文芸宣言

かつて「知」と「美」は特権階級の所有物でした。

15世紀、グーテンベルクが発明した活版印刷技術は、特権階級から「知」と「美」を解放し、ルネサンスや宗教改革を導きました。市民革命や産業革命も、大衆に「知」と「美」が広まらなければ起こりえませんでした。人間は、本を読むことにより、自由と平等を獲得していったのです。

21世紀、インターネット技術により、第二の「知」と「美」の解放が起こりました。一部の選ばれた才能を持つ者だけが文章や絵、映像を発表できる時代は終わり、誰もがネット上で自己表現を出来る時代がやってきました。

UGC（ユーザージェネレイテッドコンテンツ）の波は、今世界を席巻しています。UGCから生まれた小説は、一般大衆からの批評を取り込みながら内容を充実させて行きます。受け手と送り手の情報の交換によって、UGCは量的な評価を獲得し、爆発的にその数を増やしているのです。

こうしたUGCから生まれた小説群を、私たちは「新文芸」と名付けました。

新文芸は、インターネットによる新しい「知」と「美」の形です。

2015年10月10日
井上伸一郎

シリーズ好評発売中!
最強の眷属たち――
その経験値を一人に集めたら、
史上最速で
魔王が爆誕!?
ドラドラふらっと♭にて、
コミカライズ
好評連載中!
漫画：霜月汐
第7回カクヨム
Web小説コンテスト
キャラクター文芸部門
特別賞
黄金の経験値

シリーズ好評発売中！
魔術で「目」を作りたい——
その好奇心が少年を
水魔術の天才へ飛躍させる！

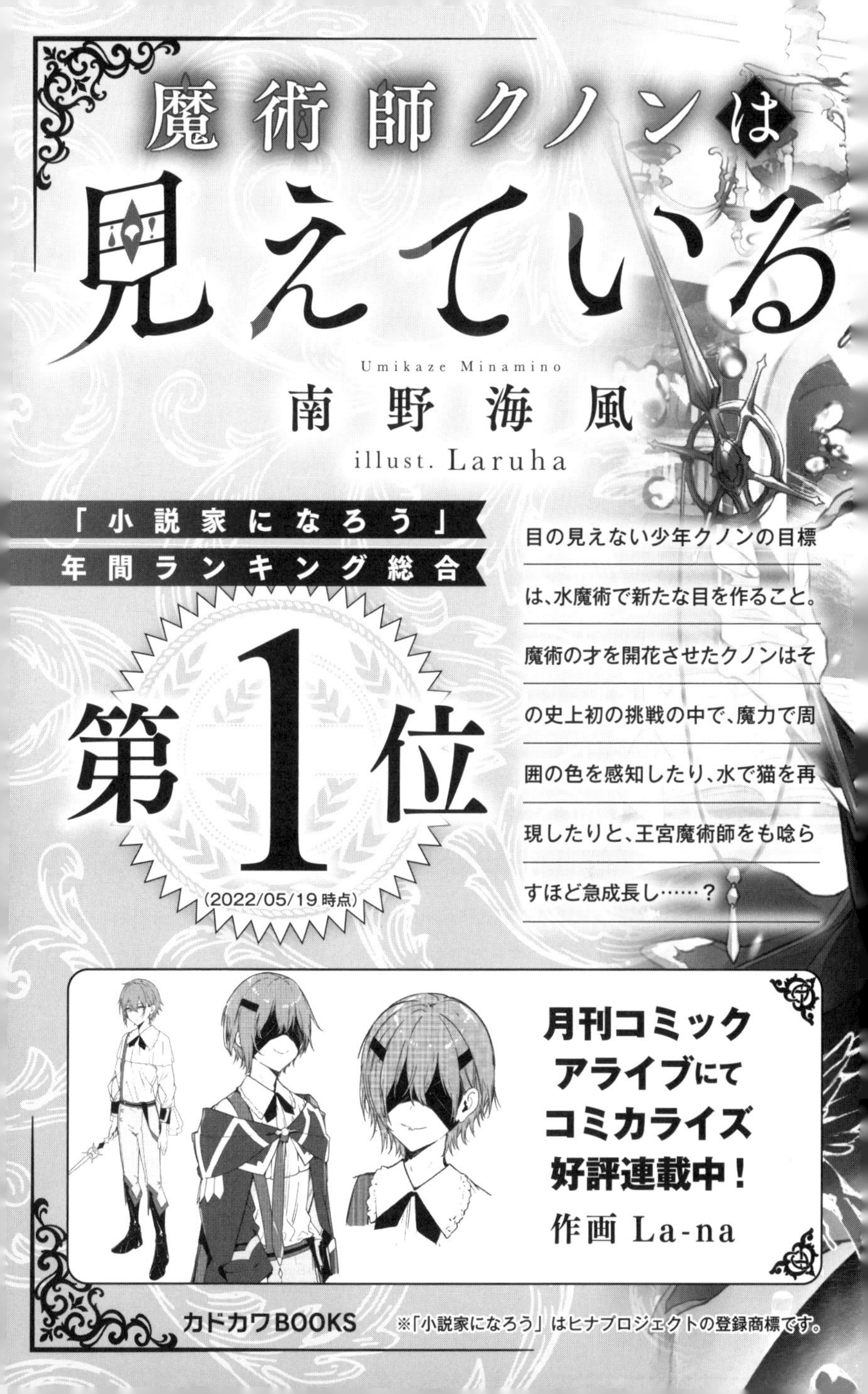
魔術師クノンは見えている
Umikaze Minamino
南野海風
illust. Laruha
「小説家になろう」
年間ランキング総合
第1位
(2022/05/19 時点)
目の見えない少年クノンの目標は、水魔術で新たな目を作ること。魔術の才を開花させたクノンはその史上初の挑戦の中で、魔力で周囲の色を感知したり、水で猫を再現したりと、王宮魔術師をも唸らすほど急成長し……？
月刊コミックアライブにてコミカライズ好評連載中！
作画 La-na
カドカワBOOKS
※「小説家になろう」はヒナプロジェクトの登録商標です。

前世リーマンの
フリーダム問題児、
エリート校に
殴り込み!?
電撃コミック
レグルスほかにて
コミカライズ
好評連載中!
漫画:田辺狭介

目覚めたら
最強装備と宇宙船
持ちだったので、
一戸建て目指して
傭兵として
自由に生きたい
リュート
ill. 鍋島テツヒロ
カドカワBOOKS

突然宇宙で目覚めたら――
美女美少女とハイスペ船で
無双でしょ!
凄腕FPSゲーマーである以外は普通の会社員だった佐藤孝弘は、突然ハマっていた宇宙ゲーに酷似した世界で目覚めた。ゲーム通りのチート装備で襲い来る賊もワンパン、無一文の美少女ミミを救い出し……。自分の家をもってミミとのんびり暮らすため、いっちょ傭兵として稼いでいきますか。